Floras Traum von rotem Oleander

Roman

Annette Hennig

ISBN-10: 1523313196
ISBN-13: 978-1523313198

1. Auflage
verlegt von Annette Hennig, Fasanenweg 6
D-99610 Leubingen/Germany
www.annettehennig.de
über die
CreateSpace Open Publishing Platform Charleston
Covergestaltung Ronny Welscher
Druck und Vertrieb in der EU
(Detailangaben letzte Buchseite)

Korrektorat J. Heinze
P & A Lektorat

Personen und Handlungen sind frei erfunden, etwaige Ähnlichkeiten mit Personen sind rein zufällig und nicht beabsichtigt.

BAND I
DER TRILOGIE

BLÜTENTRÄUME

Prolog

Insel Rügen, Mecklenburg-Vorpommern 1990

Martha Dannert traute ihren Augen nicht. Als sie sich aufrichtete und den schmerzenden Rücken geradebog, erblickte sie die hochgewachsene, schlanke Gestalt.

Seit fast zwanzig Jahren pflegte Martha jetzt die Gräber der Eltern, und bald würde es diesen Ort der Besinnung, des Einhalts und der Erinnerung nicht mehr geben. Die Zeit war abgelaufen, sie hatte die Grabstätten nur für zwanzig Jahre reserviert. Heute Morgen, als die alten Glieder ihr wieder einmal die vielen gelebten Jahre vor Augen gehalten hatten, hatte sie gar nicht herkommen wollen, doch jetzt war sie froh, den Besuch nicht auf den nächsten Tag verschoben zu haben. Auch morgen würden Knie und Rücken schmerzen. Daran änderte sich in ihrem Alter gewiss nichts mehr.

Sie legte die kleine Schaufel, mit der sie das Pflanzloch gegraben hatte, aus der Hand. Die Rose, die noch im Topf neben ihr stand, musste warten. Schützend hielt sie ihre Hand über die Augen, um im Gleißen der Sonne die beiden Trauernden besser erkennen zu können, die in einiger Entfernung an einem offenen Grab standen. Als sie ihren Kopf reckte und ein Stück nach links trat, um einen besseren Blick zu haben, geriet sie ins Straucheln. An der blechernen, mit Wasser gefüllten Gießkanne schürfte sie sich die Wade auf, und im letzten Moment fand sie Halt am Grabstein. Erschrocken stieß sie einen spitzen Schmerzensschrei aus. Sofort presste sie die Hand auf den Mund; die beiden Fremden sollten sie nicht bemerken. Nachdem sie etwas Atem geschöpft und sich von ihrem Schreck erholt hatte, spähte sie wieder angestrengt hinüber. Sie zweifelte noch immer, musterte aufmerksam die ganz in schwarze Seide gekleidete Frau.

Diese aufrechte Haltung, erhaben und distinguiert. Konnte das wirklich möglich sein? Das Haar kurz geschnitten, aber nicht gefärbt. Sein helles Grau bildete einen starken Kontrast zu der Trauerkleidung und unterstrich den vornehm blassen Teint. Das modisch geschnittene Kostüm war von erlesener Eleganz, konnte aber ebenso wenig über die Jahre gelebten Lebens hinwegtäuschen wie die knallrot geschminkten Lippen oder die hohen Pumps, die nicht recht an diesen Ort passen wollten.

Martha blinzelte gegen die Sonne. Sollte sie sich dem Paar nähern? Nein, entschied sie, und ihr Blick streifte flüchtig den Mann, der, auf einen Krückstock gestützt, neben der Dame stand. Sie kannte ihn nicht, hatte ihn noch nie zuvor gesehen. Aber diese Frau? War sie es wirklich? Vierzig, fünfundvierzig Jahre lag es jetzt zurück, rechnete Martha schnell nach. Und doch, ja, sie wurde immer sicherer…

Die beiden Trauernden standen eng beieinander, jeder in Gedanken versunken, keiner sprach ein Wort. Martha wünschte sich sehnlichst, die Frau möge etwas sagen, nur einen einzigen Satz. Auch nach hundert Jahren noch würde sie diese Stimme unter Tausenden wiedererkennen. Die Stimme, die sie schikaniert und gedemütigt hatte. Wie oft war sie durch ihre Träume gegeistert, vor Hohn triefend und vor Verachtung klirrend. Nur aus Liebe zu den Kindern, die ihr anvertraut worden waren und die sie geliebt hatte wie ihre eigenen, war sie geblieben und hatte sich alles gefallen lassen.

Erst jetzt bemerkte Martha die drei prächtigen Kränze, die neben dem offenen Grab lagen. Suchend schaute sie sich um. War noch jemand anwesend? Sie konnte niemanden ausmachen.

„Kommen Sie, Wilhelm“, hörte sie im selben Moment die Frau sagen und ein eiskalter Schauer lief ihr über den

Rücken.

Jetzt gab es keinen Zweifel mehr.

Martha schaute den beiden Menschen nach, bis diese den Ausgang des kleinen Friedhofs erreicht hatten. Dann bückte sie sich und pflanzte hastig die Rose an die zuvor ausgesuchte Stelle. Schnell noch ein bisschen Wasser, das musste reichen. Behände, wie man es der alten Frau kaum zutraute, lief sie wenig später durch das Friedhofstor hinaus auf die Straße. Das Blut dröhnte ihr in den Ohren vor Aufregung: Sie ist es, sie ist es! Es rauschte durch ihre Adern, und Martha fröstelte trotz des warmen Sommertages. Ohne dass sie etwas dagegen hätte tun können, trugen ihre Füße sie zu der alten Villa, in die sie vor langer Zeit mit so viel Eifer, Freude und Zuversicht gekommen war, um dann nur Enttäuschung und Gram zu erleben. Jung, unbekümmert und arglos war sie damals gewesen und schnell hatte das Leben sie gelehrt, dass es ungerecht und mitleidlos war.

Als Martha über die kleine Mauer in den Park der Villa schaute, blickten ein Paar stahlgraue, kalte Augen sie aus der Ferne an. An keinem Zucken in dem feingeschnittenen Gesicht, an keiner Träne, die die Wangen benetzt hätte, konnte man ablesen, dass diese Frau Trauer trug. Den schwarzen, edlen Hut streng auf dem kurzen grauen Haar befestigt und einen bitteren Zug um die immer noch schönen Lippen, reckte sie den Kopf noch etwas höher. Dann wandte sie sich ab, als hätte sie Martha nicht erkannt.

„Wilhelm, lassen Sie uns fahren!“, rief sie herrisch dem Herrn entgegen, der im Eingangsportal der Villa stand und sich aufmerksam umschaute.

Und Martha Dannert wusste: Flora von Langenberg hatte sich nicht verändert.

Erstes Kapitel

Insel Rügen, Mecklenburg Vorpommern 1939

Flora schleuderte die Schuhe von den Füßen. Mit einem lauten Knall landeten sie vor dem kleinen Schränkchen im Flur des beengten Hauses, das sie mit ihren Eltern und den fünf Geschwistern bewohnte. Wieder war es spät geworden. Schon zum dritten Mal in dieser Woche hatte sie länger arbeiten müssen, weil der Strom der Erholungssuchenden, die in diesen Tagen die Insel bevölkerten, nicht abreißen wollte. So konnte das nicht weitergehen. Es musste etwas geschehen. Sie verspürte wenig Lust, ihr Leben lang für Pensionsgäste Betten zu beziehen, Böden zu schrubben, Staub zu wischen und dabei auch noch ein fröhliches Lächeln zu zeigen.

„Flora! Was soll das?" Kopfschüttelnd kam ihre Mutter aus der Küche und strafte sie mit einem strengen Blick. „So dicke haben wir es nicht. Die Schuhe müssen ein paar Jahre halten. Wie oft habe ich dir das schon gesagt. Man sollte meinen, jetzt, wo du eigenes Geld nach Hause bringst, wüsstest du, wie sauer es verdient werden muss!"

Flora verdrehte die Augen, eine schnippische Bemerkung lag ihr auf der Zunge.

„Binde dir eine Schürze um und hilf mir in der Küche!

Vater kommt bald und das Essen steht noch nicht einmal auf dem Herd", sagte ihre Mutter im Befehlston, der keinen Widerspruch zuließ.

Flora seufzte. „Immer ich. Was haben denn die anderen bis jetzt gemacht?", begehrte sie auf. Damit waren ihre Geschwister gemeint. Sechs waren sie, und Flora war die Älteste.

Fünf Schwestern hatte sie bekommen und doch war sie immer einsam geblieben. Die Zeit ihrer Mutter war mit jedem weiteren Kind knapper geworden, und an die Augenblicke mit ihr allein, konnte sie sich kaum noch erinnern.

Bei der Geburt von Iris war sie zwei Jahre alt gewesen, zu klein, um sich an dieses Ereignis zu erinnern. Camilla, ihre zweite Schwester, wurde geboren, als Flora gerade vier geworden war. Einzig, das kleine zerknautschte Gesicht mit den flaumigen roten Haaren war Flora im Gedächtnis geblieben. Die Geburten ihrer zwei darauffolgenden Schwestern, hatte sie hautnah miterlebt. Die Schreie ihrer Mutter, als Erika und Margaritha geboren wurden, hörte Flora noch heute. Damals hatte sie sich geschworen, niemals Kinder zu bekommen.

Von Rose, ihrer jüngsten Schwester, trennten Flora zehn Jahre. Das erste Mal hatte Flora nicht aufgeregt und vor Angst zitternd hinter der Schlafzimmertür gestanden. Sie war die Große, kannte sich aus und beruhigte ihre kleinen Geschwister. Die Schreie der Mutter würden irgendwann durch das schrille Stimmchen des Babys abgelöst werden und alles wäre wieder gut, erklärte sie den vor Angst am ganzen Körper bebenden Schwestern.

Als Flora Rose dann im Arm halten durfte, empfand sie sofort eine zärtliche Liebe für dieses winzige Menschlein. Rose hatte Floras Herz im Sturm erobert. Sie war ihr so zerbrechlich und hilfsbedürftig erschienen, dass Flora in den ersten Wochen kaum ein Auge von ihr gelassen hatte. Gerade mal fünf Pfund hatte das kleine Wesen auf die Waage gebracht, weit weniger, als Roses Geschwister bei der Geburt gewogen hatten.

Diese sechste und letzte Geburt hatte Floras Mutter arg mitgenommen und Flora fand ihre Aufgabe im Wickeln, Füttern und Ausfahren. Selbst wenn Rose krank gewesen war, wachte sie an ihrem Bett. Rose hatte sich prächtig entwickelt, und heute war nichts mehr zu ahnen von dem winzigen Baby mit den spindeldürren Beinchen, der bläulich schimmernden Haut und den Ärmchen, so zerbrechlich wie Streichhölzer. An dem innigen Verhältnis zwischen Rose und ihr hatte sich bis heute nichts geändert und Flora hoffte, es würde ein Leben lang so bleiben.

Wieder schoss es ihr durch den Kopf, dass sich etwas in ihrem Leben ändern müsse. Aber was sollte aus Rose werden, wenn sie in die Tat umsetzte, was schon seit einiger Zeit durch ihre Gedanken geisterte? Sicher, ihre Mutter war für sie alle da. Sie wusch und kochte, nähte und buk, jedoch für eine liebevolle Umarmung, für tröstenden Zuspruch blieb keine Zeit. Wenn sie fortginge, wer sollte dann Rose am Morgen die blonden Zöpfe flechten? Wer ihr am Abend die Gute-Nacht-Geschichte vorlesen?

„Flora!", schallt die Stimme ihrer Mutter ungeduldig aus der Küche. „Stehst du immer noch herum?"

„Ich komme ja schon!" Missmutig warf Flora nun auch noch ihre Tasche zu den Schuhen, nahm die Schürze vom Haken und betrat die Küche.

„Hier, schäle die Kartoffeln!", wies die Mutter sie an.

Floras Augen leuchteten auf, als sie Rose am Tisch sitzen sah. „Hallo, Kleines", begrüßte Flora sie zärtlich. „Pass bloß mit dem spitzen Messer auf!"

„Sie ist neun Jahre, keine neun Monate."

„Ja Mama, das ist mir nicht entgangen. Trotzdem könnten Erika und Margaritha dir in der Küche zur Hand gehen, sie sind schließlich älter", gab Flora heftig zurück.

„Ihr sollt nicht immer streiten", mischte Rose sich ein. „Ich kann das schon, Flora."

Wortlos setzte Flora sich an den Küchentisch und begann die Kartoffeln zu schälen. Die Arbeit ging ihr nicht von der Hand und sie grübelte wieder, wie sie es anstellen sollte, so schnell wie möglich das Elternhaus zu verlassen. Alles hier ödete sie an, alles engte sie ein. Die Mutter mit ihren ewigen Geldsorgen ging ihr auf die Nerven und ihr Vater, der stets übermüdet war, tat ihr leid. In schönster Regelmäßigkeit betrank er sich jeden Monat am fünfzehnten und am dreißigsten und brachte dann einen guten Teil des verdienten Lohnes gar nicht erst mit nach Hause. Wenn ihre Eltern stritten ging es stets um das knappe Geld. Seit Flora arbeitete, gab sie ihrer Mutter Kostgeld. Anfangs hatte sie gedacht, dass die finanzielle Situation der Familie dadurch besser werden würde. Nach einem Jahr sah sie ein, sich geirrt zu haben. Sie konnte nicht verstehen, warum immer noch Schmalhans den Küchentisch deckte, wo doch auch ihre Schwestern Iris und Camilla bereits arbeiteten, und genau wie sie, einen kleinen Betrag zum Haushalt beisteuerten. Heimlich gab Flora ihrer Mutter die Schuld, die offensichtlich nicht mit Geld umgehen konnte.

„Flora, träume nicht! Die Kartoffeln müssen in den Topf. Wo bist du nur wieder mit deinen Gedanken?" Ihre Mutter griff nach einer Kartoffelschale, die vor Flora auf dem Küchentisch lag und drehte sie in ihren Händen. „Mädchen, das wäre ja noch eine Mahlzeit geworden. Du musst dünner schälen! So geht das doch nicht. So wirst du niemals zu etwas kommen, wenn du einmal einen eigenen Haushalt führst!", rief sie aufgebracht.

Flora schluckte, aber es half nichts. „So wie du, Mama? Du hast es ja so weit gebracht", antwortete sie zynisch. Ihre Worte waren an Sarkasmus nicht zu überbieten. Elisabeth Hoffmann stockte der Atem, dann verfärbte sich ihre Gesichtshaut zu einem dunklen Rot, und im nächsten Augenblick traf Flora eine schallende Ohrfeige.

„So nicht!", schrie sie ihre Tochter an. „Das habe ich nicht verdient. Geh mir aus den Augen!"

Rose waren diese Wutausbrüche zwischen Schwester und Mutter nicht unbekannt, und sie erschreckten das Kind nicht mehr. Mit gesenktem Kopf schaute sie auf das vor ihr in der Schüssel liegende Gemüse und schnitt weiter die Möhren und Kohlrabi in kleine Stücke. Mutter und Schwester würden sich wieder beruhigen. Es verging kein Abend, an dem sie nicht stritten und es wurde kein neuer Morgen, an dem sie sich nicht wieder vertrugen. Flora würde zum Abendessen nicht anwesend sein, Mutter würde lamentieren womit sie solch eine Tochter verdient habe, und Vater würde wie immer den Kopf schütteln. „Wieso könnt ihr euch nicht vertragen? Frau! Was hast du bloß wieder mit ihr gemacht?“ Rose hörte schon jetzt seine Worte und wusste, dass die Mutter dann mit dem Vater stritt.

Solange Rose zurückdenken konnte, war Flora ihr immer die liebste Schwester von allen gewesen. Jeden Wunsch las sie ihr von den Augen ab und erklärte ihr alles, was sie nicht verstand. Als Rose kleiner gewesen war, hatte sie zu Flora oft „Mama“ gesagt.

Jetzt, mit neun Jahren, verstand Rose ihre Schwester manchmal nicht. Irgendwie erschien sie ihr komisch, geradeso, als würde sie ihre Familie nicht lieben. Würde Flora eines Tages nicht wieder nach Hause kommen und sie, Rose, ganz allein hier lassen?

„Rose, träumst du jetzt auch? Das Gemüse schneidet sich nicht von allein“, holte Elisabeth Hoffmann nun ihre Jüngste unsanft aus ihren Überlegungen.

Und Rose wusste, ginge Flora je von zu Hause fort, so würde sie ihr in den Ohren liegen und so lange betteln, bis Flora sie mitnähme.

Bis auf den ärgerlichen Umstand, dass Flora der Magen knurrte, war es ein herrlicher Abend. Kurz nachdem ihre Mutter sie geohrfeigt hatte, war sie aus dem Haus gelaufen. Jetzt saß sie hier zwischen den Dünen im warmen Sand, schaute auf das wogende Meer hinaus und Fernweh überkam sie. Wie gern würde sie mit einem großen Schiff hinausfahren, die sieben Weltmeere bereisen. Als sie noch klein gewesen war, hatte ihr Vater sie oft auf dem Fischkutter mit hinausgenommen. Damals war das ein großes Abenteuer für sie gewesen.

Flora rümpfte die Nase. Dachte sie heute an den Gestank des gefangenen Fisches zurück, überkam sie Ekel. Niemals würde sie einen Fischer heiraten. Wie ihre Mutter es mit ihrem Vater, der diesen Geruch nicht mehr von der Haut bekam, aushielt, war ihr ein Rätsel. Nein, sie musste einen Mann finden, der ihr mehr als Fischgestank und ein karges Haushaltsgeld bieten konnte. Niemals könnte sie einen der Burschen lieben, die jeden Morgen unten am Kai standen und darauf warteten, dass die Fischer ihnen Arbeit gaben. Für ein paar läppische Mark schufteten sie den ganzen Tag, vertranken dann die Hälfte des Geldes noch am selben Abend, und am nächsten Morgen begann die Odyssee von neuem. Lieber bliebe sie allein.

Heute Nacht würde sie nicht nach Hause gehen. Sollte ihre Mutter sich ruhig um sie sorgen. „Bloß wohin?", überlegte sie laut. Dann kam ihr der rettende Gedanke. Die kleine Pension, in der sie arbeitete, verfügte über ein Zimmer im Souterrain, das niemals vermietet wurde, selbst dann nicht, wenn alle Häuser der Insel ausgebucht waren. Darin nächtigte ihre Chefin oft, wenn sie vor ihrem betrunkenen Ehemann wieder einmal die Flucht ergriff.

Flora erhob sich, schaute noch einmal sehnsüchtig zu dem großen Schiff in der Ferne und lief dann zielstrebig zur Pension. Sie hoffte, der Mann ihrer Chefin, bliebe heute nüchtern. Wenn sie sich beeilte träfe sie Lotte, ihre Kollegin, noch an.

Außer Atem betrat sie wenige Minuten später das weiß getünchte Haus, das nicht direkt an der Promenade stand. In der kleinen Seitenstraße war das Rauschen des Meeres in den Nächten, in denen der Wind über die Ostsee peitschte, jedoch auch hier zu hören. Von den Fenstern der Gästezimmer im Dachgeschoss hatte man im Herbst und Winter, wenn die Bäume kein Laub mehr trugen, einen guten Ausblick auf die tosende See.

„Guten Abend, Lotte“, rief Flora ihrer Kollegin zu, als sie das kleine Foyer betrat.

„Flora? Was machst du denn hier?“

„Ist die Chefin da?“

„Nein, warum sollte sie? Ich wollte auch gerade Feierabend machen. Ich habe alles erledigt. Die Frühstückstische sind für morgen eingedeckt. Die meisten Gäste in ihren Zimmern, und die, die noch nicht wieder im Hause sind, haben einen Schlüssel für die hintere Tür. Bis jetzt sah es ganz danach aus, als würde ich heute einmal pünktlich nach Hause kommen.“ Fröhlich zwinkerte Lotte Flora zu.

„An mir soll es nicht liegen. Das Zimmer im Souterrain steht doch immer leer. Ich brauche heute Nacht ein Bett.“

„Warum denn das?“

„Ich habe mich wieder mit meiner Mutter gestritten und heute gehe ich nicht nach Hause. Soll sie sich ruhig Sorgen machen. Mir doch egal“, erklärte Flora trotzig.

„Aber Flora, das kannst du nicht wollen“, ermahnte die fünfzehn Jahre ältere Kollegin sie. Lotte dachte an ihre beiden kleinen Mädchen. Den Hintern würde sie ihnen versohlen, wenn sie sich jemals so verhielten.

„Doch, kann ich!“, kam es aufgebracht zurück.

„Überleg dir einmal, welch schlimme Gedanken deine Mutter heute Nacht quälen. Sie wird ganz krank vor Angst werden“, versuchte Lotte dem jungen Mädchen noch einmal ins Gewissen zu reden. „Wenn du erst selbst Kinder hast, wirst du es verstehen.“

„Pah, Kinder.“ Flora lachte. „Dazu gehört ein Mann und noch ist keiner in Sicht.“

„Wenn dir der Richtige erst einmal über den Weg läuft, geht es mit dem Kinderkriegen schneller als du denkst.“

„Der Richtige! Wo sollte der mir schon über den Weg laufen? Unten im Hafen sicher nicht. Da trifft sich nur der ganze Pöbel.“ Verächtlich hob Flora die Brauen.

„Der Pöbel? Mädchen wie redest du denn? Die Fischerei ist ein ehrbarer Beruf, und die Männer arbeiten hart, um ihre Familien zu ernähren", wies Lotte sie zurecht.

„Ach Lotte, sei doch nicht immer so blauäugig. Was soll ich mit einem Fischer oder gar mit einem Hafenarbeiter?" Flora schleuderte ihr die Worte voll Abneigung entgegen. „Du hast Recht, die Männer arbeiten hart, aber das Geld, das sie nach Hause bringen, reicht doch nie. Nein, Lotte. So einen will ich nicht!"

„Du hast mit deinen neunzehn Jahren ganz schön Flausen im Kopf. Beinahe versteh ich deine Mutter. Werde erwachsen Mädchen, das Leben ist nicht so, wie du es gerne hättest!"

„Wenn man es so hinnimmt…", Flora beendete ihren Satz nicht. Sie zuckte nur mit den Schultern und war voll Verachtung für Lotte. „Kann ich nun hier schlafen?" Eigensinnig stand sie vor ihr und warf den Kopf in den Nacken. „Es hängt von dir ab. Sage es mir nur geradeheraus, wenn du etwas dagegen hast, dann suche ich mir eben eine andere Bleibe." Hochnäsig machte sie auf dem Absatz kehrt und ging zur Tür.

„Bleib da! Rühre dich nicht von der Stelle und sprich nicht so mit mir. Ich bin nicht deine Mutter." Langsam wurde es Lotte zu viel. Was bildete sich das junge Mädchen ein? „Heute Nacht kannst du bleiben. Morgen beginnst du ohnehin mit dem Frühdienst. Sieh zu, dass du auf den Beinen bist, bevor die Chefin kommt. Sie darf dich nicht erwischen, sonst sind wir beide dran, und ich verspüre nicht die geringste Lust, deinetwegen Ärger zu bekommen."

Lotte hatte ihre Tasche bereits in der Hand und strebte dem Ausgang zu. „Verschließe hinter mir die Tür!", wies sie Flora an.

„Danke", sagte Flora halbherzig und schickte der Kollegin einen triumphierenden Blick.

„Ich wünsche dir eine außerordentlich schlechte Nacht, damit du Zeit findest über dein Verhalten nachzudenken."

Flora erwiderte nichts. Sie war froh, in der Pension untergekommen zu sein. Ich werde es euch allen noch zeigen, dachte sie.

Und vor ihren Augen erschien das Bild einer weißen Villa am Strand von Rügen. Sie roch den Duft von rotem Oleander.

Elisabeth Hoffmann fand keine Ruhe. Es war kurz nach zwei Uhr morgens und sie hatte noch kein Auge zugetan. Wo blieb dieses ungestüme Kind nur? Was hatte sie mit ihrer Ersten, ihrer Großen falsch gemacht? Die anderen fünf Mädchen waren doch nicht so aufsässig, ließen sich lenken und leiten. Nur Flora musste stets aus der Reihe tanzen. Sie hielt sich für etwas Besseres und zeigte ihr deutlich ihre Abneigung. Händeringend saß Elisabeth in der Küche und blickte ein ums andere Mal zum Fenster hinaus. Sie war vor einer Stunde wieder aufgestanden, nachdem Hannes sie zurechtgewiesen hatte. Sie solle endlich ruhig liegen und sich nicht andauernd hin und her wälzen, er fände keinen Schlaf und müsse schließlich morgen in aller Herrgottsfrühe wieder auf den Beinen sein, hatte er gebrummt.

Ein Blick zur Uhr: Langsam rückten die Zeiger auf halb drei. Elisabeth seufzte, erhob sich und goss Milch in einen kleinen Topf. Heiße Milch mit Honig würde sie vielleicht beruhigen und den ersehnten Schlaf bringen. Wieder trat sie ans Fenster. Die Straßenlaternen brannten schon seit Stunden nicht mehr. Ihre Augen hatten sich an die Dunkelheit gewöhnt, und sie sah die stockfinstere Straße hinunter. Kopfschüttelnd nahm sie die Milch vom Herd und legte noch eine Kohle in die Glut. In zwei Stunden war die Nacht zu Ende, da musste das Feuer im Ofen nicht mehr ausgehen.

Gedankenverloren gab sie zwei Löffel Bienenhonig in

die Milch, dann trank sie in kleinen Schlucken. Es wird ihr doch nichts passiert sein, schoss es ihr durch den Kopf. „Aber nein", sagte sie halblaut zu sich selbst, empfand jedoch keine Beruhigung. Wieder seufzte sie abgrundtief, stellte die Milchtasse auf den Tisch und begann unruhig durch die Küche zu wandern.

Elisabeth grämte es, dass ihre Tochter sie nicht verstehen wollte. Sie wusste, Flora gab ihr die Schuld daran, dass nie genug Geld im Haus war. Elisabeth wollte ihr nicht erklären, dass sie jeden Pfennig für die Aussteuer der sechs Töchter sparte. Sie war Flora keine Rechenschaft schuldig. Es war schwer für sechs Töchter Vorsorge zu treffen, doch ohne eine gute Aussteuer erginge es ihren Mädchen nicht besser, als es ihr damals ergangen war. Mit nichts als ein paar Kleidungsstücken, ein paar Geschirrtüchern, einer Garnitur Bettwäsche und einem von ihrer Großmutter geerbten Essservice war sie in die Ehe gegangen. Einen einzigen Topf hatten sie anfangs besessen. Dann war, sieben Monate später, Flora zur Welt gekommen und oft hatte es am Nötigsten gefehlt. Sie wollte, dass es ihren Kindern einmal besser ginge, und das war nun der Dank: Eine fast erwachsene Tochter, die sich gegen sie auflehnte und ihr vorwarf, nichts im Leben erreicht zu haben.

Der nahe gelegene Kirchturm kündigte die vierte Stunde des Tages an. Elisabeth gab ihren unruhigen Gang durch die Küche auf und ging nach oben zu ihrem Mann ins Bett. Als später der Wecker auf dem Nachtkästchen klingelte, hatte sie noch immer kein Auge zugetan. Die Vögel trällerten bereits seit einer Stunde, doch Elisabeth wurde immer schwerer ums Herz. Die Angst um ihre Tochter war unerträglich geworden. Hannes lag noch im Tiefschlaf und hatte, wie an jedem Morgen, den Wecker nicht gehört. Sie rüttelte ihn. „Hannes. Aufwachen!" Er knurrte. Schnell schwang sie die Beine aus dem Bett und lief die Stufen hinunter. Sie setzte den Wasserkessel auf den Herd, legte wieder ein paar Kohlen nach, richtete das

Frühstück für Mann und Kinder und überbrühte den Kaffee, als der Kessel pfiff.

Als Hannes in die Küche kam, hörte er nur noch die Tür hinter seiner Frau ins Schloss fallen. Auf dem Tisch lag ein Zettel. „Bin Flora suchen."

Zweites Kapitel

Eine unruhige Nacht lag hinter Flora. Ihr Magen knurrte unaufhörlich. Die letzte Mahlzeit lag Stunden zurück, genaugenommen hatte sie seit dem Mittag des vergangenen Tages keinen Bissen mehr zwischen die Zähne bekommen. Als der Morgen bereits gegraut hatte, war sie doch noch fest eingeschlafen. Jetzt, nach nicht einmal zwei Stunden, war sie wieder aufgewacht und schaute auf die Wanduhr. Sie kuschelte sich noch einmal in die Kissen. „Ein paar Minuten noch", murmelte sie. Als sie die Augen später wieder aufschlug, erschrak sie heftig: Schon Sechs! Behände sprang sie aus dem Bett, verzichtete auf eine ausgiebige Morgentoilette, wusch sich schnell Gesicht und Hände und rannte, wie von der Tarantel gebissen, aus dem Zimmer. Die ersten Gäste würden in einer Stunde das Frühstück einnehmen wollen. In der Küche der Pension angekommen, klopfte es an der hinteren Tür. Flora öffnete und nahm dem Jungen von der Bäckerei die Kisten mit dem frischen Brot und den Brötchen aus der Hand. In Windeseile machte sie sich daran, das Gebäck in die dafür vorgesehenen Körbchen zu legen und stellte sie auf die eingedeckten Tische. Sie durfte nicht trödeln, keine Zeit mehr vergeuden. Wäre sie doch bloß nicht noch einmal eingeschlafen. Käme ihre Chefin früher, als Flora es von ihr gewohnt war, dann wäre alles aus. In den letzten Wochen war sie mehrfach, wegen ihrer Träumereien am helllichten Tag, von ihr ermahnt worden. Lange würde Gisela Neuenschwader ihr das bestimmt nicht mehr nachsehen.

Flora schaufelte Kaffeepulver in die bereitstehenden Kannen und gab in andere schwarzen Tee. Das Wasser kochte bereits auf dem Herd, es musste stets heiß gehalten werden, um später das gewünschte Getränk sofort aufbrühen zu können. Nach einer dreiviertel Stunde lief ihr der Schweiß den Rücken hinunter, doch sie hatte es geschafft. Wenn Gisela jetzt käme, würde sie endlich einmal mit ihr zufrieden sein.

Noch war kein Gast in Sicht. Flora hing wieder ihren Gedanken nach. Ganz anders hatte sie sich den Morgen vorgestellt. Viel früher hatte sie aufstehen wollen, gerne wäre sie vor Arbeitsbeginn hinunter zum Strand gelaufen und hätte ein erfrischendes Bad genommen. Danach wäre sie nicht auf direktem Wege zurückgegangen, sondern ganz langsam an der weißen Villa vorbeigeschlendert. Mit ein wenig Glück hätte sie ihn vielleicht gesehen. Ob er so früh schon wach war, überlegte Flora. Bisher hatte sie ihn immer nur am Abend, auf ihrem Weg nach Hause, beobachten können.

„Flora! Bist du hier?“ Elisabeth Hoffmann lief mit zitternden Knien durch das Foyer der Pension. Sie hoffte, ihre Tochter hier zu finden. Das Herz klopfte ihr vor Angst bis zum Hals hinauf.

„Auch das noch! Heute bleibt mir nichts erspart“, murmelte Flora.

„Ja!“, rief sie genervt und ging der Mutter entgegen.

„Also Mädchen, weißt du eigentlich was ich mir für Sorgen gemacht habe? Hast du etwa hier geschlafen?“ Noch immer aufgeregt, dennoch froh, schaute Elisabeth sich um. In dem Moment, als sie die Tochter unversehrt wusste, war ihr ein Stein vom Herzen gefallen.

„Ja, ich habe hier die Nacht verbracht. Immer besser als zu Hause, wo es nur Streit gibt. Und du kannst dich beruhigen, ich war die ganze Nacht allein“, herrschte Flora ihre Mutter an. Sie wollte sie absichtlich provozieren: Schon am frühen Morgen fiel sie ihr auf die Nerven. Wieso suchte ihre Mutter sie überhaupt? Es lag ihr doch ohnehin nichts an ihr.

„Aber Flora, was soll denn das? Ich habe mir die furchtbarsten Dinge ausgemalt, das du mit einem Burschen zusammen sein könntest, ist mir gar nicht in den Sinn gekommen!“

„Schrei nicht so! Die Gäste sind hier um Ruhe und Erholung zu finden. Am Ende verliere ich deinetwegen noch meine Arbeit.“ Flora hatte sich vor ihrer Mutter aufgebaut, die Hände in die Hüften gestützt. Hochnäsig schaute sie auf die Frau herab, die einen Kopf kleiner war, als sie selbst.

„Flora!“ Zu mehr kam Elisabeth Hoffmann nicht.

„Wenn du dich jetzt davon überzeugt hast, dass es mir gut geht, kannst du wieder nach Hause gehen.“

„Flora, bitte!“

„Flora, bitte“, äffte Flora ihre Mutter nach.

Elisabeth war blass geworden. Sie rang nach Luft. War das wirklich ihre Tochter? Ihre Flora? Ihre Große? Ungläubig und verzweifelt schüttelte sie den Kopf, dann straffte sie die Schultern. „Wenn du in zwei Jahren volljährig wirst, kannst du tun und lassen was du willst! Bis dahin fügst du dich oder heiratest und ziehst aus. Es soll mir egal sein, wie du dich dann benimmst. Heute Abend erwarte ich dich zu Hause. Dann reden wir weiter. Hast du mich verstanden?“ Es kostete Elisabeth unendlich Kraft, doch sie hielt dem Blick der Tochter stand, bis diese sich abwandte. „Hast du mich verstanden, Flora!“, rief sie ihr hinterher.

„Ja, doch“, erwiderte Flora patzig, ohne sich umzudrehen.

Elisabeth machte auf dem Absatz kehrt und verließ wortlos die kleine Pension.

Inzwischen hatten sich die ersten Gäste zum Frühstück eingefunden. Sie hatten den Streit zwischen Mutter und Tochter zuerst interessiert verfolgt, dann peinlich berührt weggeschaut und getan als hörten sie nicht die verletzenden Worte der Tochter.

Flora reckte den Kopf noch etwas höher und lächelte zuckersüß.

„Was hätten Sie denn gern? Tee oder Kaffee?", fragte sie ein älteres Ehepaar. In ihrem Blick konnte man eine Überheblichkeit erkennen, wie man sie selten bei einem jungen Mädchen fand. Fassungslos musterten die Gäste die junge Frau.

„Ihr geht mir alle auf die Nerven", zischte Flora leise. Dann dachte sie an die Worte ihrer Mutter, „*…fügst dich oder du heiratest….*"

Flora lachte abfällig. „Ha, fügen. Darauf kann sie lange warten", fauchte sie.

Und im nächsten Moment hatte sie den Ausweg für all ihre Probleme klar und deutlich vor Augen. Mit aller Kraft würde Flora auf ihr Ziel zusteuern: Heiraten, das war die Lösung!

Als der letzte Gast sein Frühstück beendet hatte, sammelte Flora das schmutzige Geschirr ein und stellte es in der Küche neben dem Spülbecken ab. Zunächst mussten die Zimmer der Gäste gereinigt werden. Sie machte sich auf den Weg und begann mit der ihr verhassten Arbeit. Jede Woche musste die Bettwäsche der Gäste gewechselt werden. Die Wäscheberge sammelten sich auf den Fluren und Flora kam gehörig ins Schwitzen. Sie dachte an den Berg schmutzigen Geschirrs, der unten in der Küche auf sie wartete. Einen Augenblick lang wollte sie am liebsten alles stehen und liegen lassen, fortgehen, alles hinschmeißen. Sofort, als ihr der Gedanke kam, verwarf sie ihn wieder. Nein, es war zu früh. Sie musste noch ein wenig durchhalten. Wohin sollte sie, ohne Geld, ohne Arbeit? Die Eltern würden es nicht verstehen. Nicht mal ihr Vater wäre dann noch auf ihrer Seite. Verbissen schrubbte sie weiter die Waschbecken und befreite Kommoden und Rauchtischchen vom Staub.

Die kleine Pension verfügte über acht Zimmer. Alle waren mit dem gleichen Mobiliar ausgestattet und boten jeweils Platz für zwei Personen. Die Gäste fühlten sich wohl und Giselas Pension war immer voll belegt.

Flora war bis zum Mittag allein, gegen zwei würde Lotte kommen und das Abendessen vorbereiten. Flora konnte dann nach Hause gehen. Wenn sie ein um die andere Woche Spätschicht hatte, tauschen die Frauen die Arbeiten und es war Lottes Aufgabe, das Frühstück zu servieren und die Zimmer zu reinigen. Flora gefiel die Spätschicht genauso wenig, denn auch am Nachmittag gab es noch genug Arbeit. Zudem musste sie dann morgens ihrer Mutter im Haushalt helfen. Sie konnte darüber nachdenken, so oft sie wollte: Es war nicht das Leben, das ihr vorschwebte.

Bepackt mit zwei Körben schmutziger Wäsche balancierte Flora die Treppe hinunter in die Wirtschaftsräume.

Die Zimmer waren gerichtet, und sie gestattete sich nun eine Pause. Das Geschirr konnte noch eine Weile warten. Sie nahm eine Zigarette aus ihrer Tasche und brühte sich einen Kaffee auf. Dann setzte sie sich ins Küchenfenster und genoss die salzige Luft, die vom Meer herüberwehte. Sie öffnete die oberen Knöpfe ihres Arbeitskittels und lehnte den Kopf gegen den Fensterrahmen. Mit der Zeitung vom Vortag, die noch auf dem Fensterbrett lag, fächelte sie sich Luft zu. Vorsichtig nippte sie an dem heißen Kaffee und blies kleine Rauchwölkchen in die Luft. Verträumt dachte sie darüber nach, wie es wäre, nicht arbeiten zu müssen, Kaffee zu trinken, wann immer sie Lust darauf verspürte und nicht nur heimlich rauchen zu können.

„Flora! Was habe ich Ihnen schon hundertmal gesagt? In der Küche wird nicht geraucht!“ Gisela Neuenschwader hatte, von Flora unbemerkt, die Pension betreten.

„Und wie sitzen Sie eigentlich im Fenster? Kommen Sie vom Fensterbrett herunter, und schließen Sie die Knöpfe Ihres Kittels! Die Leute, die draußen vorübergehen, müssen ja denken hier sei ein Bordell“, schimpfte sie.

Flora beeilte sich nicht. Sie legte die Zeitung aus der Hand und drückte ihre Zigarette in dem vor ihr stehenden Aschenbecher aus. Dann hob sie ihre Kaffeetasse zum Mund und trank langsam die letzten Schlucke.

Gisela Neuenschwader holte tief Luft und beobachtete Floras Treiben mit wachsendem Unmut. Diesem Mädchen war nicht zu helfen. Das Maß war voll. „Wenn Sie es dann doch noch schaffen sollten sich von Ihrem Platz loszureißen, kommen Sie in mein Büro und holen sich Ihre Papiere. Der nächste Erste ist für Sie der Letzte.“

„Ich habe noch Urlaubsanspruch“, entgegnete Flora und der resoluten Frau mit dem üppigen Busen fehlten die Worte. Eine solche Reaktion hatte sie nicht erwartet, jede andere hätte eine Kündigung hart getroffen. Mit einer Entschuldigung hatte Gisela Neuenschwader ohnehin nicht gerechnet, aber doch wenigstens mit Bestürzung. Gut so, dass ich nun endlich ein Machtwort gesprochen habe, dachte sie. „Ihren Urlaub können Sie ab morgen antreten. Heute spülen Sie erst noch das Geschirr und erledigen die restlichen Arbeiten. Diesen angefangenen Tag bezahle ich Ihnen ja schließlich noch!“ Gisela Neuenschwader verließ den Raum und schloss geräuschvoll die Tür hinter sich.

Flora zuckte zusammen und die Gelassenheit, die sie eben noch empfunden hatte, verließ sie mit einem Mal. Was sollte sie ihren Eltern erzählen, wenn sie morgen nicht zur Arbeit ginge? Ihre Mutter würde ihr niemals glauben, dass sie mitten in der Hauptsaison Urlaub bekommen hatte, einfach so, ohne zwingenden Grund. Ihr Herz klopfte bis zum Hals hinauf. Tausend Gedanken drehten sich in Floras

Kopf. Was hatte sie getan? Sie musste so schnell wie möglich eine neue Stellung finden. Die Neuenschwader würde ihr doch hoffentlich keine schlechte Beurteilung schreiben? Dann fände sie hier im Ort sicher nie wieder Arbeit.

Morgen, spätestens übermorgen, würden es die Spatzen von den Dächern pfeifen: Flora Hoffmann, dieses hochnäsige Geschöpf, war von der gutmütigen Gisela Neuenschwader auf die Straße gesetzt worden.

Lotte betrat pünktlich um Zwei die Pension. Von Flora war nichts zu sehen. Unmerklich schüttelte Lotte den Kopf. Wo steckte das Mädchen wieder?

„Guten Tag, Lotte."

„Guten Tag, Frau Neuenschwader." Lotte wunderte sich, Gisela hier zu sehen. Meist hielt die Chefin um diese Zeit ihren Mittagsschlaf.

„Wenn Sie Flora suchen, sie ist schon vor einer Stunde gegangen. Ihre Arbeiten hat sie noch erledigt, dann habe ich sie fortgeschickt. Ab morgen hat sie Urlaub und ab dem Ersten haben wir hoffentlich jemand Neues. Bis dahin müssen Sie allein zurechtkommen. Wird das gehen?" Gisela wusste, dass es nicht einfach für Lotte werden würde, hatte sie doch Mann und Kinder zu versorgen.

„Was ist denn passiert?", fragte Lotte bestürzt.

„Ich habe Flora hinausgeworfen. Sie saß, als ich heute Morgen hier ankam, in einer aufreizenden Pose im Küchenfester, rauchte, trank Kaffee und hatte schamlos weit ihren Kittel aufgeknöpft."

„Oh." Lotte riss vor Schreck die Augen auf. „So richtig weiß ich nicht, ob ich das hier alles allein schaffe. Es ist Hauptsaison", erklärte sie stockend, immer noch erschrocken über den Rauswurf der Kollegin.

„Hm. Ich weiß“, sagte Gisela nachdenklich. „Ich werde mich ab morgen um das Frühstück kümmern und Sie kommen später. Sie reinigen die Zimmer und ich spüle das Geschirr. Früher, als die Pension noch meinen Eltern gehörte, habe ich das auch getan. Es muss irgendwie gehen. Auch ohne Flora, diese nichtsnutzige und überhebliche Person. So müssen wir uns beide wenigstens nicht mehr über sie ärgern und aufregen.“

„Ja, Frau Neuenschwader, wenn ich morgens später kommen kann, dann schaffe ich das auch mit meinen beiden Mädchen zu Hause.“

„Prima, Lotte. Dann machen wir es also so. Ich habe heute Morgen meine Fühler schon nach einem Ersatz ausgestreckt. Bisher noch ohne Erfolg. Wie Sie schon richtig bemerkten, es ist eben Hauptsaison!“ Gisela Neuenschwader seufzte.

„Soll ich mich auch ein bisschen umhören?“

„Ja, machen Sie das. Aber bitte nicht wieder so ein liederliches Geschöpf!“ Lotte hatte vor einem Jahr Flora mitgebracht und ein gutes Wort für sie bei ihrer Chefin eingelegt. Im Grunde kannte Lotte nur Floras Mutter. Elisabeth Hoffmann, die sich um ihre sechs Töchter mühte, tat ihr leid. Flora wechselte die Stellen wie andere Leute ihre Unterwäsche und im ganzen Ort zerriss man sich die Mäuler über das Mädchen. Bildhübsch und blitzgescheit war Flora, jedoch hielt sie es nirgends lange aus, und zu allem Übel erweckte sie immer den Anschein, dass sie etwas Besseres sei. Lotte hatte angenommen, Flora hätte nur noch nicht die richtige Aufgabe gefunden. Schon nach wenigen Tagen hatte Lotte ihren Irrtum bemerkt. Für Flora würde es nie eine Arbeit geben, an der sie Gefallen fände. Das Mädchen hatte keine Lust auf irgendetwas, es sei denn, sich in Szene zu setzen, mit den jungen Männern zu kokettieren und nach den Sternen zu greifen.

„Sie können sich auf mich verlassen. Ich werde mich dieses Mal besser informieren, bevor ich Ihnen jemanden empfehle.“ Lotte dachte daran, wie oft sie sich über Flora geärgert hatte. Eine gute Kollegin war Flora Hoffmann wirklich nicht gewesen.

Der Strand war dicht bevölkert und Flora konnte vor lauter Kindergeschrei keinen klaren Gedanken fassen. Als sie sich gegen Mittag ihre Papiere aus dem Büro abgeholt hatte, durfte sie gehen. Gisela Neuenschwader hatte es noch am Vormittag geschafft, ihr ein Arbeitszeugnis auszustellen. Zu Floras Erstaunen war es gar nicht so übel ausgefallen. Damit fände sie, gerade jetzt in der Saison, sicher ganz schnell eine neue Stelle. Sie entschloss sich, bis zum Ende ihrer Schicht hier sitzen zu bleiben und dann erst nach Hause zu gehen. Morgen früh würde sie wie immer das Haus verlassen, sich am noch ruhigen Strand in die Morgensonne legen und später durch die Geschäfte bummeln. Nach Arbeitssuche stand ihr nicht der Sinn, das konnte warten. Die nächsten zwei Wochen, ihren Urlaub, bekam sie ja noch bezahlt. Und diesen Urlaub, den hatte sie sich schließlich verdient! Vielleicht sollte sie später nach Bergen fahren und sehen, ob in einem Büro oder einem Hotel eine Stelle für sie frei wäre. Eine vornehme Kanzlei, ein mondänes Hotel schwebten ihr vor. Dort stünden ihre Chancen, einen gut betuchten Mann kennenzulernen, sicher wesentlich besser, als hier in diesem Kaff.

Oder sollte sie sich gleich in Stralsund umsehen? Die weite Strecke könnte sie nicht jeden Tag fahren, müsste in der Stadt bleiben, ein Zimmer mieten und wäre vogelfrei. Herrlich wäre das! Ihre Mutter würde sie nicht mehr bevormunden können, im Haushalt helfen konnten ihre Schwestern ebenso gut. Nun, darüber würde sie später noch einmal nachdenken. Jetzt stand ihr der Sinn nicht nach solch komplizierten Entscheidungen.

Gedankenverloren lag sie im Sand und kaute an einem Grashalm. Ihr Blick flog über Strand und Meer bis zum Horizont, und sie träumte sich wieder in die Salons der großen Schiffe, an die Seite eines schönen und reichen Mannes, der ihr das Leben ermöglichte, von dem sie glaubte, es verdient zu haben.

Plötzlich sprang sie auf. Nein, Bergen und Stralsund kamen nicht in Frage. Flora wusste genau was zu tun war. Sie nahm Tasche und Schuhe und ließ das Geschrei der tobenden Kinder hinter sich.

Zielstrebig marschierte sie auf die weiße Villa zu. In jedem ihrer verwegenen Schritte lag ihr ganzes Streben nach einem besseren Leben.

Und Flora wusste, sie konnte alles erreichen, wenn sie es nur wollte.

Drittes Kapitel

Marseille, Frankreich 1990

Wie hatte sie sich vor diesem Moment gefürchtet. Ganz ruhig saß sie an ihrem Lieblingsplatz im Garten. Die ausladende Krone des alten Taschentuchbaums spendete in der mittäglichen Hitze wohltuenden Schatten. Ein lauer Wind ließ die Blätter rascheln. Aus der Ferne vernahm sie das lustige Gezwitscher eines Stieglitzpaares, als sie aufschaute konnte sie den Liebestanz der beiden Vögel beobachten. In der Nähe lärmten Kinder, und aus einem zu laut aufgedrehten Radio erklang eine beschwingte Melodie. Die Sonne schien von einem wolkenlosen Himmel, in der Luft lag der Geruch der flirrenden Hitze des Tages. Viele solcher wundervollen Augenblicke hatte sie hier schon erlebt: Diese nicht enden wollenden Sommer, die sie so sehr liebte. Alles wie immer, dachte sie. Nur in ihrem Herzen waren die dunklen Schatten der Vergangenheit aufgezogen. Schuld daran trug die Postkarte, die sie in Händen hielt. Immer wieder las Viola Lefort die wenigen Zeilen, geschrieben von ihrer alten Freundin, in makelloser Handschrift.

„Madam Lefort, ich habe im Speisezimmer das Mittagessen für Sie gerichtet. Ich dachte, es wäre zu heiß, um im Freien zu speisen.“

„Ich habe keinen Hunger, Monique. Räumen Sie bitte alles wieder weg. Vielleicht esse ich später etwas“, entgegnete Viola dem Mädchen, das sich seit einem Jahr um den Haushalt kümmerte.

„Soll ich Ihnen wenigstens ein erfrischendes Getränk bringen? Geht es Ihnen gut?“ Monique war die Blässe ihrer Arbeitgeberin aufgefallen. Sogar unter der tadellos geschminkten Haut war zu erkennen, dass alle Farbe aus ihrem Gesicht gewichen war.

„Danke, Monique. Das ist nett von Ihnen, aber ich möchte im Moment nur allein sein."

Zögernd blieb die junge Frau vor Viola stehen. „Sind Sie sicher, dass ich Sie allein lassen kann?"

Viola lächelte. „Aber ja, Monique. Gehen Sie nur hinein an Ihre Arbeit. Sie müssen sich nicht sorgen, es geht mir gut."

Immer noch unentschlossen lief das Mädchen langsam durch den Garten auf das Haus zu, nicht ohne sich mehrfach mit prüfenden Blicken nach Viola Lefort umzuschauen. Was war nur geschehen? So kannte sie Madame Lefort nicht.

Viola hatte sich von der kleinen Bank erhoben und lenkte ihre Schritte dem nahen Seerosenteich entgegen. Nach ein paar Metern streifte sie die Schuhe von ihren Füßen. Ah, eine Wohltat! Der kurzgeschnittene Rasen fühlte sich erfrischend kühl an und kitzelte ihre Fußsohlen. Die pfirsichfarbene Bluse klebte an ihrem Rücken, obwohl sie ganz ruhig im Schatten des Baumes gesessen hatte. Der wadenlange, eng geschnittene, dunkelgrüne Rock war nicht für einen Gartenspaziergang geeignet. Viola spielte einen Augenblick mit dem Gedanken ins Haus zu gehen und ihre elegante Kleidung, die sie heute Morgen für einen geschäftlichen Termin ausgewählt hatte, durch ein bequemes Hauskleid zu ersetzen. Sie schob ihr halblanges Haar hinter die Ohren, so, wie Maurice es an ihr liebte. Unterdessen trugen ihre Füße sie weiter dem Teich entgegen. Hierher kam sie immer, wenn sie nicht mehr weiter wusste. Genauso, wie sie es von ihrer Mutter in Erinnerung hatte. Ihre schöne Mama, der sie im Aussehen aufs Haar glich, deren Charakter sie aber Gottlob nicht von ihr vererbt bekommen hatte, war bei Problemen stets in den Garten gelaufen und hatte Rat und Trost auf der Bank bei den Oleanderbüschen gesucht. Dort hatte sie Stunden in Gedanken verbracht und war jedes Mal ruhiger, gefasster und mit einer Lösung für alle Schwierigkeiten zurückgekommen.

Gedankenverloren schaute Viola auf die Seerosen. Im lauen Wind bewegten sie sich wie kleine Boote im Teich hin und her. Bitter dachte Viola für einen Moment an ihre übermächtige Mutter zurück. Was sollte sie jetzt nur tun? Wie sollte sie sich verhalten? Was war richtig, was falsch? Sie bezweifelte, dass sie heute zu einem Entschluss kommen würde. Sie wäre schon froh, wenn sie ein wenig Trost fände. Trost? War er überhaupt nötig? War sie traurig? Nein! Damals, ja, da war sie verzweifelt gewesen, hatte nicht ein noch aus gewusst. Aber heute? Heute empfand sie nur eine unendliche Leere.

„Viola!" Suchend schaute Maurice sich nach seiner Frau um.

„Hier!", rief sie und winkte ihm aus der Ferne. Er kam mit großen ausladenden Schritten auf sie zugelaufen.

„Viola, was ist passiert? Monique sagt, du willst weder essen noch trinken." Seine Hand umfasste den Henkel eines Glaskruges, gefüllt mit Orangensaft. Maurice steuerte auf einen kleinen Tisch am Teich zu und stellte den Krug ab. Aus seiner Hosentasche holte er zwei Gläser. Viola lächelte ihn verliebt an. „Wie immer", sagte sie.

„Wie?"

Da war es wieder, dieses leise Lächeln, welches ihn vor vielen Jahren um den Verstand gebracht hatte. „Sag schon, meine Liebe, was ist mit dir?"

Er schob Viola einen Stuhl zurecht und bat sie, sich zu setzen. Dann goss er Orangensaft in eines der Gläser und reichte es ihr. Bevor sie das Glas an ihre Lippen führte, hauchte sie ein kaum hörbares: „Danke, mein Lieber." Dann trank sie in kleinen Schlucken.

„Noch ein wenig mehr. Komm schon! Du bist ganz bleich", forderte er, als sie das Glas auf dem Tisch abstellen wollte. Es schien ihm, als hätte sie ihre Lippen nur benetzt.

„Maurice, bitte! Ich mag nicht."

Er rückte den zweiten Stuhl nah zu seiner Frau heran und nahm neben ihr Platz. Zärtlich umfasste er ihre Hand und hielt sie fest umschlossen. Viola legte die Postkarte vor ihn hin. „Bitte lies!" Als er die wenigen Zeilen überflogen hatte, schaute er sie fragend an. „Was wirst du tun?"

„Wenn ich das nur wüsste." Unruhig erhob sie sich. „Was rätst du mir?"

„Es ist eine schwere Entscheidung, die dir niemand abnehmen kann", erklärte er und Viola sah, dass sein Gesicht sich verfinstert hatte.

„Wärest du böse, wenn ich hinfahren würde?", fragte sie nach einer Weile der Stille.

„Aber nein, nicht doch. Ich bestehe allerdings darauf, dich zu begleiten."

„Du willst mich begleiten?", fassungslos sah sie ihren Mann an.

„Ja, selbstverständlich! Was denkst du denn? Glaubst du, ich lasse dich in dieser Situation allein?"

„Weißt du noch?", fragte Viola nachdenklich.

„Was?"

„Als wir damals fortgingen, sagtest du, dass du nie wieder einen Fuß auch nur in die Nähe meines Elternhauses setzen würdest", erinnerte sie ihn.

„Ja, ich weiß, und das werde ich auch niemals tun." Fragend sah Viola ihren Mann an. „Ich verstehe nicht?"

„Du hast die Karte deiner Freundin nicht aufmerksam genug gelesen. Schau, was hier steht!" Maurice nahm die Postkarte vom Gartentisch und zeigte mit dem Finger auf ein paar Worte. Viola las noch einmal, offensichtlich hatte ihr Mann in den wenigen Zeilen etwas entdeckt, was ihr in ihrem ersten Schreck entgangen war: *…in seiner Heimat, auf der Insel Rügen. Die deutsche Wiedervereinigung hat es möglich gemacht…*

„Du hast Recht!“ Ein kleines Leuchten, ein wenig Zuversicht, erschien auf ihrem Gesicht. Sie setzte sich wieder, rückte noch näher zu Maurice heran und kuschelte sich an ihn. „Dann lass uns fahren“, sagte sie erleichtert.

„Fliegen, meine Liebe. Das geht schneller.“

„Es muss nicht schnell gehen. Ich möchte einen Tag später angekommen, wenn alles bereits vorbei ist. Ich will nicht mit *ihr* zusammentreffen, *sie* nicht sehen und nicht mit *ihr* sprechen.“

„Das musst du auch nicht. Aber ein Zuspätkommen lasse ich nicht zu, dass gehört sich einfach nicht.“

„Wie soll es gehen, ohne *ihr* über den Weg zu laufen?“

„Wir werden fliegen, gleich morgen…“, weiter kam Maurice nicht.

„Nein, dann sind wir einen Tag zu früh dort. Da ist ein Zusammentreffen vorprogrammiert“, unterbrach Viola ihren Mann. Mit aller Macht wehrte sie sich. Nicht das geringste Risiko würde sie eingehen, die Frau wiederzusehen, die ihnen so viel Leid zugefügt hatte.

„Lass mich nur machen. Vertrau mir, mein Schatz. Ich verspreche dir, dass wir *ihr* nicht begegnen werden. Du kannst ganz ruhig sein und dich von ihm verabschieden, so wie du es für richtig hältst. Ich bin auch nicht auf ein Wiedersehen mit *ihr* versessen, das kannst du mir glauben.“ Maurice hatte seine Frau noch fester an sich gezogen. Sie lag in seinen Armen und als sie zu ihm aufschaute, küsste er sie sanft auf die Stirn. „Sei ganz ruhig, meine Liebe.“

Und Viola vertraute ihm, so wie sie es immer getan hatte. Beruhigt schmiegte sie sich in seine Arme. Stets hatte Maurice Wort gehalten, sie nie enttäuscht.

Maurice schob seine Frau sanft von sich und stand auf. Er wollte Viola noch eine Weile des Alleinseins gönnen. Wusste er doch, dass sie die Stille brauchte, um wieder Herr ihrer Gefühle zu werden. Zärtlich strich er ihr über das

Haar und drückte ihre kleine, zierliche Hand. Nachdenklich schaute er sie an. Wo waren die Jahre geblieben? In Violas Haar, einstmals weizenblond, zeigten sich unzählige graue Strähnen. Es störte sie nicht. Ihre maßlose Eitelkeit hatte sie an dem Tag abgelegt, als sie beide vor siebenundzwanzig Jahren mit weniger mehr als ihren Kleidern, und ein paar Franc in der Tasche nach Marseille gekommen waren. Arm wie Kirchenmäuse waren sie gewesen, bettelarm: Dafür jung und gesund, bereit es mit allen Widrigkeiten aufzunehmen. Im Gepäck hatten sie einzig Kummer und Sorgen und einen unermesslichen Zorn auf die Frau, die ihnen so übel mitgespielt hatte.

Fragend schaute Viola ihren Mann an. „Woran denkst du?"

„Daran, dass ich dich liebe, wie am ersten Tag", sagte er leise und küsste zärtlich ihre Fingerspitzen. Schnellen Schrittes ging er dann auf das Haus zu, in dem sie nun seit fast zwanzig Jahren lebten.

Jeden Centime hatten sie dafür auf die Seite gelegt. Nur das Nötigste war gekauft worden, gerade so viel, dass der Magen nicht geknurrt hatte und sie halbwegs anständig gekleidet waren. In zwei Dachkammern, mit dem WC auf dem Gang, hatten sie gewohnt, als sie in Marseille angekommen waren: Zuerst allein, später mit ihrer kleinen Tochter Annika. Als das Mädchen fünf Jahre alt geworden war, hatte Viola entschieden, dass es so nicht weitergehen konnte. Sie kauften dieses Haus, damals viel kleiner und heruntergekommen, und verschuldeten sich bis über beide Ohren. Dann bauten sie es jahrelang Stück für Stück aus. Mut, Zuversicht, unermüdliche Arbeit, Fleiß und Entbehrungen hatten sich ausgezahlt. Sicher, ein wenig Glück war auch dabei gewesen. Heute ging es ihnen gut. Sie hatten sich hochgearbeitet, nichts war ihnen geschenkt worden: Einzig ein wundervoller Mann, ein großer Künstler, hatte grenzenloses Vertrauen in Viola gesetzt. Es war seine beste Investition gewesen, so sagte er noch heute zu ihr:

Und für Viola war es diese eine große Chance, die es kein zweites Mal im Leben gab.

Im Hineingehen rief Maurice nach Monique.

„Monsieur?", das Mädchen war sofort zur Stelle.

„Meine Frau muss für zwei oder drei Tage verreisen und ich werde sie begleiten. Holen Sie bitte den kleinen Reisekoffer aus der Abstellkammer und legen Sie schon einmal alles bereit, was meine Frau für eine kurze Reise benötigt. Sie wissen schon – Haarbürste, Kosmetiktasche, Schmuck...." Maurice lachte, als er in Moniques Gesicht sah. Sie verdrehte die Augen und grinste ihn übermütig an.

„Oui, oui Monsieur. Ich weiß, was eine Frau für eine kurze Reise braucht", antwortete sie amüsiert. „Genau die gleichen Dinge, als würde sie einige Monate verreisen." Sie ging an ihm vorbei und lief die Treppe hinunter in die Abstellkammer. Er hörte, wie sie Gegenstände rückte, schnaufte, und dann sah er sie mit zwei Koffern zurückkommen.

„Bitte, Monsieur Lefort", sie hielt ihm einen dunkelbraunen Lederkoffer entgegen. „Soll ich Ihnen helfen, ihre Toilettenartikel einzupacken oder schaffen Sie das allein?", neckte sie ihn. Maurice lachte.

„Ich rufe, wenn ich Ihre Hilfe brauche", erwiderte er und zwinkerte vergnügt.

Die Leforts hatten es gut mit Monique getroffen. Sie war ein nettes, fleißiges Mädchen, zudem sauber und ordentlich. Monique konnte gut kochen, war gelehrig und folgsam. Und sie hatte eine Gabe, die bei weitem nicht alle besaßen: Nächstenliebe.

Gedankenvoll schaute er der jungen Frau nach, als sie leichtfüßig die Treppen hinauflief. Als er Schritte hinter sich hörte, drehte er sich um.

„So nachdenklich?", fragte Viola, die gerade eingetreten war.

„Sie ist jetzt in ihrem Alter", antwortete er und Viola folgte seinem Blick, der an Moniques zierlicher Gestalt hing. Sie sah die Qual in seinen Augen, schluckte schwer und holte tief Luft.

„Ja", antwortete sie kaum hörbar.

„Was wohl aus ihr geworden ist? Ich denke so oft darüber nach, wo sie ist, wie es ihr geht, ob sie es gut hat, keine Entbehrungen, eine gute Bildung…", verzweifelt fuhr er sich mit beiden Händen durch das immer noch dichte Haar.

„Pst." Behutsam legte sie ihren Zeigefinger auf seine Lippen. „Vielleicht finden wir jetzt einen klitzekleinen Hinweis, einen neuen Anhaltspunkt. Auch deshalb will ich diese Reise antreten." Maurice sah den Hoffnungsschimmer in den Augen seiner Frau. Überrascht fragte er: „Du hast dich nicht damit abgefunden?"

„Wie könnte ich das? Nie werde ich die großen blauen Augen vergessen, aus denen sie mich ansah. Es war nur ein kurzer Augenblick, ein Nu, und dennoch hat dieser Blick sich unauslöschlich in meine Seele eingebrannt. Für einen Moment gab es nur noch Sonnenschein, unendliches Glück…", sie unterbrach sich mitten im Satz und sah ihrem Mann ungläubig in die Augen. „Du hast angenommen, ich hätte mich abgefunden?"

„Als Annika und dann Oliver geboren wurden, habe ich bemerkt, wie du regelrecht aufgeblüht bist und Trost in den beiden gefunden hast. Ich hoffte so sehr, dein glücklicher Zustand wäre von Dauer und doch hatte ich Angst, du könntest unsere Erste vergessen. Später dankte ich Gott, dass er dich gesund werden ließ und nahm es dafür hin, dass wir nie mehr von ihr gesprochen haben. Alles hat seinen Preis", erklärte der große, starke Mann leise, und Tränen schimmerten in seinen Augen.

„Nicht mehr von ihr zu sprechen, war meine Art mich zu schützen, meine Art alles auszuhalten, um Kraft für unsere Kinder zu haben. Sie brauchten mich so sehr. Dabei habe ich dich, wie mir scheint, über meinen eigenen täglichen Kampf ganz vergessen.“ Sie trat an ihn heran, fast zwei Köpfe kleiner als er, hob beide Hände und umfasste sein Gesicht. „Kannst du mir meine Achtlosigkeit verzeihen?“, fragte sie tonlos.

„Es gibt nichts zu verzeihen. Wir waren beide gefangen in unserer Schwermut und haben nur versucht, Tag für Tag das Beste zu geben. Ein jeder auf seine Weise.“

„Glaubst du, wir könnten sie heute noch wiederfinden?“ In Violas Augen las er Hoffnung.

„Ich weiß es nicht. So viele Jahre haben wir verstreichen lassen, haben nichts mehr unternommen, nicht mehr nach ihr gesucht. Es war ein Fehler. Wir hätten nicht aufgeben dürfen.“

„Ab morgen nehmen wir unsere Suche wieder auf. Und wer weiß, vielleicht hilft uns das traurige Ereignis und unsere Reise nimmt eine glückliche Wendung. Es hat alles im Leben seinen Sinn.“

Und da war es wieder, ihr leises Lachen.

Maurice war froh, dass Viola es wiedergefunden hatte. Er erinnerte sich an eine Zeit, in der es ihm verloren schien.

Der neue Morgen dämmerte, als Viola und Maurice das Haus verließen. Sie hatten ihre Kinder nicht angerufen, ihnen nichts von ihrer Reise erzählt. Was hätten sie ihnen auch sagen sollen?

In spätestens zwei Tagen wären sie wieder zurück. Hätten sie neue Erkenntnisse gewonnen, wäre immer noch Zeit, ihnen die ganze Geschichte zu erzählen. Fänden sie nichts Neues heraus, wäre es besser, alles so zu belassen, wie es war.

„Viola! Komm schon, wir müssen uns beeilen“, rief Maurice und riss seine Frau aus ihren Gedanken.

„Was, wenn wir sie wirklich finden? Maurice, was dann?“

„Es wäre wunderbar.“

„Ich habe Angst! Vielleicht sollten wir zu Hause bleiben und den Flug stornieren“, flüsterte Viola.

„Aber Liebling, was ist denn los?“

Viola schwieg. Angsterfüllt schaute sie Maurice an. Nach einer Weile holte sie tief Atem. „Sie kennt uns nicht, weiß nicht wer wir sind. Wer weiß, was man ihr erzählt hat? Sicher weiß sie nicht einmal, wer sie selbst ist. Wir bringen ihr ganzes Leben durcheinander. Unsere Kinder wissen nicht, dass es sie gibt. In den ganzen Jahren haben wir geschwiegen, sie nicht mit einer Silbe erwähnt. Wie sollen wir das Annika und Oliver jemals erklären?“

„Wenn uns das Glück hold ist und wir sie finden, dann wird sich alles andere fügen. Jetzt komm! Es wird nicht gekniffen.“ Maurice ergriff Violas Hand und duldete kein Zaudern mehr. Sanft schob er sie aus dem Haus und hielt ihr die Wagentür auf. Auch er war aufgewühlt, auch ihm waren am Abend zuvor dieselben Gedanken durch den Kopf gegangen.

Jedoch, ein Zurück gab es für ihn seit dem Augenblick nicht mehr, als er erkannt hatte, dass Violas Kummer nicht kleiner war, als sein Schmerz.

Viertes Kapitel

Insel Rügen, Mecklenburg-Vorpommern 1939

Außer Atem blieb Flora stehen, atmete tief durch und schaute prüfend an sich herab. Das Kleid, welches sie am Abend zuvor angezogen hatte, wies diverse Knitterfältchen auf. Auch das sorgsame Glattstreichen des Stoffes änderte nichts an diesem Zustand. Dennoch unterstrich das dunkle Flaschengrün ihren rosigen Teint, vertiefte das Blau ihrer Augen und verlieh ihr eine kühle Ausstrahlung. Was für ein Glück, dass sie gestern Abend ihre hochhakigen schwarzen Pumps angezogen und sich die schwarze Handtasche ihrer Schwester Camilla ausgeliehen hatte. Einzig mit ihrer Frisur hatte sie sich keine Mühe gegeben und der kecke kleine Hut, den sie seit ihrem achtzehnten Geburtstag ihr Eigen nannte, war im Schrank geblieben. Sie konnte jetzt unmöglich das Risiko eingehen und nach Hause laufen. Ganz sicher würde sie dort ihre Mutter antreffen. Auf ihre vielen bohrenden Fragen verspürte Flora keine Lust. Außerdem käme sie dann garantiert nicht noch einmal aus dem Haus. Ihre Mutter hätte ganz sicher jede Menge Arbeit für sie.

„Dann muss es so gehen", sagte Flora leise, auch wenn sie das Gefühl hatte, mit dem lieblos zusammengenommenen Haar und dem fehlenden Hut nicht vollkommen zu sein. Noch ein prüfender Blick in den kleinen Taschenspiegel: Den Lippen einen Tupfen Farbe gegönnt, das Haarband aus dem Haar gezogen und die blonden Locken mit dem Kamm geglättet so gut es eben ging. Danach sorgsam das Haar mit den goldenen Klemmen aus dem Gesicht genommen; die Augenbrauen mit Spuke in Form gebracht und in die Wangen gekniffen. Ein zweiter Blick: Flora war zufrieden mit ihrem

Spiegelbild.

Gehetzt schaute sie die Straße auf und ab. Wenn es ihr auch egal war, was die Leute über sie redeten, so wollte sie doch nicht bei ihrem Vorhaben ertappt werden. Mit raschen Schritten lief sie nun auf die Promenade zu. Die vornehmsten Villen der ganzen Insel fanden sich hier. In den Auslagen der Geschäfte konnte man die exklusivste Mode entdecken, und Flora hatte sich schon oft an den Fenstern die Nase plattgedrückt. Hier begann eine neue Welt, eine Welt, zu der Flora nicht gehörte.

Langsam schlenderte sie die Promenade entlang. Interessiert betrachtete sie die Auslagen und taxierte, nicht ohne Neid, die Menschen in den kleinen Straßencafés. Ein paar hundert Meter weiter setzte sie sich auf eine freie Bank. Dort überlegte sie, wie sie vorgehen sollte. Es musste alles wohl durchdacht sein, es musste glücken. Sie beobachtete die feinen Damen in den Cafés genau und schaute sich so manche Pose von ihnen ab: Flora achtete darauf, ihre Füße beim Sitzen eng nebeneinander zu stellen, den Rücken gerade durchzudrücken und sah, dass die Damen den Kopf beim Sprechen hin und wieder dezent neigten. All das musste sie üben, immer wieder, bis niemand ihr mehr ansehen würde, dass sie nicht in Reichtum aufgewachsen war. Sie erkannte, dass sie heute ihren Vorsatz noch nicht in die Tat umsetzen konnte und nahm sich vor, an jedem der nächsten Tage hierherzukommen und die feine Gesellschaft zu studieren. Arbeitssuche? Pah! Zeitverschwendung, befand sie und dachte an den Mann, den sie dazu auserkoren hatte, ihr Schlüssel zum Tor der besseren Gesellschaft zu sein.

Die Tage vergingen und Flora belog an jedem Morgen ihre Mutter. An jedem Abend erzählte sie ihrem Vater von den Gästen der kleinen Pension, in der sie schon mehr als eine Woche nicht mehr arbeitete.

Tag für Tag ging sie morgens aus dem Haus und machte es sich in der ersten Sonne am Strand gemütlich. Sie genoss ihren Urlaub, von dem keiner zu Hause etwas ahnte. Mittags, wenn ihre Mutter Besorgungen machte, musste sie auf der Hut sein, um nicht von ihr entdeckt zu werden. Jeden Abend, wenn sie die kleine Küche ihres Elternhauses betrat, stand sie tausend Ängste aus. Was, wenn ihre Lügen aufgeflogen waren? Was, wenn Lotte oder die Neuenschwader ihre Mutter zufällig getroffen hatten? Ihre Ängste hatten sich bisher nicht bestätigt und Flora fand, dass sie jetzt, nach mehr als einer Woche soweit war, zu wagen, was sie sich vorgenommen hatte. Ausgiebig hatte sie die feinen Damen beobachtet und Acht gegeben, dass ihr von deren Benehmen nicht die kleinste Kleinigkeit entging.

Heute Morgen nun sollte es soweit sein. Der Mutter hatte sie am Abend zuvor erzählt, dass sie zwei Stunden später zur Arbeit kommen dürfe, da sie in den vergangenen Wochen immer die Letzte gewesen war, die die Pension verlassen hatte. Die Mutter war stolz auf sie und freute sich, dass ihre Älteste, endlich auf dem richtigen Weg war. Sie störte die Tochter nicht und ließ sie an diesem Morgen gewähren. Sollte das Kind ruhig einmal ausschlafen und sich Zeit für ihre Morgentoilette nehmen, schließlich war sie fleißig gewesen. Elisabeth wusste, dass ihre Tochter über die Maßen eitel war.

Zu Elisabeths Erstaunen war Flora jedoch schon früh auf den Beinen. Zuerst nahm sie ein ausgiebiges Bad, ihre Mutter drückte bei aller Sparsamkeit, heute ein Auge zu. An jedem anderen Tag musste die mit Badewasser halbvoll gefüllte Wanne für zwei Personen ausreichen. Dann hörte Elisabeth ihre Tochter fröhlich trällern. Eine kleine Ewigkeit verstrich, bevor Flora die Küche betrat.

„Guten Morgen, Mama."

„Guten Morgen, mein Kind. Hast du gut geschlafen? Ich dachte, du würdest später aufstehen."

„Ich habe geschlafen wie ein Murmeltier, doch dann war ich zur gleichen Zeit wach, wie an jedem Tag."

„Ja, ja, die innere Uhr…" Elisabeth musterte Flora lächelnd.

„Es kam mir ganz gelegen. Endlich hatte ich einmal genug Zeit im Badezimmer. Ganz für mich allein – herrlich!"

„Hm, du hast ganz schön lange gebraucht."

„Ach Mama, gönn es mir doch!"

„Ist ja schon gut Kind, ich habe es nicht böse gemeint. Möchtest du Kaffee? Zur Feier des Tages habe ich frische Brötchen geholt."

Flora horchte auf. „Zur Feier des Tages? Was gibt es denn zu feiern?"

„Dass wir seit Jahren einmal wieder zusammen frühstücken, Zeit füreinander haben. Die anderen sind alle schon aus dem Haus und wir sind allein. Wenn das kein Grund zum Feiern ist!?" Elisabeth sah ihre Tochter glücklich an und lachte.

Flora schluckte. Ihre Mutter wollte doch hoffentlich nicht ausgerechnet heute alles nachholen? Das fehlte ihr gerade noch. Sie hatte Anderes vor und keine Lust darauf, sich länger als nötig mit ihr in der Küche aufzuhalten. Seit Jahr und Tag hatte die Mutter nicht mehr danach gefragt, wie Flora zurechtkam, ob ihre Große etwas vermisste, sich einsam fühlte. Heute war es zu spät, das konnte sie sich sparen.

„Ich habe nicht viel Zeit. Ich möchte vor der Arbeit an den Strand gehen, noch ein paar Minuten in der Sonne liegen, schwimmen und faulenzen. Das habe ich mir redlich verdient", antwortete Flora patzig.

„Kind, was hast du schon wieder für einen Ton am Leibe", stellte Elisabeth ungehalten fest. „Wir werden doch wenigstens noch frühstücken können? Ich habe mich so gefreut."

„Ja, ist ja schon gut!" Genervt nahm Flora am Küchentisch Platz.

Schweigend saßen sich Mutter und Tochter gegenüber, tranken Kaffee und aßen gedankenverloren die frischen, duftenden Brötchen. Beiden war die gute Laune vergangen. Jede hing ihren eigenen Gedanken nach.

Elisabeth Hoffmann machte sich nichts vor, es verbanden sie keine Gemeinsamkeiten mehr mit ihrer Tochter. Die kleine, ruhige Frau fragte sich, wie es so weit hatte kommen können. Hatte sie ihre Erste vernachlässigt? Hatte sie ihr zu viel abverlangt? Wäre alles anders gekommen, wenn sie nicht noch fünf weitere Kinder zur Welt gebracht hätte? Aber das war doch der Lauf des Lebens. Viele ihrer Bekannten hatten vier, fünf, sechs und mehr Kinder. Warum nur war Flora ihr so entglitten?

„Ich muss los", riss Flora sie aus ihren düsteren Überlegungen.

„Ja", antwortete Elisabeth gedankenverloren. „Ich wünsche dir einen schönen Tag, mein Kind", sagte sie leise und Tränen schossen ihr in die Augen.

„Mach's gut! Bis heute Abend", rief Flora, dann schlug die Tür hinter ihr zu. Die guten Wünsche für den Tag hatte sie nicht mehr gehört, und auch die Tränen der Mutter waren ihr entgangen.

Und selbst wenn ihr die Traurigkeit der Mutter aufgefallen wäre, es hätte nichts geändert. Es berührte sie nicht. Das, was sie sich für den heutigen Tag vorgenommen hatte, war alles, was für sie zählte.

Mit raschen Schritten lief Flora die Straße hinunter. Heute war die Promenade für sie Tabu, ein anderes Ziel hatte sie auserkoren. Seit mehr als einer Woche arbeitete sie auf diesen Tag hin.

Außer Atem und mit geröteten Wangen kam sie vor der weißen Villa an. Sie streckte sich ein wenig und schaute über die Mauer: Gepflegter, kurzgeschnittener Rasen, soweit sie blicken konnte. Hinter einem großen Baum erhob sich majestätisch das weiße, imposante Gebäude. Die Balkone erstreckten sich über die ganze hintere Front des Hauses und wiesen ebenfalls einen weißen Anstrich auf. Unter ihnen befand sich der riesige Wintergarten. Zwei Türen standen offen, und ein zarter gelber Stoff bauschte sich im leichten Wind. Die Glasfronten waren ebenfalls mit dem gelben Stoff verhangen. Er sperrte die Sonne aus. Schon oft hatte Flora hier gestanden und die Menschen hinter den Fenstern beobachtet. Heute blieb ihr ein freier Blick verwehrt.

Gelb-weiß gestreifte Sonnenschirme, drei Stück zählte sie, waren auf den Balkonen aufgestellt. Die Balkontüren standen weit offen und ließen die noch angenehm frische Morgenluft ins Haus. Auf dem gepflegten Rasen fanden sich unzählige Kübel mit übermannsgroßen Oleanderbüschen. Im Winter, so wusste Flora, zogen diese wundervollen, aus dem Mittelmeerraum stammenden, und hier an der rauen Ostsee exotisch anmutenden Pflanzen in den Wintergarten um. Nur dort, so hatte Lotte ihr einmal erklärt, gab es eine reelle Chance für sie, die kalten Winter zu überstehen. Am Nachmittag, bis in den späten Abend hinein, roch man den intensiven Duft der roten Blüten.

Flora stockte der Atem. Wie sehr wünschte sie sich, in solch einem Haus zu wohnen und Herrin über diese Pracht zu sein.

Am vorderen Tor, dem Haupteingang, angekommen, schaute sie zögernd auf das blankpolierte goldene Namensschild und die Klingel darunter. Sollte sie es wagen? Natürlich, schalt sie sich. Es gab kein Zurück, der Mut durfte sie nicht verlassen. Wie sollte es sonst mit ihr weitergehen? So, wie ihr bisheriges Leben verlaufen war, genügte es ihr nicht.

Flora straffte die Schultern und drückte energisch auf den Klingelknopf. Eine Weile ließ sie ihren Finger auf der Klingel verharren. Nicht zu lange, aber auch nur nicht zu zaghaft, dachte sie.

Wenige Augenblicke später kam ein älterer Mann über den gepflegten Kiesweg. Mit einer weißen Uniform, eine dunkelblaue Fliege war der einzige Farbtupfer an seiner Kleidung, bot er einen schneidigen Anblick und hinterließ einen respektvollen Eindruck.

„Sie wünschen?“

„Mein Name ist Flora Hoffmann, und ich möchte mich um die Stelle der Gesellschafterin bewerben“, entgegnete Flora mit fester Stimme. Lotte hatte ihr von der offenen Stelle erzählt. Dieses Gespräch lag mehr als drei Wochen zurück, doch es war ihr seither nicht mehr aus dem Kopf gegangen. Nun hoffte sie, die von Langenbergs hätten jetzt, in der Hauptsaison, noch niemanden gefunden.

„Gesellschafterin?“, fragte der Diener und schaute an Flora herunter.

„Ja. Oder ist die Stelle schon vergeben?“, fragte sie noch einmal kühl und es kostete sie Mühe, ruhig unter diesen abschätzenden Blicken zu bleiben.

„Haben Sie Zeugnisse, Empfehlungsschreiben?“

„Ein Zeugnis, ja“, antwortete sie kleinlaut. Er streckte die Hand aus. „Ich werde es der Gräfin geben“, sagte er und wartete darauf, das Schriftstück in Empfang zu nehmen.

„Ich würde mein Zeugnis gern der Gräfin selbst geben“, wagte Flora zu antworten. Sie wusste, wäre der Mann ihr nicht wohlgesonnen, so könnte sie die Stelle vergessen. Alles hing davon ab, an ihm vorbeizukommen und zu der Dame des Hauses vorzudringen. Sie war sicher, dass sie dann mit ihrem Auftreten wettmachen konnte, was ihr an Empfehlungen fehlte. Flora setzte ihr bezauberndstes Lächeln auf.

„Tut mir leid Fräulein, ich habe meine Anweisungen. Ich kann Sie nicht einfach zur Gräfin vorlassen. Sie ist eine vielbeschäftigte Frau!"

„Können Sie nicht an einem so wunderschönen Tag eine Ausnahme machen?", fragte Flora leise. Dann senkte sie den Kopf, holte ein Taschentuch aus ihrer Tasche und betupfte sich die Augen. „Wissen Sie, die Frau Gräfin ist meine letzte Hoffnung. Ich habe fünf Geschwister zu Hause, meine Mutter ist zu krank, um zu arbeiten und Vater...", sie schluchzte, „...mein armer Vater schafft es nicht allein, die ganze Familie satt zu bekommen."

„Eine Ausnahme? Wie stellen Sie sich das vor?"

„Ach, bitte. Ich weiß nicht, was sonst werden soll." Sie achtete darauf, genug Verzweiflung in ihre Stimme zu legen.

„Ich werde sehen, was ich tun kann. Aber ich kann Ihnen nichts versprechen." Als er sich abwandte und dem Haus entgegenstrebte, blitzte es in Floras Augen auf. Nach ein paar Schritten drehte er sich noch einmal um. „Laufen Sie inzwischen um das Grundstück herum, der Dienstboteneingang befindet sich an der Hinterseite des Hauses. Wenn die Gräfin Sie hier am vorderen Tor stehen sieht, bekommen Sie die Stelle auf keinen Fall." Fassungslos schüttelte er den Kopf. „Das sollte das Mädchen doch wissen, so was aber auch", murmelte er.

Flora lief eilig um das Eckgrundstück. Sie schätzte, dass eine jede Seite des Grundstücks mindestens zweihundert, wenn nicht gar zweihundertfünfzig Meter maß. Schwer atmend kam sie Minuten später an der Hinterfront der Villa an. „Dienstboteneingang", schnaubte sie und rang nach Luft. „Du wirst dich noch wundern!"

Isolde von Langenberg hatte ihre Lesebrille weit nach vorn auf die Nasenspitze geschoben und schaute über die Gläser hinweg ihren Hausdiener verwundert an.

„Was ist denn mit Ihnen los, Gustav? Ist die junge Frau so schön, hat sie Sie um den kleinen Finger gewickelt oder gar becirct?“ Sie schmunzelte. „Oder was war es, womit das Mädchen Ihr Herz erweicht hat?“ Jetzt lachte sie hell.

Gustav stotterte, was selten vorkam. „Sie macht einen verzweifelten Eindruck, sagt, sie braucht diese Stelle dringend. Sie habe fünf Geschwister und eine kranke Mutter, und der Vater…“, weiter kam der Diener nicht.

„Schon gut, schon gut Gustav. Ich wusste es schon immer: Sie sind zu gut für diese Welt.“ Isolde nahm die Lesebrille von der Nase und legte sie neben sich auf den kleinen Tisch, zu dem eben noch gelesenen Buch. Dann strich sie sich durchs Haar und zog eine Klemme, die sich gelöst hatte, wieder fest. „Die Kleine hat also auf hilfsbedürftig gemacht“, stellte sie ungerührt fest. „Wie heißt sie denn? Hat sie Ihnen ihren Namen verraten?“

„Flora Hoffmann heißt die junge Dame, Frau Gräfin.“

Isolde lachte schallend. „Das kann aber auch nur Ihnen passieren, Gustav.“ Gustav schaute Isolde von Langenberg genauso irritiert wie fragend an.

„Erinnern Sie sich denn nicht? Vor gut einem Jahr hat Elisabeth Hoffmann bei mir vorgesprochen und wollte ihre Tochter zu uns in Stellung geben. Beinahe hätte ich die Kleine auch genommen. Elisabeth Hoffmann ist eine nette, ehrliche Person und hat sechs Töchter zu versorgen. Dann habe ich mich allerdings erkundigt und man sagte mir, das Mädchen halte es nirgends lange aus. Ich habe mir eine Ausrede einfallen lassen, um die gute Frau Hoffmann nicht zu kränken. Allerdings denke ich, dass sie mich damals durchschaut hat. Nun, sei es drum!“

Gustav war bleich geworden. Seit Jahrzehnten war er über alles informiert, was in der Langenberg‘schen Villa vor sich ging. Und nun so etwas! Derartiges war ihm noch nie passiert. Eine Sekunde hatte er bei dem blumigen Namen des Mädchens gestutzt, aber dann nicht weiter darüber nachgedacht. Jetzt erinnerte er sich vage. Elisabeth Hoffmann war die Frau gewesen, mit der er sich damals so angeregt unterhalten hatte, als sie über Gebühr lange warten musste, bevor die Gräfin sie zu sich kommen ließ. Sie hatte ihm von ihren Töchtern erzählt, die alle einen blumigen Namen trugen. Das Gespräch war sehr amüsant gewesen, und er hatte über diese Eigenheit noch lange geschmunzelt. Wie hatte ihm das nur entfallen können? Unverzeihlich!

„Nun schauen Sie nicht so entsetzt. Gehen Sie hinaus und schicken Sie das Mädchen fort. Sagen Sie meinetwegen, die Stelle sei besetzt und Sie hätten das nicht gewusst."

„Ja, sehr wohl, sofort…"

Flora war am Personaleingang angekommen und sah sich um. Hier, am hinteren Eingang war das Gebäude im gleichen tadellosen Zustand, wie am Vordereingang. Dennoch rümpfte Flora die Nase. Gut versteckt hinter einer kleinen Hecke standen die Mülltonnen. Auch die an der linken Seite des Hauses blühenden Rosen konnten den Geruch nicht ganz überdecken, der aus ihnen aufstieg. Neugierig schaute Flora sich um. Sie erblickte eine Wiese, nicht halb so gepflegt, wie der Rasen im vorderen Teil. Gänseblümchen blühten weiß und Butterblumen leuchteten in einem satten Gelb. Hier müsste mal wieder gemäht werden, ging es ihr durch den Kopf. An die Wiese schloss sich ein Wäscheplatz an. Auf den Leinen hing weiße Bettwäsche und flatterte im Wind. Aus den unteren Fenstern waren Küchengeräusche zu hören. Jemand hantierte mit Töpfen, Flora vernahm das Scheppern.

„Hallo, suchen Sie jemanden? Kann ich Ihnen helfen?"

Ertappt drehte Flora sich um. Sie erkannte ihn sofort. Oft hatte sie ihn schon von weitem betrachtet, so nah war sie ihm allerdings noch nie zuvor gekommen. In einer dunkelblauen Reithose und einem weißen Hemd stand er vor ihr. Über seinen Schultern trug er einen blau-weiß gestreiften Pullover, die Ärmel hingen links und rechts herab. In seiner Linken hielt er einen Strohhut und in der rechten Hand hatte er ein Schlüsselbund, mit dem er nervös klapperte. Sein Haar war rötlichblond. In seinem Gesicht und auf den nackten Armen zeigten sich tausende Sommersprossen. Wenn er lächelte hatte es den Anschein, als vollführten sie einen wilden Tanz auf seiner Nase. Er war einen guten Kopf größer als Flora, wenn auch nicht von athletischer Figur, so doch schlank und ohne den Ansatz eines Bauches. Ein schöner Mann, so wie die Männer, die in ihren Träumen erschienen, war er nicht. Übel sah er dennoch nicht aus. Sein Reichtum und seine Stellung in der Gesellschaft ließen Flora Hoffmann über jeden Makel hinwegschauen.

„Ich warte auf den Herrn…“, dann fehlten ihr die Worte. Sie hatte keine Ahnung, wie der Hausdiener hieß. „Ähm…“

„Gustav“, half er ihr aus. Sie nickte nur.

„Was möchten Sie denn?“

„Ich möchte mich um die Stelle der Gesellschafterin bewerben. Der Herr Gustav gibt gerade sein Bestes, um mir heute noch einen Termin bei Frau von Langenberg zu verschaffen.“ Heinrich von Langenberg hatte sich ihr nicht vorgestellt, also tat sie, als kenne sie ihn nicht.

„Heute noch? Bei meiner Mutter? Sie Arme. Ich glaube, da haben Sie keine Chance, egal wie sehr sich Gustav für Sie ins Zeug legt.“

„Oh“, wisperte sie und täuschte Verlegenheit vor. „Entschuldigen Sie, Herr von Langenberg. Ich habe Sie nicht erkannt.“ Dabei schlug sie züchtig die Augen nieder.

„Wie sollten Sie auch. Ich habe es versäumt mich Ihnen vorzustellen, und so bin ich derjenige, der um Verzeihung bitten muss.“

Heinrich lächelte Flora charmant an. Ein bezauberndes Geschöpf, durchfuhr es ihn, und er konnte die Augen nicht von ihr lassen. „Kommen Sie mit mir ins Haus. „Wir werden sehen, ob meine Mutter Sie empfängt."

Flora sah ihn verwundert an. Wieso benutzte er den Eingang fürs Personal?

„Ich darf nicht in Reitkleidung durch die große Halle", erklärte er ihr, als hätte er ihre Gedanken gelesen. „Karla, unsere gute Seele, sieht es nicht gern und Mama meint, ich stinke nach Pferd." Übermütig verdrehte er die Augen. Erst jetzt sah sie seine Augen. Grün, wie das aufgewühlte Meer nach einem Gewitter. Der Kontrast zu seinem Haar hätte größer nicht sein können. Sie machten ihn interessant und Flora fand, dass sie das einzig Attraktive an ihm waren. Und wie diese Augen sie musterten: Heinrich von Langenberg hatte sofort Feuer gefangen, dessen war Flora sich sicher. Nicht dass sie sich mit Männern gut auskannte, aber dieser Mann konnte sein Interesse nur schwer verstecken. Seine verstohlenen Blicke entgingen ihr nicht. Blind und taub hätte sie sein müssen, hätte sie nichts davon bemerkt.

„Gustav!" Heinrich rief laut nach dem Diener. Gustav kam eilig die Treppe herunter und starrte Flora entgeistert an.

„Empfängt Mama diese bezaubernde junge Frau nun?", fragte Heinrich.

„Nein, ich bedaure. Die Stelle der Gesellschafterin ist bereits vergeben", antwortete Gustav, sah Heinrich an und wurde rot.

„So, so, bereits vergeben?" Heinrich stutzte.

„Bleiben Sie hier. Gehen Sie nicht weg. Ich spreche selbst noch einmal mit meiner Mutter. Vielleicht kann ich doch noch etwas für Sie erreichen." Immer zwei Stufen auf einmal nehmend lief er die Treppe hinauf. Gustav sah ihm kopfschüttelnd nach. Was hatte der junge Graf für ein Interesse daran, dass diese Flora Hoffmann die Stelle bekam?

„Nehmen Sie einen Augenblick hier Platz." Gustav besann sich auf die Gastfreundschaft des Hauses von Langenberg und wies auf ein antikes Sofa. Hier warteten seit Jahrzehnten Lieferanten und Stellungssuchende.

Flora sah sich in dem kleinen Flur um. Nichts zeugte von Reichtum und Extravaganz und sie überlegte, ob die Zimmer der Angestellten ebenso spartanisch eingerichtet wären. Lang würde er sein, der Weg in die herrschaftlichen Räume.

Und doch: Sie würde ihn gehen, sie würde es schaffen.

Fünftes Kapitel

Heinrich von Langenberg wusste, dass alles von seiner Überredungskunst abhing. Überzeugen konnte er seine Mutter gewiss nicht, sie hatte sicher gute Gründe Gustav zum Lügen anzuhalten, wenngleich er nicht wusste, welcher Art diese Vorbehalte waren. Er holte tief Luft, und ohne anzuklopfen betrat er den Salon seiner Mutter.

„Mama, ich muss dich sprechen!“ Nicht sehr diplomatisch und für sein Vorhaben völlig ungeeignet, fragte er ungehalten: „Warum soll Gustav die junge Frau wegschicken? Du hast dich erst gestern noch beklagt, dass sich keine Gesellschafterin findet!“, rief er erregt.

„Ich wünsche dir auch einen guten Morgen, mein Junge.“

„Verzeihung Mama. Guten Morgen.“ Heinrich küsste seine Mutter auf beide Wangen, beruhigte sich jedoch nicht. „Willst du dir die junge Frau nicht wenigstens erst einmal anschauen, ihre Zeugnisse sehen?“

„Setz dich!“, befahl Isolde von Langenberg und wies mit strengem Blick auf den Stuhl ihr gegenüber. „Worüber regst du dich so auf? Auch wenn ich mir das Mädchen anschaue, werde ich sie keinesfalls einstellen. Es geht um die Stelle *meiner* Gesellschafterin. Da wirst du mir doch nicht hineinreden wollen?“

„Nein Mama, natürlich nicht. Aber wie kannst du so sicher sein, dass sie nicht die Richtige ist, wenn du sie nicht zu Gesicht bekommen hast?“ Heinrich konnte es nicht fassen. So stur kannte er seine Mutter nicht. Fragend schaute er sie an.

„Sie steht im Ruf, es nirgends lange auszuhalten. Bisher war sie Zimmermädchen in verschiedenen Pensionen. Zudem suche ich eine Dame mit der ich mich über Musik, Theater, Literatur und Mode austauschen kann und keine

Putzfrau. Ich verspüre nicht die geringste Lust, Konversation über Fleckenwasser und Bohnerwachs zu führen."

„Mama, jetzt bist du ungerecht. Einen ungebildeten Eindruck macht die junge Frau ganz und gar nicht. Aber woher sollst du das wissen? Du schaust sie dir ja nicht einmal an." Heinrich fuhr sich mit beiden Händen aufgeregt durch sein dichtes Haar.

„Es scheint, als hättest du sie dafür umso genauer unter die Lupe genommen." Spott legte sich auf Isoldes Züge.

„Mama!"

Beunruhigt sah Isolde von Langenberg ihren Sohn an. Prüfend blickte sie in sein Gesicht. Heinrich war ein Mann, der gerne alle Entscheidungen anderen überließ, dann hatte er seine Ruhe und konnte zudem nichts falsch machen. Für jemanden Partei zu ergreifen, sich für eine Sache einzusetzen, das hatte er bisher immer anderen überlassen. Eine eigene Meinung hatte er noch nie geäußert, geschweige denn, sie vertreten, durchgefochten, dafür gekämpft. Nein, eine Kämpfernatur war ihr Sohn nicht. Wie oft hatte sie sich gefragt, von wem der Junge diese Trägheit vererbt bekommen hatte. Heinrich war ein Träumer, da machte sie sich nichts vor; ihn fesselten nur Dinge, an denen er Spaß fand und so träumte er sich seit dreißig Jahren durch sein Leben. Isolde nahm die Entrüstung ihres Sohnes nicht allzu ernst. Für sie war sonnenklar, dass Heinrich der jungen Frau imponieren wollte. Ein kleines Techtelmechtel: Sie gönnte es ihm.

„Das sind ja ganz neue Töne", stellte sie amüsiert fest. „Langsam werde ich neugierig auf die junge Frau. Sie hat schon Gustav um den Finger gewickelt und wie es scheint, jetzt auch noch dich."

„Sie hat mich nicht…", weiter kam er nicht.

„Bring sie herein. Aber erhoffe dir nicht zu viel!"

„Ich erhoffe gar nichts. Ich möchte nur, dass du gerecht bist, sie dir wenigstens anschaust, bevor du ein Urteil über sie fällst."

„Dann ist es ja gut", bemerkte Isolde von Langenberg trocken. Ihre Gesellschafterin würde diese Person ganz sicher nicht werden.

Heinrich stand auf und lief zur Tür, bevor seine Mutter es sich anders überlegen würde. In großen Sätzen sprang er die Treppe hinunter.

„Kommen Sie, meine Mutter lässt bitten", rief er Flora zu. Als er sie in den Salon führte, bemerkte er, dass er nicht einmal ihren Namen kannte. Aber er hatte sie schon oft gesehen. Immer hatte sie hinter der Mauer gestanden, die das Langenberg'sche Grundstück von der Straße trennte. Gedankenvoll hatte die junge Frau in den Garten und aufs Haus geblickt. Ihre grazile Gestalt war ihm im Gedächtnis geblieben und so manches Mal hatte er noch am darauffolgendem Tag an ihr blondes Haar, die schlanke Taille und ihren üppigen Busen gedacht.

Isolde von Langenberg schaute erstaunt auf. Das Mädchen, das von ihrem Sohn behutsam ins Zimmer geschoben wurde, hatte sie sich ganz anders vorgestellt. Vor ihr stand eine attraktive junge Frau mit feinen ebenmäßigen Zügen, das blonde Haar kultiviert zusammengenommen und adrett gekleidet. Das Mädchen lächelte, gab sich keineswegs devot. Nur derjenige, der wie Isolde, ein geschultes Auge fürs Personal hatte, bemerkte den arroganten Zug um ihren Mund und die eingebildet dreinblickenden Augen. Isolde schluckte. Warum hatte sie Heinrich nachgegeben? Es war ein Fehler gewesen! Wenn sie die junge Frau jetzt wieder fortschickte, konnte sie sich auf endlose Diskussionen mit ihrem Sohn einrichten. Sie wollte jedoch diese Flora mit ihren kalt lächelnden, falschen Augen um keinen Preis in ihrem Hause haben. Irgendetwas führte dieses Mädchen im Schilde und Isolde von Langenberg schwante nichts Gutes. Blitzschnell kam ihr eine Idee. Gut, so sollte es gehen, überlegte sie.

„Guten Tag, Frau Gräfin“, grüßte Flora höflich.

„Guten Tag, Frau Hoffmann oder darf ich Flora sagen?“

„Gerne.“ Flora schluckte schwer.

„Haben Sie Zeugnisse?“ Wartend blickte Isolde der jungen Frau ins Gesicht. Heinrich hörte den Namen dieser entzückenden Person zum ersten Mal. Flora, ließ er das Wort auf seiner Zunge hin und herwandern. Ein schöner Name, dachte er. Beim Anblick ihrer schlanken Beine, wäre ihm jeder andere Name genauso klangvoll erschienen.

„Sie suchen also dringend eine Stelle? Gustav sagte, sie seien in großer Not, wegen ihrer kranken Mutter und den fünf Geschwistern.“

„Ja, Frau Gräfin, so ist es. Meine Mutter ist zu krank, um zu arbeiten“, log Flora dreist.

„Nun ja, für die Stelle als Gesellschafterin scheinen Sie mir nicht geeignet.“ Isolde gab Flora ihr Zeugnis zurück.

„Aber Mama…“, wandte Heinrich ein und seine Mutter gebot ihm, mit einem Blick, zu schweigen.

„Ich kann Ihnen eine Stelle als Zimmermädchen anbieten“, fuhr sie, ungerührt der Entrüstung ihres Sohnes, fort. „Unsere Karla, die diese Stelle bis zum heutigen Tag zu meiner vollsten Zufriedenheit ausfüllt, heiratet bald und hat mir bereits angekündigt, dann nicht mehr für mich arbeiten zu können. Ihr Mann gestatte es nicht, dass seine Frau arbeitet, sagte sie mir. Naja, Sie wissen sicher wie das ist - immer diese starken Männer.“ Dabei blickte sie ihren Sohn belustigt an. Sie glaubte genau zu wissen, wie Flora sich entscheiden würde. Auf den ersten Blick hatte sie es gesehen; diesem jungen Mädchen stand ein anderes Ziel vor Augen. Eine ehrliche, anständige Arbeit zu finden, war nicht ihr Bestreben. Listig lächelte Isolde von Langenberg.

Flora trieb es vor Wut die Röte ins Gesicht. So hatte sie sich das nicht vorgestellt. Diese hinterlistige alte Frau will mich demütigen, schoss es ihr durch den Kopf. Hatte die Alte sie durchschaut? Pah! Und wenn schon. Jetzt erst Recht!

„Oh, Frau Gräfin! Danke! Vielen, vielen Dank, dass sie mir diese Chance geben. Ich bin ja so froh!“, rief sie zu Isoldes Überraschung. Sie rang sich ein glückliches Strahlen ab und wartete auf die Reaktion von Heinrichs Mutter.

Isolde brauchte einen Augenblick um sich zu fassen. Da hatte sie etwas Schönes angerichtet. Wie hatte sie nur ihren Sohn nachgeben können? Sie konnte nicht mehr zurück, ohne das Gesicht zu verlieren; und das kam für eine von Langenberg niemals in Frage. Sollte diese Person eben Zimmer putzen, länger als vier Wochen gab sie ihr ohnehin nicht. Dann hätte das Mädchen die Arbeit gewiss über. Sollte sie es Widererwarten doch länger aushalten, so würde ihr, Isolde, gewiss eine Menge einfallen, um sie zu schikanieren, bis sie von allein die Flucht ergriff. Vier Wochen, war sich Isolde gewiss, dann wäre ausgestanden, was sie mit ihrer Nachgiebigkeit angerichtet hatte.

Heinrich maß unterdessen Floras grazile Gestalt. Ein Zimmermädchen? Welch eine Verschwendung, durchzuckte es ihn.

Beschwingten Schrittes, trotz ihrer Niederlage, lief Flora nach Hause. Heute musste sie Farbe bekennen, den Eltern endlich die Wahrheit sagen. Es sollte ihr nicht schwerfallen, Isolde von Langenberg zahlte mehr, als Flora jemals verdient hatte.

„Diese alte Hexe“, murmelte sie leise vor sich hin. „Hat gedacht, sie könnte mich verprellen. Ha, da hat sie sich aber gewaltig geirrt. Das wäre ja noch schöner. So schnell bekommt die Alte mich nicht klein. Wir werden ja sehen!“ Wütend schimpfte sie, als sie die Tür ihres

Elternhauses aufschloss.

„Wer wird sehen?“

Flora erschrak heftig und drehte sich um.

„Mama, hast du mich erschreckt. Ich habe dich gar nicht bemerkt!“

„Du warst ja auch mit Selbstgesprächen beschäftigt.“ Elisabeth Hoffmann lachte und Flora stimmte in ihr Lachen ein. Bloß nichts anmerken lassen, dachte sie und Elisabeth glaubte einen Augenblick lang daran, dass doch noch alles zwischen der Tochter und ihr gut werden könne.

„Kommt Papa heute pünktlich?“

„Ich denke schon. Ich war gerade am Hafen und habe seinen Fischkutter von weitem kommen sehen. Es wird nicht mehr lange dauern, dann wird er zu Hause sein. Warum fragst du? Was ist geschehen?“ Elisabeth sah ihre Tochter erschrocken an.

„Aber nein, Mama. Es ist nichts passiert…, oder doch!“ Sie lachte übermütig. „Mama, nun schau doch nicht so! Ich habe wundervolle Neuigkeiten“, rief sie überschwänglich.

„Was ist denn los? Kind, nun spann mich nicht länger auf die Folter.“

„Wir müssen noch auf Papa warten. Sonst muss ich ja alles doppelt erzählen.“

„Dann erzählst du es eben zweimal. Komm schon, raus damit“, neckte Elisabeth ihre Tochter und ihr Herz vollführte ein paar glückliche Schläge.

Rose saß auf dem Sofa und las in einem Buch. Als sie hörte, wie Mutter und Schwester scherzten, sprang sie auf und lief in den Flur.

„Was ist denn los? Flora du strahlst ja so!“

„Na, nun sind wir schon zwei, die du neugierig gemacht hast. Jetzt gibt es keine Ausrede mehr“, stellte Elisabeth fest.

„Es ist ja gut. Setzt euch hin.“ Flora räusperte sich. Sie ließ noch einige Sekunden verstreichen, um die Spannung zu erhöhen. Sie blickte Mutter und Schwester bedeutungsvoll an.

„Nun mach schon, erzähle endlich!“, rief Rose.

Flora ließ sich nicht aus der Ruhe bringen, kostete jeden Augenblick aus, räusperte sich erneut und als sie zu erzählen begann, legte sie einen wichtigen Klang in ihre Stimme.

„Ich arbeite ab morgen bei der Gräfin von Langenberg als Zimmermädchen und vielleicht bald als ihre Gesellschafterin.“ Ein wenig beschönigte sie die Tatsachen, glaubte sie doch fest an ihr Ziel.

„Was?“, riefen Mutter und Schwester aus einem Mund.

„Ja. Da staunt ihr!“

„Hast du bei Frau Neuenschwader deinen Dienst schon gekündigt?“ Elisabeth Hoffmann sah ihre Tochter verständnislos an.

„Selbstverständlich. Und zwar fristlos! So eine Gelegenheit konnte ich mir doch nicht entgehen lassen. Am Ende hätte Frau von Langenberg eine andere genommen, wenn ich mit langen Kündigungsfristen angekommen wäre.“ Flora log, ohne dabei rot zu werden.

„Und Gisela Neuenschwader? Hat sie dich einfach so gehen lassen? Jetzt, mitten in der Hauptsaison?“ Elisabeth sah ihre Tochter fragend an. Sie konnte ihr nicht glauben.

„Was blieb ihr anderes übrig?“

„Sie hätte durchaus auf die übliche Frist von vierzehn Tagen bestehen können.“ Elisabeth konnte es noch immer nicht fassen und fand es zudem äußerst unfair von Flora, die arme Gisela mit Lotte und der vielen Arbeit allein zu lassen. So etwas gehörte sich einfach nicht. „Frau Neuenschwader war doch so zufrieden mit dir! Hat sie denn gar nicht versucht, dich zu halten?“

„Nein, es hätte auch keinen Zweck gehabt. Und gerade, weil sie so zufrieden mit mir war, hat sie mir keine Steine in den Weg gelegt“, setzte Flora ihren Lügen nun die Krone auf. Ohne mit der Wimper zu zucken, sah sie ihrer

Mutter ins Gesicht.

„Flora, das ist ja wunderbar." Rose, die bis jetzt ruhig zugehört hatte, erhob sich und umarmte die große Schwester herzlich. „Dann gehst du jeden Tag in dieses herrliche Haus, mit dem wundervollen Garten? Bist du ein Glückspilz!" Das Kind strahlte übers ganze Gesicht. „Nimmst du mich mal mit?"

„Wo denkst du hin. Ich muss dort arbeiten, da kann ich dich nicht gebrauchen." Als Flora das enttäuschte Gesicht ihrer Schwester sah, überfiel sie Mitleid.

„Mal sehen, in ein paar Wochen vielleicht. Ich muss erst schauen, wie alles läuft." Versöhnlich strich sie Rose über das lockige Haar.

Elisabeth Hoffmann hatte ihre anfängliche Skepsis beiseitegeschoben. Wenn sie auch nicht guthieß, dass die Tochter ihre alte Stellung so mir nichts dir nichts gekündigt hatte, so war sie doch stolz. Recht so, dachte sie. Das Kind soll es schließlich einmal besser haben. Unverwandt kam sie um den Tisch herum und schloss Flora in ihre Arme.

„Ich freue mich für dich, mein Kind und ich wünsche dir alles Glück der Welt! Ganz sicher schaffst du es, und die Frau Gräfin wird dich über kurz oder lang zu ihrer Gesellschafterin machen. Ich bin ja so stolz auf dich." Tränen der Rührung stiegen ihr in die Augen und ein Glücksgefühl durchströmte sie: Flora, ihre Große, ihr Sorgenkind der vergangenen Jahre, schien nun endlich auf dem richtigen Weg.

Heinrich von Langenberg hatte mit seiner Mutter zu Abend gegessen, und ihre Verärgerung war ihm nicht entgangen. Zudem konnte er sich des Gefühls nicht erwehren, dass sie etwas im Schilde führte. Sie sprach kaum mit ihm, was sonst nicht ihre Art war. Mehrmals nahm er Anlauf sie in ein Gespräch zu verwickeln. Sie antwortete nur einsilbig, jedes noch so interessante Thema erstarb nach kurzer Zeit.

„Mama, was ist heute Abend mit dir? Ist dir etwas über die Leber gelaufen? Habe ich einen Fehler gemacht?“

„Das fragst du nicht im Ernst, mein Junge!“

„Doch. Es ist mein voller Ernst“, antwortete er pikiert.

„Ich frage mich, warum du mir in meine Angelegenheiten hineinredest. Das war doch noch nie deine Art.“

„Ich verstehe nicht, Mama?“

„Stell dich nicht so arglos. Du verstehst mich sehr wohl. Warum musste ich diese Flora Hoffmann einstellen? Welches Interesse hast du an ihr?“

„Mama! Ich hege kein Interesse an der jungen Frau, wenngleich ich sie sehr hübsch finde und zudem für äußerst gebildet halte. Und du hättest sie auch nicht einstellen müssen. Ich habe es nicht von dir verlangt.“

„Hübsch ist sie, aber gebildet? Zielstrebig trifft es wohl eher.“

„Mama, ich weiß wirklich nicht, was du gegen Flora Hoffmann hast. Hat sie dir etwas getan?“

„Was soll sie mir getan haben? Ich habe nichts gegen das Mädchen. Ich habe nur etwas dagegen, wenn man mir keine Wahl lässt. Bringst sie hier einfach herein! Lässt mich wie eine Lügnerin erscheinen und ich muss ihr eine Stelle anbieten, nur, um nicht mein Gesicht zu verlieren. Was hast du dir dabei gedacht?“ Isolde ließ keinen Zweifel an ihrem Unmut.

„Keine Wahl gelassen? So ein Unsinn! Du hättest sie jederzeit fortschicken können.“ Heinrich war nachdenklich geworden. Freilich hatte er es so gewollt, wie es gekommen war. Nun, seine Mutter würde sich wieder beruhigen. Versöhnlich legte er seine Hand auf die der Mutter. „Du wirst sehen, sie wird ein gutes Zimmermädchen. Bald wäre es ohnehin soweit gewesen und du hättest dich darum kümmern müssen, die Stelle neu zu besetzen. So kann Karla sie noch einarbeiten, ihr alles zeigen, die wichtigsten Dinge beibringen."

„Ich hoffe doch sehr, dass sie die Grundlagen beherrscht, die ein Zimmermädchen haben sollte. Karla hat Arbeit genug." Noch war Isolde von Langenberg nicht bereit einzulenken. Sie hing wieder ihren Gedanken nach, dann fragte sie leise: „Heinrich?"

„Ja, Mama."

„Du hast kein Interesse an diesem Mädchen?" Dann, das wäre sicher, würde sie die junge Frau sofort wegschicken, ihr zwei Monatsgehälter zahlen, um das sie zufrieden wäre und den Langenbergs nicht übel nachreden konnte.

„Aber Mama, nein! Wie sollte ich? Wenn das deine einzige Sorge ist, kann ich dich beruhigen."

Heinrich schaute seine Mutter fest an und hielt ihren prüfenden Blick stand. Isolde von Langenberg kannte ihren Sohn, ihren Einzigen, fast besser als sich selbst. Selten hatte er versucht sie zu täuschen. Und diese wenigen Male war es ihm nicht gelungen. Zufrieden lehnte sie sich in ihrem Stuhl zurück.

„Dann ist es gut, mein Junge. Ich wüsste nicht, wie ich es deinem Vater erklären sollte, wenn wir uns wiedersehen." Sie bekreuzigte sich und schaute zur Decke: „Gott hab ihn selig."

Heinrich schwieg und hing seinen Gedanken nach, in die sich blondes Haar und ein rosiger Mund gestohlen hatten.

Sechstes Kapitel

Flora lag schon eine Weile wach, bevor der Tag graute. Sie starrte zur Decke ihres Zimmers und war sicher, dass Isolde von Langenberg noch keine Gesellschafterin eingestellt hatte. Irgendwie musste es ihr gelingen, diese Stelle doch noch zu bekommen. Als Zimmermädchen schien ihr das gesteckte Ziel sehr fern, fast unerreichbar. In der Position einer Gesellschafterin wäre es einfacher ihre Absicht in die Tat umzusetzen. Sie musste sich genau überlegen, wie sie vorgehen sollte. Unruhig wälzte sie sich im Bett von einer Seite auf die andere. Dann kam ihr eine Idee. „Ja, das ist die Lösung“, flüsterte sie. Nunmehr beruhigt schlief sie noch einmal fest ein.

„Flora! Aufstehen! Es ist schon halb acht.“ Elisabeth trommelte gegen die verschlossene Zimmertür ihrer Tochter. Wie oft hatte sie dem Mädchen schon gesagt, dass die Türen im Haus nicht abgeschlossen wurden. Immer wieder hatte Flora ihr eine Predigt von der Privatsphäre gehalten, auf die auch sie ein Recht habe. Irgendwann hatte Elisabeth es schließlich aufgegeben.

„Flora! Hörst du nicht? Willst du am ersten Tag bei den von Langenbergs mit Unpünktlichkeit glänzen?“

Flora erwachte nur mühsam. Ihre Mutter hatte sie mit ihrem Geschrei aus einem wundervollen Traum gerissen. Verschlafen rieb sie sich die Augen.

„Ja, ja. Ich komme ja schon!“ Ärgerlich schwang sie ihre Beine aus dem Bett.

„Beeile dich, es wird höchste Zeit!“

Ein Blick auf den Wecker: Oh Gott, schon so spät! Sie hatte sich vorgenommen, auch als Zimmermädchen jeden Tag wie aus dem Ei gepellt ihre Arbeit zu beginnen. Mit gediegener Eleganz, Fleiß, Ausdauer und Gründlichkeit wollte sie die alte Langenberg überzeugen, dass sie, Flora

Hoffmann, viel mehr leisten konnte, als man ihr zutraute. Isolde von Langenberg musste einsehen, dass sie sich in ihr gründlich getäuscht hatte.

Eilig verließ Flora ihr Zimmer. Wenn sie nur halbwegs passabel aussehen wollte, musste sie sich sputen. „Das fängt ja gut an“, brummte sie. Im Bad traf sie auf ihre Schwester Camilla.

„Ich habe es eilig. Sieh zu, dass du fertig wirst!“, fuhr sie Camilla unwirsch an.

„Bin gleich weg.“ Camilla wusste, dass mit ihrer Schwester am frühen Morgen nicht gut auszukommen war. Heute, so schien ihr, war sie noch schlechter gelaunt als sonst. Schnell schraubte sie die Zahnpastatube zu und ergriff regelrecht die Flucht.

Flora wusch sich, kämmte in aller Eile ihr Haar und nahm es mit zwei Spangen aus dem Gesicht. Schnell noch die Wimpern getuscht, ein wenig Lippenstift aufgelegt und fertig! Kurz betrachtete sie ihr Spiegelbild. Ja, so würde es gehen, es musste für heute genügen. Ärgerlich über sich selbst, rannte sie zurück in ihr Zimmer. Das Kleid vom Tag zuvor konnte sie heute nicht wieder tragen. Hastig öffnete sie den Schrank ihrer Schwester. Sie trugen beide die gleiche Kleidergröße, zwei Jahre Altersunterschied machten sich hier nicht bemerkbar.

„Was suchst du in meinem Schrank?“ Camilla war unbemerkt hinter Flora getreten. Unwirsch funkelten ihre Augen die Schwester an.

„Leihst du mir dein grünes Kleid?“

„Wie komme ich denn dazu? Eben hast du mich noch behandelt wie ein dummes Kind, und jetzt soll ich dir mein Kleid leihen?“

„Komm, sei nicht so nachtragend. Ich habe es nicht so gemeint. Es hängt viel für mich davon ab, gut auszusehen.“

„Soweit ich es mitbekommen habe, sollst du putzen und zwar die Zimmer bei den von Langenbergs und nicht dich“, entgegnete Camilla patzig. Selten genug war sie diejenige, die es sich leisten konnte, das letzte Wort zu haben.

Triumphierend sah sie ihre Schwester an.

„Camilla bitte, ich habe es eilig. Darf ich?“ Flora verfluchte diese Bettelei und dachte daran, dass sie schon bald nicht mehr abhängig von dem Wohlwollen anderer wäre.

„Dann zieh es schon an. Vergiss aber nicht, dass ich jetzt etwas bei dir gut habe!“

Flora schlüpfte sofort in das grüne Kleid aus Seidentaft und streifte die weißen Riemchensandaletten über ihre Füße.

„Bist du sicher, dass du in diesem Aufzug die Stelle als Zimmermädchen antreten willst? Ich gehe mit diesem Kleid immer zum Tanz. Dort scheint es mir angebrachter.“ Camilla betrachtete kopfschüttelnd ihre Schwester. Ohne eine Antwort rannte Flora in die Küche. „Guten Morgen“, rief sie in aller Eile ihrer Mutter und Rose zu. Alle anderen schienen schon ausgeflogen zu sein. Wieder ein hastiger Blick zur Uhr: Fünf vor Acht! Rose schob ihr eine Tasse Kaffee über den Tisch.

„Hier trink, ich habe schon gerührt und geblasen, er ist nicht mehr heiß.“

„Igitt, da ist Milch drin!“

„Immer besser als Brandblasen auf der Zunge“, erwiderte Rose verärgert.

„Es ist ja schon gut. Ich möchte nur wissen, warum ihr heute Morgen alle so empfindlich seid!“

„Frag dich das mal selbst! Elisabeth sah ihre Tochter strafend an und verdrehte die Augen. „Morgen lasse ich dich schlafen. Was interessiert es mich, ob du rechtzeitig zur Arbeit kommst. Du bist schließlich alt genug. Keiner von uns kann es dir Recht machen. Also sieh zu, wie du allein fertig wirst. So langsam ist das Maß voll, Flora!“ Die Mutter verließ die Küche und warf die Tür ins Schloss.

„Mein Gott! Was für ein Theater!“, schrie Flora.

Rose war zusammengezuckt. So bestimmend und laut hatte sie ihre Mutter noch nie erlebt. Das Maß schien wirklich voll.

„Ich wecke dich morgen, versprochen!“

„Ach Kleines, du bist die Beste.“ Flora zog ihre Schwester vom Stuhl hoch und nahm sie liebevoll in die Arme. „Wenn ich dich nicht hätte….“ Zärtlich strich sie ihr über die blonden Locken. „Verzeih! Manchmal bin ich wirklich unerträglich. Ich habe es nicht so gemeint“, bat sie und Rose glaubte, echte Reue aus ihren Worten zu hören. Anhänglich schmiegte sie sich fester in Floras Arme. Dann löste sie sich blitzschnell aus der Umarmung der Schwester.

„Jetzt mach, dass du fortkommst! Wenn du losrennst, als wäre der Teufel hinter dir her, schaffst du es noch.“

Flora trank noch einen letzten Schluck, dann stürmte sie zur Tür hinaus.

Nachdenklich sah Rose ihrer großen Schwester hinterher. Sie konnte nicht umhin, ihrer Mutter zuzustimmen. Flora war wirklich manchmal ein Biest, egoistisch und ein wenig selbstverliebt. Doch Rose glaubte fest daran: Ganz tief in Floras Inneren schlummerte ein guter Kern.

Isolde von Langenberg saß auf der Terrasse, das Frühstück noch unberührt vor sich. Ihr Blick flog über den prachtvollen Garten. Eine Weile blieb er an den roten Oleanderbüschen hängen. Sie waren ihr ganzer Stolz. Keiner ihrer Freunde konnte mit solch erlesenen Pflanzen aufwarten. Ihr verstorbener Mann hatte vor vielen Jahren seine Leidenschaft für die Botanik entdeckt. Bis zu seinem Tod hatte er aus aller Herren Länder die prächtigsten Gewächse zusammengetragen und gezüchtet. Gartenbau, das war sein Steckenpferd gewesen. Oft hatte sie ihn dafür verflucht und hatte ihn angeklagt, seine ganze Leidenschaft beschränke sich auf sein teures Hobby. Er hatte sich von ihr nicht beirren lassen und so standen die Langenbergs mit ihren zahlreichen Betrieben heute im Ruf, die größten und besten Gärtnereien auch jenseits der Insel zu unterhalten. Isolde war froh darüber. Die Arbeit machte sich freilich nicht von allein, aber der Betrieb warf ein herrschaftliches Sümmchen ab und ihr Reichtum mehrte sich. In letzter Zeit versank sie oft in Gedanken darüber, was einmal aus den Unternehmungen werden sollte. Heinrich hatte die Liebe seines Vaters zu der Botanik nicht geerbt. Auch in geschäftlichen Dingen war ihm das gute Gespür seines Vaters nicht in die Wiege gelegt worden. Oder hatte sie bei dem Bengel etwas versäumt? Sollte sie ihn härter an die Kandare nehmen? Er war im vergangenen Monat dreißig geworden und Isolde ahnte, dass es zu spät war. Zu sehr hatte sie bisher die Zügel schleifen lassen. Ein Unglück war es gewesen, als ihr Erster am plötzlichen Kindstod mit sieben Monaten gestorben war. Als Heinrich dann zwei Jahre später zur Welt gekommen war, hatte sie kein Auge von ihm gelassen, kein Kindermädchen war engagiert worden, Tag und Nacht war sie allein für ihn dagewesen. Erst, als er fast zwei Jahre alt war, hatte sie sich ein wenig beruhigt. Diesem Umstand schob sie es nun zu, ihren Zweiten so verwöhnt zu haben. Nun, er war der Erbe, und man würde sehen müssen. Isolde seufzte leise. Ein guter Ausweg, wenn nicht gar der Einzige, war es, eine resolute Frau für ihn zu finden, die an seiner Stelle das richtige Gespür und den nötigen Biss für die verantwortungsvollen Aufgaben mitbringen würde. „Aber woher nehmen?“ Isolde seufzte leise. Als Karla, das Zimmermädchen zu ihr trat, schreckte sie auf.

„Guten Morgen. Sie sind schon hier, Frau Gräfin? Entschuldigen Sie bitte. Ich wusste nicht, dass Sie bereits hier draußen sitzen.“ Karla beeilte sich Isoldes Tasse mit Kaffee zu füllen.

„Guten Morgen, Karla. Das macht gar nichts. Ich habe die herrliche Morgenluft genossen." Isolde von Langenberg lächelte die junge Frau an. Ihre Sorgen versteckte sie, so, wie Vater und Mutter es sie einst gelehrt hatten.

Herzhaft biss sie in ein frisches Brötchen. Dick gebuttert und mit feinstem Schinken belegt, so mochte sie es am liebsten. Immer noch nachdenklich trank sie ihren Kaffee.

„Guten Morgen", hörte sie Flora Hoffmann rufen, die schnurstracks um das Haus herum auf sie zukam.

„Guten Morgen", brummte Isolde widerwillig. Ihr Blick maß die junge Frau. Adrett, wie am Vortag, war sie auch heute wieder gekleidet. Ordentlich das Haar zusammengenommen, ein wenig geschminkt, jedoch nicht zu dick aufgetragen, knickste sie vor Isolde.

„Da bin ich, Frau Gräfin. Es kann losgehen. Wo soll ich anfangen?"

„Wer hat Ihnen denn erlaubt, mich bei meinem Frühstück zu stören?" Isolde konnte es nicht fassen. Was nahm dieses Mädchen sich heraus? Wusste sie denn wirklich nicht, wie man sich in einem herrschaftlichen Haus benahm? Oder wollte sie sich interessant machen? Isolde von Langenberg vermutete Letzteres. So unbedarft erschien die junge Frau ihr nicht.

„Oh, ich bitte um Entschuldigung", stotterte Flora. „Ich wusste nicht…", dabei schlug sie die Augen nieder. Dann sprang sie um den Tisch herum, ergriff die Kaffeekanne und schenkte Kaffee nach.

Mürrisch schaute Isolde auf. Es war jetzt schon, kaum, dass dieses Mädchen das Haus betreten hatte, ein Kreuz mit ihm. „Gehen Sie hinein und melden sich bei Gustav. Er wird Sie zu Karla bringen. Von ihr werden Sie in alle Aufgaben eingewiesen."

„Ja, sehr wohl." Flora steuerte auf die große Terrassentür zu.

„Wo wollen Sie denn hin?“, laut und ungehalten erklang Isoldes Stimme. Flora sah sie verdutzt an.

„Gehen Sie außen herum, Sie kennen den Eingang für das Personal doch!“ Isolde von Langenberg ließ keine Zweifel daran, wohin die junge Frau gehörte.

Punkt zwölf erschien Isolde im Speisezimmer, um, wie an jedem Tag, einen kleinen Imbiss zu sich zu nehmen. Der Tisch war für zwei Personen gedeckt. Isolde stutzte. Hatte sie etwas vergessen? Nein, vergesslich war sie nicht.

„Karla!“

„Ja, Gräfin.“ Das Mädchen betrat mit einer Suppenterrine das Zimmer. Sie sah in die fragenden Augen Isoldes und wusste sofort Bescheid.

„Der junge Herr Graf hat angerufen, dass er heute zum Mittagessen da sein wird“, erklärte sie.

„Heinrich? Zum Mittagessen?“ Ungläubig starrte sie Karla an. „Das gab es ja noch nie seit er eigene Wege geht.“

Karla lächelte. „Vielleicht wird er erwachsen“, wagte sie leise zu sagen und verstummte sofort wieder. Isolde von Langenberg schaute die Bedienstete erstaunt an.

„Was gibt es denn Schönes? Sieht nicht nach meinem obligatorischen Salat aus.“

„Ihren Salat habe ich auch noch für Sie zubereitet. Der junge Herr Graf hat sich eine Spargelsuppe gewünscht.“

„Oh, Spargelsuppe! Eine gute Wahl.“

„Das habe ich auch gedacht. Ich weiß ja, dass Sie Spargel mögen.“ Karla lächelte. „Möchten Sie schon einmal probieren?“

„Nein, Karla. Ich warte auf meinen Sohn. Wenn er mir schon die Freude macht, mittags hier zu erscheinen, möchte ich nicht ohne Heinrich anfangen.“ Isolde ließ sich nichts anmerken, aber sie glaubte keine Sekunde daran, dass ihr Sohn seiner alten Mutter eine Freude bereiten wollte. Sie aßen jeden Abend zusammen und es hatte ihnen beiden bisher genügt.

„Guten Tag, Mama.“ Vergnügt betrat Heinrich das Speisezimmer.

„Hallo, mein Junge. Was für eine Überraschung. Ist etwas passiert?“

„Nein, was soll denn passiert sein? Ich hatte einfach Lust mit dir zu essen.“

„Oh, das freut mich sehr. Komm setz dich, bevor die Suppe kalt wird. Eine gute Wahl übrigens“, redete sie munter auf ihren Sohn ein.

„Was? Eine gute Wahl? Ich verstehe nicht!“ Heinrich war mit seinen Gedanken nicht bei der Mutter gewesen.

„Na, die Spargelsuppe!“

„Ach so. Ich habe mich erinnert, dass du Spargel auch sehr magst“, antwortete Heinrich verwirrt. Er nahm den Deckel von der Suppenterrine und wollte gerade die Teller füllen, als Flora den Raum betrat.

„Oh, lassen Sie mich das machen“, rief sie, nahm ihm den Deckel aus der Hand und griff nach der Suppenkelle.

Heinrich schaute fasziniert zu ihr auf. Im grünen Kleid und der umgebundenen weißen Schürze bot sie einen bezaubernden Anblick. Ihre Wangen waren leicht gerötet, er glaubte, dass es von der Arbeit sei.

„Was machen Sie hier? Wo ist Karla?“ Isolde sog scharf die Luft ein.

„Karla plagen Übelkeit und Kopfschmerzen. Sie hat mich zu Ihnen geschickt, um aufzutragen“, beschönigte Flora die Wahrheit ein wenig. Als sie wahrgenommen hatte, dass Heinrich das Haus betrat, war sie in die Küche zu Karla gelaufen. Karla stand der Schweiß auf der Stirn, sie musste sich einen Augenblick setzen. Flora glaubte zu wissen, weshalb ihr so übel war. Behutsam hatte sie Karla wieder zurück auf ihren Stuhl gedrückt, als diese aufstehen und ins Speisezimmer zu den Herrschaften gehen wollte. Sie hatte ihr versichert nichts falsch zu machen und sich dezent im Hintergrund zu halten; und Suppe auftragen, dabei könne sie nun wirklich nichts falsch machen, hatte sie ihr mit einem Lächeln erklärt.

Karla war es nicht recht gewesen, doch Flora duldete ihren Widerspruch nicht. Nicht auszudenken, wenn sie beim Geruch der Suppe fluchtartig das Zimmer verlassen müsste. Schon im nächsten Monat wäre sie eine verheiratete Frau und vor der Hochzeit könne sie doch gewiss kein Gerede gebrauchen, hatte Flora scharfzüngig festgestellt, und Karla hatte sich gefügt.

Nachdem die Teller gefüllt waren, trat Flora zur Seite, verließ den Raum jedoch nicht sofort.

„Was wollen Sie denn noch?“ Isolde sah ungehalten von ihrem Teller auf.

„Ich habe noch eine Frage…“

„Mit der Sie uns beim Essen behelligen müssen?“ Isoldes Gesicht überzog sich mit einer feinen Röte und Heinrich wusste, dass seine Mutter im nächsten Augenblick explodieren würde.

„Mama“, sagte er besänftigend. „Die Suppe ist doch ohnehin noch zu heiß.“ Dann wandte er sich der jungen Frau zu. „Nun, Flora. Raus damit! Was haben Sie auf dem Herzen?“

„In der Küche steht nur ein Salatteller mit Hühnchenbrust bereit. Ich möchte Karla mit meiner Frage nicht stören, sie hat sich ein wenig hingelegt“, log Flora nun ungeniert. Sie musste sich interessant machen, sich ins richtige Licht rücken, koste es was es wolle.

„Das ist schon richtig, Flora. Ich nehme mittags sehr wenig zu mir, deshalb für mich nur die Suppe. Meine Mutter bekommt dann nachher noch den Salat“, klärte Heinrich sie auf.

„Oh, das ist aber nicht gut. Jemand, der wie Sie den ganzen Tag arbeitet, muss doch auch gut essen“, erlaubte sich Flora, ungeachtet der strafenden Blicke von Heinrichs Mutter, zu bemerken. Dabei überlief eine zarte Röte ihr Gesicht. „Entschuldigung“, sagte sie im nächsten

Augenblick. „Das geht mich gar nichts an."

„Schön, dass es Ihnen auffällt. Und nun lassen Sie uns endlich essen. Haben Sie nichts zu tun?"

„Lass es gut sein, Mama." Heinrich betrachtete Flora, die sich bereits zum Gehen umgewandt hatte, mit Wohlgefallen. Als sich die Tür leise hinter ihr schloss, schluckte er schwer. „Was hast du bloß gegen Sie? Sie macht doch einen recht fleißigen und umsichtigen Eindruck. Vergiss nicht, heute ist ihr erster Tag." Heinrich sah seine Mutter fragend an, dann widmete er sich der Suppe.

Isolde seufzte. Hoffentlich kam ihr Sohn jetzt nicht jeden Mittag nach Hause. Er brachte eine Unruhe in ihren Tagesablauf, die sie weder gewohnt war, noch konnte sie diese Störung gebrauchen.

Heinrich löffelte gedankenverloren seine Suppe und nahm sich vor, morgen einmal nicht hinaus zu seinen Pferden zu fahren. Einen Tag Urlaub würde er sich gönnen, wenngleich er jeden Tag Ferien hatte. Seine Pferdezucht, sein liebstes Hobby, stellte keine Arbeit für ihn dar.

Siebentes Kapitel

Drei Wochen arbeitete Flora nun schon im Hause der Langenbergs. Bisher war es ihr noch nicht gelungen, Isolde von Langenberg davon zu überzeugen, dass sie zu mehr in der Lage war, als Betten aufzuschütteln und Zimmer zu säubern. Hin und wieder übernahm sie kleine Arbeiten, die in Karlas Ressort fielen. Karla hatte sich in den letzten Wochen öfter unwohl gefühlt und selbst der arglose Diener Gustav hatte mitbekommen, was mit ihr los war. In fünf Tagen nun würde Karla mit ihrem Angebeteten vor dem Traualtar stehen. Heute war ihr letzter Arbeitstag. Ob Flora ab morgen Karlas gesamte Aufgaben übernehmen sollte, oder ob man noch ein zusätzliches Mädchen einstellen würde, darüber war noch kein Wort gefallen. Eine Gesellschafterin hatte sich auch noch nicht für die Alte gefunden. Flora schäumte vor Wut. Isolde von Langenberg hatte sie angelogen. Noch immer kritisierte sie Flora, wenn sich ihr auch nur die kleinste Gelegenheit dazu bot. Flora war manches Mal vor Angst schon so fahrig, dass sie Fehler machte, die ihr zuvor noch nie unterlaufen waren. Dass dieser alte Drachen sich jemals eines Besseren besinnen würde, daran glaubte Flora nicht mehr.

Einzig Heinrichs Verhalten ließ Hoffnung in ihr keimen, sonst wäre sie schon längst davongelaufen. Er himmelte sie an, allerdings nur, wenn er seine Mutter in sicherer Entfernung wusste. Dieser Umstand ärgerte Flora: So würde das nie etwas werden.

„Flora!", dröhnte Gustavs Stimme durch das ganze Haus. Was wollte er schon wieder von ihr? Sie blies sich eine Haarsträhne aus dem Gesicht und lief vom Balkon des Schlafzimmers auf den Flur der oberen Etage. Um ein Haar wäre sie mit Gustav zusammengeprallt.

„Flora, wo treiben Sie sich wieder herum?"

„Ich treibe mich nicht herum! Ich habe das Bett von Frau Langenberg abgezogen", blaffte sie zurück.

„Wenn schon, dann Frau von Langenberg. So viel Zeit muss sein! Richtig heißt es allerdings, …das Bett der Gräfin…", berichtigte er sie.

Flora verdrehte die Augen, als er einen Augenblick wegschaute. „Und, was ist nun? Warum suchen Sie mich?", fragte sie aufsässig.

„Ich verbitte mir diesen Ton! Die Frau Gräfin möchte Sie sprechen. Gehen Sie hinunter. Sie erwartet Sie in der Bibliothek." Gustav drehte sich auf dem Absatz um und ließ Flora stehen. Gerne hätte sie noch gefragt, was die Alte wollte. Aber wozu? Gustav, dieser Ausbund an Tugend, Etikette und Gehorsam, hätte es ihr ohnehin nicht verraten. Schnell sprang sie die Treppen hinunter, klopfte an der Tür zur Bibliothek und ihr Herz raste. Sie mochte diesen Raum nicht. Er war dunkel, die Regale reichten bis unter die Decke und kein Sonnenstrahl erhellte jemals das kostbare Mobiliar. Wenn sie hier putzen musste, hatte sie jedes Mal das Gefühl zu ersticken.

„Treten Sie näher Flora, und setzen Sie sich!" Isolde von Langenberg wies auf einen Stuhl vor dem Schreibtisch, hinter dem sie saß.

Vorsichtig setzte sich Flora auf die Kante des Stuhles, bereit, jeden Moment aufzuspringen und hinauszulaufen, ginge ihr etwas gegen den Strich. Doch Heinrichs Mutter erschien ihr von auserlesener Höflichkeit. Oder täuschte sie sich?

„Wie Sie wissen, verlässt Karla uns morgen. Ich wünsche ihr alles Glück der Welt und freue mich sehr für sie, dennoch müssen wir überlegen, was nun werden soll." Isolde schaute der jungen Frau prüfend in die Augen. Sie hegte keine großen Sympathien für sie, konnte aber nicht umhin sich einzugestehen, dass Flora in den letzten Wochen fleißig, pünktlich und gelehrig gewesen war. Ein schlechtes Zeugnis hätte sie ihr nicht ausstellen können. Dessen ungeachtet war ihr klar geworden, warum das Mädchen sich so anstrengte. Sie hegte einen fatalen Hang zu Höherem, und Isolde sollte der Schlag treffen, wenn sie sich täuschte: Flora Hoffmann hatte es auf ihren Sohn abgesehen.

„Sie werden also ab morgen den Haushalt allein übernehmen. Karla hat das über viele Jahre geschafft und ich erwarte dasselbe von Ihnen. Ich denke, Sie schaffen das“, sagte Isolde widerwillig. Diese junge Frau sollte man nicht zu sehr loben. Allzu viel Lob bekam ihrem übersteigerten Selbstbewusstsein nicht. Und sie, Isolde, wollte sich keineswegs ansehen müssen, dass das Mädchen die Nase noch höher trug.

„Danke, Frau Gräfin, für Ihr Vertrauen. Ich werde Sie nicht enttäuschen.“ Jetzt bleibt die ganze Arbeit an mir allein hängen, und wer weiß ob ich erreiche, was ich mir vorgenommen habe, dachte sie wütend.

„Gut, Flora. Dann gehen Sie wieder an Ihre Arbeit!“

Als Flora sich umdrehte und froh war, dieses dunkle Zimmer verlassen zu können, rief Isolde sie noch einmal zurück.

„Jetzt hätte ich es doch beinahe vergessen. Wir geben am Samstag nächster Woche ein Gartenfest. Lassen Sie sich heute noch von Karla einweisen, was dafür alles vorbereitet werden muss. Ich habe Einladungen für zwanzig Personen verschickt. Bis jetzt haben zwölf ihr Kommen angekündigt.“ Damit war Flora entlassen.

Im Flur lehnte sie sich an die Tür der Bibliothek. Zwanzig Personen sollte sie allein bewirten? Für so viele Leute hatte sie noch nie sorgen müssen. Wie sollte sie das nur schaffen? Aufgebracht stampfte sie mit dem Fuß auf. Isolde von Langenberg wollte sie nicht auf die Probe stellen, nein, sie fand Gefallen daran, sie zu schikanieren. Aber die Alte würde Augen machen: Flora würde nicht eher ruhen, bis alles perfekt organisiert war.

Mit einem Ruck öffnete sich die Tür. Flora wäre um ein Haar in Isoldes Arme gefallen.

„Ach Flora, hier sind Sie ja noch. Ich hatte vergessen Ihnen zu sagen, dass für das Fest fünf Gästezimmer gerichtet werden müssen."

Isolde von Langenberg ging an Flora vorbei und lachte leise in sich hinein. Auf dumme Gedanken käme das Mädchen bis zum Samstag gewiss nicht.

Hilde von Trischenbach schimpfte, als das Telefon klingelte. Personal konnte sie sich schon seit langem nicht mehr leisten. Sie streifte die Schuhe noch einmal von den Füßen und lief zurück in die Diele.

„Ja, ja doch! Ich kann nicht fliegen!", rief sie, als könnte der Apparat sie hören und sein nerviges Läuten einstellen.

„von Trischenbach", meldete sie sich außer Atem.

„Hallo, Hilde", hörte sie die wohlbekannte Stimme am anderen Ende. Hatte sie sich verhört? Nein, natürlich nicht!

„Ich wollte mal nachfragen, wie es euch geht." Stille.

„Hilde? Bist du noch da?" Hilde hatte sich unterdessen gefasst.

„Ja, selbstverständlich, Isolde. Ich bin nur etwas außer Atem. Ich wollte gerade zur Tür hinaus, und als das Telefon klingelte bin ich zurückgelaufen", erklärte sie.

Isolde von Langenberg hörte Verwunderung in der Stimme der alten Freundin. Sie hatte damit gerechnet. Sie rechnete auch damit, sich eine saftige Abfuhr einzuholen. Dennoch durfte sie nichts unversucht lassen. Vielleicht wäre das Glück auf ihrer Seite.

„Was verschafft mir denn die Ehre deines Anrufes? Wir haben sehr lange nichts voneinander gehört. Genaugenommen, seit Franz sich von mir hat scheiden lassen", stellte Hilde von Trischenbach ironisch fest. Die Scheidung lag jetzt mehr als fünf Jahre zurück und Isolde wusste genau, dass es ein törichter Fehler gewesen war, sich von der Freundin fernzuhalten. Hilde hatte von heute auf morgen nicht mehr in ihre Kreise gepasst, nicht mehr in die Welt des Adels, auch wenn sie den alten Namen ihres Mannes weitertragen durfte. Ein Zugeständnis von ihm, der sich schuldig fühlte. War er doch derjenige gewesen, der sie nach dreißig Jahren Ehe gegen eine Jüngere eingetauscht und aus der Trischenbach'schen Villa geworfen hatte. Geblieben waren Hilde ein kleiner Betrag, von dem sie mehr schlecht als recht leben konnte und eine stattliche Wohnung. Bei seiner Tochter hatte Franz sich großzügiger gezeigt. Er bezahlte ihr ein Studium der Betriebswirtschaft und hielt sie auch sonst nicht so kurz wie seine geschiedene Frau. Genau dieses Studium, das Hannelore, Hildes Tochter mit großem Ehrgeiz absolvierte, war es gewesen, das Isolde zu diesen Anruf veranlasst hatte.

„Es tut mir sehr leid, Hilde, dass wir uns aus den Augen verloren haben“, trat Isolde die Flucht nach vorn an. „Ich bin sehr traurig darüber, wie alles gekommen ist.“

„Es muss dir nicht leidtun“, lenkte Hilde, wenn auch noch sehr kühl und distanziert, ein.

„Es ist sehr großherzig von dir, dass du das sagst. Ich weiß nicht, ob ich, wäre ich an deiner Stelle, soviel Großmut besäße.“

„Isolde, es ist wie es ist. Wir können beide nichts mehr daran ändern. Bitte nimm es mir nicht übel, auf mich wartet heute noch eine Menge Arbeit. Ich muss langsam los.“ Hilde fragte sich, was Isolde von ihr wollte. Dass Isolde es ehrlich meinte, daran glaubte sie nicht. Isolde von Langenberg hatte es ein Leben lang nur mit sich selbst gut gemeint. Was sollte sich daran geändert haben?

„Nur noch einen Augenblick! Ich veranstalte kommenden Samstag ein Gartenfest. Nichts Großes, einfach ein wenig über alte Zeiten plaudern, ein paar Happen für den verwöhnten Gaumen und die Alltagssorgen bei einem Gläschen Bitzelwasser vergessen.

Ich möchte dich und deine bezaubernde Tochter herzlich einladen. Machst du mir die Freude?“

Hilde stockte der Atem. Sie besaß schon lange keinen verwöhnten Gaumen mehr und Champagner hatte noch nie zu ihren Vorlieben gezählt. Seit Franz sich von ihr getrennt hatte, war sie kaum noch ausgegangen. Die Einladungen waren ausgeblieben, zudem verspürte sie wenig Lust, sich mit der guten Gesellschaft zu treffen. Sie hatte andere Sorgen, gehörte nicht mehr in die erlauchten Kreise und suchte sich ihre neuen Freunde sorgfältig aus: Sie umgab sich seither mit Menschen, die zu ihr passten und keine Freunde ihres Mannes waren.

„Ich weiß nicht genau“, antwortete sie ausweichend.

„Wenn du schon etwas anderes vorhast, dann verschiebe ich das Ganze einfach um ein paar Tage.“

Jetzt wurde Hilde hellhörig. Was führte Isolde im Schilde?

„Heute ist Dienstag“, stellte Hilde fest. „Ich melde mich am Freitag und gebe dir Bescheid!“ Ohne eine Antwort abzuwarten verabschiedete sie sich. Sie legte den Hörer auf die Gabel und stand noch lange nachdenklich neben dem Apparat.

Hildes Neugier war geweckt, und sie beschloss, das Fest gemeinsam mit ihrer Tochter zu besuchen. Das allerdings war die härteste Nuss, die es zu knacken galt. Hannelore würde schnauben vor Wut und sich wie eine Wilde sträuben. Die junge Frau hatte das ganze Drama miterlebt, hatte zu spüren bekommen, wie es war, von der feinen Gesellschaft ausgestoßen und von Menschen geschnitten zu werden, von denen man glaubte, dass sie Freunde seien.

Dennoch: Wenn nötig, würde sie die Tochter auf Knien bitten sie zu begleiten. Das Kind hatte ein Recht darauf, sich in den erlauchten Kreisen der von Langenbergs zu bewegen, auch wenn es das nicht einsah.

Mit Elan hatte Flora in den letzten sechs Tagen alles organisiert, was zu einem gelungenen Gartenfest gehörte. Karla hatte ihr eine Liste mit den wichtigsten Dingen, die es zu beachten galt, zusammengestellt.

Das Tafelsilber war geputzt, auch wenn sie es für übertrieben hielt, das kostbare Besteck für ein Gartenfest aus dem Schrank zu holen. Die Stehtische hatte sie mit Gustav aus dem Keller der Villa ans Licht befördert, wo sie alle Jahre auf die unterschiedlichen Feste warteten. Die schweren Leinentischtücher erstrahlten in reinstem Weiß, waren von ihr gebügelt worden, bis auch das kleinste Fältchen keine Chance mehr hatte. Im Wintergarten, wo das Büfett aufgebaut werden sollte, hatte Flora mehrere Tische zusammengeschoben und ebenfalls mit dem weißen Leinen ausgestattet. Drei kleine Sessel, sechs Stühle und eine große Couch, die hier standen, hatten rosafarbene Überwürfe bekommen. So passten sie zu den Tischbändern, den Servietten und den Kerzen in ihrem kristallenen Haltern. Die Getränke hatte Flora bestellt und die Kristallgläser auf Hochglanz poliert. Nun warteten sie darauf, gefüllt zu werden. Nichts, auch nicht die kleinste Kleinigkeit, war von ihr vergessen worden.

Ein hartes Stück Arbeit lag hinter ihr. Sie schaute zufrieden über ihr Werk. Selbst das Wetter war auf ihrer Seite, kein Wölkchen war zu sehen.

„Zufrieden?“

Erschrocken und aus ihren Gedanken gerissen fuhr Flora herum. Verwirrt blickte sie in Gustavs Augen.

„Ja, sehr zufrieden.“

„Das haben Sie fantastisch gemacht“, lobte Gustav und Flora konnte es kaum fassen, aus dem Mund dieses verschlossenen Mannes ein solches Kompliment zu hören. Anerkennend nickte er ihr zu, dann ging er wortlos wieder hinein.

Flora gönnte sich noch einen Augenblick der Ruhe, hielt inne und genoss den herrlichen Anblick, den der hübsch geschmückte Garten bot. Alles war ihr hervorragend gelungen, zufrieden wandte sie sich um und strebte der Küche zu. Hier erwartete sie die größte Herausforderung. Zweiundzwanzig Personen galt es zu bewirten. Am Nachmittag würden zwei Mädchen kommen, die eigens dafür zuständig wären, den Gästen die Getränke zu servieren. Aber sie, Flora, musste jetzt sofort beginnen, die Platten mit Schinken, Wurst und Käse zu belegen. Eier mussten gekocht, Nudel-, Käse-, Wurst- und Fleischsalate zubereitet werden. Der Kuchen war beim Bäcker bestellt und bereits geliefert worden, Kaffee kochen konnte sie gut, das war heute ihr kleinstes Problem. Den Pudding hatte sie, genau wie die Götterspeise und die Schokoladen- und Vanillesoße schon am frühen Morgen zubereitet. Das Fürst-Pückler-Eis, Flora verabscheute es, war gestern geliefert worden und stand im Eisschrank. Eifrig beförderte sie die Eier ins kochende Wasser, goss die Nudeln für den Salat ab und würfelte Unmengen an Käse. Ihr Haar hatte sie mit einem Gummi zusammengenommen und einfach mit ein paar Klemmen am Hinterkopf befestigt. Die Wärme machte ihr zu schaffen, das Kleid unter der weißen Schürze klebte an ihrer Haut. „Jetzt nur nicht schlapp machen", murmelte sie.

„Kann ich helfen?"

Floras Herz hüpfte vor Freude, lächelnd drehte sie sich zur Tür. „Ja, können Sie!" Glücklich schaute sie in seine Augen. Heinrich schlug die Hacken zusammen. „Melde mich gehorsamst zum Küchendienst!", rief er, salutierte und verzog keine Miene.

Er nahm sich vom Haken hinter der Tür eine Schürze, in der er ziemlich albern aussah. Flora lachte schallend.

„Das ist nicht Ihr Ernst! Hängen Sie die Schürze wieder an den Haken zurück!"

„Nein, nein, niemals. Ich bin gekommen, um Ihnen zu helfen. Also, ich warte auf Ihre Befehle!“ Einen Augenblick überlegte Flora, ob sie ihn aus der Küche jagen sollte. Dann lege sie den Kopf schief, musterte ihn von oben bis unten.

„Die Tomaten müssen gewaschen und geviertelt werden, die Eier sind bereits halbiert und warten auf einen Klecks Kaviar. Oder mögen Sie lieber den Kaffee aufbrühen?“

„Kaffee kochen?“ Mit gespieltem Entsetzen sah er sie an. „Wenn ich Kaffee zubereite, dann können Sie sofort jede Ihrer anderen Arbeiten beenden.“

„Wieso denn das?“

„Entweder wird der Kaffee so dünn, dass die Gäste davon laufen oder er wird rabenschwarz, stark wie die Hölle und das große Herzflattern setzt ein. In jedem Falle ist das Fest dann schon nach dem Nachmittagskaffee beendet.“

„Das kann ich keinesfalls riskieren, also schneiden Sie Tomaten“, wies sie ihn scherzhaft an.

„Wir könnten aber mit der so gewonnen Zeit Besseres anfangen“, bemerkte er leise.

„Was schwebt Ihnen denn vor?“, fragte sie kokett.

„Ein Spaziergang, ein Kino besuchen, tanzen gehen, uns am Strand in die Fluten stürzen. Oh, mir würden noch viele schöne Dinge einfallen.“

„… in die Fluten stürzen? Ja, das könnte ich dann wohl“, sagte sie tiefsinnig und sah ihn herausfordernd an. Verlegen räusperte er sich und griff nach dem Tomatenmesser. Als wenige Minuten später ungleich geschnittene Tomatenviertel vor ihm lagen, legte er das Messer aus der Hand.

„Ich denke, ich sollte es lieber lassen. Es gibt wahrlich Dinge, bei denen ich mich geschickter anstelle.“

Flora lachte. „Sie waren mir eine große Hilfe, Heinrich.“ Zum ersten Mal nannte sie ihn bei seinem Vornamen. Er strahlte sie an, band die Schürze ab und ging zur Tür. Dort drehte er sich noch einmal zu ihr um.

„Bis später." Gedankenverloren sah er ihr in die Augen und sie glaubte ein Glitzern in den Seinen zu entdecken.

Später, wann ist das? Gern hätte sie ihm diese Frage gestellt. Geduld war eine der Stärken, die sie nicht besaß.

Hilde von Trischenbach traf Punkt drei mit ihrer Tochter vor der Langenberg'schen Villa ein. Hannelore stieg mit nichtssagendem Blick aus dem Taxi und sah sich lustlos um. Sie kam nicht einmal auf die Idee ihrer Mutter aus dem Auto zu helfen. Verärgert schaute sie auf den üppigen Blumenstrauß in Hildes Hand. Ein Vermögen hatte der Strauß gekostet und sie sah nicht ein, dass ihre Mutter sich in solche Unkosten gestürzt hatte. Beide mussten mit dem spitzen Bleistift rechnen, damit das Geld nicht ausging, bevor der letzte Tag des Monats angebrochen war. Missmutig bot sie ihrer Mutter den Arm. Hilde von Trischenbach hakte sich bei der Tochter unter, und gemeinsam strebten sie dem großen Tor zu.

„Lass uns umkehren, Mami. Wir gehören nicht hierher. Hast du denn alles vergessen?", versuchte es Hannelore noch einmal.

„Nichts da. Die Blumen waren sündhaft teuer und ich bin neugierig, weshalb Isolde uns eingeladen hat. Irgendetwas steckt dahinter, das spüre ich genau. Zieh nicht so ein verbiestertes Gesicht, Kind! Du musst auch ein wenig vergessen und vergeben können. So stur und unversöhnlich kommst du nicht durchs Leben."

„Pah! Vergessen. Das ist nicht dein Ernst, Mami."

„Doch, es ist mein voller Ernst. Und jetzt lächle! Die Dame des Hauses schwebt uns entgegen", zischte Hilde und ohne dass es ihr bewusst gewesen wäre, verzogen sich ihre Mundwinkel zu einem ironischen Lächeln.

„Guten Tag, liebste Hilde!" Isolde kam mit ausgestreckten Armen auf die beiden Frauen zu. Hannelore glaubte genau zu wissen, dass diese vornehm gekleidete

Dame nicht meinte, was sie sagte. Isolde drückte überschwänglich Hildes Hand, wollte sie gar nicht mehr loslassen. Dann richtete sie ihren Blick auf Hannelore. „Meine liebe Hannelore…“, rief sie im selben Überschwang, „…beinahe hätte ich dich nicht erkannt! Lass dich einmal anschauen, mein Kind.“ Nachdem sie die junge Frau ausgiebig betrachtet hatte, wandte sie sich wieder Hilde zu. „Eine wunderschöne junge Frau ist aus deiner Tochter geworden, liebe Hilde. Und so gebildet! Mir ist zu Ohren gekommen, dass du dein Studium sehr ernst nimmst“, richtete sie das Wort wieder an Hannelore.

„Danke für das Kompliment“, sagte Hannelore reserviert und dachte einen Augenblick darüber nach, ob sie sich einfach umdrehen und dieses Fest verlassen sollte. Ein Blick in das Gesicht ihrer Mutter ließ sie den Gedanken schnell vergessen. Nein, sie würde aus Rücksicht auf ihre Mutter durchhalten. Zuviel hatte Hilde in den letzten Jahren durchgemacht. Eine Tochter mit schlechten Manieren, hatte die Mutter nicht verdient. Wenn Hannelore auch nicht die geringste Lust auf dieses Fest verspürte, so gönnte sie der feinen, verlogenen Gesellschaft das Gerede nicht.

„Kommt, nehmt euch ein Gläschen Champagner!“, forderte Isolde die beiden auf.

„Heinrich!“ Isolde schaute sich suchend nach ihrem Sohn um.

„Ja, Mutter.“ Heinrich, der dicht hinter ihr gestanden hatte, lachte vergnügt, als sie erschrocken zusammenzuckte. „Warum schreist du denn so?“, fragte er verschmitzt. Bei seinen Worten huschte ein Lächeln über Hannelores Gesicht. Wohlwollend musterte sie ihn.

„Musst du mich so erschrecken, Junge? Schau, wer uns mit seinem Besuch eine Freude macht! Na? Erkennst du sie wieder? Sicher nicht! Aus dem Kind ist eine wunderschöne junge Dame geworden“, plapperte Isolde von Langenberg verlegen drauflos. „Hannelore von Trischenbach“, stellte sie die junge Frau ihrem Sohn vor. „Als ihr euch das letzte Mal gesehen habt, wart ihr fast noch Kinder."

Heinrich lächelte. „Mutter, ich erinnere mich gut. Es liegt etwa sechs Jahre zurück und ich war damals…", er hüstelte albern und zwinkerte Hannelore zu, „…vierundzwanzig." Galant ergriff er Hannelores Hand und hauchte einen Kuss darüber hinweg. Dann ließ er sie abrupt los und wandte sich Hilde zu. „Oh, ich bitte vielmals um Verzeihung, gnädige Frau. Ihr Fräulein Tochter hat mich derart verzaubert…", unterbrach er sich mitten im Satz, als fände er nicht die richtigen Worte für sein Entzücken und begrüßte Hilde formvollendet. Hilde von Trischenbach lächelte vielsagend.

„Mein lieber Heinrich, sind tatsächlich schon sechs Jahre vergangen, seit unserer letzten Begegnung? Wenn ich mich so umschaue, meine ich, es wäre erst vorigen Monat gewesen." Hilde maß bei ihren Worten die falsche Freundin mit einem durchdringenden Blick. „Aber ja, Heinrich. Sie haben Recht. Wie dumm von mir. Jetzt erinnere ich mich wieder…", dabei berührte sie theatralisch ihre Stirn, „…damals war meine kleine Hannelore fast noch ein Kind, nicht halb so begehrt wie heute", sagte sie doppeldeutig und schickte Isolde von Langenberg einen wissenden Blick. Heinrich sah seine Mutter verblüfft an. Hatte er etwas nicht mitbekommen? Focht diese Hilde mit seiner Mutter einen alten Kampf aus? Als er Hannelore ansah, die bemüht war, sich ein Lachen zu verkneifen, war ihm mit einem Mal egal, was sich hier zutrug. Er bot der jungen Frau seinen Arm. „Die Damen entschuldigen uns", sagte er mit einer knappen Verbeugung. „Kommen Sie Hannelore, spazieren wir ein Weilchen durch den Garten und lassen unsere Mütter ein wenig allein mit sich und den Plaudereien über vergangene Zeiten."

Hannelore von Trischenbach, die noch vor einer Stunde ihre Mutter nicht hatte begleiten wollen, hakte sich bei dem jungen Mann unter. Er gefiel ihr. Mit seinem erfrischenden Humor hatte er sie für sich eingenommen. Scharfsinnig war er freilich nicht, daran erinnerte sie sich gut: Sie würde ihm schonend beibringen müssen, was seine Mutter im Schilde führte. Wie ihr schien, war auch ihre Mutter nicht abgeneigt. Leicht schüttelte Hannelore den Kopf. Die Gedanken ihrer Mutter konnte sie nachvollziehen, Isolde von Langenbergs Beweggründe, waren ihr schleierhaft.

Achtes Kapitel

Insel Rügen, Mecklenburg-Vorpommern 1990

Der kleine, geliehene Peugeot parkte am hinteren Ausgang des Friedhofs. Er war ausgesucht worden, weil er kein Aufsehen in dem überschaubaren Ort erregen würde. Wie immer hatte Maurice an alles gedacht. Viola hatte gut daran getan, sich auf ihren Mann zu verlassen.

Nun stand sie hier und konnte sich einfach nicht losreißen. Die Gedanken wirbelten durch ihren Kopf, die Tränen liefen ihr über die Wangen, ohne dass sie es hätte verhindern können. Noch nie, solange sie denken konnte, war sie auf dieser Insel gewesen. Nur aus Gesprächen und von Fotos kannte sie den Ort, an dem sie geboren worden war. Damals, als sie ihre Geburtsurkunde aus dem Schreibtisch ihres Vaters gestohlen hatte, war sie einen Moment versucht gewesen, hierher zu kommen. Als sie nicht mehr ein noch aus gewusst hatte, meinte sie Martha suchen zu müssen, in der vagen Hoffnung, bei ihr eine neue Heimat zu finden. Im gleichen Augenblick hatte sie diesen Gedanken verworfen, war mit Maurice nach Frankreich gegangen und hatte es seither keine Sekunde bereut. Wie wäre alles gekommen, hätte sie sich damals anders entschieden?

Eine Weile stand Viola nun schon vor dem Sarg aus edlem Mahagoniholz.

Jetzt berührte Maurice sie leicht am Arm und raunte ihr zu, sie müsse sich schnell verabschieden. Sie blickte zur offenstehenden Tür der Trauerhalle hinaus, auf den von Bäumen gesäumten Kiesweg, und erstarrte. *Sie* kam direkt auf sie zu. Maurice packte seine Frau fester am Arm und zog sie vom Sarg des geliebten Menschen weg. Behutsam, doch energisch schob er Viola in Richtung des kleinen

Seitenausganges. Er nahm sie bei der Hand und zog sie hinter sich her. Traurig und verwirrt stolperte Viola ihm nach. Außer Atem und mit zitternden Knien standen die beiden Minuten später am Auto und rangen nach Luft. Einen kurzen Augenblick dauerte es noch, dann konnte Viola wieder klar denken.

„Das war knapp“, sagte sie erschüttert.

„*Sie* hat uns nicht bemerkt.“ Maurice schüttelte den Kopf und nahm Viola fest in seine Arme. „Beruhige dich, Liebes! Es ist vorbei. Wir warten bis sie gegangen sind und gehen dann noch einmal zu ihm, bringen ihm unseren letzten Gruß.“

„Nein!“ Heftig wehrte Viola ihren Mann ab, löste sich aus seinen Armen und öffnete den Kofferraum des Peugeot.

„Was machst du?“

„Die Zeremonie wird mindestens eine halbe Stunde dauern. Wir haben, als wir herkamen, nur eine offene Grabstelle gesehen. Der Friedhof ist klein und ich bin sicher, dort wird er bestattet.“

„Ja, das glaube ich auch. Aber was…?“, weiter kam Maurice nicht. Viola schloss leise die Kofferraumklappe, den Kranz aus weißen Rosen und blauen Veilchen in den Händen.

„Komm! Wir legen den Kranz dort ab. Ich will nicht riskieren, gesehen zu werden. Bevor sie mit dem Sarg kommen, sollten wir fort sein.“

Maurice sah seine Frau fragend an.

„Schau nicht so. Ich habe mich von ihm verabschiedet, alles ist gut. Trauern kann ich zu Hause, dazu brauche ich kein Grab. In meinem Herzen ist er immer bei mir.“ Wieder stiegen ihr die Tränen in die Augen. Entschlossen drehte sie sich um, steuerte mit festen Schritten auf das kleine Friedhofstor zu.

Als sie den Kranz neben der offenen Grabstelle abgelegt hatten, blickte Viola sich noch einmal um. Eine alte Frau mit einer Gießkanne in der einen, und einem Rosenstock in der anderen Hand, ging an der Trauerhalle vorbei. Ihre schleppenden Schritte ließen ein Aufblicken nicht zu. Viola stockte der Atem. Angestrengt schaute sie noch einmal den Kiesweg hinunter.

„Lass uns schnell gehen", sagte sie zu Maurice und diesmal war sie es, die ihn mit sich zog.

„So warte doch! Was ist denn los?"

„Martha", flüsterte Viola und schaute zu der alten Dame. „Ich glaube es ist Martha." Noch ein Blick: „Ja, sie ist es!" Fragend folgte Maurice den Blicken seiner Frau. Er kannte Martha nur aus Violas Erzählungen. Er erinnerte sich an eine Zeit, in der seine Frau geradezu von Martha Dannert geschwärmt hatte.

„Warum läufst du dann weg? Willst du nicht zu ihr gehen und sie begrüßen? Sie wird sich sicher freuen. Ihr habt euch so viele Jahre nicht gesehen. Sie erkennt dich gewiss kaum wieder."

„Nein, komm fort von hier. Später vielleicht!"

„Später? Wir müssen uns bald auf den Weg machen. In drei Stunden erwarten uns die barmherzigen Schwestern im Kloster. Wir können uns kein Zuspätkommen leisten. Es wird ohnehin schwer genug, die Mutter Oberin zu bewegen etwas preiszugeben, das unter ihr Schweigegelübde fällt. Wir sollten wenigstens pünktlich sein, um sie gnädig zu stimmen."

„Eine Stunde müssen wir noch bleiben."

„Wozu? Ich verstehe dich nicht. Ich denke, du willst kein Risiko eingehen?"

„Ich muss sehen, wo ich geboren bin. Wo ich zu Hause war, bevor wir fortgehen mussten. Wo mein Vaterhaus steht. Es steht noch, ich weiß es!"

„Hm."

„Was?" Aufgebracht schaute Viola Maurice an.

„Schon gut", antwortete er besänftigend, als er das Funkeln in den Augen seiner Frau wahrnahm. Er konnte sie verstehen, aber musste es ausgerechnet heute sein? Hätte sie ihm eher von ihrem Wunsch erzählt, wären sie noch einen oder zwei Tage länger geblieben. So gerieten all seine wohldurchdachten Pläne durcheinander. Sie liefen Gefahr, *ihr* doch noch gegenüber zu stehen. Maurice verspürte keine Lust, noch einmal mit dieser Frau reden zu müssen. Soviel Leid hatte *sie* über ihn und Viola gebracht. Er wusste nicht, ob er sich würde beherrschen können.

„Wir stornieren unseren Flug, buchen für nächste Woche neu und kommen übermorgen hierher zurück. Vielleicht ist *sie* bis dahin wieder abgereist", schlug er seiner Frau vor.

„Das kommt gar nicht in Frage. Wir erledigen heute alles, genau wie du es geplant hast. Ich denke nicht daran, ein zweites Mal meine Pläne durchkreuzen zu lassen." Er hörte Bitterkeit aus ihren Worten und sah in ihr entschlossenes Gesicht.

„Mein Gott", stöhnte er. „Das kannst du doch nicht vergleichen. Hier geht es um nichts! Es ist egal, wann wir wieder zu Hause sind. Damals, ja, da…"

„Es geht um viel, um sehr viel", unterbrach sie ihn. „Es geht um mich, um dich, um … - … um unser Kind." Sie atmete schwer, ihr Herz klopfte wild, Zornesröte war ihr ins Gesicht gestiegen, und wieder sah er Tränen in ihren Augen. „Ich fürchte mich nicht mehr! Wenn es sein muss, trete ich vor *sie* hin und sage ihr ins Gesicht, wofür ich sie halte. Für einen gefühllosen Menschen, ein egoistisches Ungeheuer! Ja, das wäre sicher das Beste. Ich sollte es sagen. Jetzt, heute, hier! Dann finde ich vielleicht meinen Seelenfrieden wieder." Viola schrie ihren ganzen Kummer heraus. Sie konnte die Tränen nicht mehr zurückhalten. Hemmungslos schluchzte sie auf. Dann sackte sie in sich zusammen und Maurice war mit zwei Schritten bei ihr, gerade noch rechtzeitig, um sie zu stützen, sie festzuhalten und in seinen Armen zu wiegen.

„Vorbei. So viele verlorene Jahre", flüsterte Viola niedergeschlagen an seiner Brust. „Maurice?"

„Ja."

„Macht das alles überhaupt noch einen Sinn?"

„Aber ja! Beruhige dich. Morgen sehen wir weiter. Jetzt fahren wir erst einmal ins Kloster und kommen später hierher zurück." Er streichelte sanft über ihr Haar. „Alles wird gut", tröstete er seine Frau und glaubte doch selbst schon seit langer Zeit nicht mehr daran.

Als Maurice vor dem kleinen Hotel parkte, war er niedergeschlagener, als er es die ganzen letzten Jahre zuvor gewesen war. So sehr hatte er gehofft, sie würden einen Hinweis auf den Verbleib ihrer Tochter finden.

Als die Mutter Oberin erklärt hatte, ihnen nicht helfen zu können, war Viola in Tränen ausgebrochen. Er hatte befürchtet, sie könne wieder so krank werden, wie sie es vor vielen Jahren gewesen war. Vielleicht hätte er besser geschwiegen, sie in dem Glauben gelassen, dass er mit der Vergangenheit abgeschlossen, das Schicksal angenommen habe.

Er lud zum dritten Mal, seit sie vor drei Tagen hier angekommen waren, die Koffer aus dem kleinen Auto. Eigentlich hatten sie heute wieder nach Hause fliegen wollen. Sie hatten den Flug storniert, wussten jedoch nicht, wie sie jetzt weiter vorgehen sollten.

Schwerfällig, als wäre er in den letzten Tagen um Jahre gealtert, trug er die Koffer nach oben ins Zimmer.

Viola hatte bereits eingecheckt und saß reglos auf dem großen Doppelbett, den Blick starr auf das Muster des Teppichbodens gerichtet. Sie schaute nicht auf, als er eintrat.

Maurice stellte die beiden Koffer mitten im Zimmer ab und setzte sich zu Viola aufs Bett. Liebevoll legte er den Arm um ihre Schultern.

„Wir suchen weiter. Wir geben nicht wieder auf."

Viola blickte ihn an. „Wo sollen wir denn anfangen? Die Nonnen waren meine einzige Hoffnung. Wir haben keinen anderen Hinweis, an dem wir ansetzen können."

„Lass mich nur machen." Gedankenverloren schaute er sich im Zimmer um. Seine Kiefer mahlten.

„Du unternimmst nichts, was du nicht vorher mit mir absprichst und vor allem nichts, was dir hinterher leidtun müsste. Versprochen?"

Seine Züge waren starr, verbissen und zornig. So hatte sie ihren Mann seit langem nicht mehr erlebt. Beinahe erkannte sie ihn nicht. Er ballte die Fäuste und jagte ihr damit Angst ein.

„Hörst du? Versprich es mir!", wiederholte sie.

„Ja", sagte er halbherzig und sie glaubte nicht, dass ihre Worte in seine Sinne vorgedrungen waren.

„Maurice, deine Wut hilft uns nicht weiter. Wir dürfen nicht unbedacht vorgehen, wenn wir Erfolg haben wollen."

Er sprang auf und lief wie ein eingesperrtes Tier im Zimmer auf und ab.

„Ich wollte dieses Haus nie mehr betreten. Aber nein, so geht es nicht! Ich werde noch einmal nach Hannover fahren und *sie* mir vorknöpfen. Wenn es sein muss, prügele ich die Wahrheit aus ihr heraus." Unbeherrscht hatte er wieder die Hände zu Fäusten geballt, die Ader an seiner Schläfe war angeschwollen. Dann vergrub er die Hände in den Taschen der Hose, um seine Raserei unter Kontrolle zu bringen.

Viola sprang auf. „Nicht, Maurice, nicht so! Wir müssen vernünftig sein, *sie* mit ihren eigenen Mitteln schlagen."

„Wir sollen also genauso hinterhältig, verlogen und skrupellos sein, wie *diese Frau* es einst war?"

Viola blieb still. Lange schaute sie zum Fenster hinaus, sah die ankommenden und abfahrenden Autos auf dem Hotelparkplatz, und in ihrem Kopf überschlugen sich die Gedanken. „Ja, wir haben keine Wahl. Sonst sehen wir unser Kind, unsere Erste, nie wieder." Niedergeschlagen ließ sie sich aufs Bett fallen, den Blick zur Decke gerichtet.

„Vielleicht hast du Recht." Mit fahrigen Griffen löste Maurice seine Krawatte und zog das Jackett aus. Wütend warf er beides über den Stuhl, der vor dem Schreibtisch stand. „Niemals hätte ich gedacht, einmal mit solchen Mitteln kämpfen zu müssen. Es widerstrebt mir zutiefst. Ich habe mein Leben lang Heuchler und Intriganten verabscheut. Wir haben zu lange gewartet. Der Mann, der uns hätte helfen können, liegt nun hier begraben. Wir hatten kein Recht auf unseren Stolz, auf unsere Wut, auf unsere Traurigkeit. Viel früher hätten wir handeln müssen - mutiger sein müssen! Hoffentlich ist es jetzt nicht zu spät."

Maurice, ihr starker, energischer Mann stützte den Kopf in die Hände und wusste keinen Rat.

Total erschöpft hatten sie sich aneinandergeschmiegt und versucht Pläne zu schmieden. Als sie nicht weiter gewusst hatten, Maurice immer stiller geworden war, war Viola in seinen Armen eingeschlafen. Auch er war später in einen unruhigen Schlaf gefallen.

Als Viola jetzt erwachte, war das Bett neben ihr leer. Verschlafen tasteten ihre Hände über das kühle Leinen. Ihr erster Gedanke galt den Racheplänen ihres Mannes, die er ihr kurz vor dem Einschlafen dargelegt hatte. Erschrocken setzte sie sich im Bett auf. Nein, er würde doch nicht…? Sie hörte Schritte, die sich der Zimmertür näherten. Kurz darauf wurde die Tür geöffnet und Maurice betrat gut gelaunt, einen Servierwagen vor sich herschiebend, den Raum. Er lächelte sie an.

„Wie kannst du mir solch einen Schreck einjagen?“

„Wie? Warum hast du dich erschrocken?“

„Ich habe gedacht, du seiest auf Rachefeldzug!“

„Liebes, bitte! Das war die erste Wut. Sie ist verpufft, musste eben raus“, erklärte er und zwinkerte ihr zu.

„Mach das nie wieder!“ Immer noch erschöpft von den Ereignissen der letzten Tage, ließ sie sich wieder in die Kissen zurückfallen.

„Jetzt wird erst einmal gegessen! Dann sehen wir weiter. Mit einem leeren Magen überlegt es sich nicht gut.“

„Nach dem Essen möchte ich zu der alten Villa, in der ich und auch mein Vater geboren wurden. Dorthin, wo Vater für kurze Zeit glücklich war.“

„Er war glücklich? Das wusste ich gar nicht.“ Maurice verzog zynisch das Gesicht, wie er es nur selten tat.

„Doch, Martha hat es mir einmal erzählt. Jedoch nicht sehr lange, dann bemerkte er, dass er einen Fehler begangen hatte.“ Viola versuchte den Spott in der Stimme ihres Mannes zu ignorieren, wenngleich sein Sarkasmus ein schmerzhaftes Ziehen in ihrem Herzen auslöste.

„Warum hat er sich dann nicht getrennt? Vielleicht, nein, ganz sicher, wäre dann alles anders gekommen.“

„Er hat *sie* geliebt, hat *sie* angebetet, war *ihr* verfallen. *Sie* hat ihn immer wieder aufs Neue verzaubert. So, wie *sie* es mit vielen Menschen getan hat, solange sie ihr nützlich waren.“

Viola erinnerte sich an ihren Vater, den Mann mit den gütigen Augen und dem fröhlichen Gesicht, auf dessen Knien sie gesessen und dessen Geschichten sie gelauscht hatte.

Maurice riss sie aus ihren süßen Erinnerungen. „Er war schwach!“ Zwischen seinen Augen bildete sich die steile Falte, die immer dann erschien, wenn er Abneigung und Verachtung empfand.

Und Viola konnte ihm nicht widersprechen, wenngleich ihr Herz blutete.

Neuntes Kapitel

Insel Rügen, Mecklenburg-Vorpommern 1940

Wenn etwas nach Floras Geschmack war, dann waren es Intrigen und Ränkespiele. Darin war sie gut, damit kannte sie sich aus. Sie schämte sich nicht für ihr Tun. Um ihr Ziel zu erreichen, kam sie an Arglist und Lügen nicht vorbei. Gutmütig, edel und hilfreich waren Eigenschaften, die sie nicht besaß und auch nicht vermisste. Diese Tugenden würden sie ihrem Ziel kein Stück näher bringen, dessen war sie sich sicher. Sie pfiff darauf, eine hochanständige, artige, junge Frau zu sein. Sie wollte mehr, viel mehr. Ihren Plan vor Augen, schreckte sie vor nichts zurück.

Als Hannelore von Trischenbach mit ihrer Mutter zum Gartenfest eingetroffen war, hatte Flora Isolde von Langenberg genau beobachtet. Es war nicht schwer gewesen, zu erkennen, was die Alte im Sinn hatte. Nur Heinrich, diesem ruhigen, gutgläubigen Mann, schien es nicht aufzufallen.

In Floras Kopf schrillten alle Alarmglocken. Sie musste Isoldes Plan vereiteln. Soweit durfte es nicht kommen, das konnte sie nicht zulassen: Jetzt, wo sie sich schon auf der Zielgeraden befand. Heinrich hatte bereits angebissen. Er machte ihr wunderbare Komplimente, immer wenn sie sich begegneten, sah sie das Aufleuchten in seinen Augen. Oft glaubte sie Begierde aus seinen Blicken zu lesen. Und nun kam diese von Trischenbach ihr dazwischen.

Flora wusste genau, was sie einer von Trischenbach entgegenzusetzen hatte. Schönheit - weiter nichts! Sie konnte keinen adeligen Titel vorweisen und so gebildet wie Hannelore von Trischenbach war sie auch nicht, da machte sie sich nichts vor. Dennoch glaubte sie, ihre Schönheit sei ein weit größeres Plus, als Hannelores Klugheit. Männer schauten nicht nach Bildung, meist fanden die Herren es weit besser, waren ihre Frauen naiv und hilflos. Sie schätzten es, wenn die zarten Geschöpfe zu ihnen aufschauten und sie dann in der Rolle des Beschützers und Ernährers heroische Taten vollbringen konnten. Das war gut fürs männliche Ego, meinte Flora zu wissen, und sie würde es sich zu Nutze machen.

Als sie Hannelore an Heinrichs Arm durch den Garten spazieren sah, war das Maß voll. Flora musste etwas unternehmen und zwar schnell. Sie holte mehrmals tief Luft, um sich zu beruhigen. Ihr Gehirn arbeitete auf Hochtouren, und bald schon war ihr Plan gefasst.

Gegen Mitternacht verabschiedeten sich die letzten Gäste, diejenigen von ihnen, die im Hause untergebracht waren, gingen in ihre Zimmer.

Flora hatte die Schürze abgebunden und die Pumps von den Füßen gestreift. Ihr Rücken schmerzte, mehr als zwölf Stunden war sie bereits auf den Beinen. Eine schwere, drückende Luft wehte vom Meer herüber. Ihre Bluse war bis obenhin zugeknöpft, was ihr Schweißperlen zwischen den Brüsten bescherte. Sie wagte nicht, die oberen Knöpfe zu öffnen. Dieses Risiko konnte sie nicht eingehen. Sie durfte Isolde von Langenberg nicht noch mehr gegen sich aufbringen. Würde die Alte ihr kündigen, wäre alles verloren.

Als sie Heinrich aus den Augenwinkeln wahrnahm, war sie bereits allein im Garten. Noch ein flüchtiger Blick zum Haus: Die Gräfin war nirgends zu sehen. Mit flinken Fingern öffnete Flora die beiden oberen Knöpfe ihrer Bluse. Heinrich drehte sich um und verschwand wieder im Wintergarten. Die aufflackernde Hoffnung in Flora erlosch schneller, als sie gekommen war. Im nächsten Augenblick hörte sie jedoch leise Musik und ihr Herz triumphierte.

„Darf ich bitten?“ Heinrich hatte sein Jackett ausgezogen und achtlos über eine Stuhllehne geworfen. Die Hemdsärmel aufgekrempelt und eine Blüte des roten

Oleanders in der Hand haltend, stand er hinter ihr. Als sie sich zu ihm umdrehte und ihre Blicke sich trafen, wusste sie, dass sie diesen Augenblick nicht ungenutzt verstreichen lassen durfte.

„Sehr gern, schöner Mann", hauchte sie verführerisch und nahm ihm den Oleander aus der Hand. Der Duft der Blüte war betörend, Flora schloss die Augen und atmete tief das schwere Aroma ein.

„Ein wundervolles Lied haben Sie ausgesucht, Herr Graf." Leise summte sie die Melodie mit und steckte sich die Oleanderblüte ins Haar. *Ich tanze mit dir in den Himmel hinein, in den siebenten Himmel der Liebe…*

„Eine traumhafte Nacht, mit einer traumhaften Frau", flüsterte er ganz nah an ihrem Ohr und zog sie in seine Arme. Langsam drehten sie sich zu den Klängen der Musik, dann blieb Flora stehen.

„Herr Graf, es ist wundervoll mit Ihnen zu tanzen. Aber ich habe noch so viel Arbeit. Ihre Mutter würde mir was erzählen, wenn sie uns hier tanzen sähe."

„Papperlapapp! Sie arbeiten für drei und haben ihre Sache ganz großartig gemacht. Da ist gegen ein Tänzchen nach getaner Arbeit nichts einzuwenden. Und meine Mutter liegt bereits im Bett." Er lachte wie ein Schuljunge, der einen Streich ausgeheckt hatte. „Ich habe an Mutters Tür gelauscht. Sie schnarcht manchmal." Verschmitzt zwinkerte er ihr zu.

„Na, wenn das so ist!" Flora wehrte sich nicht mehr. Sie schmiegte sich wieder in seine Arme und legte ihren Kopf auf seine Schulter.

„Flora?"

Als sie den Kopf hob und zu ihm aufschaute, küsste Heinrich zärtlich ihren vollen rosigen Mund. Sie ließ es geschehen und drückte sich enger an ihn. Immer verlangender wurden seine Küsse.

„Heinrich, nicht", wehrte sie ihn nach einer Weile ab. So leicht wollte sie es ihm nicht machen, wenngleich alles in ihr jubilierte: Ich bin am Ziel!

Er hielt sie ein wenig von sich weg. „Warum nicht? Wir wollen es doch beide!“

„Nein, Heinrich. Es ist zu früh. Wir kennen uns kaum. Es schickt sich nicht.“ Ein wenig würde sie sich noch zieren.

„Oh, Flora“, seufzte er und drückte einen flüchtigen Kuss auf ihr Haar. Dann wandte er sich brüsk ab und ließ sie stehen.

„So Eine bin ich nicht“, rief Flora ihm hinterher und Tränen der Wut schossen in ihre Augen. An der Tür zum Wintergarten drehte Heinrich sich noch einmal um. „Nein?“ Er lachte verärgert und hob verächtlich die Brauen. Mit der ganzen Leidenschaft eines verliebten Mannes begehrte er sie, und hatte sich auf die kommenden Stunden gefreut. Und nun das!

Wütend stampfte sie mit dem Fuß auf und schimpfte laut genug, dass Heinrich es auch noch im Haus hören konnte.

„Da hört sich doch alles auf! Was bildet der Kerl sich ein? Glaubt wohl, er wäre etwas Besseres und könnte sich alles erlauben.“ Enttäuscht und ertappt ging sie wieder an ihre Arbeit.

Das Rücken der Tische und Klirren der Gläser war bis nach oben in Heinrichs Zimmer zu hören. Flora fluchte immer noch und Heinrich konnte nicht sagen, was in ihn gefahren war. Er hielt sie nicht für ein leichtes Mädchen, aber doch für eine Frau, die ihr Ziel mit Vehemenz verfolgte: Und ihr Ziel war er! In den letzten Wochen war ihm immer wieder aufgefallen, was Flora im Schilde führte. Sie wollte ihn und er hoffte, nicht nur wegen seines Geldes und des Titels. Ihm war freilich klar, dass sie ihm niemals auch nur einen Blick geschenkt hätte, wäre er ein Mann ohne nennenswertes Vermögen. Dessen ungeachtet hatte er sich Hals über Kopf in diese bildhübsche junge Frau verliebt. Es stellte in seinen Augen keinen Makel dar, dass

Flora nach Höherem strebte. Fortan wünschte er sich, sie möge ihm nur ein klein wenig um Seinetwillen zugetan sein, wenngleich er nicht glaubte, dass sie genauso verschossen in ihn war, wie er in sie. Ein bisschen schmerzte ihn dieser Gedanke.

Am offenen Fenster, hinter der Gardine versteckt, hörte er noch eine Weile ihren Schimpftiraden zu und lächelte versonnen. Er war ein Esel! Was hatte er sich bloß dabei gedacht, sie einfach stehen zu lassen? Wie ein verwöhntes Kind hatte er sich benommen. „Gut nun!“, befahl er sich halblaut und trat vom Fenster zurück. Für den heutigen Abend hatte er alles verdorben. Aber bald würde sich eine andere Gelegenheit bieten. Zuversichtlich legte er sich in sein Bett. Nicht eine Sekunde zweifelte er daran, dass er eine zweite Chance bei Flora bekäme. Dann durchfuhr es ihn siedend heiß und er sprang auf.

Er würde keine unnütze Zeit verstreichen lassen. Morgen früh schon wäre er ein glücklicher Mann.

Zornig auf Heinrich, aber auch auf sich selbst, hatte Flora im Garten die Spuren des Festes beseitigt. Morgen würde sie mit Gustav die Tische und Stühle zusammenklappen und wieder im Keller verstauen. Heute stand ihr der Sinn nur noch nach einem Gläschen Wein, einer heißen Dusche und nach ihrem Bett. Wie hatte sie nur so schnell auf ihr Ziel zusteuern können? Sie hatte sich an ihn gedrückt und seine fordernden Küsse erwidert, wie Eine, die sich jedem Mann hingab. Er konnte ja gar nicht anders, als schlecht von ihr zu denken. Hoffentlich war durch ihre Ungeduld nicht alles verloren. Und trotzdem: Sie hatte sein „Nein?“ noch im Ohr und wünschte sich, sie wäre ihm nachgegangen und hätte ihm dafür eine schallende Ohrfeige verpasst.

Müde setzte sie sich an den Küchentisch, schenkte sich ein Glas Rotwein ein, legte ihre schmerzenden Füße auf den Tisch und kicherte grundlos.

Hannelore von Trischenbach schlich sich in ihre Gedanken. Flora gestand sich ein, dass Hannelore eine interessante Frau war, über ein angenehmes Wesen verfügte, auch wenn Hannelore nicht halb so gut aussah wie sie selbst. Betrat die junge Frau einen Raum, beachtete sie zunächst niemand, doch sobald sie sich an den Gesprächen beteiligte, ihre Meinung ruhig aber nicht minder bestimmt vertrat, hingen schnell alle an ihren Lippen. Es schien Flora, als gäbe es kein Thema, zu dem Hannelore nichts beizusteuern wusste, und Flora beneidete die junge Frau um diese Gewandtheit. Nie würde eine Hannelore von Trischenbach sich an Heinrich pressen und ihm so offensichtlich zeigen, wo ihr Verlangen lag. Flora hätte sich selbst ohrfeigen können.

Seufzend trank sie den letzten Schluck ihres Weines. Mühsam nahm sie die Füße vom Tisch und erhob sich. Alle Glieder schmerzten und diese Grübelei brachte nichts. Sie musste auf der Hut sein, musste Hannelore zuvorkommen. Heute Abend wäre es ihr um ein Haar gelungen, wäre sie klüger gewesen.

So würde sie auf die nächste Gelegenheit warten müssen. Wenn sie sich Heinrichs erst zärtliche, dann stürmische und zuletzt fordernde Küsse ins Gedächtnis rief, zweifelte sie keinen Augenblick daran, dass ihr Begehren erfüllt würde.

Langsam lief sie die Treppe hinauf. Isolde von Langenberg hatte darauf bestanden, dass sie heute Nacht hierblieb. Flora hatte sich nicht geweigert. Es war ihr reizvoll erschienen, die Nacht unter dem Dach der von Langenbergs zu verbringen.

Leise ging sie ins Badezimmer, warf ihre Kleider achtlos auf den Boden und drehte die Dusche auf. Sie schwelgte in einer Wolke duftenden Schaums. Als sie sich später abtrocknete horchte sie in den Flur hinaus. Nichts, kein Laut. Schnell wickelte sie ihr nasses Haar in ein Handtuch und huschte nackt über den Korridor in ihr Zimmer.

Flora verzichtete darauf das Licht einzuschalten. Außer einem Bett und einem Kleiderschrank befand sich nur noch ein Stuhl in dem kleinen Raum. Sie warf ihre Bluse und den Rock auf den Sitz des Stuhles und ließ ihre Schuhe mitten im Zimmer fallen. Büstenhalter und Höschen landeten am Boden. Die Vorhänge, die am Nachmittag die Sonnenstrahlen ausgesperrt hatten, waren noch immer zugezogen. Kein Lichtstrahl erhellte das Zimmer. Noch einmal streckte Flora ihre müden Glieder, dann fiel sie wohlig seufzend auf das frisch bezogene, nach Wäschestärke duftende Bett.

„Ah!“, schrie sie entsetzt auf.

„Pst. Nicht erschrecken. Ich bin es nur. Komm schon rein!“

Nachdem sich ihre Augen an die Dunkelheit gewöhnt hatten, sah sie in Heinrichs Gesicht. Verlangen zeichnete sich auf seinen Zügen ab. Flora wehrte sich nicht gegen seine zärtlichen Hände. Sie begehrte ihn nicht mit jeder Faser ihres Herzens, dennoch waren seine Liebkosungen angenehm.

Seine Lust und ihr Feuer ließen ihn an ihre Liebe glauben.

Heinrich saß bereits am Frühstückstisch, als seine Mutter das Zimmer betrat. Sie durfte ihm nichts anmerken: Noch nicht. In ihm jauchzte und jubelte es, doch er musste sein Glück noch verbergen. Er malte sich aus, wie seine Mutter auf das Verhältnis mit Flora reagieren würde. Ihre Meinung dazu kannte er, nie hatte sie einen Hehl daraus gemacht. Eine Verbindung mit einer Bürgerlichen kam nicht in Frage, es sei denn, es handle sich um eine kurze, diskrete Liaison. Doch ginge es nach Heinrich, so bliebe es nicht bei dieser einen Nacht und an einer Liaison war er schon gar nicht interessiert. Er wusste, dass auch Flora nicht auf ein Techtelmechtel aus war. Er schwor sich, sich nicht von der Mutter in seine Herzensangelegenheiten hineinreden zu lassen und wusste doch genau, dass sie es mit aller Macht versuchen würde.

„Guten Morgen, Heinrich. Hast du gut geschlafen, mein Junge?“

„Guten Morgen, Mama. Ja, danke. Ausgezeichnet“, log er. Ein Lächeln flog über sein Gesicht. Kaum eine Stunde hatte er geschlafen und doch war er hellwach.

„Sitzt du schon lange hier? Und wo bleibt der Kaffee? Hat Flora verschlafen?“

„Nein, Flora ist schon auf den Beinen. Ich habe Geklapper aus der Küche gehört.“

„Flora!“, rief Isolde ungeduldig.

„Mama! Nun lass sie doch. Ihr Abend war gewiss anstrengender als der Unsere. Sie hat alles so gut organisiert. Nichts ist schiefgelaufen, alles war perfekt. Du könntest sie wirklich einmal loben oder noch besser, ihr heute Mittag frei geben.“

„Du legst dich ja mächtig für diese Person ins Zeug.“

„Ach Mama. Du erkennst doch sonst immer gute Leistungen an. Was hast du bloß gegen die junge Frau?“

„Nichts! Flora!“

Heinrich schüttelte den Kopf. Er würde an den Vorurteilen seiner Mutter nichts ändern können.

Flora riss die Tür zum Frühstückszimmer auf. „Ja!“, keuchte sie außer Atem.

„Wir möchten frühstücken. Wo bleibt der Kaffee und wo treiben Sie sich herum? Wie sehen Sie überhaupt aus? Am frühen Morgen! Richten Sie ihr Haar!“ Isoldes Vorwürfe prasselten auf Flora nieder.

„Entschuldigung. Ich habe Sie nicht so früh zum Frühstück erwartet. Ich habe mit Gustav die Tische und

Stühle in den Keller getragen. Da kommt man außer Atem und auch das Haar bleibt nicht verschont." Patzig blickte Flora erst Heinrichs Mutter und dann ihn an. Sie hatte Unterstützung von ihm erhofft, doch nichts dergleichen geschah. Heinrich blickte angelegentlich auf das Titelblatt der Zeitung, die vor ihm auf dem Tisch lag. Er schaute nicht auf. Aus den Augenwinkeln beobachtete er Flora. Wenn er sie jetzt in Schutz nehmen würde, würde seine Mutter noch misstrauischer werden. Dann wäre es vorbei mit der unbekümmerten Zeit, die er sich stehlen konnte, wenn sie ihn aus den Augen ließ. Das wollte er nicht riskieren. Er hatte einen anderen Plan, der ihm weitaus besser gefiel.

„Stehen Sie hier nicht herum, und jammern Sie mir nicht die Ohren voll! Sie wollten die Arbeit, waren ganz versessen darauf", bei diesen Worten musterte Isolde ihren Sohn. „So erledigen Sie nun auch alles zu unserer Zufriedenheit!"

Flora lächelte. Heute Nacht hatte sie alles zur Zufriedenheit erledigt. Eine nie gekannte Genugtuung überkam sie. Sie war der Alten eine Nasenlänge voraus. Nur, dass Heinrich sich nicht für sie starkmachte, ärgerte sie.

In der Küche hörte Flora, dass Heinrich sich mit seiner Mutter unterhielt. „Ach, hat er seine Sprache wiedergefunden", zischte sie missmutig. Dann brühte sie den Kaffee auf, und schlecht gelaunt lief Flora mit der Kanne hinüber ins Frühstückszimmer.

Still goss sie den Kaffee in die Tassen. Kein „bitte sehr" kam ihr über die Lippen. Mit verbissenem Gesicht stellte sie den Korb mit den Brötchen auf den Tisch. Dann drehte sie sich zum Gehen um.

„Halt, Flora warten Sie!", rief Heinrich.

Isolde schaute fragend von ihrer Tasse auf. Heinrich ignorierte ihren Blick. Flora hielt den Atem an, gespannt, was er zu sagen habe.

„Ja?“, fragte sie in unschuldigem Ton.

„Mama, du wirst mir sicher zustimmen“, sprach er seine Mutter an. Isolde von Langenberg verdrehte ungehalten die Augen. „Mach es kurz, Junge! Oder willst du mich nun auch noch von meinem Frühstück abhalten?“

„Keineswegs, liebste Mama.“

Was war das? Er nannte sie liebste Mama. Das hatte nichts Gutes zu bedeuten, wusste Isolde aus der Vergangenheit.

„Ich möchte, dass Flora bei uns wohnt, solange sie in unserem Hause arbeitet. Karlas Zimmer steht leer, und auch Karla konnte ihre Arbeit nur schaffen, weil sie nicht ständig zwischen ihrem Elternhaus und ihrer Arbeitsstelle pendeln musste. Wenn wir von Flora erwarten, dass sie ihre Pflichten ebenso gut wie Karla erledigt, müssen wir auch die gleichen Voraussetzungen schaffen.“

Isolde von Langenberg stellte ihre Tasse, die sie gerade zum Mund geführt hatte, mit einem lauten Klirren ab. Erbost schaute sie ihren Sohn an.

„Was schaust du so, Mutter? Habe ich nicht Recht?“

Sie hatte es gewusst, wenn Heinrich sie *liebste Mama* nannte, wollte er seinen Willen durchsetzen. Und wie hätte sie seine Argumente entkräften sollen? Es verhielt sich genauso, wie er es sagte. Aber nein, sie wollte diese Person nicht auch noch bei Nacht unter ihrem Dach haben.

„Mutter!“

Jetzt nannte er sie auch noch Mutter, was nichts anderes bedeutete, als dass sie in der Falle saß. Ihr Sohn würde keinen Widerspruch dulden, wenn sie keine vernünftigen Einwände vorbringen konnte. Und die hatte sie nicht.

„Heinrich, ich glaube, das wäre Fräulein Hoffmann gar nicht recht. Sie will doch sicher am Abend bei ihrer kranken Mutter sein und ihr helfen? In einem Haushalt mit acht Personen wird jede helfende Hand gebraucht.“ Isolde war froh, diese Ausrede noch rechtzeitig gefunden zu haben. Sie schaute Flora lächelnd an und wartete.

In Floras Kopf drehten sich die Gedanken. Keine Minute hätte sie zögern müssen, um eine Antwort zu geben. Ihr Herz schrie vor Freude, doch ihr Verstand sagte ihr, dass sie ihrem Glücksgefühl jetzt nicht nachgeben durfte.

„Ja, Frau Gräfin", antwortete sie mühsam beherrscht. „Da haben Sie ganz recht. Ich weiß wirklich nicht, ob es ohne mich zu Hause gehen wird. Ich bin schließlich die Älteste und fühle mich für meine Geschwister, meine Familie verantwortlich. Andererseits möchte ich meine Aufgaben in ihrem Hause zu Ihrer vollsten Zufriedenheit erledigen." Sie schlug die Augen nieder und einen Moment trat Stille ein. Heinrich wunderte sich nicht über Floras Zögern, glaubte er ihr doch jedes Wort, wenngleich er annahm, dass sie sich nichts sehnlicher wünschte, als jede Nacht in seinen Armen zu liegen.

„Darf ich Sie um einen oder zwei Tage Bedenkzeit bitten?" Fragend schaute Flora erst Isolde, dann Heinrich an. Heinrich lächelte sie wohlwollend an und sie war froh, dass der gutgläubige Mann sie nicht durchschaut hatte. Es kostete sie alle Kraft, dass Freudenfeuer, das in ihr brannte auf kleiner Flamme zu halten.

„Aber sicher. Nehmen Sie sich ruhig Zeit für Ihre Entscheidung. Reden Sie erst mit Ihrer Familie." Isolde presste die Kiefer aufeinander. So eine ausgekochte Person! Nie und nimmer würde Flora sich um ihre Familie scheren. Ihrem Sohn schien nicht aufzufallen, wie verschlagen das Mädchen war. Er himmelte sie an. Wo hatte der Junge seinen Verstand gelassen?

Isolde von Langenberg konnte nur hoffen, dass Hannelore von Trischenbach an ihrem Heinrich Gefallen gefunden hatte.

Wenn Isolde in die Augen ihres Sohnes sah, wusste sie, dass Flora ihn längst in ihren Bann gezogen hatte. Mit seinem gesunden Menschenverstand war nicht mehr zu rechnen.

Zehntes Kapitel

Zwei Tage später hatte Flora nicht mehr gezögert und ihr Einverständnis gegeben, im Langenberg'schen Haus zu wohnen.

Mehr als ein halbes Jahr lag das nun zurück. Viel mehr war seither nicht geschehen. Heinrich besuchte sie jede Nacht, doch weiter waren Floras Pläne nicht gediehen. Ein paar Ausflüge hatten sie heimlich unternommen, immer in Angst, Bekannte zu treffen. Oft waren sie an den Tagen, an denen Flora frei hatte, über die Insel gefahren. Heinrich hatte stets für einen übervollen Picknickkorb gesorgt. In eines der vielen kleinen Fischerlokale einzukehren, hatten sie sich nicht getraut. Später hatten sie sich in den Dünen geliebt, und Flora war in den ersten Wochen glücklicher als je zuvor in ihrem Leben gewesen. Mit fortschreitender Zeit bekam ihr Glück einen Riss, immer öfter stritten sie darüber, wie es mit ihnen weitergehen sollte. Heinrich vertröstete sie jedes Mal, und Flora gab sich keine Mühe mehr, vorsichtig zu sein. Auf Heinrichs Versprechungen, bald seiner Mutter von ihnen zu erzählen, gab sie schon lange nichts mehr. Flora wunderte sich, dass Isolde nichts auffiel.

Gustav hatte längst mitbekommen, was zwischen ihr und dem Sohn des Hauses vor sich ging: Und der alte Diener war nicht der Schnellste, wenn es darum ging, Heimlichkeiten aufzuspüren. Hannelore von Trischenbach kam mit ihrer Mutter nicht sehr oft zu Besuch, doch Flora brauchte ihretwegen keine Sorge zu haben. Heinrich war ihr längst verfallen. Unterhielt er sich angeregt mit Hannelore, kam das Gespräch sofort ins Stocken, wenn Flora servierte, da er nur noch Augen für sie hatte. Mit der Zeit waren die Besuche der beiden Damen seltener geworden, einige Male war Hannelore allein gekommen, um das eine oder andere geliehene Buch zurückzubringen. Bei diesen Zusammentreffen war Flora dennoch stets auf der Hut, sie platzte mit dem Staubtuch ins Zimmer, entschuldigte sich wortreich und scherte sich nicht darum, ob Heinrich sie durchschaute. Eifersüchtig fragte sie ihn jedes Mal, ob Hannelore von Trischenbach diejenige wäre, die er lieber zur Frau nähme. Heinrich lachte sie aus, hielt aber dennoch nicht um ihre Hand an. Also blieb sie weiter achtsam, keine ruhige Minute gönnte sie Hannelore und Heinrich, obschon sie ahnte, dass kein Funke bei den beiden übergesprungen war.

Hilde von Trischenbach war nicht entgangen, dass Hannelore und Heinrich nichts weiter als Freundschaft und Wertschätzung verband. Niemand, außer Isolde, sah in den beiden das Traumpaar von morgen.

Heute würde Flora die Bombe platzen lassen. Ewig konnte es nicht so weitergehen. Sie hatte niemals vorgehabt Heinrichs Gespielin zu werden, und langsam zweifelte sie daran, ob der Mann sie zur Frau nehmen würde. Sie glaubte zu wissen, dass er feige war. Er traute sich nicht, seiner Mutter die Wahrheit zu sagen. Dann wieder kamen Flora Zweifel: Begehrte er sie nur körperlich und würde er sie bei der nächst besten Gelegenheit für eine standesgemäße Partie austauschen? Egal, wie auch immer! Heute musste sie alles auf eine Karte setzen. Wenn nicht klappte, was sie sich vorgenommen hatte, dann wäre sie auf ewig erledigt, und ihr bliebe entweder der Strick oder sie müsste fortgehen. Flora schwor sich, nichts mehr dem Zufall zu überlassen.

„Flora!“ Laut dröhnte Isoldes Stimme durchs Haus. Es war noch nicht einmal zwölf und keine Tischzeit. Zehn Minuten thronte Isolde bereits im Speisezimmer und fand Gefallen daran, Flora zu schikanieren.

„Mama, was schreist du denn schon wieder so?“ Heinrich trat kopfschüttelnd ein.

„Ich habe Hunger“, sagte Isolde patzig.

Heinrich verdrehte die Augen und unterdrückte eine harsche Erwiderung. Wie sollte er seiner Mutter nur beibringen, dass er Flora, die sie so hasste, glühend liebte? Er wusste nicht mehr ein noch aus. Er spürte, dass die geliebte Frau sich nicht mehr lange von ihm würde hinhalten lassen. Sie hatte viel Geduld bewiesen, langsam musste sie sich wie eine Dirne vorkommen. Jede Nacht teilte er mit ihr das Bett, ohne ihr einen Ring an den Finger zu stecken. Die bloße Aussicht darauf, seine Frau zu werden, konnte ihr nicht ewig genügen. Er musste diesen unsäglichen Zustand endlich ein Ende bereiten, und ihm graute vor der Reaktion seiner Mutter.

„Flora!"

„Mama, jetzt ist es gut! Sie kommt sicher jeden Augenblick."

Flora hatte den letzten Satz Heinrichs gehört. Sie nahm allen Mut zusammen und trat, mit der Suppenterrine in Händen, hocherhobenen Hauptes ins Zimmer.

Ruhig und ohne einen Gruß stellte sie die Terrine auf den Tisch. Dann band sie ihre Schürze ab und setzte sich auf den freien Stuhl neben Heinrich. „Für mich bitte nur wenig von der Suppe, Heinrich", sagte sie, als sei es das Selbstverständlichste der Welt.

„Was erlauben Sie sich?", fuhr Isolde von Langenberg auf.

Heinrich war blass geworden. Er hatte es geahnt. Aber doch nicht so, Flora, dachte er.

Flora erhob sich von ihrem Platz. „Ich will Ihnen gerne sagen, was ich mir erlaube", begann sie unbeirrt. „Ihr Sohn und ich sind seit mehr als einem halben Jahr ein Liebespaar und wie ich vor ein paar Tagen erfuhr, ist unsere Liebe nicht ohne Folgen geblieben." Sie setzte sich wieder auf ihren Stuhl und wartete gespannt, wie Heinrich zu der Neuigkeit stehen würde.

Heinrich schaute sie ungläubig an, dann zeigte sich ein Strahlen auf seinem Gesicht. Er sprang auf. „Flora! Ist das wahr?“ Sie sah die Rührung in seinen Augen und hoffte, es würde alles gut werden. Wortlos nickte sie. Heinrich nahm ihre Hände und küsste sie voll Überschwang. Er kniete vor Flora nieder. „Willst du meine Frau werden?“, fragte er und alles war mit einem Mal so leicht. Sein Herz setzte ein paar Schläge aus, dann raste es wie wild in seiner Brust. Er war der glücklichste Mann auf Erden, schwebte über den Wolken.

„Ja, ich will“, flüsterte Flora strahlend. Wie oft hatte sie in den letzten Monaten diesen Moment herbeigesehnt! Wie oft hatte sie sich diesen Augenblick in den schönsten Farben ausgemalt!

Lachend drehte Heinrich sich zu seiner Mutter. „Liebste Mama, darf ich dir meine Braut vorstellen?“ Glücklich sah er sie an.

Stille.

Isolde von Langenberg erhob sich abrupt. Polternd fiel der Stuhl hinter ihr zu Boden. Sie scherte sich nicht darum. Mit wutverzerrtem Gesicht sah sie erst ihren Sohn, dann Flora an. „Nur über meine Leiche!“ Kerzengerade, mit hocherhobenem Kopf verließ sie das Speisezimmer.

Heinrich sah ihr erschüttert nach. „Sie wird sich beruhigen“, sagte er zu seiner Verlobten.

Flora nahm sein Gesicht in ihre Hände. „Ja, Liebster. Es war ein Schock für sie. Lassen wir ihr ein wenig Zeit.“ Sie schlug die Augen nieder, wie sie es vor Monaten auf der Promenade bei den Damen der feinen Gesellschaft beobachtet und gleich darauf einstudiert hatte.

Nur über meine Leiche, dachte sie an die Worte ihrer künftigen Schwiegermutter und konnte sich des Gedankens nicht erwehren, dass dies nicht die schlechteste Lösung wäre.

Rose hüpfte durch die Küche, ihr stand die reine Freude ins Gesicht geschrieben. „Flora nimmst du mich mit?“, fragte sie. Flora beachtete ihre Frage nicht. Sie strahlte vor Glück und wartete darauf, von ihrer Mutter in die Arme genommen und herzlich beglückwünscht zu werden.

Elisabeth Hoffmann konnte die Freude ihrer Töchter nicht teilen.

„Flora, Kind! Bist du sicher, dass deine Verbindung mit diesem Heinrich glücklich werden wird?“

„Aber Mutter.“ Zutiefst enttäuscht sah Flora die Mutter an. „Wie kannst du so etwas fragen? Gönnst du mir denn mein Glück nicht?“

„Ich wünsche dir alles Glück dieser Welt, aber freuen kann ich mich nicht. Die von Langenbergs sind reich und in der Gesellschaft hoch angesehen. Und wir…? Wir sind arme Schlucker! Ihr kommt aus verschieden Welten. Oh Gott, oh Gott, Kind! Wenn das nur gut geht“, jammerte Floras Mutter. Dabei wusste sie das Allerbeste noch gar nicht. Flora hatte ihr noch nicht erzählt, dass sie bald Großmutter werden würde. Erst nach der Hochzeit wollte Flora es ihren Eltern verkünden. Sie kannte im Vorhinein die Worte ihrer Mutter und konnte auf deren Schwarzmalerei verzichten.

„Ach Mutter, höre auf zu lamentieren! Es wird alles wundervoll, du wirst schon sehen.“

„Wie bringen wir das deinem Vater bei? Er wird kein Verständnis dafür haben. Nette Burschen, fleißig, handwerklich geschickt und aus unseren Kreisen wünscht er sich für seine Töchter.“

„Dann bekommt er eben als ersten Schwiegersohn einen anderen, als es ihm vorschwebt. Meine Schwestern können später seinen Wunsch erfüllen und allesamt nette, fleißige, arme Schlucker heiraten.“ Flora verstand die Welt nicht mehr. Sie hatte geglaubt, ihre Eltern wären glücklich darüber, dass es ihr einmal besser ginge. Sie lief an der

Mutter vorbei, zur Küche hinaus und die Treppe zu ihrem Zimmer hinauf. Dort packte sie ein paar Sachen, an denen sie hing zusammen und verließ das Zimmer schnell wieder. Hier erinnerte sie alles an ihre armselige Kindheit und daran wollte Flora nicht zurückdenken. Wie oft hatte sie weinend auf diesem Bett gelegen und mit ihrer Mutter gestritten, weil kein Geld für eine Puppe, ein neues Kleid und später für seidene Strümpfe übrig gewesen war. Immer hatte sie hintenanstehen müssen, immer wurde ihr erklärt, dass sie schließlich noch fünf Geschwister habe. Stets war an ihre Einsicht appelliert worden.

Eilig schloss Flora die Tür hinter sich. Sie würde dieses Zimmer nie wieder betreten. Es gehörte zu ihrer Vergangenheit. Vor ihr lag eine goldene Zukunft.

„Ich habe noch ein paar Dinge zusammengepackt, an denen mir liegt. Alles andere kann hierbleiben, mein Zimmer könnt ihr jetzt Iris, Camilla oder Erika geben. Sie werden sich freuen.

„Ich möchte Floras Zimmer haben", meldete Rose sich sofort zu Wort.

„Sei still!", fuhr Elisabeth die Tochter an. Rose setzte sich an den Küchentisch und kämpfte mit den Tränen. Wenigstens Floras Zimmer wollte sie für sich haben, in dem der Duft der Schwester noch zu erahnen war. Hier könnte sie sich ihr nahe fühlen, und sie käme sich nicht gar so verlassen vor. Aber nicht einmal das gestattete die Mutter.

Elisabeth hatte sich noch nicht beruhigt. Sie konnte Flora nicht verstehen, und bissig fragte sie: „Ach es gibt noch etwas in diesem Haus, an dem dir liegt?" Flora erwiderte nichts auf die böswillige Bemerkung. Wenn sie erst Heinrichs Frau, ihr Kind geboren und sie die Herrin im Hause der von Langenbergs war, dann zöge sie ohnehin nichts mehr in ihr Elternhaus zurück. Der ewige Streit mit ihrer Mutter gehörte dann, genau wie ihr bisheriges Leben, der Vergangenheit an. Lächelnd schaute sie über diesen Gedanken auf. „Morgen in drei Wochen ist die Hochzeit:

Am 20. Dezember."

„Was? So schnell? Aber weshalb denn das? Mitten im Winter? Kurz vor Weihnachten?" Die Fragen Elisabeths prasselten auf Flora nieder.

„Ja, so schnell. Weil wir uns lieben. Der Winter stört uns nicht und Weihnachten ist doch ohnehin das Fest der Liebe", beantwortete sie lustlos die Fragen ihrer Mutter im Telegrammstil und verdrehte die Augen.

„Flora, mach mir nichts vor! Da steckt doch etwas ganz anderes dahinter. Du bist schwanger!" Entsetzt starrte Elisabeth ihre Tochter an und maß sie mit abschätzenden Blicken von Kopf bis Fuß.

„Na und? Und wenn es so wäre? Was kümmert es dich? Es ist ganz alleine meine Sache." Flora lachte ironisch zu ihren Worten.

Gekränkt über den rüden Ton ihrer Tochter band Elisabeth sich die Küchenschürze um und ging an ihre Arbeit. Es würde alles weitergehen, wie gewohnt, Tag um Tag, egal ob ihre Große glücklich wurde oder nicht. Flora war erwachsen und Elisabeth musste ihre Entscheidungen akzeptieren, auch wenn sie ihre Tochter nicht verstand. Flora wollte keinen Rat von ihr, hatte noch nie Lehre angenommen. Sie hatte sich immer schon für schlauer gehalten, als alle anderen. So musste ihre Älteste nun sehen, wie sie allein zurechtkam.

Aber Glück, das große reine Glück, wie es Elisabeth jeden Tag mit ihrem Hannes erlebte, das erhoffte sie für ihre Tochter.

Isolde von Langenberg hatte sich nicht beruhigt. Sie wollte sich nicht beruhigen. Warum sollte sie auch? Ihr Heinrich, ihr einziger Sohn, der Erbe ihres Vermögens, der Erbe des alten, ehrwürdigen Namens, der Erbe einer jahrhundertealten Tradition zog es vor, eine bürgerliche, dahergelaufene, nicht einmal sehr gescheite Frau zu ehelichen, nachdem er sie zu allem Überdruss vor der Hochzeit schon geschwängert hatte. Und sie sollte sich beruhigen!?

„Mama, willst du uns nicht endlich deinen Segen geben? In drei Tagen ist die Hochzeit und du zürnst uns noch immer. Es ändert sich nichts an meinem Entschluss. Oder wäre es dir lieber, dein Sohn, ein Graf von Langenberg, ließe eine junge Frau sitzen, die er geschwängert hat? Ist das vereinbar mit der Ehre derer von Langenberg?“ Heinrich war am Ende mit seinem Latein. Wenn es so weiterginge, würden sie ohne seine Mutter vor dem Altar stehen. Was für eine Blamage! Das musste er um jeden Preis verhindern. Der gesamte Hochadel war eingeladen.

Floras Organisationstalent kam einem Wunder gleich. Heinrich hatte ihr lediglich die Gästeliste gegeben, alles andere hatte sie selbst in die Hand genommen. Gustav arbeitete seit drei Wochen beinahe Tag und Nacht unter der Regie Floras. Zu Heinrichs Erstaunen hatte er nicht ein einziges Wort der Beschwerde verloren. Er erledigte sämtliche Aufgaben, welche er von der jungen Braut übertragen bekam, zu deren vollster Zufriedenheit. Und es waren hohe Ansprüche, die Flora an ihn stellte. Auch sie selbst ruhte kaum und Heinrich ermahnte sie oft, sie solle sich in ihrem Zustand mehr schonen.

Nun war es in drei Tagen soweit. Morgen Abend, würden die Gäste eintreffen, die bei ihnen übernachteten. Alle anderen würden sich am Morgen der Hochzeit vor der Kirche einfinden. Heinrich hatte für die Vorbereitungen und die Feierlichkeit, zehn Frauen aus der Umgebung eingestellt. Seine zukünftige Frau sollte ihren großen Tag genießen und nicht abgearbeitet mit ihm vor den Altar treten. Es lief alles wie am Schnürchen, nur bei seiner Mutter war er kein Stück weitergekommen.

„Mama, wenn du dich meinen Wünschen nicht unterordnen kannst, halte ich es für besser, du ziehst in das

Witwenhaus am anderen Ende des Grundstücks. Es ist schon seit Generationen das Domizil für die Witwen, wenn der Erbe eine neue Herrin ins Haus bringt. Ich wollte mit dieser Tradition brechen, aber du lässt mir leider keine Wahl.“ Heinrich stand am Fenster und sah hinaus. Er konnte bei diesen harten Worten seiner Mutter nicht in die Augen sehen. Nie hatte er gewollt, dass es zwischen ihnen zum Zerwürfnis kam. Schon immer fand er es merkwürdig, dass die Frauen der Familie sich in ein bescheidenes Haus zurückgezogen und ihren Lebensabend dort verbracht hatten, sobald ihre Söhne verheiratet waren. Er fand diese Tradition nicht nur merkwürdig, er hielt sie für eine Kränkung der Mütter und hatte nie verstanden, wer auf solch‘ eine absurde Idee gekommen war. Langsam ahnte er, dass zwei Frauen in einem Haushalt nicht das Sagen haben konnten, und er verstand die alte Überlieferung besser. Dennoch ging ihm diese Regelung gegen den Strich und er wollte nicht einsehen, weshalb es nicht wenigstens ein respektvolles Miteinander geben konnte. Was für ein Theater!

„Das kannst du nicht machen.“ Isolde war bleich geworden. Heinrich drehte sich langsam zu seiner Mutter um. „Doch, das kann ich. Und wie gesagt, es liegt an dir, du lässt mir keine Wahl.“

„Heinrich! Nie habe ich geglaubt, dass du auf diese alte, überflüssige Sitte bestehen wirst.“

„Ich habe mich auch, bis vor ein paar Tagen noch, heftig dagegen gewehrt. Aber was soll ich machen? Soll ich mir anhören, wie ihr beiden euch nach der Hochzeit streitet? Soll ich die Gesundheit meiner Frau und meines Kindes aufs Spiel setzen? Dieses Theater wird gewiss für unser Kind, dein Enkelkind, nicht förderlich sein. Oder soll ich jeden Tag zwischen euch beiden vermitteln, mir meine Nerven aufreiben? Sag du es mir! Was soll ich sonst tun? Du bist diejenige, die nicht zur Vernunft kommen will. Dabei könnte alles so einfach sein.“ Erschöpft setzte er sich in den Sessel neben dem Fenster und blickte seiner Mutter ins Gesicht. Er wartete lange auf eine Antwort. Isolde starrte blicklos geradeaus und zuckte mit keiner Wimper.

„Gut, Mama. Wenn du es nicht anders willst. Ich erwarte von dir, dass du nach der Hochzeit binnen einer Woche deine Zimmer räumst und hinüber in das Witwenhaus ziehst. Du kannst Gustav um Hilfe bitten. Die Mahlzeiten kannst du weiterhin bei uns einnehmen. Ansonsten wünsche ich keinerlei Einmischungen von dir." Kraftlos erhob er sich aus dem Sessel und verließ schleppenden Schrittes das Zimmer. Gustav, der in der Diele den Weihnachtsbaum schmückte, blickte ihm entsetzt hinterher. Der junge Herr schien um Jahre gealtert.

Gustav hatte nicht gelauscht. So laut wie Heinrich zu seiner Mutter gesprochen hatte, war das nicht nötig gewesen. Gustav hatte es kommen sehen. Es musste ja so ausgehen. Warum nur gab die Gräfin nicht nach, fragte er sich. Er verstand die alte Dame nicht mehr. Noch nie hatte sie sich so schwer damit getan, gute Leistungen anzuerkennen. Es konnte ihr doch unmöglich entgangen sein, wie sehr ihre zukünftige Schwiegertochter sich bemühte, ihr um jeden Preis gefallen zu wollen. Er selbst hatte Vorurteile gegenüber Flora gehabt. Schnell hatte er bemerkt, worauf sie aus war. Verübeln konnte er es ihr nicht. Der junge Graf war ein attraktiver und obendrein vermögender Mann. Beides machte ihn für die ledigen Frauen interessant, manchmal sogar für die Verheirateten. Mit seinen dreißig Jahren war es an der Zeit, dass Heinrich eine Familie gründete. Warum sträubte sich Isolde so? Sicher, Flora war nicht nach ihrem Geschmack, aber selten waren Schwiegertöchter den Schwiegermüttern willkommen. Gustav schien es der Lauf der Welt zu sein, seit Ewigkeiten war es so und es würde sich auch nicht ändern. In Gustavs Augen bestand kein Grund zur Klage.

Das Mädchen war fleißig, sauber, geschickt und sie liebte Isoldes Sohn. Nun gut, von Adel war sie nicht. Gustav schien dieser Makel nicht von Wichtigkeit. Er selbst würde sich eine so fesche Schwiegertochter wünschen. Mitreden, und es Isolde nachempfinden, das konnte er freilich nicht. Er hatte keine Söhne, war ledig geblieben und nur für sich selbst verantwortlich. Trotzdem: Die Gräfin führte sich auf wie eine Furie. Wenn sie so weitermachte, würde sie nicht nur einen schweren Stand bei Flora haben, nein, sie würde auch noch ihren Heinrich, ihren einzigen Sohn verlieren. Auch ohne Familienerfahrung war Gustav klar, dass die junge Flora mehr bei ihrem Mann erreichen würde, als seine alte Mutter.

Als Gustav die Tür von Isoldes Zimmer im oberen Stockwerk schlagen hörte, wurde er unsanft aus seinen Gedanken gerissen. Im gleichen Augenblick klingelte es an der hinteren Tür. Gustav öffnete. Ein Mädchen, etwa neun oder zehn Jahre alt, stand vor ihm.

„Guten Tag, junge Dame." Gustav schmunzelte. Das Kind blickte mit großen Augen neugierig an ihm vorbei. Unschwer war zu erkennen, welchen Eindruck der Blick in die mondäne Halle auf sie machte.

„Ich möchte bitte zu meiner Schwester."

„Wer ist denn deine Schwester, Kleine?"

„Flora, Flora Hoffmann. Und ich bin die Rose."

„Ah, Rose! Deine Schwester hat mir schon von dir erzählt. Komm herein! Ich bin Gustav, der Diener", versuchte er das scheue Kind in ein Gespräch zu verwickeln. Rose lächelte nur und schaute sich weiter staunend um.

„Bitte, nimm hier Platz! Ich hole deine Schwester."

Eilig lief Gustav die Treppen hinauf zu Floras Zimmer. Verhalten klopfte er an ihrer Tür.

„Ja?" Flora hatte sich hingelegt, die letzten Tage waren von Arbeit angefüllt gewesen, ihr Rücken schmerzte, ihre Beine fühlten sich wie Blei an und schwindlig wurde ihr obendrein immer dann, wenn sie es nicht gebrauchen konnte.

„Fräulein Flora, ihre Schwester Rose ist da und wartet unten in der Halle auf Sie."

„Schicken Sie Rose bitte herauf zu mir, Gustav. Ich kann jetzt nicht aufstehen. Mir ist so übel", klagte Flora.

„Kann ich helfen?" Besorgt musterte Gustav die junge Frau. Kalkweiß lag sie auf ihrem Bett.

„Bringen Sie uns bitte Tee, Gustav, und ein wenig Gebäck! Dann wird es sicher schnell besser. Es war in den letzten Wochen alles ein bisschen viel", erklärte sie und hoffte Gustav könne nicht eins und eins zusammenzählen. Er musste noch nichts von ihrem Zustand wissen, wenngleich sie ihm nicht zutraute, dass er es ausplaudern würde.

Gustav führte Rose in Floras Zimmer. Als er später mit Tee und Gebäck wieder vor Floras Zimmertür stand, hörte er Flora laut reden. Entgegen seiner Gewohnheiten lauschte er einen Augenblick. Er konnte sich nicht vorstellen, weshalb die junge Frau so nachdrücklich auf ihre kleine Schwester einredete. Gustav erkannte am Tonfall Floras, dass sie aufgebracht war.

Dann hörte er ihre zynischen Worte und ein Schauer lief ihn über den Rücken.

„Wenn du willst, Rose, kannst du nach der Hochzeit zu uns ziehen. Ich regle das schon mit Mutter."

„Mama wird es nicht zulassen, Flora."

„Mach dir keine Sorgen. Ich schaffe das schon."

„Wie denn?"

Flora zögerte. „Lass mich nur machen!"

„Und Heinrich, dein Mann? Er kennt mich noch gar nicht", fragte Rose schüchtern.

„Der frisst mir aus der Hand, der verblendete Trottel. In nicht allzu ferner Zeit, habe ich hier sowieso das Sagen."

Erschrocken blickte Rose ihre Schwester an. „Ich dachte du liebst ihn? Wie sprichst du denn von ihm,

Flora?“, fragte das Kind entsetzt.

„Liebe? Ha! Er ist reich, Rose!“ Als Flora das schockierte Gesicht ihrer kleinen Schwester sah, setzte sie milder hinzu: „Das verstehst du noch nicht. Ich liebe ihn schon sehr.“ Ihr verschlagenes Lachen strafte ihre Worte Lügen.

Gustav wischte sich die Schweißperlen von der Stirn, dann klopfte er an Floras Tür. Mit dem Teetablett in Händen und sich der schlimmen Gewissheit bewusst, dass es sein junger Herr nicht schlechter hätte treffen können, trat er ein und verzog keine Miene. Er servierte der jungen Frau den Tee, die bald seine Herrin wäre und ihm grauste bei dieser Vorstellung. Bei den erlauschten Worten war ihm bewusst geworden, dass seine glückliche Zeit im Hause der von Langenbergs der Vergangenheit angehörte.

Als er Augenblicke später die Zimmertür wieder hinter sich schloss, dachte er an die alte Gräfin und leistete ihr im Stillen Abbitte.

Elftes Kapitel

Insel Rügen, Mecklenburg-Vorpommern 1990

Das Wasser kochte schon eine Weile bevor Martha, angetrieben vom Pfeifton des Kessels, in die Küche geeilt kam. „Herrje, ich kann doch nicht hexen“, schimpfte sie und nahm den Pfeifkessel von der Kochplatte. Sie hoffte, ein schwarzer Tee, den sie lange ziehen ließe, würde ihr etwas Ruhe und Entspannung bringen. Ewig würde sie es nicht mehr schaffen, das Haus und den großen Garten in Ordnung zu halten. Von Tag zu Tag wurde die Arbeit mühsamer, ging nur noch schleppend voran. Dennoch wollte sie nicht einsehen, nicht mehr die Jüngste zu sein. Ihr Sohn lag ihr schon lange in den Ohren, zu ihm in die Stadt zu ziehen. Bisher hatte sie sich mit Erfolg dagegen gewehrt. Was sollte sie den lieben langen Tag in einer Zwei-Zimmer-Wohnung ohne Garten tun?

Ihr Sohn hatte ihr gesagt, sie könne auf die Enkelkinder aufpassen. Ihre Schwiegertochter hatte gelacht und gemeint, Martha könne außerdem für sie alle kochen, den Kindern bei den Schulaufgaben helfen, sich des allwöchentlich überquellenden Bügelkorbes annehmen. Martha schmunzelte. Besser ginge es ihr dann schon, überlegte sie. Bügeln, kochen, mit den Enkelkindern lesen, schreiben und rechnen, schien ihr ein Spaziergang im Vergleich zu der schweren Gartenarbeit. Auch das Sauberhalten dieses alten, zweihundert Quadratmeter großen Hauses, war nicht so einfach in ihrem Alter. Die meisten Zimmer befreite sie schon lange nicht mehr jede Woche vom Staub. Wozu auch? Es wohnte, seit dem Tod ihrer Eltern und ihres Mannes, mit dem sie ein spätes Glück erlebt hatte, ohnehin keiner mehr darin. Um die Hühner und Kaninchen kümmerte sie sich gern, wenn sie auch nicht wusste, wofür sie noch Nutztiere hielt. Die Eier verschenkte sie meist an die Nachbarn. Die Kaninchen wurden von einem guten Freund geschlachtet und jedes Mal musste sie ihren Sohn schon Wochen vorher dazu bewegen, zu ihr zu kommen, um den fertigen Braten abzuholen. Einen Gefrierschrank solle sie sich anschaffen, hatte er ihr vorgeschlagen, wo sie die Viecher einfrieren könne. Martha seufzte. Es machte alles keinen Sinn mehr.

Seit Deutschland nicht mehr geteilt war, gab es Fleisch und alle anderen Dinge, die das Herz begehrte, im Überfluss. Wozu macht sie sich noch solch eine Mühe? Geistesabwesend schaute sie auf die Uhr. Eine Viertelstunde hatte sie über ihren Gedanken zugebracht. Sie nahm den Teebeutel aus der Tasse, lange genug hatte er gezogen. Dann nahm sie die Teetasse und ging hinüber in die gute Stube. Dort stand ihr gemütlicher alter Fernsehsessel, der Bezug war verschlissen, der Sessel in die Jahre gekommen, dennoch war er ihr liebstes Möbelstück in diesem Raum. Sie setzte sich hinein und kuschelte sich gedankenverloren in die Decke, die über der Lehne lag. Selten kam es vor, dass sie Mittagsruhe hielt. Viel öfter sollte sie das tun, ging es ihr durch den Kopf. Wohlig lehnte sie sich zurück, streckte sich, richtete sich wieder auf und griff zur Teetasse. Gerade als sie die Tasse zum Mund führen und die ersten Schlucke trinken wollte, hörte sie ein Klopfen an der vorderen Tür. Sie horchte auf. Egal, wer es war, sie würde nicht öffnen, sich nicht stören lassen. Wieder klopfte es, dieses Mal lauter als zuvor.

„Nein sowas“, schimpfte sie verhalten, dachte aber gar nicht daran ihren gemütlichen Sessel zu verlassen. Es wurde wieder still. Martha horchte angestrengt. Vor der Tür unterhielten sich zwei Menschen. Sie glaubte eine Frauenstimme und den Bass eines Mannes zu vernehmen. Ein drittes Mal wurde geklopft, jedoch jetzt am Fenster. Martha erschrak. Es musste dringend sein. So schnell es ihr möglich war, rappelte sie sich aus ihrer gemütlichen

Position hoch. Der Tee schwappte über, und ein unschöner Fleck zierte nun ihre Schürze. Es kümmerte sie nicht. Neugierig, und ein wenig aufgeregt, lief sie zur Tür.

„Ja, wer ist denn da?" Mit wenigen Schritten bog sie um die Hausecke in Richtung des Fensters, an dem geklopft worden war. Abrupt blieb sie stehen und wäre beinahe mit einem Mann mittleren Alters zusammengestoßen. Fragend schaute sie in seine dunklen Augen. Martha kannte ihn nicht. Hinter ihm nahm sie eine Frau wahr. Erschrocken schrie sie auf. Aber nein, das konnte nicht sein. Die Frau war zu jung. Flora von Langenberg war in Marthas Alter, zwei Jahre älter sogar. Dann kam das Haus in Bewegung und Martha hielt schnell die Hauswand fest.

„Geht es Ihnen nicht gut?" Der Mann mit den dunklen Augen war zugesprungen und hielt ihre Taille umschlungen. Die alte Dame atmete tief ein und aus. Nach einer Weile kam das Haus zum Stillstand. „Es geht schon wieder, danke." Sie befreite sich aus seinem Griff. „Aber wer sind Sie?"

„Martha!" Die fremde Frau, die ihr so bekannt vorkam, lief geradewegs auf sie zu und breitete die Arme aus.

Martha schaute sie ungläubig an. Ihr Herz setzte ein paar Schläge aus, als die Erinnerung wiederkam. „Viola? Kind! Bist du es wirklich? Was für eine Freude!" Aufgeregt wollte sie ihr entgegenlaufen. Ihre Beine versagten ihr den Dienst.

Martha zitterte vor Glück und Überraschung am ganzen Körper.

Aufgewühlt saßen sich die drei Menschen in Marthas guter Stube gegenüber. Die alte Frau hatte Kaffee gekocht. Sie wunderte sich immer noch über den Besuch, auf den sie so viele Jahre insgeheim gehofft hatte und der so lange ausgeblieben war.

„Kind, nun erzähl schon! Wie geht es dir? Lebst du noch in Hannover?"

Viola schmunzelte. Immer noch sah Martha das Kind in ihr, welches sie einst großgezogen hatte. Und dabei wurde Viola im nächsten Frühjahr fünfzig. „Nein Martha, ich lebe seit mehr als fünfundzwanzig Jahren in Frankreich und war, von gestern einmal abgesehen, seither nie wieder in Hannover."

Martha sah sie entsetzt an. „Kind, wieso denn das?" Die Erschütterung stand ihr ins Gesicht geschrieben.

„Ach, das ist eine lange, unerfreuliche Geschichte."

„Ich möchte sie trotzdem hören."

„Später." Viola sah Maurice verzweifelt an. Es war ihr sonnenklar gewesen, dass sie der alten Frau, wenn sie sie aufsuchte, alles erzählen musste. „Ich bin gekommen, um etwas über mein Elternhaus zu erfahren. Ich weiß, dass ich hier geboren wurde und vier Jahre alt war, als wir fliehen mussten. Ich erinnere mich jedoch weder an das Haus, noch an Großeltern, die es doch gegeben haben muss. Ein paar alte Fotos habe ich noch vor Augen. Sonst gar nichts."

„Du warst noch zu klein", stellte Martha fest. „Das Haus kann ich dir zeigen. Es steht noch. Ich bin erst vor zwei Tagen dort vorbeigelaufen."

„Oh, Martha. Das hatte ich so sehr gehofft. Wollen wir gleich los?" Ungeduldig sprang Viola auf.

„Ja, wenn du es so eilig hast, dann gehen wir gleich." Verwundert schaute Martha zu Maurice. Hier war etwas nicht in Ordnung. Viola hatte schon als Kind nicht viel vor ihr verbergen können, aber ihr Mann, dieser gutaussehende Franzose mit den dunklen Augen und dem kantigen Gesicht, war noch viel leichter zu durchschauen. Sah sie in seine Augen, erkannte sie darin einen unsagbaren Schmerz, manchmal leuchtete Wut auf, ein anderes Mal spiegelte sich Verzweiflung in ihnen. Was mochte diesen Mann gebrochen haben?

Gemeinsam machten sich die Drei kurze Zeit später

auf den Weg zu Violas Elternhaus.

„Ich bin schon so gespannt.“ Viola lief aufgeregt neben Martha her und konnte es kaum erwarten. Maurice folgte ihnen mit einigem Abstand. Staunend betrachtete er immer wieder die imposanten weißen Villen auf den großen Grundstücken, direkt an der Promenade. Prächtig waren einige dieser Gebäude, die meisten jedoch ziemlich heruntergekommen. Es musste lange her sein, seit die Häuser das letzte Mal Farbe gesehen hatten, von einer Sanierung ganz zu schweigen. An vielen sah er Schilder, die auf Ferienwohnungen oder freie Zimmer hinwiesen.

Martha drehte sich einige Male nach ihm um und sah, wie er die Stirn in Falten legte.

„Jaja, Herr Lefort, ganz schön vernachlässigt die alten Villen“, bestätigte sie seine Gedanken. „Das wird nun hoffentlich besser werden. Jetzt wo es alles wieder im Überfluss gibt. In der DDR hatten wir nichts.“ Bedauernd zuckte sie mit den Schultern.

„Es wäre dringend nötig, schon bald anzufangen. Hoffentlich ist es für manche dieser einstmals prächtigen Villen nicht schon zu spät. Ich verstehe zwar nicht viel davon, aber es ist unschwer zu erkennen, dass es schwer werden wird, die Häuser wieder in neuem Glanz erstrahlen zu lassen. Und teuer wird es werden!“

„Das wird wohl das größte Problem sein. So viel Geld hat keiner von uns Ossis. Die Menschen hier haben Angst, dass der große Ausverkauf bald losgeht.“

„Ossis?“

Martha lachte. Ja, so ein neumodischer Begriff für uns Ostdeutsche aus den neuen Bundesländern. Ich weiß noch nicht, ob ich ihn gut finden soll. Das wird sich erst noch zeigen. Liebevoll wird er jedenfalls nicht ausgesprochen. Das Wort hat für mich den schalen Beigeschmack, von Dummheit und einem verlorenen Kampf.“ Maurice hörte aus den Worten der alten Frau Enttäuschung und Wut, aber auch einen unendlichen Stolz auf ihre Heimat.

„Ich wünsche Ihnen von ganzem Herzen, dass sich alles fügt und ein gutes Ende nimmt." Maurice hatte die Wiedervereinigung Deutschlands in den Medien mit großem Interesse verfolgt. Vor einem Vierteljahrhundert hatte er drei Jahre in Deutschland gelebt und studiert, bis er mit Viola zurück in seine Heimat gegangen war. Er hatte die Freunde von damals nicht vergessen, doch der Kontakt war abgebrochen, als sie Hannover bei Nacht und Nebel den Rücken gekehrt hatten. Allein die Intrigen und der große Verlust, den Viola und er erleiden mussten, waren es gewesen, die sie nie wieder hatten in dieses Land kommen lassen.

„Man wird sehen", sagte Martha gedankenverloren und blieb stehen. „Hier ist es, Viola!"

„Oh!" Enttäuscht schaute die junge Frau in den großen, jedoch ungepflegten Garten, der die Ausmaße eines kleinen Parks aufwies. Dann flog ihr Blick zu der Villa, die einmal weiß getüncht war. Der Putz war an manchen Stellen abgeblättert, Dach und Fenster hatten schon bessere Zeiten gesehen. Alles machte einen verwahrlosten Eindruck. Auch mit viel Mühe und Fantasie gelang es Viola nicht, sich eine prächtige Villa vorzustellen, die das Haus nach Marthas Schilderungen einmal gewesen war.

„Wollen wir hineingehen?" Martha las die Gedanken der jungen Frau. Schwer war es nicht, zu erraten, was in ihrem Kopf vorging.

„Darf man das?"

Martha zuckte mit den Schultern. „Wir müssen uns ja nicht erwischen lassen." Aufmunternd zwinkerte sie Viola zu.

„Es gibt noch keine neuen Eigentümer. Das Haus war bis zur Wende eine Jugendherberge. Jedes Jahr erholten sich hier Kinder im Alter zwischen zwölf und siebzehn Jahren. Man wird sehen, was daraus nun wird. Die Treuhand soll es übernommen haben. Vielleicht wird es rücküberführt."

„Kinder haben hier ihre Ferien verbracht? Einfach so?“ Maurice verstand nicht.

„Ja. Das war bei uns so. Der Staat hat das Haus unterhalten und die Kinder konnten hier, für wenig Geld, vierzehn Tage ihrer Ferien verbringen. Manche Eltern mussten auch gar nichts bezahlen. Hatten Familien drei und mehr Kinder, dann waren diese Familien kinderreich, wie man das bei uns nannte. Kindern aus solchen Familien kostete der Aufenthalt keinen Pfennig.

Maurice hörte gespannt den Ausführungen Marthas zu. „Nun ja, viel hat der Staat wohl nicht zur Unterhaltung getan“, bemerkte er und sein Blick maß das Gebäude. „Aber immerhin! Für die Kinder war es sicher wundervoll. Allein die Lage, man kann die Ostsee sehen und riechen. Dieses Klima!“ Genießerisch schloss er die Augen und atmete tief die würzige Luft ein. „Treuhand, soso“, murmelte er und überlegte, wieviel Geld sie dafür würden haben wollen.

„Gehen wir endlich hinein!“ Voller Ungeduld trat Viola von einem Bein auf das andere.

Martha öffnete das kleine Tor in der Mauer und betrat das Grundstück mit wehen Erinnerungen. Hier hatte alles begonnen. Die Augenblicke des Glücks, die sie hier erlebt hatte, konnte sie an fünf Fingern abzählen. Viele waren es nicht gewesen und doch mochte sie die Zeit nicht missen. Sie hatte Gutes vollbracht, nur das zählte. Weiß Gott, was aus den Kindern geworden wäre, wäre sie nicht gewesen.

„Nun kommen Sie schon!“, forderte sie Maurice auf, der immer noch vor dem kleinen Tor stand. Aus seinen Gedanken gerissen, folgte er den beiden Frauen.

„Einen Schlüssel hab ich natürlich nicht, aber die Kellertür ist nicht verschlossen. Von dort gelangen wir ungehindert in die oberen Stockwerke.“

„Woher weißt du das denn?“ Viola zwinkerte ihr verschmitzt zu.

„Ich weiß es eben“, erwiderte Martha barscher, als sie

es beabsichtigt hatte. Vor einem halben Jahr war sie hier gewesen, die Neugier hatte sie getrieben, gleich nachdem das Haus verlassen und zu einem guten Teil leergeräumt worden war. Sie hatte noch ein paar Tage abgewartet, wollte nicht in Verdacht geraten Dinge wegzuschleppen, wie viele andere es getan hatten. Dann war sie, als der Abend hereinbrach, mit einer Taschenlampe, wie eine Diebin, um das Haus geschlichen. Einen Augenblick war sie versucht gewesen wieder zu gehen, aber sie hatte es nicht fertiggebracht, musste noch einmal durch die Räume streifen. An jeder Tür hatte sie gerüttelt, bis sie die Kellertür offen vorgefunden hatte. Nach kurzer Zeit war sie regelrecht aus dem Haus geflohen. Dunkle Erinnerungen hatten sie eingeholt, obwohl sie sich bemüht hatte, nur die Augenblicke des Glücks aufleben zu lassen.

Heute fiel gleißendes Sonnenlicht auf die Kellertür. Als Viola die Tür öffnete, knarrte diese laut. Erschrocken, dennoch neugierig blickte sie sich um. Ängstlich zauderte sie noch.

„Geh nur! Die Mäuse sind längst verhungert." Martha lachte und drängte sich an Viola vorbei. „Lass mich vorangehen!"

Sie durchquerten den Keller, der immer noch mit allerlei Gerümpel vollgestopft war. Offensichtlich hatte niemand ein Interesse daran, hier Ordnung zu schaffen. Als sie die Kellertreppe emporgestiegen waren, gab eine große Halle den Blick auf eine geschwungene Treppe ins Obergeschoss frei. Zum ersten Mal staunte Viola.

„Kannst du dir jetzt vorstellen, wie prächtig es einmal war?"

„Ja, jetzt schon." Ein Blick in die Runde, dann lief die junge Frau an Martha und Maurice vorbei ins obere Stockwerk. Dort öffnete sie eine Zimmertür nach der anderen.

„Hier ist wenig verändert worden. Die Zimmer waren schon immer sehr klein. Sie müssen sich gut für die

Ferienkinder geeignet haben. Mehr als einen Schrank, ein Bett und einen kleinen Schreibtisch haben die Schulkinder ja auch nicht gebraucht. Es konnte also alles so bleiben, wie es war", erklärte Martha.

Viola sah sich gedankenverloren in den Räumen um und hoffte auf einen Fetzen Erinnerung. Nichts! „Martha. Welches war mein Zimmer?"

„Dort drüben. Komm mit!"

Sie betraten einen kleinen Raum, der ebenfalls nicht mehr als ein einziges Bett, einen Schrank und einen Tisch fassen würde.

„Ganz schön winzig", stellte Viola fest.

„Du warst noch ein Baby. Mehr Platz brauchtest du damals nicht." Dann entdeckte Viola eine Verbindungstür in den Nebenraum. „Und hier? Wem gehörte dieses Zimmer?"

„Dort habe ich geschlafen. Immer in deiner Nähe, mein Kind. Später, in den letzten Wochen, bevor wir geflohen sind, stand das Kinderbett deines Bruders noch mit in diesem Zimmer."

„Hier also!" Nachdenklich flog Violas Blick zwischen beiden Räumen hin und her, dann betrat sie Marthas ehemaliges Zimmer.

„Florian ist verunglückt. Das Moped, sein sehnlichster Wunsch…", Viola schossen Tränen in die Augen, „… er fuhr damit in den Tod." Martha war bleich geworden. Eine einzelne Träne lief ihr über die Wange. „Florian. Der kleine Wildfang. Nein!" Viola fasste Martha bei der Hand. „Es war eine Tragödie. Am liebsten wäre ich mit ihm gestorben. Für Mutter war ich das fortan auch. Ihr Liebling war nicht mehr da, an mir hatte ihr noch nie viel gelegen, und nun beachtete sie mich in ihrem Schmerz gar nicht mehr. Du kennst sie ja!", sagte Viola bitter und wischte sich über die Augen.

„Ach Kind!“

„Komm, Martha! Lass uns nach unten gehen und uns dort umschauen.“

„Da gibt es nicht mehr viel, was so geblieben ist, wie es früher war. Aber ich kann dir alles ganz genau erklären, wenn du es möchtest. Nichts habe ich vergessen. Ich sehe manchmal im Traum noch alles vor mir.“

Langsam lief Martha die breite geschwungene Treppe hinunter und dachte an die Feste, die hier gefeiert worden waren. Sie sah die Damen in ihren Ballkleidern, wie sie die Treppe herunterkamen, hörte die Musik und das leise Stimmengewirr, sah die Männer in ihrem feinen Zwirn, roch den Duft des roten Oleander, der durch die großen Fenster aus dem Garten hereinströmte und erinnerte sich auch an die vier Weihnachtsfeste, die sie unter diesem Dach verbracht hatte.

„Martha? Geht es dir gut?“ Viola schaute in das blasse Gesicht der alten Frau. Martha war, in ihren Gedanken verloren, auf der Treppe stehengeblieben.

„Alles in Ordnung, Kind. Nur die Erinnerungen“, flüsterte sie. Dann lächelte sie Viola an. „Schau nach unten und stell dir einmal vor: Gut betuchte, hübsche junge Damen in feinster Abendgarderobe; Männer in teuren, maßgeschneiderten Anzügen; die Gardinen bauschen sich im lauen Wind des Abends; betörender Duft aus dem Garten weht herein; dezent erklingt Musik; leise Gespräche und gedämpftes Licht erfüllen den Raum.“ Sie sah Maurice an und erkannte in seinem Gesicht, dass auch er versuchte dieses Bild vor seinen Augen heraufzubeschwören.

„Ach Martha. Es muss herrlich gewesen sein.“ Viola seufzte und schaute die alte Frau mit verklärtem Blick an.

„Nicht immer, mein Kind!“ Entschlossen stieg Martha die Treppe hinab. Unten angekommen zeigte sie Viola und Maurice die Wirtschaftsräume, die große Küche und die Speisekammer. Kaum etwas war noch wie einst. Einzig der Ballsaal, der auch als Speisezimmer für große

Gesellschaften genutzt worden war, war in seiner ursprünglichen Form erhalten geblieben. Er hatte sich als Speisesaal für die Ferienkinder geeignet, doch von dem ehemaligen Prunk war nichts mehr zu erkennen.

„Ich habe noch alte Fotos zu Hause. Die können wir uns später gern anschauen“, lud Martha die beiden ein.

„Oh, sehr gern. Nicht wahr Maurice? Wir haben doch noch etwas Zeit?“ Als Maurice antworten wollte, kam Martha ihm zuvor.

„Das will ich hoffen. Du bist mir noch eine Geschichte schuldig, Viola. Ich muss wissen, was passiert ist. Du scheinst mir nicht sehr glücklich zu sein.“ Erschrocken drückte sie ihre Hand auf ihren Mund. „Verzeihen Sie Herr Lefort! So habe ich es nicht gemeint. Das war sehr ungeschickt von mir…“, weiter kam sie nicht.

„Schon gut, schon gut. Sie haben nicht Unrecht. Wir sind beide nicht restlos glücklich geworden, was aber nichts mit unserer Liebe zueinander zu tun hat.“ Maurice sah seiner Frau in die Augen. „Naja, das hoffe ich jedenfalls“, sagte er und lächelte liebevoll.

„Lasst uns gehen.“ Viola riss sich von dem herrlichen Bild los, dass beim Anblick des Ballsaales vor ihren geistigen Auge erschienen war. „Wir haben noch eine lange Geschichte zu erzählen“, sagte sie mit einen Blick auf ihrem Mann und straffte die Schultern. Das erste Mal, seit sie Deutschland verlassen hatten, würden sie den schrecklichen Erlebnissen der Vergangenheit Leben einhauchen müssen. Es würde schmerzhaft werden. Aber vielleicht konnte Martha ihnen helfen, so wie sie immer geholfen hatte, solange Viola zurückdenken konnte.

Martha schwieg. Sie fand keine Worte. Die Geschichte, die sie gerade gehört hatte, trieb ihr nicht nur Tränen in die Augen, sie jagte ihr eine Gänsehaut über den Rücken und ließ die alte Frau fassungslos zurück.

„Ich habe deine Mutter schon nach kurzer Zeit durchschaut, ich hielt sie für egoistisch und selbstherrlich. Aber so etwas hätte selbst ich ihr nicht zugetraut. Ich ahnte es zwar und doch wollte ich es nicht wahrhaben, dass sie ein durch und durch schlechter Mensch, ohne jedes Gewissen ist.“ Leise hatte Martha ausgesprochen, was sie seit Jahren keiner Menschenseele anvertraut hatte. Immer hatte sie den schönen Schein gewahrt. Bis heute war es ihr nicht in den Sinn gekommen, ihrer einstigen Herrin übel nachzureden.

„Da muss sich doch etwas herausfinden lassen! Es kann nicht sein, dass diese herrschsüchtige Frau damit durchkommt. Soll sie denn bis ans Ende ihrer Tage ihren Mitmenschen ungestraft Leid zufügen?“ Jetzt, nach Violas Geschichte, war Martha außer sich.

„Auch deshalb sind wir gekommen, nicht nur wegen der Beerdigung. Gestern, und den Tag davor, sind wir in Hannover gewesen, aber ohne Erfolg. Wir wissen nicht mehr weiter. Vielleicht hast du noch eine Idee, was wir unternehmen könnten“, sagte Viola. Marthas Blick verlor sich ins Leere. Nach einer Weile erhellte sich ihr Gesicht.

„Was ist aus Rose geworden? Rose könnte vielleicht etwas wissen.“

Soweit Martha sich erinnern konnte, hatte Rose nie den Kontakt zu Heinrich verloren. Wohin es sie, nach dem Auszug aus der Hannoverschen Villa verschlagen hatte, wusste jedoch auch Martha nicht.

„Rose? Ich war sieben, als sie wegging. Ich erinnere mich kaum noch an sie. Ihr Name durfte nie wieder erwähnt werden und ich habe keine Ahnung, was eigentlich vorgefallen war.“ Viola sah Martha fragend an.

„Eine kurze, doch nicht weniger traurige Geschichte. Aber die erzähle ich euch ein anderes Mal. Wir sollten jetzt alles daran setzen, Rose zu finden. Es wird nicht leicht werden, sie nach so vielen Jahren aufzuspüren. Aber wir schaffen das schon. Schaut nicht so traurig, Kinder“, versuchte Martha die beiden aufzumuntern. Maurice schmunzelte. Ein ganzer Nachmittag war vergangen, bis er ihr dieses „Herr Lefort“ abgewöhnt hatte.

„Vielleicht hast du Recht Martha, und Rose ist unsere letzte Hoffnung. Wir müssen sie finden, sonst ist alles verloren.“

„Nicht die einzige Hoffnung, aber die Größte“, sinnierte Martha laut.

„Wie? Ist dir noch etwas eingefallen?“

„Zuerst versuchen wir Rose zu finden. Ich bin überzeugt, wenn jemand etwas von eurem Kind weiß, dann sie.“

Martha dachte an Hannelore von Trischenbach und fragte sich, was wohl aus ihr geworden war. Sie mussten schnell handeln. Durch die Wiedervereinigung Deutschlands würde eine Wanderung der Menschen einsetzen. Das hatte sie schon einmal erlebt. Damals waren es widrige Umstände gewesen, die die Menschen aus der Heimat hatten weggehen lassen. Mochten es heute auch glücklichere Gründe sein, welche die Menschen dazu veranlassten, von Ost nach West und von Nord nach Süd zu ziehen.

In ihrem Fall war das ohne Belang. Es würde ihre Nachforschungen erschweren.

Zwölftes Kapitel

Insel Rügen, Mecklenburg-Vorpommern, Weihnachten 1940

Isolde von Langenberg saß an dem kleinen Schreibtisch in ihrem Schlafzimmer. Sie öffnete die obere Schublade und holte ihr Tagebuch hervor. Seit vielen Jahren schrieb sie hinein, was sie bewegte. Heute fiel es ihr schwer, die Gedanken und Gefühle, die seit Tagen in ihrer Brust tobten, in Worte zu fassen.

Sie hatte es sich gründlich überlegt, hatte sozusagen in letzter Minute den Rückzug angetreten. Was würde es ihr nützen, verärgerte sie ihren Sohn?

Isolde sah noch immer das Leuchten in Heinrichs Augen, als sie ihm mitgeteilt hatte, sie werde sich in das Unvermeidliche schicken, sie wolle seinem Glück nicht im Wege stehen. Die Worte waren ihr nur schwer über die Lippen gekommen. Sie hasste es zu lügen, doch ihr blieb keine Wahl.

Sie wusste genau, dass ihr einziges Kind sehenden Auges ins Unglück rannte, fand aber keine Argumente, die es hätten verhindern können.

Der stolzen Frau jagte eine Gänsehaut über den Rücken, wenn sie daran dachte, wie unglücklich ihr Sohn werden würde. Solange es jedoch nur ein Gefühl war, sie ihre Abneigung gegen Flora nicht in Worte fassen konnte, musste sie schweigen.

Mit einem Seufzer schlug sie das Tagebuch auf und hoffte, es würde sie ein wenig beruhigen, ihre Gedanken zu Papier zu bringen, bevor sie hinunter zu den Gästen ginge und eine Heiterkeit zur Schau stellte, die sie nicht empfand. Den Füller in der Hand schrieb sie die ersten Sätze, als es an der Tür klopfte.

„Herein!"

„Liebste Mama, wo bleibst du denn? Wir warten auf dich." Heinrich stand strahlend im Zimmer. Sein eleganter schwarzer Anzug war von auserlesener Qualität. Die graue glänzende Brokatweste, die unter dem Jackett hervorblitzte, verlieh dem strengen Schwarz des Ensembles einen modernen Hauch. Seine junge Frau verfügte in modischen Dingen über einen exzellenten Geschmack, den nicht einmal Isolde von Langenberg ihr absprechen konnte.

„Ich komme, mein Junge." Schnell klappte sie ihr Tagebuch zu und schob es in die Schublade des Tisches zurück.

„Du schreibst immer noch Tagebuch?"

Isolde antwortete nicht. Sie erhob sich von ihrem Stuhl und legte die Pelzstola, die vor vielen Jahren ein Geschenk ihres verstorbenen Mannes gewesen war, um ihre Schultern.

„Man könnte meinen, du bist immer noch böse auf mich. Versteh doch, Mama. Ich liebe Flora mehr als mein Leben."

„Es ist schon gut, mein Junge. Du musst wissen, was du tust." Isolde ging an Heinrich vorbei und öffnete die Tür. „Nun komm! Oder willst du die Braut vor dem Altar warten lassen?"

Heinrich schaute seiner Mutter traurig nach, als sie die große Treppe hinunterschritt. Ihm war nicht wohl in seiner Haut, nie hatte er die Mutter enttäuschen wollen: Doch er war nicht bereit, ihretwegen auf die Liebe seines Lebens zu verzichten.

Die kleine Kirche war prächtig geschmückt, das Edelste, was die Langenberg'schen Gewächshäuser zu bieten hatten, war Heinrich für seine Hochzeit gerade gut genug gewesen. Besuchte er sonst nur äußerst selten die Gärtnereien, die einst seines Vaters ganzer Stolz gewesen waren, so hatte er es sich in den letzten Wochen nicht nehmen lassen, dort seinen hochfliegenden Wünschen Ausdruck zu geben und mit Argusaugen über deren Ausführung zu wachen. Es waren die einzigen Vorbereitungen für das Fest gewesen, die er übernommen hatte. Er wollte seine junge Frau beeindrucken und hatte in den letzten Monaten gelernt, womit man Flora die größte Freude machen konnte. Weder Geld noch Mühen hatte er gescheut und alles herangeschafft, was edel, teuer und ausgefallen war. Längst hatte Heinrich erkannt, dass Flora den Luxus und das Extravagante liebte. Ständig war sie bemüht aufzufallen. Sie fühlte sich in ihrem Element, wenn sie, zum Leidwesen seiner Mutter, den Reichtum der von Langenbergs zur Schau stellen konnte. Der jungen Frau war jedes Mittel recht, um im Mittelpunkt zu stehen. Dort fühlte sie sich wohl und Heinrich brachte es nicht übers Herz, ihr Einhalt zu gebieten. Er ließ sie gewähren, befand ihr großspuriges Benehmen nicht als allzu großen Makel. Kam ihm manchmal der Gedanke, dass Flora ihn nur des Geldes und seines Standes wegen heiratete, verwarf er den Gedanken in dem Augenblick, in dem Flora sich liebevoll an ihn schmiegte und beteuerte, wie glücklich sie sei.

Tausend Gedanken schwirrten durch Heinrichs Kopf, als er jetzt vor dem wundervoll geschmückten Altar auf seine junge Braut wartete. Die Minuten flogen dahin und er wurde immer nervöser. Wo blieb sie denn nur? Heinrich trat von einem Fuß auf den anderen. Mit angehaltenem Atem blickte er durch die Reihen der Gäste. Seine Mutter drehte hin und wieder ihren Kopf in derselben Unruhe zur Tür. Heinrich dachte einen kurzen Moment darüber nach, dass seine Mutter gewiss froh wäre, käme Flora nicht. Doch gleich schob er den Gedanken resolut beiseite. Die Mutter war über ihren Schatten gesprungen, hatte nachgegeben, um nichts in der Welt würde sie ihn leiden sehen wollen.

In der ersten Reihe, links vom Gang, nahm er Floras Eltern und Geschwister wahr. Er kannte sie nicht gut, war ihnen nur einmal begegnet, als er um Floras Hand angehalten hatte. Sein Schwiegervater schätzte ihn nicht und hatte auch nur widerwillig in die Hochzeit eingewilligt. Heinrich hatte genau gespürt, dass Floras Mutter ebenso wenig begeistert von der Wahl ihrer Tochter war, ihre Vorurteile jedoch besser verbergen konnte.

Der Platz Hannes' neben seiner Frau Elisabeth war noch leer. Der stolze Mann hätte es sich niemals nehmen lassen, seine Tochter zum Altar zu führen, wenngleich seine Bedenken über diese Verbindung bislang nicht kleiner geworden waren.

Endlich erklang die Orgel. Alle Gäste drehten sich zum Eingang der Kirche, und ein Raunen lief durch die Reihen. Elisabeth schlug sich fassungslos und beschämt die Hand vor den Mund. Nein, so eine Blamage! Sie wagte nicht den Kopf zu heben und in die Runde zu blicken.

Der Organist verhaspelte sich, drei unschöne Töne erklangen, dann hatte er sich wieder in der Gewalt.

Isolde von Langenberg blieb vor Schreck der Mund offen stehen. Um Fassung bemüht, holte sie mehrmals tief Luft.

Hannes führte seine Tochter mit grimmigem Gesicht den Gang des Kirchenschiffes entlang. Hannes konnte sich nicht erklären, was Flora dazu getrieben hatte, ein solches Kleid auszuwählen. Sie waren zu spät, weil er sich geweigert hatte, Flora in diesem Aufzug zum Altar zu führen. Nur Martha, der jungen Frau, die Flora beim Ankleiden behilflich gewesen war, war es zu verdanken, dass er sich hatte breitschlagen lassen. Martha hatte gute Argumente vorgebracht, ihm gesagt, wie groß die Blamage sei, würde seine Tochter allein zum Altar schreiten.

Heinrich starrte immer noch wie gebannt auf seine Braut, die keine zwei Meter mehr von ihm entfernt war. Bisher hatte er Flora einen guten Geschmack nicht absprechen können, umso mehr zweifelte er jetzt an ihrem Verstand. Heinrich fragte sich, was in der jungen Frau vorging. Wie konnte Flora sie alle derart brüskieren? Er schaute in das entsetzte Gesicht seiner Mutter und nahm aus dem Augenwinkel wahr, dass seine Schwiegermutter noch immer nicht aufzublicken traute. Wie musste sie sich für ihre Tochter schämen! Noch ein kurzer Blick in die Runde: Die Gäste waren nicht weniger bestürzt. In einigen Gesichtern waren Spott und Häme zu lesen. Dann stand Flora vor ihm. Er schaute an ihr herab. Ich darf mir nichts anmerken lassen, es wäre Wasser auf alle Mühlen!

In einem roten Kleid aus fließender Seide und mit tausenden Perlen bestickt, stand sie vor ihm. Das Kleid war so eng geschnitten, dass es nichts, aber auch gar nichts, von Floras Figur verbarg. Ihre schlanke Taille wirkte noch schlanker, als sie ohnehin war. Durch den unanständig tiefen Ausschnitt des Kleides zeichneten sich ihre üppigen Brüste vulgär ab. Um die Schultern trug sie eine Stola in der Farbe des Kleides, die ganz aus feinster Spitze gearbeitet war und mehr freigab als sie verdeckte. In ihrem kunstvoll aufgesteckten Haar befand sich eine Blüte des roten Oleanders, aus dem auch ihr Brautstrauß gebunden worden war. Heinrich hatte ihr diesen Wunsch von den Augen abgelesen, wusste er doch, wie sehr sie die Blüten und den Duft liebte. Das Kirchenschiff und den Altar hatte er mit weißem Oleander schmücken lassen, nur der Braut sollte die rote Farbe vorbehalten sein. Aber hatte sie denn ein rotes Kleid wählen müssen? Zu allem Überdruss auch noch solch ein Verwegenes?

Der Pfarrer räusperte sich. Heinrich nahm zögernd die Hand seiner jungen Braut, und sie traten vor den Geistlichen.

Die Töne der Orgel verklangen, der Pfarrer begann mit der Zeremonie. Eine Stunde später waren sie Mann und Frau.

So sehr Heinrich das Gemurmel der Damen ärgerte, als er mit seiner bezaubernden Frau durch den Ballsaal schwebte, so stolz machten ihn die bewundernden Blicke der Herren. Er war wütend auf Flora und trotz allem ein glücklicher Mann.

Mit zwiespältigen Gefühlen trug er Flora gegen Mitternacht über die Schwelle ihres gemeinsamen Schlafzimmers, und die junge Gräfin von Langenberg ließ ihren frisch angetrauten Gemahl allen Unmut vergessen.

Isolde lag noch lange wach und konnte sich nicht erklären, was sie getan hatte, dass Gott sie mit dieser Schwiegertochter derart strafte. Sie sah die hämischen Blicke Hilde von Trischenbachs noch immer vor sich, als Flora in diesem verruchten roten Kleid die Kirche betreten hatte. Hildes Tochter Hannelore war blass geworden und es schien Isolde, als habe sie Mitleid mit Heinrich. Dazu bestand für die junge Frau, aus Isoldes Sicht, freilich keine Veranlassung, hatte Heinrich sich doch für Flora und gegen Hannelore entschieden. Schadenfroh hätte das Mädchen sein müssen, ging es ihr durch den Kopf. Zweimal hatte Heinrich mit Hannelore getanzt und Isolde war aufgefallen, dass sich ihre Schwiegertochter unterdessen mit den unverheirateten, jungen, adligen Männern bestens unterhalten hatte. Sie hatte mit ihnen gescherzt und kokettiert und war sich ihres unmöglichen Benehmens nicht bewusst gewesen. Statt der Aufforderung ihres Vaters nachzukommen und sich ein wenig zu ihren Großeltern zu gesellen, war sie durch den Saal geschwirrt, immer darauf bedacht, die Augen aller auf sich zu ziehen. Kurz bevor sie mit Heinrich das Fest verlassen hatte, war Flora in ein Gespräch mit mehreren Herren vertieft gewesen. Isolde hatte nicht lauschen müssen, es war auch so nicht zu überhören gewesen, dass ihre frisch gebackene Schwiegertochter sich bereits in die Langenberg'schen Geschäfte einmischte. Ein paar Wortfetzen hatte sie mitbekommen, und immer war es um Gärtnereien, Gewächshäuser, Pferde, Neuerungen, Landankauf und schließlich ums Geld gegangen. Die junge Gräfin verlor wirklich keine Zeit.

Isolde war es leid, sich in ihrem Bett schlaflos hin und her zu wälzen. Behände schlug sie die Bettdecke zurück und schwang die Beine aus dem Bett. Nachdenklich trat sie an das Fenster ihres Zimmers und schaute hinunter in den Garten. Es war eine kalte wolkenlose Nacht, der Schnee glitzerte im Licht des Vollmondes. Im Stillen betete sie zu Gott, er möge alles ein gutes Ende nehmen und ihren Heinrich glücklich werden lassen. Sie glaubte nicht daran und hoffte doch inständig, ihr Gebet würde erhört werden.

Seufzend griff sie nach ihrem Morgenmantel, leise verließ sie ihr Schlafzimmer und schlich sich hinunter in die Küche. Viele Gäste verbrachten die Nacht im Haus und würden erst morgen die Heimreise antreten.

Isolde horchte in die Stille. Ein Knacken, eine Tür wurde leise geöffnet. Sie beschleunigte ihre Schritte, wollte jetzt keinen der Gäste treffen. Ihr war nicht nach einem nächtlichen Plausch über Schlaflosigkeit zumute. In der Küche füllte sie Wasser in den Pfeifkessel und nahm eine Teetasse aus dem Schrank. Ein Melissentee würde sicher beruhigen.

„Guten Morgen, liebste Schwiegermama."

Erschrocken fuhr Isolde herum. „Guten Morgen", grüßte sie ihre Schwiegertochter und übergoss ihren Tee. Dann nahm sie die Tasse und ging zur Tür. Sie würde den Tee in ihrem Zimmer trinken, auf Floras Anwesenheit verspürte sie keine Lust.

„Bleib doch! Du kannst wohl auch nicht schlafen?"

„Nein. Nach großen Festen, üppigen Essen und dem Genuss von Alkohol kann ich nie gut schlafen. Musik und Tanz tragen ihr Übriges dazu bei. Aber wieso bist du nicht bei deinem Mann?" Isolde maß ihre Schwiegertochter mit einem fragenden Blick.

„Er schläft bereits. Es war anstrengend." Anzüglich lächelnd schaute Flora der älteren Frau ins Gesicht und zuckte, ob ihrer zweideutigen Worte, mit keiner Wimper.

Isolde blickte peinlich berührt zum Küchenfenster hinaus, wo bereits der Morgen graute. So genau hatte sie es nicht wissen wollen und wieder hatte ihre Schwiegertochter bewiesen, dass sie nicht in die Langenberg'sche Familie passte.

„Komm, setz dich zu mir! Ich wollte morgen ohnehin deinen Umzug ins Witwenhaus mit dir besprechen."

Isolde verschlug es die Sprache. Sie wusste nichts zu erwidern. Eine drückende Stille breitete sich aus. Dann hatte Isolde sich wieder gefasst. „Da gibt es nichts zu reden. Wenn der letzte Gast das Haus verlassen hat, ziehe ich hinüber. Solange wirst du schon noch warten müssen."

Erhobenen Hauptes verließ sie den Raum. Erst als sie ihr Schlafzimmer erreicht und die Tür hinter sich geschlossen hatte, sackte sie in sich zusammen. Eine nie gekannte Hoffnungslosigkeit überfiel sie.

Isolde wusste nicht, wie lange sie zusammengesunken auf der Kante ihres Bettes gesessen und über ihr weiteres Schicksal nachgedacht hatte. Sie richtete sich kerzengerade auf und straffte die Schultern.

Schnell war ihr Entschluss gefasst: Einen offenen Kampf mit der jungen, schönen Frau ihres Sohnes würde sie verlieren, noch bevor er begonnen hatte.

Und Isolde wusste, egal was geschah, die Sonne würde am Morgen wieder aufgehen, die Welt sich weiter drehen und auch in ihrem neuen Leben gäbe es wieder Wärme und Erfüllung.

Erschöpft, jedoch zuversichtlicher, war Isolde am frühen Morgen eingeschlafen. Ein Poltern vor ihrer Zimmertür hatte sie geweckt. Schlaftrunken setzte sie sich in ihrem Bett auf. Ein Blick zur Uhr. Fast acht! Sie reckte und streckte sich, dann schlug sie ihre Bettdecke zurück. Sie musste sich beeilen. Es konnte nicht angehen, dass die Hausherrin als Letzte zum Frühstück erscheint. „Die

Hausherrin?", flüsterte Isolde und lachte leise. Kurzerhand kroch sie zurück in ihr Bett und schmiegte sich wohlig seufzend wieder in die weichen Daunen. Die Hausherrin war sie ab heute nicht mehr. Sollte Flora sich bemühen, die Gäste zu unterhalten. Hoffentlich fände sie rechtzeitig aus den Federn.

Isolde schloss die Augen und versuchte die Geräusche einzuordnen, die von draußen zu ihr hereindrangen. Es gelang ihr nicht, sie konnte die Schritte vor ihrer Tür nicht zuordnen. Das fremde Personal, das Heinrich eingestellt hatte, war ihr nicht vertraut. Sie dachte an Karla und lächelte wehmütig. An jedem Räuspern, jedem Schritt, jedem Schnaufen hatte sie das Mädchen erkannt. Mit einem Mal fühlte sie sich fremd in ihrem Haus, verlassen in ihrem Schlafzimmer. Sie öffnete die Augen, warf die Bettdecke wieder zurück und verließ eilig ihr Bett. Außer Atem stand sie vor dem großen Spiegel ihres Badezimmers. „Guten Morgen, du altes Haus!", begrüßte sie ihr Spiegelbild. Sie zog ein paar Grimassen und lachte über sich selbst. „Soweit käme es noch, dass ich mich derart gehen lasse!", sagte sie mit fester Stimme. Rasch erledigte sie ihre Morgentoilette, kleidete sich an und schritt wenig später die Treppe ins Frühstückszimmer hinunter.

Erleichtert stellte Isolde fest, dass sich außer Hilde und Hannelore von Trischenbach keine weiteren Gäste zum Frühstück eingefunden hatten. Auch von den Jungvermählten fehlte noch jede Spur.

„Guten Morgen, ihr beiden!"

„Guten Morgen", grüßten Hilde und Hannelore gleichzeitig.

„Habt ihr gut geschlafen?"

„Danke, sehr gut. Nur ein bisschen zu kurz." Hannelore lächelte versonnen. „Es war ein wundervolles Fest!"

„Oh, ja. Das war es." Hilde von Trischenbach sah ihre Tochter nachdenklich an. Nur mit der falschen Braut, ging es ihr durch den Kopf. Hannelore bemerkte die Blicke der Mutter nicht.

Hannelore war zufrieden. Nie, keine Minute, hatte sie davon geträumt, Heinrich von Langenbergs Frau zu werden. Sie waren Freunde geworden, und sie gönnte ihm sein Glück, wenngleich sie nicht zu sagen vermochte, warum der ruhige, in sich gekehrte, intelligente Heinrich solch eine überdrehte, oberflächliche Frau begehrte. Hin und wieder hatte sie darüber nachgedacht, dass wohl doch Wahrheit in der alten Weisheit lag und sich Gegensätze anzogen.

Isolde setzte sich zu den Damen, ließ sich Kaffee eingießen und bestrich ihr Brötchen dick mit Butter und Marmelade. Gerade als sie herzhaft hineinbeißen wollte betrat Flora das Zimmer.

„Guten Morgen, liebste Schwiegermama." Überschwänglich segelte sie auf Isolde zu, trat hinter ihren Stuhl und schlang der erstaunten Frau die Arme um den Hals. „Hast du noch ein wenig Schlaf gefunden?"

„Ja, doch. Gegen Morgen." Wortkarg und mit offensichtlicher Abneigung befreite Isolde sich aus der Umarmung ihrer Schwiegertochter.

Hilde und Hannelore von Trischenbach sahen sich vielsagend an.

„Guten Morgen!", rief Heinrich vergnügt, der kurz nach seiner Frau den Raum betrat.

„Guten Morgen, mein Junge." Lächelnd blickte Isolde zu ihm auf, als er sich über sie beugte und ihre Wangen küsste.

„Ich hoffe, ihr habt das Fest genossen und gut geschlafen." Heinrich lächelte in die Runde. Flora fand, dass sein Blick zu lange auf Hannelore verweilte. Schnell stand sie von ihrem Stuhl auf, nahm besitzergreifend seine Hand, küsste ihn hingebungsvoll und viel zu lange auf den Mund, so dass er nach Atem rang. Dann zog sie ihn auf den Stuhl neben sich. Hannelore blickte peinlich berührt in ihre

Tasse. Es gehörte sich nicht, im Beisein der Schwiegermutter, Heinrich so zu küssen, selbst dann nicht, wenn er am Tag zuvor Floras Ehemann geworden war.

Isolde hielt für einen Augenblick den Atem an, dann räusperte sie sich. Eine boshafte Bemerkung lag ihr auf der Zunge. Als sie sah, wie peinlich ihrem Sohn Floras Benehmen war, schluckte sie ihre Worte hinunter und lächelte tapfer. Warum benahm ihre Schwiegertochter sich so? Isolde fand keine Erklärung. Bisher war ihr Benehmen in der Gesellschaft untadelig gewesen. Oft hatte Isolde sich gefragt, wer Flora diese vornehme Etikette gelehrt hatte und immer hatte sie sich gewünscht, sie möge sich durch einen groben Fehler zum Gespött der Leute machen.

Heinrich war in ein angeregtes Gespräch mit Hannelore versunken und Isolde sah die mürrische Miene ihrer Schwiegertochter. Mit einem Mal war ihr klar, was Flora zu dieser Entgleisung getrieben hatte: Die junge Frau war eifersüchtig auf Hannelore von Trischenbach. Unmerklich schüttelte Isolde den Kopf; Flora hatte Heinrich bekommen, was wollte die junge Frau mehr?

Als die letzten Gäste nach dem gemeinsamen Frühstück abgereist waren, begab Isolde sich sofort auf den Weg in ihre Räume. Keine Minute länger würde sie hier bleiben, so schwer es ihr auch fiel.

„Gustav!“ Laut rief sie nach dem Diener und lief durch die Halle die Treppe hinauf. Gustav kam ihr auf der Treppe entgegen.

„Sie können gleich wieder mit mir nach oben kommen. Ich ziehe noch heute ins Witwenhaus und brauche ihre Hilfe.“

„Heute schon?“

„Ja, heute! Jetzt sofort!“, fuhr sie ihn barsch an.

„Mama, warum hast du es denn so eilig?“ Heinrich, der aus der Bibliothek gekommen war, blieb fragend auf dem oberen Treppenabsatz stehen.

„Es wird Zeit, mein Junge. Flora wollte bereits heute Morgen, um vier Uhr, mit mir den Auszug besprechen. Da war ich noch zu müde von eurem wundervollen Fest, aber nun scheint mir Eile geboten.“ Lächelnd ging sie an ihrem Sohn vorbei, ließ ihn einfach stehen.

„Gustav, holen Sie mehrere große Koffer vom Dachboden! Bei solch einem Umzug merkt man erst, wie viele Kleider man besitzt. Ach ja! Und bringen Sie ein paar alte Kisten mit, alle Sachen nehme ich nicht mit hinüber. Von denen, die ich schon lange nicht mehr getragen habe, trenne ich mich gleich.“

„Mama, so warte doch!“

„Junge, worauf soll ich warten? Du siehst, ich habe alle Hände voll zu tun. Der Tag ist kurz und ich möchte fertig werden. Nächste Woche kommen meine Damen zum Tee, bis dahin soll alles erledigt sein.“ Wieder lächelte Isolde ihren Sohn an. Dann blinzelte sie und täuschte unterdrückte Tränen vor. Schnell drehte sie Heinrich den Rücken zu.

Gustav sah das ironische Lächeln in ihrem Gesicht und dachte an die Worte, die er vor Floras Zimmertür erlauscht hatte. Schmunzelnd gestand er sich ein, dass ihm Isoldes versteckter Angriff auf die junge Frau behagte.

Dreizehntes Kapitel

Insel Rügen, Mecklenburg-Vorpommern, Frühling 1941

Dieser unsägliche Krieg hatte Flora einen Strich durch ihre schöne Rechnung gemacht. Wie gerne wäre sie mit Heinrich verreist, drei Wochen hatte sie sich ausgemalt. Nun, da dieser Hitler den Mund zu voll genommen hatte, als er sagte, dass uns heute Deutschland gehöre und morgen die ganze Welt, waren sie daheim geblieben. Von *Morgen* konnte schon lange keine Rede mehr sein, die Kämpfe dauerten seit eineinhalb Jahren an, ein Ende war nicht abzusehen und nur Gott allein wusste, wann sie ihre Hochzeitsreise würden nachholen können.

Nachdenklich betrachtete Flora sich im Spiegel. Kugelrund war sie in den letzten Monaten geworden, ihre einst tadellose Figur gehörte der Vergangenheit an. Ob sie jemals wieder in ihre Kleider passen würde? „Egal, kleide ich mich eben neu ein. Geld genug ist da", redete sie mit ihrem Spiegelbild und Triumph schwang in ihrer Stimme mit. In acht Wochen sollte dieses kleine Menschenkind, welches jetzt heftige Boxkämpfe in ihrem Leib veranstaltete, das Licht der Welt erblicken. Flora dachte betrübt daran, dass es mit einer schönen langen Reise nun nichts mehr werden würde. Schmollend wandte sie sich vom Spiegel ab. Irgendwann wäre dieser unsägliche Krieg vorbei, dann würden sie alles nachholen.

Die junge Frau hatte spielend den Langenberg'schen Haushalt übernommen. Sie dirigierte und schikanierte mit Freude das Personal, empfand Genugtuung, wenn sie durch die Räume flanierte und dem Zimmermädchen vorhielt, da und dort ein Staubkorn übersehen zu haben. Es hatte nicht lange gedauert, und Flora war gefürchteter als Isolde. Gustav wünschte sich sehnlichst seine alte Herrschaft zurück. Wenngleich er geahnt hatte, was mit der jungen Herrin auf ihn zukam, so war ihm doch nie gänzlich bewusst gewesen, wie unerträglich es mit Flora werden würde.

„Martha!“ Flora hatte die Tür aufgerissen und rief ungehalten nach dem neuen Mädchen, das von ihrem Mann eingestellt worden war. Diese Martha sollte ihr beim Baden helfen, beim Ankleiden zur Hand gehen und ihr das Frühstück ans Bett bringen. Heinrich sorgte sich über Gebühr um seine Frau. Flora war schnell mit Martha übereingekommen, dass sie auf derartige Dienste verzichten könne. Das Mädchen solle, bis zur Geburt des Kindes, in Küche und Haus helfen. Flora fand die Fürsorge Heinrichs ganz reizend, dennoch war sie allein in der Lage zu baden und sich anzukleiden. Im Bett zu frühstücken ging ihr gegen den Strich, denn schon am frühen Morgen wollte sie über alles die Kontrolle haben. Es hatte Kraft gekostet, Isolde das Zepter aus der Hand zu nehmen. Um nichts in der Welt würde die junge Frau jetzt Schwäche zeigen, schon gar nicht dieser Schwangerschaft wegen.

„Guten Morgen, Frau Gräfin“, grüßte Martha munter.

„Wo bleibst du denn?“

„Ich war gerade im Garten. Heute ist ein herrlicher Tag.“ Hinter ihrem Rücken holte das Mädchen einen Strauß Tulpen hervor. Sie war bei dem alten Matthes im Gewächshaus gewesen und hatte von seinen wundervollen Tulpen geschwärmt, wohlwissend, dass er ihr dann einen Strauß zusammenstellen würde.

„Schauen Sie, was ich Ihnen mitgebracht habe.“ Mit leuchtenden Augen hielt sie Flora den Strauß entgegen.

Gerade zwei Jahre jünger als die Gräfin war auch Martha nicht in Reichtum, dennoch liebevoll und geborgen, aufgewachsen. Mit ihren siebzehn Jahren hatte sie die Schule verlassen und war ganz aus dem Häuschen gewesen, als Heinrich von Langenberg sie als Kindermädchen für seinen künftigen Nachwuchs eingestellt hatte. Glücklich war sie an jenem Abend durch die Küche getanzt, hatte die Mutter mit ihrer Freude angesteckt, und beide hatten ein Festmahl zubereitet. Stolz erzählte sie später ihrem Vater, welch eine begehrte Stellung sie ergattert habe. Der Vater hatte die Stirn gerunzelt und wollte nicht einsehen, dass es ein Glück sei, für diese reichen Leute zu arbeiten. Liebevoll hatte sie ihn umarmt, sein von Falten gezeichnetes Gesicht gestreichelt und ihn einen alten Brummbär genannt. Ein einziger Wermutstropfen überschattete Marthas Glück: Sie musste fortan im Langenberg'schen Haus wohnen, und nur an den Sonntagen konnte sie die Eltern besuchen.

„Stell die Dinger ins Wasser!", fuhr Flora das Mädchen an und riss sie aus ihren Gedanken.

„Gefallen Ihnen die Blumen nicht?"

„Es gibt Wichtigeres. Ich treffe mich in einer Stunde mit Major Hagedorn. Mein Haar sitzt nicht und die Zeit läuft davon. Hilf mir beim Frisieren!"

„Wollen Sie nicht erst frühstücken? Ich hole Ihnen gern etwas herauf."

„Hast du mich nicht verstanden? Ich habe keine Zeit! Du kannst mir eine Tasse Kaffee heraufbringen und ein Stück Kuchen. Das esse ich nebenbei. Aber beeile dich!"

„Kaffee?"

„Ja, Kaffee!", schrie Flora ungehalten. Martha wagte keinen Widerspruch. Kopfschüttelnd lief sie die Treppe hinunter. Als sie mit Kuchen und Kaffee wieder heraufkam, war Flora bereits angekleidet und saß am Frisiertisch. Mehrere Akten lagen vor ihr auf dem Tischchen, sie blätterte in einem Stapel Papiere.

Martha stellte das mitgebrachte Tablett auf dem Nachtkästchen ab, ein anderer Platz war nicht frei.

Flora blickte auf und schob die Akten zusammen.

„Hier kannst du den Kaffee hinstellen und den Kuchen nehme ich gleich auf die Hand."

„Wollen Sie nicht lieber erst einmal in Ruhe essen und trinken? Ich habe auch noch ein Kännchen Tee mitgebracht. Diese Hast schadet Ihrem Kind."

„Tee? Was soll das! Ich habe ausdrücklich Kaffee verlangt. Nimm den Tee und gieß meinethalben die Blumen damit. Und nun los! Kaffee! Kuchen!" Flora klopfte mit der linken Hand auf die Stelle, an der sie ihre Tasse wünschte und die Rechte hielt sie Martha hin, um das diese den Kuchen hineinlegen solle. Das Mädchen beeilte sich, der Aufforderung der jungen Gräfin nachzukommen. Schon lange hatte sie bemerkt, dass mit Flora nur auszukommen war, wenn man gehorchte. Widerspruch duldete die Frau nicht.

„Richte nebenbei mein Haar. Ich versuche den Kopf still zu halten", wies sie Martha an. „Und um mein Kind musst du dich, so lange es noch in meinem Bauch ist, nicht sorgen. Das kannst du dir für später aufheben." Dann trat Stille ein. Mit geschickten Griffen steckte das Mädchen Floras Haar zu einem Knoten am Hinterkopf zusammen. Flora blickte nicht auf, blätterte in den Papieren, aß ihren Kuchen und trank hin und wieder von ihrem Kaffee. Martha blieb still hinter ihr stehen. Wie schön sie war! Der lange schlanke Hals wurde durch die zusammengenommenen Haare betont, die Haut war makellos, keine Unreinheit hatte sich darauf verirrt. Die geröteten Wangen unterstrichen den porzellanfarbenen Teint, und auch das durch die Schwangerschaft voller gewordene Gesicht, tat der zerbrechlichen Schönheit keinen Abbruch. Martha konnte nicht umhin, diese schöne junge Frau glühend zu beneiden. Flora hatte alles, wovon Martha träumte. Sie war vom lieben Gott nur mit den besten Attributen bedacht worden und hatte es zudem auch noch verstanden, sich einen reichen Mann zu angeln.

„Was stehst du hinter mir herum? Bist du fertig?"

„Wunderschön sehen Sie aus", sagte das junge Mädchen beinahe ehrfürchtig.

Flora drehte den Kopf abwechselnd zu beiden Seiten, doch es gelang ihr nicht, in dem kleinen Spiegel über dem

Frisiertischchen, die vollständige Frisur zu betrachten.

„Lauf ins Bad und hole einen Spiegel, damit ich mich von hinten sehen kann", herrschte sie Martha an.

Wenige Minuten später erhob sie sich, zufrieden mit ihrem Spiegelbild. „Das hast du gut gemacht", lobte sie das Mädchen und Martha vergaß augenblicklich, die Schikanen der vergangenen Stunde.

Heinrich war an diesem Morgen früher aufgestanden, als es seine Gewohnheit war. Am Tag zuvor hatte er durch einen Zufall mitbekommen, dass seine Frau diesen Major erwartete, mit dem sie seit einiger Zeit immer wieder Geschäfte abwickelte. Flora hatte in atemberaubendem Tempo nicht nur den Haushalt unter ihre Fittiche genommen, auch die Arbeiter in den Gärtnereien dirigierte sie und Heinrich konnte ihr nicht absprechen, dass sie eine gute Geschäftsfrau war. Freilich war ihr Umgangston verbesserungswürdig, doch er schob ihre Launen auf die Schwangerschaft, welche sie oft ungehalten und aufbrausend werden ließ. Sicher würde sie wieder ausgeglichener, wäre das Kind erst da.

Heute würde er Flora nicht allein mit diesem Major lassen. Er musste sich den Mann unbedingt näher ansehen. Nie hatte es seine Frau in den vergangenen Wochen für nötig erachtet, ihn zu informieren, wenn sie mit diesem Menschen stundenlang im Büro saß, oder durch die Gärtnereien und Gewächshäuser schlenderte. Was war da im Gange? Unmerklich schüttelte er über sich selbst den Kopf, und augenblicklich schämte er sich für seine Gedanken. Flora war hochschwanger und er würde sich mit diesen Verdächtigungen, spräche er sie laut aus, zum Idioten machen. Dennoch wollte er endlich wissen, wie Flora es schaffte, in diesen schweren Zeiten solch gute Geschäfte abzuschließen. Seine Frau verstand es, den Langenberg'schen Reichtum sogar noch zu mehren, und das in einer Zeit, in der alles um sie herum unterzugehen drohte. Viel zu lange hatte er ihr alles überlassen, sich nicht gekümmert. Seine Pferdezucht war ihm wichtiger gewesen, mit der Anzucht von diesem Grünzeug hatte er noch nie etwas im Sinn gehabt. Seine Mutter trug es ihm oft nach, doch auch sie war nicht in der Lage, ihn von der Notwendigkeit zu überzeugen, das Lebenswerk seines Vaters weiterzuführen. Erfolglos hatte auch der Vater über Jahre versucht, in ihm die Liebe zur Botanik zu wecken.

Seit einer halben Stunde saß Heinrich im Frühstückszimmer und wartete auf seine Frau. Sollte sie heute doch seinen Rat befolgt und im Bett gefrühstückt haben? Seufzend erhob er sich und verließ den Raum, um nach ihr zu sehen.

Seit Flora sich für ihren runden Leib schämte, waren sie übereingekommen, dass er in einem der Gästezimmer schlief. Jeden Abend verabschiedete er sich wehmütig, sagte ihr immerzu, dass sie auch mit ihrem runden Bauch wunderschön sei und er sie über alles liebe, selbst dann, wenn ihre Figur nicht wieder so straff, schlank und makellos werden würde. Sie wollte davon nichts hören, bekam regelrechte Tobsuchtsanfälle und jagte ihn aus dem gemeinsamen Schlafzimmer. Von diesen seelischen Schwankungen abgesehen, litt Flora an nichts. Weder morgendliche Übelkeit noch Rückenschmerzen plagten sie, und auch geschwollene Beine waren ihr bisher erspart geblieben. Oft dachte Heinrich darüber nach, dass er mit diesen ganz normalen Beschwerden einer Schwangeren besser zurechtkäme, als mit der schlechten Laune, die ihm Flora Tag um Tag spüren ließ.

Als Heinrich vor Floras Schlafzimmertür stand und anklopfen wollte, riss Flora die Tür auf. Erschrocken standen sie sich gegenüber. Heinrich lachte.

„Guten Morgen, meine Liebe. Ich wollte gerade nach dir schauen. Geht es dir gut, heute Morgen?"

„Guten Morgen. Ja, sicher geht es mir gut. Ich bin in

Eile“, kanzelte sie ihren Mann mürrisch ab. Heinrich verdrehte die Augen.

„Was ist?“ Flora war sein Blick nicht entgangen.

Heinrich überging die barsche Frage. „Ich werde dich heute zu dem Gespräch mit dem Major begleiten!“ Sein Ton duldete keinen Widerspruch, und er wunderte sich über sich selbst.

„Dann komm! Wir müssen uns beeilen. Punkt Zehn bin ich an den Gewächshäusern verabredet.“ Flora fragte sich, was Heinrich dazu getrieben hatte, so früh aufzustehen und sich in die Geschäfte einzumischen, von denen er ohnehin keine Ahnung hatte und die ihn nicht wirklich interessierten. Er würde ihr doch hoffentlich auch weiterhin die Geschäfte allein überlassen? Wenn nicht, ginge kein Weg daran vorbei, ihrem gutgläubigen Träumer zu erklären, weshalb er noch nicht zum Kriegsdienst einberufen worden war.

„Hast du überhaupt schon gefrühstückt? Ich habe unten auf dich gewartet.“

„Ja doch, Liebster. Mach dir nicht immer solche Sorgen. Wenn du mir nicht glaubst, dann frag Martha. Sie ist meine Zeugin. Und nun komm endlich! Ich sehe mich leider momentan außerstande zum Treffpunkt zu rennen.“ Floras Ton war versöhnlicher geworden. Sie musste auf der Hut sein, am besten wäre es, sie würde ihren Mann irgendwie los. Wenn er mitbekäme, welcher Art ihre Geschäfte waren, wäre alles aus. Dieser Gutmensch würde es nie und nimmer tolerieren.

Martha, die damit beschäftigt war, Floras Bett zu richten, sah auf.

„Jawohl, ich kann versichern, dass Ihre Frau gefrühstückt hat“, sagte sie mit stolz geschwellter Brust. Floras Lob hatte sie, wie so oft in den vergangenen Wochen, besänftigt und versöhnt. Martha hätte alles bestätigt, um der jungen Gräfin zu gefallen.

„Schon gut, schon gut.“ Lachend hob Heinrich die

Hände und gab sich geschlagen. Verliebt sah er Flora in die Augen, die ihm ihre Arme um den Hals schlang. Er drückte ihr einen langen Kuss auf die Lippen und strich sanft über ihren Bauch. Im gleichen Augenblick erinnerte er sich, dass seine Frau diese Berührungen hasste. Erschrocken zuckte seine Hand zurück, um keinen Preis wollte er sie verärgern, jetzt, da sie schon einmal guter Laune war.

Lächelnd holte Flora seine Hand zurück auf ihren Leib. Sie sah ihn nicht an, schlug die Augen nieder.

Für diesen Moment war Heinrich ein glücklicher Mann. „Willst du heute nicht hinaus zu deinen Pferden?", hörte er ihre Frage und war sofort wieder alarmiert.

„Später, Liebes. Heute Vormittag bleibe ich bei euch beiden, lasse euch keine Minute aus den Augen und werde dafür sorgen, dass der Termin mit dem Major nicht so lange dauert. Du musst dich schonen." Dabei streichelte er erneut sein Kind unter ihrem Herzen.

„Du musst mich nicht behandeln, als wäre ich schwer krank." Flora ließ ihre Arme sinken, die noch immer im Nacken ihres Mannes geruht hatten.

Als sie die Treppe hinunterlief, drehten sich ihre Gedanken im Kreis. Heinrich durfte nichts erfahren, niemals würde er sich einverstanden erklären und seine Einberufung ließe sich dann nicht mehr verhindern. Wenn er ihr auch nicht fehlen würde, so wollte sie ihn doch keinesfalls in einem Schützengraben wissen, wollte nicht dass er litt: Der Gedanke eine Kriegswitwe zu werden erschreckte sie, aber noch mehr fürchtete sie sich davor, dass ihr Mann als Krüppel wiederkäme.

Fünf Minuten nach der verabredeten Zeit kamen die jungen Eheleute am Treffpunkt an. Der Major war noch nicht da.

„Da haben wir noch einmal Glück gehabt. Wie es scheint, verspätet sich Major Hagedorn." Flora schaute durch die geöffnete Tür ins Gewächshaus, dann in alle Richtungen. „Nein, noch keine Spur von ihm“, stellte sie erleichtert fest.

„Wieso sollten wir Glück gehabt haben? Wäre er schon da, ginge die Welt auch nicht unter. Wir haben schließlich noch mehr zu tun.“ Heinrich konnte seinen Unmut nicht unterdrücken. Wer war denn dieser Major Hagedorn, dass seine Frau derart vor ihm kuschte? Gespannt trat er von einem Bein auf das andere. Zehn Minuten später standen sie immer noch wartend an der gleichen Stelle.

„Jetzt wird seine Verspätung langsam unhöflich“, bemerkte Heinrich.

„Nun lass doch. Es wird ihm etwas Dringendes dazwischengekommen sein.“

„Ich muss mich sehr über dich wundern, Flora. Darf ich dich erinnern, dass du unpünktliche Menschen verabscheust.“

„Rede nicht so. Der Major ist ein vielbeschäftigter Mann und wir haben Krieg. Da kann so eine Verspätung schon vorkommen.“

„Ach? Soso.“

„Was soll das Heinrich?“ Entnervt blickte sie ihren Mann an. „Ach? Soso“, äffte sie ihn nach. „Willst du dich nicht lieber um deine Gäule kümmern?“ Aufgebracht ließ sie ihn stehen, betrat das Gewächshaus und setzte sich auf den Stuhl, der neben der Tür stand. Heinrich lief ihr nach.

„Na, da haben wir es. Du bist erschöpft und musst dich setzen. Lass uns gehen, Flora! Wenn der feine Herr noch kommen sollte, dann wird er sich den Weg zum Haus machen müssen.“

„Papperlapapp! Ich bin höchstens von deinem ewigen Genörgel erschöpft. Es ist ein herrlicher Tag und die frische Luft tut mir und unserem Kind gut. Nun fahr endlich zu deinem Gestüt. Du bist ja unerträglich, wenn du nicht bei deinen Kleppern sein kannst.

„Flora, bitte. Was soll das? Meine Pferde sind

Vollblüter, edle Hengste. Würdest du so nett sein, sie nicht als Gäule und Klepper zu bezeichnen."

„Ja, entschuldige", lenkte Flora ein. Ihre Ungeduld hatte sie wieder einmal dazu verleitet, übers Ziel hinauszuschießen. So würde sie Heinrich nicht los. „Ich meine es doch nicht böse. Aber ich sehe ja, wie oft du zur Uhr schaust und gern bei deinen Pferden wärst." Sie stand auf, schmiegte sich lächelnd an ihren Mann und streichelte zart seine Wange. „Ich verspreche dir, ich werde nur noch fünf Minuten warten. Ich setze mich ganz brav hierher, genieße die wunderbare Luft und wenn der Major dann nicht erscheint, gehe ich zurück."

Heinrich war hin und hergerissen. Ja, es stimmte schon: Seine Pferde warteten und er war nicht versessen auf diesen Hagedorn. Aber er wollte ihn doch unter die Lupe nehmen. Unschlüssig schaute er sich um. Außer den Arbeitern, die alle Hände voll zu tun hatten, konnte er niemanden ausmachen. Er schalt sich einen dummen, eifersüchtigen Gockel. Was sollte seine Frau hier mit diesem Hagedorn anfangen?

„Gut, Liebes. Aber versprich mir, dass du sofort ins Haus gehst, wenn dir kalt wird."

„Ich verspreche es hoch und heilig." Flora lachte und hob zum Schwur die rechte Hand. Hinter ihren Rücken kreuzte sie Zeige- und Mittelfinger ihrer Linken. Sie würde warten, selbst wenn es noch eine Stunde dauerte. Viel zu wichtig war dieser Hagedorn, um ihn zu verprellen.

Heinrich gab Flora einen Kuss und verabschiedete sich jetzt schnell. Eine Idee war ihm gekommen. Er würde seiner Mutter einen kurzen Besuch in ihrem neuen Domizil abstatten und er hoffte inständig, sie wäre da.

Isolde saß gelangweilt über einer Stickarbeit in ihrem kleinen Wohnzimmer. Sie hatte diesen Raum neu eingerichtet, doch auch die kostbaren Möbel konnten nicht darüber hinwegtäuschen, dass sie allein war. Als es an der Tür klopfte, schaute sie verwundert zur Uhr auf dem Kaminsims: Halb elf! Wer mochte sie um diese Zeit besuchen?

„Herein!"

„Guten Morgen, Mama."

„Heinrich? Ist etwas passiert? Das Kind…", weiter kam Isolde nicht.

„Nein, nein. Es ist nichts passiert. Flora und dem Kind geht es gut. Ich wollte dich nur einmal besuchen, nach dir schauen, sehen, wie es dir geht", erklärte Heinrich ausschweifend.

„Was hast du auf dem Herzen?"

„Was? Auf dem Herzen? Wie kommst du darauf?"

„Heinrich, bitte. Ich sehe es dir an der Nasenspitze an, dass dich etwas bedrückt. Nun mach mir nichts vor, mein Junge. Das gelingt dir sowieso nicht, dazu kenne ich dich viel zu gut."

Heinrich nahm die Stickerei seiner Mutter vom Sessel und setzte sich. Niedergeschlagen sah er zu ihr auf. Was machte er hier?

„Nun rück schon raus mit der Sprache", forderte Isolde ihren Sohn auf.

„Ach Mama." Heinrich seufzte. Dann erzählte er seiner Mutter von seinen Gedanken, die ihn belasteten. Isolde lachte schallend.

„Junge!", rief sie. „Ich bin bestimmt nicht gut auf deine Frau zu sprechen und du weißt, dass ich deine Wahl nach wie vor nicht gutheiße. Ich wäre die Letzte die Flora beisteht, das kannst du mir glauben. Aber da täuscht du dich! Flora und ein anderer Mann? Nein, nie im Leben. Glaub deiner alten Mutter."

„Bitte Mama, versprich mir, dass mein dummer Verdacht unter uns bleibt", bat Heinrich zerknirscht. „Und…, kannst du trotzdem ein Auge auf diesen Major Hagedorn und Flora haben?"

„Wenn es dich beruhigt, dann schleiche ich mal um die Gewächshäuser." Isolde lachte, doch ihr Lachen erreichte ihre Augen nicht. Ihrem Sohn fiel es nicht auf. Erleichtert stimmte er in ihr Lachen ein.

Als sich die Tür hinter Heinrich geschlossen hatte, trat die alte Gräfin ans Fenster. Sie schaute in Richtung der Gewächshäuser. Einen Teufel würde sie tun, die beiden zu beobachten. Sie wusste genau, dass ihre Schwiegertochter ihren Sohn nicht betrog. Ganz andere Dinge trieben die junge Frau um, und sie, Isolde, würde ihr in diesem einen Fall nicht im Weg stehen: Sie konnte nicht riskieren, ihren Sohn an diesen unsinnigen Krieg zu verlieren.

Vierzehntes Kapitel

Elisabeth Hoffmann rannte aufgeregt die Straße hinunter. Ihr Haar hatte sich aus dem sorgfältig zusammengenommenen Knoten im Nacken gelöst und hing ihr wirr ins Gesicht. Immer wieder strich sie es zurück, klemmte es hinter ihre Ohren, doch nach ein paar Schritten schnellen Laufs, versperrte es ihr wieder die Sicht, flatterte vor ihren Augen.

„Noch ein paar Meter, nur noch ein paar Meter", keuchte sie. „Halt durch Elisabeth!", spornte sie sich selbst an. Dann erreichte sie die weiße Villa. Das ehemals blankgeputzte Namensschild mit der Klingel darunter hatte schon bessere Zeiten gesehen, registrierte sie trotz ihrer Aufregung. Ihr Finger verharrte viel zu lange auf dem Klingelknopf. Es war ihr egal. Elisabeth stand wie versteinert vor dem großen Tor und sackte in sich zusammen, als sich im Haus nichts regte. Noch einmal betätigte sie die Klingel. Wieder nichts. Niemand schien zu Hause zu sein. Verloren blickte sie sich um. Was wollte sie eigentlich hier? Der Kontakt zu ihrer Tochter war fast gänzlich abgebrochen, seit Wochen hatte sie Flora nicht gesehen und doch hoffte sie, Trost bei ihr zu finden. Trost? War das nicht albern? Viele Frauen erlebten in dieser Zeit, was sie heute erlebt hatte. Erschöpft lehnte sie sich an das große schmiedeeiserne Tor und um ein Haar wäre sie gestürzt, als es nachgab. Ohne zu zögern lief sie den Kiesweg zur Villa hinauf. An der Tür wollte sie sich durch Klopfen bemerkbar machen. Vielleicht hatte man ja nur ihr Läuten nicht gehört.

Als die kleine Frau am Haus angekommen war, entdeckte sie ein Auto, welches neben dem Seiteneingang parkte. Dieses Auto kannte sie doch? Richtig, es war der Wagen vom Doktor.

„Mein Gott", wisperte sie und überlegte, was für ein Datum heute war. „Der fünfundzwanzigste Mai", flüsterte sie. Floras Geburtstermin war vor einer Woche gewesen, erinnerte Elisabeth sich. Wäre sie schon Oma, hätte sie das, trotz des schlechten Verhältnisses zu ihrer Tochter, gewiss erfahren.

Für einen Augenblick vergaß Elisabeth ihre eigenen Sorgen. Sekunden später überkam sie eine so gewaltige Angst, dass sie ohne Rücksicht auf die gute Sitte, lautstark mit beiden Fäusten gegen die Tür trommelte.

„Ja, ja! Ich komme doch schon! Mein Gott, was soll denn das?" Gustav öffnete die Tür. Als er die aufgelöste Frau vor sich stehen sah, nahm er ihre Hand und zog Elisabeth Hoffmann in die Halle. Er mochte diese anständige Frau, die es nicht leicht in ihrem Leben hatte und doch immer frohen Mutes war. Es musste etwas Schlimmes passiert sein, wenn sie sich derart vergaß, dass sie ungeniert gegen die Tür hämmerte, vor ihm stand und haltlos schluchzte.

„Sie müssen sich nicht aufregen Elisabeth. Beruhigen Sie sich doch. Es verläuft alles normal. Die Hebamme ist bei Ihrer Tochter und der Arzt sitzt in der Küche und trinkt Tee. Heinrich hat ihn gerufen, weil er sich um Flora sorgt, was völlig unbegründet ist. Aber Sie kennen doch Ihren Schwiegersohn…." Gustav ließ offen, was er von Heinrichs übertriebener Fürsorge hielt.

„Flora? Sie bekommt das Baby?"

„Aber ja doch. Weswegen sind Sie denn sonst hier? Ist etwas geschehen?" Voll Mitgefühl sah Gustav die zierliche Frau an. Vom Laufen ins Schwitzen gekommen, klebte ihr das Haar an der Stirn. Noch immer rang sie nach Atem.

Elisabeth hatte seine Fragen nicht gehört, zu viele Gedanken schossen ihr durch den Kopf.

„Wie?"

„Was haben Sie denn, Elisabeth? Sie sind ganz außer sich. Setzen Sie sich erst einmal. Ich bringe Ihnen ein Glas

Wasser."

„Nein, nicht weggehen", keuchte sie und hielt Gustav zitternd am Ärmel fest. „Geht es Flora wirklich gut?"

„Naja, den Umständen entsprechend. Unter *gut* verstehe ich etwas anderes. Aber es geht ihr nicht schlecht. Die Wehen haben heute Morgen eingesetzt. Gegen Mittag kam die Hebamme. Sie meint, es könne noch einige Stunden dauern." Der alte Mann verzog das Gesicht, als er daran dachte, wie sie alle, seit dem frühen Morgen, unter Floras Launen gelitten hatten. Erst als die Hebamme und der Arzt eingetroffen waren, hatte die junge Frau sich etwas beruhigt.

„Oh Gott…! Ich wusste ja nicht. Ich wäre doch viel früher gekommen", stotterte Elisabeth.

„Sie hätten auch nichts tun können. Das wird ihre Tochter ganz allein schaffen müssen. Aber Elisabeth, Sie kennen das doch!" Leise lachte Gustav. Die Frau schien aufgeregter, als sie es gewiss bei ihren eigenen Niederkünften gewesen war. „Sie zittern ja am ganzen Leib. Soll ich Ihnen einen schönen heißen Tee bringen?"

„Ein Weinbrand wäre mir lieber", entgegnete Elisabeth trocken.

Gustav lachte. „Kommt sofort." Er entzog ihr seine Hand, die sie die ganze Zeit nicht freigegeben hatte und lief eilig davon. Minuten später stand er mit einem übervollen Cognacglas wieder vor Elisabeth.

„Bitte, trinken Sie." Er reichte ihr das Glas mit einem Augenzwinkern und sie trank es in einem Zug leer. Staunend beobachtete Gustav die Frau, die, ohne eine Miene zu verziehen, das leere Glas auf dem Tisch abstellte. Er musste schmunzeln, das hatte er dieser zurückhaltenden Person nicht zugetraut.

„Noch einen?"

„Nein, um Gottes Willen! Wollen Sie mich betrunken machen?" Ein zaghaftes Lächeln flog über Elisabeths Gesicht.

„Weshalb sind Sie denn nun eigentlich so außer sich?“

„Mein Mann…, sie…, sie haben ihn gestern zum Kriegsdienst einberufen…. Und…, und heute Morgen musste er schon fort…, mit Sack und Pack. Einfach so…“, stotterte sie.

Gustav schluckte schwer. So erging es vielen. Würde es so weitergehen, blieben nur Alte, Frauen und Kinder zurück und solche, die als Krüppel wieder nach Hause kamen. Dieser verdammte Krieg brachte Mütter um ihre Söhne, Frauen um ihre Männer und Kinder um ihre Väter. Wie lange sollte das bloß noch so weitergehen?

Elisabeth zitterte wieder und schluchzte leise.

„Beruhigen Sie sich Elisabeth.“ Gustav strich ihr sanft über den Arm. „Er kommt zurück. Lange wird es nicht dauern“, sagte er und glaubte doch nicht an seine eigenen Worte.

Zusammengesunken saß Floras Mutter auf dem Sessel in der Halle. Der alte Diener hatte sich neben sie gesetzt, strich weiter sanft über ihren Arm und beide waren in Gedanken versunken. Im Haus war es still. Eigentlich hätte der Mann an seine Arbeit gehen müssen, aber heute war alles anders.

Keiner von beiden hätte später sagen können, wie lange sie so beieinander gesessen hatten, als ein schrilles Stimmchen durchs Haus hallte.

Gustav blickte auf. Seine Züge erhellten sich und ein Lächeln trat in sein Gesicht.

Elisabeths Sorgen um den geliebten Mann machten einem Glücksgefühl Platz. Sie sprang auf und zog Gustav aus seinem Sessel hoch.

„Gustav, hören Sie das? Ich bin Großmutter!“ Glücklich fiel sie dem alten Herrn um den Hals.

„Herzlichen Glückwunsch!“, rief er, hob sie ein Stück vom Boden hoch und drehte sich mit ihr im Kreis. Gleich darauf setzte er Elisabeth abrupt am Boden ab.

„Verzeihung.“ Gustav räusperte sich und bekam rote

Ohren. Elisabeth lachte glücklich. „Laufen Sie Gustav. Bevor ich zu meiner Tochter kann, stoßen wir miteinander an."

So schnell den alten Mann die Beine trugen lief er los. Mit der Cognacflasche in Händen kam er Minuten später zurück und schenkte zwei Gläser voll. Im oberen Stockwerk hörten sie eine Tür schlagen. Der überglückliche Heinrich trat an das Treppengeländer und verkündete den beiden, dass Flora ihm eine Tochter geschenkt habe.

„Eine Tochter", wiederholte Elisabeth glücklich. „Eine Enkeltochter!"

„Lassen Sie uns auf das kleine Mädchen anstoßen", sagte Gustav und ihre Gläser klangen hell, als sie zusammenstießen.

„Ich wünsche dem kleinen Komtesschen alles Glück dieser Erde." Freudig prosteten sie sich noch einmal zu.

„Möge das Mädchen immer glücklich sein und ihren Eltern nur Freude bereiten." Tränen schimmerten in Elisabeths Augen. Sechs Töchtern hatte sie das Leben geschenkt und sechs Mal hatte man Mutter und Tochter dasselbe gewünscht.

Und was war heute daraus geworden?

Heinrich lief mit stolz geschwellter Brust durchs Haus. Die alte Hebamme hatte ihn aus dem Zimmer vertrieben, als es endlich soweit gewesen war. Ab jetzt müsse er draußen warten, hatte sie ihm gesagt. Frauensache sei es, und er hätte hier nichts mehr verloren. Nach dem ersten Schrei seines Kindes war er ins Zimmer gestürmt, hatte sich einen Rüffel eingefangen und wäre um ein Haar in Ohnmacht gefallen. Schwindelig war ihm beim Anblick des vielen Blutes geworden, und er hatte sich schnell weggedreht. Beim Betrachten seiner Tochter war es nicht besser geworden, blutverschmiert bot sie keinen erhebenden Anblick. Der Arzt hatte ihn am Arm aus dem

Zimmer gezogen.

„Sie haben eine gesunde Tochter und Ihre Frau ist wohlauf. Jetzt kippen Sie uns bloß nicht aus den Latschen. Gehen Sie und verkünden Sie die frohe Botschaft! Die Hebamme wäscht Ihre Tochter und macht sie vorzeigefähig. Dann hole ich Sie wieder herein“, hatte er zu Heinrich gesagt. Ein paar Herzschläge hatte es noch gedauert, dann war die Übelkeit verschwunden und Heinrich hatte wieder klar denken können.

Vor Freude benommen, verbreitete er jetzt jubelnd die frohe Botschaft im ganzen Haus. Seine Mutter strahlte und gestand ihm, dass sie auf ein kleines Mädchen gehofft habe, auch wenn es klüger von ihr gewesen wäre, sie hätte für einen männlichen Erben gebetet.

Elisabeth, seine Schwiegermutter, war genauso selig. Auch Martha und Gustav stand die Freude in den Gesichtern geschrieben. Heinrich vermutete, dass die beiden sich über die Geburt des kleinen Mädchens genauso freuten, wie sie hofften, dass Floras Launen nun ein Ende hätten.

Nun, da er seine Tochter im Arm hielt, waren die vorangegangenen Stunden vergessen. Der Blick auf seine kleine Prinzessin entschädigte für alles, was er seit dem frühen Morgen durchgemacht hatte.

„Halt sie nicht so fest. Du zerbrichst sie ja“, schalt Flora ihn.

„Nein, nein. Ich bin ganz vorsichtig“, flüsterte er. „Ist sie nicht wunderschön?“

Flora hielt die Arme auf. „Gib sie mir wieder.“

„Noch einen Augenblick. Ich kann mich von ihrem lieben Gesichtchen nicht losreißen.“

„Komm schon. Gib sie mir wieder!“

Behutsam legte er das kleine Mädchen in Floras Arme. Zart strich Heinrich dem Kind über die flaumigen Locken. „Blond, wie du“, stellte er voll Bewunderung fest. „Wir müssen ihr einen Namen geben. Was denkst du? Kennst du einen Namen, der zu diesem engelsgleichen Wesen passt?"

„Das hat doch noch Zeit, Heinrich." Flora war müde. Über einen Namen hatte sie noch nicht nachgedacht. In den letzten Wochen war sie nur mit den Geschäften der Langenberg'schen Gärtnereien beschäftigt gewesen. Viel Ruhe hatte sie sich nicht gegönnt. Zum ersten Mal dachte sie jetzt daran, dass dieses Kind einen Namen bekommen musste.

„Heinrich."

„Ja, Liebes?"

„Ich möchte gerne die Tradition meiner Mutter fortsetzen und unserer Tochter einen Blumennamen geben."

„Das ist eine schöne Tradition, auch wenn ich bisher nicht wusste, dass du viel auf Traditionen gibst, noch dazu, wenn sie von deiner Mutter stammen."

„Sei nicht albern Heinrich! Wenn ich mich auch nicht gut mit meiner Mutter verstehe, so hat das eine doch mit dem anderen nichts zu tun."

„Nur zu. Mir soll es recht sein. Was schlägst du vor?"

„Ich weiß nicht? Vielleicht Viola."

„Veilchen. Hm, das gefällt mir. Ich mag die kleinen blauen Dinger."

„Blaue Dinger. Also weißt du, Heinrich! Veilchen sind zarte, bezaubernde Gebilde und es gibt sie zudem in vielen Farben."

„Ich weiß, meine kleine Gärtnerin." Heinrich blickte seiner Frau verliebt in die Augen. Wenn es überhaupt möglich war, dann war sie heute noch schöner. Ein Strahlen, nein, ein inneres Leuchten ging von ihr aus. Heinrich küsste erst Flora sanft auf die Stirn, dann drückte er seiner kleinen Tochter einen zarten Kuss auf die hellen Locken. „Gut, nennen wir sie Viola. Willkommen kleine Blume", sagte er und Tränen der Rührung schimmerten in seinen Augen.

Während Elisabeth ihr erstes Enkelkind betrachtete, die kleinen Händchen streichelte und den Duft, den jedes Baby verströmte, tief einsog, stritt Isolde vor der Tür leise mit ihrem Sohn.

„Viola! Tradition? Heinrich, ich bitte dich!"

„Was hast du gegen Viola, Mama? Es ist doch ein sehr schöner Name."

„Blumennamen!", erboste Isolde sich.

„Mama, nun ist es aber gut!"

„Deine Frau heißt doch schon Flora und diese kleine scheue Rose, Floras Schwester, trägt ihren Namen zu Unrecht."

„Zu Unrecht?"

„Jawohl! Die Rose ist die Königin aller Blumen. Das Mädchen hat nicht ein einziges Attribut, dass auch nur im Entferntesten darauf deuten würde, eine Königin verstecke sich in ihrem Wesen. Mimose oder Schattenmorelle wäre treffender gewesen."

„Ach Mama, du übertreibst. Rose ist doch noch ein Kind! Schüchtern, ja das ist sie, aber lieb und herzlich. Warte ein paar Jahre, sie wird zu einer Schönheit erblühen. Ganz so, wie die prachtvollsten Rosen in unserem Garten. Du wirst sehen."

„Es ist mir herzlich egal, was aus dieser Rose wird. Lenke nicht ab, mein Lieber. Falls du überhaupt etwas zu sagen hast, so geh hinein zu deiner Frau und bestehe darauf, dass deine Tochter einen anständigen Namen bekommt!"

„Viola ist ein anständiger Name. Und nun gut! Schluss damit! Ich will nichts mehr von diesem Unsinn hören!"

„Ich habe es doch schon immer gewusst, deine Frau hat dich an der kurzen Leine. Du bist schon lange nicht mehr derjenige, der in eurer Ehe die Hosen an hat. Nicht einmal bei einem Namen für dein Kind kannst du dich durchsetzen", wetterte Isolde.

„Sofern du deine Enkeltochter Viola sehen möchtest,

hältst du jetzt sofort den Mund, nur dann kannst du hineingehen. Sollte dir einfallen, drinnen auch nur ein Wort des Missfallens zu äußern, gehst du am besten wieder in dein Witwenhaus und bleibst dort, bis du dich eines Besseren besonnen hast." Heinrich zitterte vor Zorn am ganzen Körper. „Nun entscheide dich!", forderte er seine Mutter auf. Er würde sich von ihr diesen glücklichen Tag nicht verderben lassen. Bevor Isolde etwas erwidern konnte, öffnete sich die Tür des Schlafzimmers.

„Isolde, wo bleibst du denn? Unsere Enkeltochter erwartet dich. Mich kennt sie jetzt bereits. Die kleine Prinzessin ist ganz gespannt auf ihre andere Omi." Elisabeth lachte zu ihren Worten und hielt Isolde die Tür auf. Diese schaute unschlüssig zu Heinrich. Als sie ein leises Schmatzen vernahm, leuchteten ihre Augen auf. „Heinrich…"

„Ja, Mama."

„Ein zweiter Vorname wäre schön."

Heinrich schmunzelte. „Ja, Mama. Du hast recht."

Elisabeth fackelte nicht lange, als Isolde immer noch keine Anstalten machte, das Zimmer zu betreten. Sie nahm Isoldes Arm und zog sie zu ihrer Enkeltochter. Aus den Augenwinkeln nahm sie wahr, dass Heinrich seiner Mutter erleichtert hinterherschaute.

Nachdenklich stand Elisabeth neben Isolde an Violas Wiege. Sie bemerkte die Tränen, die Heinrichs Mutter in die Augen stiegen und sie hatte das verbissene Gesicht ihrer Tochter gesehen, als Isolde das Zimmer betrat.

Unversöhnlich wie immer, meine Flora: Selbst an einem solchen Tag!

Fast unhörbar seufzte die kleine Frau, die ahnte, wie Isolde unter Flora litt. Für einen Augenblick hatte Elisabeth Hoffmann ihren eigenen Kummer vergessen.

Leise betrat Heinrich später das Zimmer von Frau und

Tochter. Mit liebevollen Blicken betrachtete er Viola in ihrer Wiege. Wenngleich Heinrich wusste, dass das Kind ihn noch nicht richtig erkennen konnte, breitete sich eine unendliche Wärme für dieses kleine Wesen in ihm aus, als Viola ihn mit großen blauen Augen ansah. Liebevoll strich er mit dem Finger über die rosigen Wangen.

„Du wirst einmal noch schöner als deine Mama werden, mein Kleines“, flüsterte er.

„Das habe ich gehört und das war nicht nett“, meldete Flora sich, die soeben die Augen aufgeschlagen hatte.

„Mein Liebes! Wie geht es dir? Hast du gut geschlafen, dich ein wenig erholt?“

Flora reckte und streckte sich. „Danke, ich habe fantastisch geschlafen und mir geht es bestens. Ich werde jetzt aufstehen und hinunterkommen.“

„Wage es nicht, denk nicht einmal daran! Du bleibst liegen und ich bringe dir herauf, worauf immer du Appetit hast.“

„Heinrich, du übertreibst schon wieder. Ich bin nicht krank. Meine Mutter ist nach jeder Geburt, sogar nach Roses, sofort wieder aufgestanden.“

„Du bist nicht deine Mutter. Ich habe die größte Achtung vor meiner Schwiegermutter, aber meine Frau hat es nicht nötig, sofort aufzustehen. Du bleibst mindestens drei Tage im Bett!“

„Das ist nicht dein Ernst“, erboste Flora sich und schwang die Beine aus dem Bett. Heinrich schaute sie grimmig an. „Kannst du nicht einmal auf mich hören? Du wirst jetzt tun was ich dir sage!“

„Was soll das denn?“, fragte Flora erschrocken. So hatte sie ihren Mann noch nie erlebt. Unschlüssig blieb sie auf der Bettkante sitzen. „Ich will doch nur ins Bad“, log sie kleinlaut. Womit hatte sie Heinrich so erzürnt?

„Nun lüg mich auch noch an. Hinuntergehen wolltest du!“, stieß er leise zwischen den Zähnen hervor.

„Heinrich, was ist bloß los? Vor ein paar Stunden

waren wir überglücklich. Was hast du nur?“

„Ich habe es satt, dass du immer das letzte Wort haben musst. Ich komme mir wie ein überflüssiges Anhängsel vor, eine Plage, die man hinnimmt, weil es nicht anders geht.“

„Heinrich…!“

„Still! Du kannst ins Bad gehen, dann legst du dich wieder ins Bett. Viola muss in einer halben Stunde gestillt werden. Ich bringe dir zuvor Tee und Kuchen.“ Er trat von der Wiege zurück und ging zur Tür. Dort drehte er sich noch einmal zu seiner Frau um. Flora saß wie versteinert auf der Kante ihres Bettes.

„Und noch etwas. Viola bekommt als zweiten Vornamen, den Namen meiner Mutter“, herrschte er sie an. Blitzschnell reagierte Flora: „Ja, mein Liebster. Das wollte ich dir auch vorschlagen. Es gehört sich so, und zudem ist Isolde ein guter alter Name. Wir wollen doch auch eurer Tradition gerecht werden.“

Heinrich stutzte. Er hatte sich auf lange, zermürbende Diskussionen eingerichtet. Versöhnt schaute er seine junge Frau an.

„Danke, meine Liebste“, flüsterte er. Dann straffte er die Schultern. „Ich werde es Mama sofort sagen.“

„Mach das. Sie wird sich freuen. Und vergiss meinen Tee nicht. Bringst du mir Schokolade mit? Bitte! Ab morgen denke ich dann wieder an meine Figur.“

„Alles was du willst.“ Froh gelaunt verließ er das Zimmer. Als er die Treppe hinunterging, erschien ihm sein Sieg wie eine Heldentat.

Flora blickte zu ihrer Tochter in die Wiege. Schön war sie mit ihrem blonden Haar und den blauen Augen. Ob sie wohl Blau blieben? Heinrichs Satz kam ihr wieder in den Sinn: „Du wirst einmal noch schöner als deine Mama.“

Lange stand sie an der Wiege und die Worte ihres Mannes hallten in ihr nach.

„Besser, du wärest ein Junge geworden!" Mit einem Ruck riss sie sich von dem lieblichen Anblick ihrer Tochter los und ging ins Badezimmer.

Als Flora in den Spiegel schaute, entschied sie, das Kind nicht zu stillen. Genug hatte ihre Figur gelitten. Hängende Brüste konnte sie nicht auch noch gebrauchen.

Fünfzehntes Kapitel

Insel Rügen, Mecklenburg-Vorpommern 1990

Viola und Maurice saßen noch eine Weile mit Martha im Wohnzimmer, ein jeder hing seinen Gedanken nach. Mit einem Mal kam Leben in die alte Frau.

„Ich hab es!", rief sie und sprang auf.

„Was ist? Ist dir etwas Wichtiges eingefallen?" Viola lief aufgeregt hinter Martha her, die schon auf dem Weg nach draußen war.

„Die Briefe und die Ansichtskarten…", weiter kam sie nicht.

„Martha bitte, kannst du dich etwas verständlicher ausdrücken?" Violas Nerven waren zum Zerreißen gespannt.

„Kind, nun dränge mich nicht so! Ich steige jetzt auf den Dachboden und später erkläre ich euch alles." Entschlossen öffnete Martha die Luke in der Decke und zog eine Leiter heraus. Maurice hielt sie sanft am Zipfel ihrer Schürze fest. „Das kommt gar nicht in Frage. Du steigst diese wackelige, steile Leiter nicht hinauf. Wenn einer dort hinaufklettert, dann bin ich das."

„Was glaubst du, was dich da oben erwartet? Niemand ist in den letzten Jahren hinaufgestiegen, um Ordnung zu schaffen, Staub zu wischen." Energisch schüttelte Martha den Kopf und lachte leise zu ihren Worten. „Da muss ich schon selbst hinauf. Ich habe keine Ahnung, wo ich mit meiner Suche beginnen soll. Es ist lange her. Ich glaube, es war eine kleine viereckige Lebkuchendose aus Blech, bunt bemalt mit weihnachtlichen Motiven, in der ich Heinrichs Briefe und Karten verstaut habe."

„Briefe und Karten meines Vaters?" Viola riss erstaunt die Augen auf. Martha antwortete nicht.

„Gut, dann habe ich eine sehr präzise Beschreibung." Maurice schmunzelte und schob Martha zur Seite. „Ich gehe hinauf und du bleibst hier stehen! Ich werde sie schon finden."

Die alte Frau sah nach oben, und selbst wenn sie es nie zugegeben hätte, so hatte ihr doch davor gegraut, diese Leiter zu erklimmen.

„Pass auf, Maurice. Dort steht allerlei Gerümpel, und die ersten drei Dielenbretter sind morsch. Mach einen großen Schritt darüber hinweg!"

„In Ordnung! Ich schau mich erst einmal um. Überlege dir inzwischen, in welcher Ecke du die Dose vermutest!"

„Ja, gut!", rief Martha hinauf. Und noch einmal: „Pass bloß auf dich auf!"

„Lass nur Martha, Maurice macht das schon. Versuch dich zu erinnern: Wo könnte die Blechdose sein?"

„Ihr habt gut reden. Weißt du, was da oben los ist? Es sieht aus, wie bei Hempels unterm Sofa!"

„Was? Wie?"

Martha sah in Violas fragendes Gesicht und musste lachen.

„Ach, das kennst du nicht?! Es ist nur so ein Spruch, der ausdrücken soll, dass das totale Chaos dort oben herrscht."

„Das ist lustig." Viola konnte sich nicht beruhigen und Lachtränen liefen ihr über die Wangen. „Das hab ich noch nie gehört", stieß sie außer Atem hervor. „Wie bei Hempels unterm Sofa", wiederholte sie, schüttelte den Kopf und prustete erneut los.

„Was ist denn so lustig bei euch da unten?"

Maurice bekam keine Antwort. Martha erklomm nun doch die ersten Stufen der Leiter. „Martha, bleib unten!" Schnell trat Viola zu der Leiter und hielt das wackelige Ungetüm fest.

„Lass mich, Kind! Nur ein paar Sprossen, soweit, bis ich mit dem Kopf über den Rand nach oben schauen kann, sonst wird das nichts. Wenn ich ein wenig vom Dachboden sehe, erinnere ich mich sicher besser."

„Was ist denn bei euch los?" Maurice ging auf die Bodenluke zu. Gerade als er nach unten schauen wollte, kam Marthas Kopf durch die Luke. „Mein Gott, hast du mich erschreckt!" Lachend wich er zurück. „Du sollst doch unten bleiben."

„Ich bleib ja hier stehen, aber so kann ich mich besser konzentrieren und wir finden diese verflixte Lebkuchendose eventuell heute noch."

„Na, dann mal los!" Maurice postierte sich mitten im Raum, was den Vorteil hatte, dass er dort aufrecht stehen konnte. Rechts und links fiel das Dach steil ab und zwang ihn in diesem Bereich auf die Knie.

„Dort hinten Maurice…", Martha zeigte zu einer großen Kiste, auf der ein ausrangierter Lampenschirm lag „…nimm mal den alten Schirm weg. Ich denke, dort könnten wir fündig werden." Maurice legte den Lampenschirm auf den Boden und öffnete mit geschickten Griffen die Kiste. Er förderte Bücher, Fotoalben, alte Zeitungen und ein Briefmarkenalbum zu Tage. Fast am Boden angelangt erregten kleine Kästchen mit durchsichtigem Deckel seine Aufmerksamkeit. Nach mehrmaligen Hin- und Herdrehen und eingehender Betrachtung stellte er sie vorsichtig auf den Stapel der Bücher und Alben neben sich, den er aufgetürmt hatte. „Darf ich die auch mitbringen?", rief er Martha zu.

„Was hast du denn gefunden? Ich kann es nicht sehen."

„Kleine Kästchen mit Orden drin. Sehr interessant", murmelte er, und sein ganzes Interesse galt sofort wieder seiner Entdeckung.

„Bring sie ruhig mit, aber interessant sind die Dinger eigentlich nicht."

„Nein?"

„Nein! Und es sind auch keine Orden. Ich kann dir

später erklären, um welche Abzeichen und Ehrennadeln es sich handelt."

Freudig packte Maurice seine Beute zusammen und brachte sie sofort zu Martha an die Luke. „Hier, bitte. Nimm sie mir schon mal ab. Wo soll ich jetzt weitermachen? Diese Kiste ist leer bis auf den Grund."

„Pack erstmal alles wieder rein, damit die Unordnung nicht noch größer wird."

Maurice verdrehte die Augen und Martha lachte. „Schon gut, das war ein Scherz. Lass es einfach liegen. Schau mal in den Waschkorb dort."

Der junge Mann zog ein altes vergilbtes Bettlaken von dem Korb, auf den Martha ungeduldig mit dem Finger zeigte. Noch mehr Gerümpel! Erneut wühlte er sich durch die verstaubten Sachen, das Laken hatte wenig gegen den Staub der letzten Jahrzehnte ausrichten können.

„Hier!", rief Maurice und schwenkte eine viereckige Blechdose durch die Luft. „Das könnte sie sein."

„Ja, das ist die Dose, die ich meine! Schau hinein, ob Karten und Briefe drin sind."

Maurice versuchte die Blechschachtel zu öffnen. Der Deckel war etwas verbogen, so dass es ihm nicht gleich gelang. Er fluchte leise, und als der Deckel unverhofft nachgab, fielen die Briefe und Karten zu Boden, die Blechdose scheppernd hinterher.

„Verdammt!"

„Was ist denn passiert?", rief Viola.

„Nichts. Er hat sie fallen lassen." Langsam stieg Martha die vier Sprossen hinab. „Sammle sie auf und komm runter!"

„Na prima", hörten die beiden Frauen Maurice fluchen und lachten. Als sie einen dumpfen Schlag vernahmen, erstarb ihr Lachen.

„Lebst du noch?" rief Viola.

„Hm. Gerade so!"

Viola kicherte wie ein junges Mädchen, obgleich ihr

vor einer Stunde noch nicht zum Lachen zumute gewesen war.

Unter Schimpfen und Ächzen, sich den angestoßenen Kopf haltend, stieg Maurice die Leiter hinab und drückte Martha die Karten und Briefe in die Hand.

Martha schmunzelte. „Wo hast du die Blechdose gelassen?" Verdutzt blickte Maurice nach oben und schickte sich an, die Leiter ein zweites Mal hinaufzusteigen.

„Bleib hier!" Wieder lachten die beiden Frauen und Maurice stimmte in ihr Lachen ein. Selten geschah es, dass seine Frau so ausgelassen scherzte.

Die alten Briefe in Händen saß Martha in ihrem Sessel. Abwesend zog sie ein vergilbtes Blatt Papier aus dem ersten Kuvert, das auf dem Stapel lag. Sie überflog es mit den Augen, ohne dass der Inhalt an ihre Sinne drang.

Maurice und Viola schauten ihr gespannt zu, doch sie wagten nicht, die alte Frau zu stören. Geduldig warteten sie bis Martha den Kopf hob.

„Der Kontakt mit Heinrich ist nie abgerissen. Er schrieb mir anfangs einige Male im Jahr einen langen Brief, wusste er doch, wie schwer es mir gefallen war, euch Kinder zu verlassen." Mit dem Finger tippte sie auf die Briefe, die vor ihr auf dem kleinen Tischchen lagen. Versonnen streifte ihr Blick abermals das Papier in ihren Händen. Heinrichs steile, akkurate Handschrift verschwamm vor ihren Augen. Zärtlich strich sie über die geschriebenen Worte. „Wie habe ich mich jedes Mal gefreut, wenn der Briefträger einen Gruß von ihm brachte. Meist riss ich das Kuvert schon auf, während ich ins Haus lief. Anfangs hoffte ich, Flora würde bereuen, einlenken und sie hätte ein paar Zeilen dazugelegt. Bald schon glaubte ich nicht mehr an solch ein Wunder, ich kannte sie schließlich gut genug. Viel später erfuhr ich von Heinrich, dass sie nichts von seinen Briefen an mich wissen durfte."

Viola hielt die Luft an. Die Schilderungen Marthas machten sie traurig, erstaunten sie aber auch. „Die ganzen Jahre hat Vater dir geschrieben?", fragte sie fassungslos.

„Ja, Kind. Wir haben uns immer gut verstanden und auch dein Vater wollte nicht, dass wir uns aus den Augen verlieren. Freilich sind seine Briefe über die Jahre kürzer ausgefallen, manchmal kam nur eine Postkarte." Martha legte den Bogen Papier, welchen sie noch in ihren Händen hielt, zur Seite und kramte eine Ansichtskarte hervor. „Dennoch wusste ich immer, wie es euch geht." Sie schob die Karte zu Viola über den Tisch. „Ließ sie ruhig!", forderte sie die junge Frau auf.

Viola griff zaghaft nach der Karte mit den Schwarz-Weiß- Fotos darauf. „Hannover!" Lange betrachtete sie die Postkartenansichten der Stadt, in der sie aufgewachsen war. Dann drehte sie die Karte um und las die wenigen Zeilen.

Viola fasste Mut. Mit einem Blick auf den Bogen beschriebenen Papiers, der jetzt vor Martha auf dem Tisch lag, fragte sie: „Darf ich?"

Martha nickte kaum merklich. Halblaut las Viola vor:

Hannover, den 15. Mai 1957

Liebe Martha!

Es ist Frühling geworden. In drei Tagen feiern wir Violas sechzehnten Geburtstag. Aber warum schreibe ich dir das?! Du hast diesen Tag gewiss besser als jede andere im Gedächtnis: Flora jedenfalls, habe ich daran erinnern müssen…
Du würdest staunen, wenn du meine Viola, mein kleines Veilchen sehen würdest. Ein bildhübsches, bezauberndes junges Fräulein ist aus ihr geworden. Ich hüte mich aber, ihr das zu sagen, sonst wird das Kind noch stolzer. Den Stolz hat sie von ihrer Mutter, doch sorge dich

nicht, ich halte ihn in erträglichem Maße. Das muss ich schon deshalb, weil Flora immer unausstehlicher wird, umso mehr Viola aufblüht. Das Kind hat es mit seiner Mutter nicht leicht. Manchmal glaube ich, Flora ist eifersüchtig auf die Jugend und Schönheit ihrer eigenen Tochter. Aber das kann ja gar nicht sein! Was wäre das für eine Mutter? Dennoch: Florian hat es leichter. Es besteht kein Zweifel, dass er von Flora abgöttisch geliebt wird. Mehr, als es gut für den Knaben ist. Na, du kennst ihn ja. Er hat sich nicht verändert, ist immer noch das starrsinnige, hitzköpfige Kind. Ganz seine Mutter!

Meine liebe Martha, wie geht es dir? Lange habe ich keine Post von dir erhalten. Du musst mir unbedingt schreiben, was es in der Heimat Neues gibt. Gerne wäre ich wieder auf der Insel, da, wo meine glücklichsten Jahre geblieben sind.

Mutter geht es wieder besser. In den vergangenen Monaten hat sie das Rheuma doch arg geplagt. Sie hat keine Sehnsucht nach der Heimat, sicher weil sie fürchtet, das Reißen in den Knochen wäre in dem feuchten, rauen Klima noch schlimmer.

Von mir gibt es wenig zu berichten. Ich habe einen neuen Anwalt eingestellt. Flora hat getobt, aber eigentlich gefällt er ihr ganz gut. Das Theater hat sie nur veranstaltet, um mich ihr Missfallen spüren zu lassen. Ich habe sie bei der Einstellung nicht um ihre Meinung gefragt. Mit dem alten Johannes ist sie ohnehin nie gut ausgekommen. Er ist jetzt über siebzig und hat den Ruhestand redlich verdient. Der Neue ist ein junger Bursche, Wilhelm Mönchgut, und wir begegneten uns bei den Pferden, denen seine ganze Liebe gilt.

Mit einem Mal schlug Martha sich mit der flachen Hand vor die Stirn. Viola schaute auf und las nicht weiter.

„Was ist Martha?“

„Mir ist gerade etwas eingefallen. Nach dem Begräbnis bin ich zu eurer alten Villa gelaufen. Ich weiß nicht warum, meine Beine trugen mich von allein dorthin.“ Einen kurzen Augenblick überlegte die alte Frau noch. „Ja, sie hat ihn

Wilhelm genannt!"

„Wer? Wen?"

„Flora hat den Herrn, der sie begleitete, Wilhelm genannt. Also war sie mit dem Anwalt der Familie hier."

Viola schaute nachdenklich auf den Brief in ihren Händen. „Ich erinnere mich an ihn, auch wenn ich nie etwas mit ihm zu tun hatte. Papa hat ihn sehr geschätzt und Mama hat sich immer aufgeregt, wenn die beiden wie Freunde beieinander saßen."

„Ja, Freunde, das waren sie. Dein Vater schrieb in späteren Briefen oft, wie gut sie sich verstehen. Aber nun lese weiter, Kind. Ich törichte alte Frau habe dich unterbrochen."

Violas Augen suchten die Stelle, an der sie stehengeblieben war:

… bei den Pferden, denen seine ganze Liebe gilt.

Leider ist er nicht gut betucht, aus anständigem Hause freilich, aber mittellos, so dass er sich das teure Hobby nicht leisten kann. Er war überglücklich, als er den Vertrag unterschrieb und ich ihm sagte, er könne sich jederzeit ein Pferd nehmen und ausreiten. Der Mann ist jetzt seit dem Herbst für uns tätig und ich kann mit Fug und Recht behaupten, einen glücklichen Griff gemacht zu haben. Anfangs war es sein Name, der ihn für mich interessant machte. Du hältst mich sicher für komplett übergeschnappt, aber „Mönchgut" hat mich so sehr an die Heimat erinnert. Dennoch habe ich ihn nicht nur aus sentimentalen Gründen eingestellt. Er hat beachtliche Zeugnisse vorgewiesen und im Gespräch konnte ich schnell feststellen, dass der Mann etwas von seinem Handwerk versteht.

So, liebe Martha. Jetzt weiß ich nichts mehr zu berichten. Bitte schreibe mir recht bald, wie immer an die ausgemachte Adresse. Es hat sich leider nichts geändert.

Herzliche Grüße Heinrich

Violas Stimme war immer leiser geworden. Tapfer hatte sie die Tränen hinuntergeschluckt, weitergelesen und immer wieder fassungslos den Kopf geschüttelt.

„Ja, so habe ich meine Mutter in Erinnerung: Starrsinnig, unversöhnlich, einfach böse." Ihre Stimme zitterte noch ein wenig. „Wie lange hat Papa dir noch geschrieben? Bis zuletzt?"

„Nein, mein Kind." Nachdenklich verlor sich Marthas Blick ins Leere. „Anfangs, als seine Briefe ausblieben, hatte ich große Angst ihm könne etwas zugestoßen sein. Am liebsten wäre ich zu ihm gereist, um mich davon zu überzeugen, dass er wohlauf ist. Aber dafür war es zu spät. Die innerdeutsche Grenze war zu, noch nicht ganz dicht, aber doch zu gefährlich, um Ausflüge zu unternehmen. Es gab keinen Weg für mich herauszufinden, was geschehen war." Wieder versank die alte Frau in Gedanken.

„Wann…? In welchem Jahr ist der Kontakt abgerissen?" Viola wagte die Frage kaum auszusprechen. Ihr Herz klopfte wild und kleine Schweißperlen traten auf ihre Stirn. Maurice griff nach der Hand seiner Frau und drückte sie fest.

„Seit ich eure Geschichte gehört habe, lässt diese Frage mich auch nicht mehr los." Martha nahm den Stapel Briefe vom Tisch und zog einen nach dem anderen aus ihren Kuverts. In Windeseile, so als hinge ihr Seelenheil davon ab, schaute die alte Frau in die rechte obere Ecke eines jeden Briefes: an die Stelle, an der das Datum geschrieben stand.

Beim vierten oder fünften Brief, Viola hatte nicht mitgezählt, ließ sie das Blatt sinken und Tränen schossen ihr in die Augen.

„Wann…?" Viola war blass geworden.

„Hier. Das ist sein letzter Brief." Martha reichte Viola das Papier, welches nicht einmal bis zur Hälfte beschrieben war.

„Januar Neunzehnhundertzweiundsechzig", flüsterte Maurice. Er hatte sich hinter den Stuhl seiner Frau gestellt und hielt sie mit beiden Armen fest umschlungen. Viola schluchzte.

„Ja", sagte Martha leise. „Weine nicht, Kind. Ich bin froh, endlich, nach so vielen Jahren, erfahren zu haben, was deinen Vater davon abgehalten hat, mit mir in Kontakt zu bleiben. Lange habe ich geglaubt, etwas falsch gemacht, ihn mit einem unbedachten Wort verärgert zu haben, wenngleich ich mir nicht erklären konnte, was ihn so gekränkt haben könnte. Ich war mir keiner Schuld bewusst und eigentlich war Heinrich auch nicht der Mann, der ein Missverständnis nicht aufgeklärt hätte."

Es dauerte eine Weile, bis Viola sich beruhigte. Maurice hielt sie weiter still umfangen. Martha hing ihren Gedanken nach.

„Dann hat er sich für mich so sehr geschämt, dass er sich nicht einmal dir anvertrauen konnte." Mit zitternder Stimme hatte Viola ihre Gedanken ausgesprochen. Maurice und Martha erstarrten.

„Kind! Um Gottes Willen! Wie kommst du nur auf solch einen Gedanken?" Die alte Frau war aufgesprungen, kniete sich neben Violas Sessel und streichelte ihre ineinander verschlungenen Hände. „Das darfst du nicht denken. Ich bin sicher, so war es nicht. Ich denke, dein Vater hat Schuld auf sich geladen, als deine Mutter eure Tochter weggab. Wie ich deinen Vater kenne, hat er sie gewähren lassen, hat sich wieder nicht gegen sie durchsetzen können und aus Scham über sich selbst, konnte er mir nicht mehr schreiben, mir nicht davon berichten."

Still schaute Viola der alten Frau in das faltige Gesicht. „Ach Martha, hättest du nur Recht."

„Ich habe Recht! Und jetzt Schluss damit! Wir können nichts mehr ändern, wir müssen nach vorn schauen." Mühsam erhob sie sich. Dann nahm sie die Karten und Briefe vom Tisch und sah sie erneut durch. „Es nutzt nichts, sich von den alten Geschichten gefangen nehmen zu lassen. Wir müssen Rose finden! Mit ein wenig Glück, kann sie Licht in das Dunkel bringen. Dein Vater hatte gegen den Willen deiner Mutter weiterhin mit deiner Tante Kontakt. Er hat es mir geschrieben und in irgendeinem dieser Briefe steht, wohin Rose damals gegangen ist. Also los, sucht mit! Ich kann die Briefe nicht alle allein durchlesen, da sitzen wir Weihnachten noch hier." Über Violas Gesicht huschte ein Lächeln. Maurice griff nach einem Brief und entzifferte mühsam die Worte, die er gut sprechen, jedoch schlecht lesen konnte.

„Na los, Kind! Du bist schneller mit dem Lesen", forderte Martha die junge Frau noch einmal auf. „Es ist schlimm genug, dass ich mich nicht mehr erinnern kann, dein Mann muss nicht noch Kopfschmerzen vom Entziffern der Schrift bekommen."

Eine Stunde später hatte Maurice die alten Briefe wieder in der Lebkuchendose verstaut. Die zuvor ausgeräumte Kiste auf dem Dachboden war wieder von ihm eingeräumt worden.

Sie hatten herausgefunden, wohin Rose gegangen war. Nun hofften sie, sie möge noch immer in jener Stadt sein, von welcher Heinrich berichtet hatte. Der Brief lag inzwischen über dreißig Jahre zurück.

Als Maurice jetzt die Leiter von der Dachluke wegnahm und die Luke schloss, dachte er an die kleinen Kästchen, mit den vermeintlichen Orden. Aufgeregt lief er zu den beiden Frauen in die Küche.

„Martha!", rief er aufgeregt.

„Was ist denn passiert?"

„Wir haben die Orden vergessen."

„Welche Orden?"

„Na, hier." Maurice hatte die Kästchen eilig aus dem Wohnzimmer geholt und trug sie wie Trophäen vor sich her.

„Ach, die ollen Dinger!" Martha winkte ab.

„Nichts da! Von wegen, olle Dinger. Du hast mir versprochen, mir zu erklären, wofür jeder einzelne Orden steht."

„Ja, ja. Lass uns erst essen. Sonst wird noch alles kalt."

„Aber dann…", hakte Maurice nach, wurde jedoch von Viola unterbrochen.

„Setz dich hin und warte die Zeit ab. Du führst dich wie ein kleiner Junge auf." Lachend stellte sie die Kartoffeln und das Gemüse auf den Tisch. Martha gab auf jeden Teller eine Roulade und goss eine braune Soße darüber. Maurice lief das Wasser im Munde zusammen. Er nahm auf der kleinen Sitzbank am Tisch Platz. Von den wunderbar duftenden Speisen abgelenkt, vergaß er dennoch nicht seine entdeckten Schätze. Mit größter Sorgfalt stellte er die Kästchen, eins nach dem anderen, neben sich auf den freien Platz.

Später am Abend erzählte ihm Martha die Geschichte zu jedem der kleinen Abzeichen. Übermächtig stiegen beim Betrachten der Abzeichen Erinnerungen in ihr auf, die sie längst vergessen geglaubt hatte. Mit ihren Ausführungen am Ende angekommen, trat Stille in der behaglichen Küche ein. Der Wasserkessel summte auf dem Herd und Maurice bestaunte die Ehrennadeln, von denen er nun wusste, dass sie keine Orden waren. Aufmerksam hatte er den Geschichten der alten Frau gelauscht.

„Irgendwie sind es ja doch Orden", stellte er nach einer Weile mit leuchtenden Augen fest. „Es hängen an Jedem kleine Heldentaten deines Lebens."

Wehmütig sah Martha die jungen Leute an. Sie trauerte der alten Zeit nicht nach, so vieles hatte sie nicht gutheißen können. Und dennoch: Es war ihre Heimat, es war ihr Leben. Ein gutes Leben, wenn sie es sich recht überlegte. Freilich, mit Entbehrungen, aber in Frieden und ohne Hunger, mehr als vierzig Jahre lang.

Martha erhob sich hastig von ihrem Stuhl. Sie reckte

und streckte die alten Glieder, versuchte die Melancholie abzuschütteln, die sie überfallen hatte. „Ja, mein Junge. Große Leistungen steckten schon hinter diesen Auszeichnungen. Lange sind sie verblasst. Ruhe und Trägheit haben sich in mein Leben geschlichen. Es wird Zeit, sich auf die alte Kraft zu besinnen. Wir werden eure Tochter finden, das verspreche ich euch!“

Maßlose Enttäuschung überkam Martha, dachte sie daran, was Heinrich seiner geliebten Tochter durch sein stetes Schweigen, Zaudern und Dulden angetan hatte, und Wut stieg in ihr auf, wenn sie an Flora dachte.

Und Martha ahnte nicht, wie falsch ihre Vermutungen waren.

Sechzehntes Kapitel

Insel Rügen, Mecklenburg-Vorpommern 1942

Heinrich verließ beschwingten Schrittes das Geschäft des Juweliers. In der rechten Innentasche seines Jacketts verstaute er das kleine Etui, welches ihm, bei dem Gedanken an dessen Inhalt, ein breites Lächeln ins Gesicht zauberte.

Als er ein paar Meter gegangen war, blieb er stehen. Kurz entschlossen kehrte er um.

Der Goldschmied, ein kleiner untersetzter Mann mit aufgedunsenem Gesicht, schaute auf, als die Ladenglocke schellte. Verwundert sah er Heinrich an.

„Herr Graf! Haben Sie etwas vergessen?"

„Ja, so kann man das sagen. Der Stolz, Vater einer nun fast einjährigen Tochter zu sein, hat offensichtlich meine Sinne derart vernebelt, dass ich vergaß, ein Schmuckstück für meine Frau auszusuchen. Unverzeihlich!"

„Na, gehen Sie nicht so hart mit sich ins Gericht! Sie haben es ja noch rechtzeitig bemerkt und dieser kleine Fauxpas bleibt unter uns, Ihre Frau wird nichts davon erfahren." Servil neigte der Mann sein fast kahles Haupt.

Heinrich verzog keine Miene. Er dachte beglückt an den wundervollen Anhänger, der, an einer weißgoldenen Kette, in dem Etui in seiner Brusttasche ruhte. Tagelang hatte er mit dem Goldschmied diskutiert und laienhaft aufgezeichnet, wie das Schmuckstück aussehen sollte. Er hatte keinen Moment daran gezweifelt, dass der Juwelier es zu seiner vollsten Zufriedenheit fertigen würde. Und Heinrich war nicht enttäuscht, viel mehr waren seine Erwartungen übertroffen worden. Der Mann, der das Handwerk einst von seinem Großvater gelehrt bekommen hatte, war der Beste, den es weit und breit gab. Mit diesem

Schmuckstück war es ihm wieder einmal gelungen, seinem Ruf als begnadeter Künstler gerecht zu werden.

„Herr Graf?“

„Oh, entschuldigen Sie, ich war in Gedanken. Was sagten Sie?“

„Ich kenne Ihre Frau nun schon ein wenig und denke, mit diesem Collier können Sie ihr Herz ein zweites Mal erobern.“ Mit dem Blick deutete er auf ein bezauberndes Collier, dass auf einen Samttüchlein vor ihm auf der gläsernen Vitrine lag. Er lachte zu laut und in seinen Augen glitzerte Gier, bei dem Gedanken, dass ihm das Geschmeide einen schönen Batzen Geld in die Ladenkasse spülen würde. Er ahnte, dass die von Langenbergs Geschäfte mit den Nazis machten. Wie sonst war es möglich, in diesen finsteren Zeiten, mehr und mehr Geld für Gold und Brillanten auszugeben? An jedem der letzten Monate war die junge Gräfin in sein Geschäft gekommen und hatte sich, mal eine teure goldene Kette, mal einen mit Diamanten besetzten Armreif und von Zeit zu Zeit sogar den einen oder anderen Brillantring gegönnt. Als der Juwelier jetzt in Heinrichs Gesicht sah, war er nicht sicher, ob der Mann überhaupt davon wusste.

Heinrich betrachtete die Kette, die vor ihm lag. Sie war aus feinstem Gold gearbeitet. Rote Rubine wechselten sich mit grünen Smaragden ab, bildeten einen Kranz aus kleinen Blüten und Blättern, der sich um einen vogeleigroßen Opal in der Mitte des Schmuckstücks rankte. Bei einem diskreten Blick auf den Preis schwindelte ihm. Flora hatte ihn vor zwölf Monaten zum glücklichsten Mann der Welt gemacht, als sie ihm Viola, sein kleines Veilchen, schenkte. Dennoch hielt er solch eine Ausgabe für maßlos übertrieben und danach, ein weiteres Mal Floras Herz zu erobern, stand ihm derzeit nicht der Sinn. Das vergangene Jahr war nicht einfach gewesen und noch immer war Heinrich nicht sicher, ob seine Frau ihn mit diesen Major Hagedorn betrog.

Der Juwelier räusperte sich.

„Ein wunderschönes Stück zeigen Sie mir da. Sicher würde es meiner Gattin sehr gut gefallen und ihrer jugendlichen Schönheit schmeicheln." Heinrichs Finger trommelten nervös auf der gläsernen Vitrine. „Vielleicht zu Weihnachten", entschied er und schüttelte ablehnend den Kopf.

Der Goldschmied hatte ihm noch eine ganze Anzahl auserlesener Stücke vorgelegt, doch als er merkte, dass Heinrich nicht gewillt war ein kleines Vermögen für seine Frau auszugeben, begnügte er sich damit, dass der Graf eine schlichte goldene Brosche wählte. Der Juwelier konnte in diesen schlechten Zeiten froh sein, wenn er überhaupt jeden Tag etwas verkaufte. Die Käufer mit den überquellenden Portemonnaies waren rar geworden und er war sich gewiss, dass die junge Gräfin sein Geschäft in den kommenden Monaten noch öfter aufsuchen würde.

Als Heinrich die Goldschmiede verließ, war er zufrieden. Wieder berührte seine Hand das Etui, das nah bei seinem Herzen darauf wartete, verschenkt zu werden. Was würde Flora dazu sagen? So, wie er sie in den letzten zwei Jahren kennengelernt hatte, würde sie sicher einen Schmollmund ziehen und ihn dann auslachen. Ein Schmuckstück für ein einjähriges Kind! Ihre Stimme würde vor Hohn triefen und ihr schönes, durchaus aristokratisches Gesicht, würde sich zu einer hässlichen Fratze verziehen. Wie er diese Maßlosigkeit an ihr hasste! Sie gönnte es ihrer Tochter nicht einmal, wenn deren Schönheit bewundert wurde, obgleich alle meinten, dass das Kind ihr aufs Haar glich. Heinrich verstand dann oft die Welt nicht mehr. Er liebte seine Frau! Er achtete sie und zollte ihr Respekt. Oft neidete er ihr sogar die guten Geschäftsabschlüsse, die ihr gelangen und er tröstete sich damit, dass er nicht zum Geschäftsmann geboren worden war.

Schnell schritt er die Promenade entlang. Ganz außer Atem stand er wenig später vor der Auslage des einzigen Spielwarengeschäfts, das die Insel in diesen Zeiten noch aufzuweisen hatte. Ohne zu zögern trat er ein. Auch ihm war klar, dass Viola sich mehr über eine Puppe, einen Teddybären oder über Bausteine freuen würde.

Als er den Laden wieder verließ hatte er eine Käthe-Kruse-Puppe in einem bezaubernden hellblauen Kleid erstanden. Das Ohr eines Teddybären lugte aus der übervollen Tüte, in der sich außerdem Bausteine, ein Kreisel, eine Kinderflöte und mehrere Bilderbücher befanden. Heinrich wusste, dass er übertrieben hatte.

Und wenn schon: Das Kind - sein kleines Veilchen -, war das einzige gewesen, das sein Leben im letzten Jahr bereichert hatte.

Martha schaute aus dem Fenster, als sie Heinrichs Auto die Auffahrt heraufkommen hörte. Schon am Vormittag hatte er sich auf den Weg gemacht, um ein paar Dinge für Violas Geburtstag zu besorgen. Die junge Kinderfrau hatte ihm eine Liste der Dinge mitgegeben, die sie benötigte, um das Kinderzimmer hübsch zu schmücken. Martha hielt es freilich für übertrieben, dass Zimmer zu schmücken, eine zweistöckige Torte zu bestellen und einen Clown zu engagieren. Viola würde sich später nicht mehr an ihren ersten Geburtstag erinnern können. Heinrich hätte besser daran getan, wäre er mit dem Kind auf sein Gestüt gefahren, hätte ihr die Mähnen der Pferde streicheln lassen, Schokolade in ihr kleines Mündchen gesteckt, eine Geschichte vorgelesen und sie später mit einem neuen Kuscheltier zu Bett gebracht. Nun waren die Gäste zu diesem ersten Geburtstag Violas von Heinrich eingeladen worden, und Martha hoffte inständig, sie würde das Kind am Abend zur Ruhe bekommen. Flora von Langenberg, Marthas junge Herrin, schien der Geburtstag ihrer Tochter entfallen zu sein. Mit keinem Wort hatte sie bisher den morgigen Tag erwähnt. Überhaupt hatte es den Anschein, als hätte sie ihre Tochter vergessen. Eine Woche nach

Violas Geburt, hatte Flora die Geschäfte der Langenbergs wieder in die Hand genommen und seitdem kümmerte sich Martha allein um das Kind. Heinrich erkundigte sich jeden Tag nach dem Befinden seines kleinen Veilchens, wie er sie liebevoll nannte und beschäftigte sich jeden Abend vorm Schlafengehen rührend mit ihr.

„Martha!" Die Tür flog auf und Heinrich stand freudestrahlend im Raum. In jeder Hand hielt er zwei Tüten. Aus der einen sah Martha das Ohr eines Bären herausschauen.

„Pst! Nicht so laut! Viola ist gerade eingeschlafen. Ich hatte Not, sie in den Schlaf zu singen. Sie scheint zu spüren, dass hier Großes, Aufregendes im Gange ist." Strafend, jedoch mit einem Lächeln, sah die junge Kinderfrau Heinrich von Langenberg an. Ihre Wangen glühten und ihr Herz klopfte laut. Was für ein Mann! In der hellen Hose, der dunkelblauen Cordjacke und dem hellblauen Hemd, aus dem verwegen ein kleines dunkelgrün gemustertes Tüchlein blitzte, dass er sich um den Hals gebunden hatte, bot er einen feudalen Anblick. Aber das war es nicht allein, dass Martha derart für den Grafen einnahm: Es waren seine lachenden Augen, sein aufrichtiges Wesen. Leise seufzte sie. Die junge Gräfin hatte einen solchen Mann nicht verdient. In den letzten Monaten hatte Martha sie oft mit diesem Major gesehen, und sie fragte sich, was zwischen den beiden vorging. An ein Techtelmechtel wollte sie nicht glauben, aber geheuer waren ihr die ständigen Treffen Floras mit diesem Hagedorn nicht. Jedes Mal zog es Flora und den Major zu den beiden hinteren Gewächshäusern, die seit langem schon nicht mehr genutzt wurden und von den anderen weit abgelegen waren. Martha hatte es genau beobachtet, sie war ihnen nachgegangen und schämte sich nicht dafür. Was dort vorging, wenn die beiden Menschen die Tür eines Gewächshauses hinter sich schlossen, hatte sie nicht herausgefunden. Einmal war sie von Heinrichs Mutter dabei ertappt worden, als sie sich zu weit an eines der

Häuser vorgewagt hatte. Die alte Gräfin, die Martha nur als eine ruhige und gerechte Frau kannte, hatte sie angeherrscht, sie solle sich um ihre Arbeit in Haus und Kinderzimmer kümmern. „Treffe ich Sie hier noch einmal, dann wird dieser Tag der Letzte in unserem Hause für Sie sein“, hatte die alte Dame keinen Zweifel daran gelassen, wie verärgert sie über Marthas Neugier war. Fortan war die junge Kinderfrau nicht mehr in die Nähe der Gewächshäuser gegangen, in der sicheren Überzeugung, dass etwas mit Flora und diesem Major nicht stimmte. Freilich hütete sie ihre Zunge, ihre Arbeit zu verlieren, das wollte sie um keinen Preis riskieren.

„Martha! Sie hören mir ja gar nicht zu. Wo sind Sie denn mit Ihren Gedanken?“

Erschrocken sah Martha auf. „Entschuldigung“, stammelte sie.

„Schauen Sie, die Luftballons. Ich habe von jeder Farbe fünf Stück mitgebracht. Wird das reichen?“

„Aber sicher, Herr Graf. Wir haben ja noch Luftschlangen und bunte Papplaternen. Es wird alles wunderbar werden. Lassen Sie mich nur machen.“

„Gut. Wenn Sie Hilfe brauchen, dann sagen Sie es. Ich helfe gerne beim Aufhängen der Ballons.“

„Das wird nicht nötig sein. Gustav hat mir seine Hilfe angeboten.“ Martha lächelte Heinrich an. Wie er sich um das Gelingen des Festes für seine Tochter mühte!

„Haben Sie meine Frau heute schon gesehen? Ich muss ihr dringend erzählen, dass wir morgen Gäste erwarten.“

Martha riss die Augen vor Überraschung und Entsetzen weit auf und es gelang ihr nicht sofort, Heinrich eine Antwort zu geben. „Nein, doch, ja“, stotterte sie. Heinrich lachte. „Na, was denn nun?“

„Ihre Frau weiß noch nichts von der großen Geburtstagsfeier, die Sie organisiert haben?“

„Nein, Martha. Sie weiß es noch nicht. Es soll eine Überraschung sein.“

„Das wird eine schöne Überraschung werden!“ Die Worte waren spontan, unüberlegt und spöttisch über Marthas Lippen gekommen. Erschrocken hielt sie sich die Hand vor den Mund. „Verzeihung“, sagte sie kleinlaut und schaute betroffen zu Boden.

„Schon gut, Martha!“ Heinrich schmunzelte. Das Mädchen hatte ja recht. Er war nicht sicher, ob er das Richtige getan hatte und hatte keine Ahnung, wie Flora reagieren würde. Mit ernstem Gesicht sah er die junge Kinderfrau an. „Haben Sie meine Frau nun gesehen?“

„Ja. Vor zwei Stunden ist sie mit Major Hagedorn in seinem Wagen zum Tor hinaus gefahren“, beeilte sich Martha zu antworten. Sie war froh, als sie das Lächeln im Gesicht Heinrichs entdeckt hatte. Wenn sie es sich doch nur angewöhnen könnte, erst nachzudenken und dann zu sprechen. Irgendwann würde ihr diese Unzulänglichkeit zum Verhängnis werden.

„Soso, mit Hagedorn.“ Heinrich war blass geworden. „Nun gut. Da werde ich warten müssen, bis sie zurückkommt.“

Martha sah erst Wut, dann Zweifel und Traurigkeit in seinem Blick.

„Ich habe auch für meine Frau ein bezauberndes Geschenk ausgesucht. Da wird sie mir meine Eigenmächtigkeit sicher nachsehen. Aber eigentlich feiert sie ja sehr gern. Gäste, denen sie ihr neuestes Kleid vorführen und von ihren guten Geschäften berichten kann, werden sie bestimmt versöhnlich stimmen.“ Heinrich räusperte sich. „Aber, was halte ich Sie mit meinem Geschwätz von der Arbeit ab.“ Er nickte Martha zu, nahm die Tüte mit Violas Geschenken und verließ das Zimmer.

Martha seufzte. „Ja, das wird dieser arroganten, überdrehten Person sicher gefallen“, sagte sie leise. An ihrer Tochter lag der jungen Gräfin hingegen weit weniger, war Martha sich sicher.

Und einmal mehr wünschte sich die junge Kinderfrau

an Flora von Langenbergs Stelle zu sein.

Heinrich saß im Wohnzimmer, eine Tasse duftenden Kaffee vor sich. Er hatte die Zeitung vom Morgen aufgeschlagen, doch seine Blicke gingen ins Nichts. In Gedanken war er bei Flora. Die letzten zwei Jahre zogen an seinem geistigen Auge vorüber. Wie hatte sich alles entwickelt? War er zufrieden? War alles so gekommen, wie er es erhofft hatte? Unmerklich schüttelte er den Kopf und ein tiefer Seufzer entrang sich seiner Brust.

„Was sitzt du hier und seufzt? Warum schüttelst du den Kopf? Ist etwas passiert?" Heinrich hatte über seinen Gedanken nicht gehört, dass Flora eingetreten war. In einem türkisblauen Kostüm stand sie vor ihm, das Haar lag offen auf ihren Schultern.

„Ich habe eine Überraschung für dich." Heinrich lächelte seine Frau an. Wie der junge Frühling stand sie da, in dem bezaubernden Kostüm, und er schob all seine Bedenken, die ihn gerade noch gequält hatten, zur Seite.

„Eine Überraschung?", rief Flora freudig. Mit einem Satz war sie bei ihm und setzte sich auf seinen Schoß. „Sag schon! Was ist es?"

„Nicht so ungeduldig. Ich muss erst überlegen, wie ich es am besten verpacke."

„Du musst nichts verpacken! Das ist nicht nötig. Spann mich nur nicht so auf die Folter. Gib es mir einfach ohne Verpackung." Flora war sicher, dass Heinrich ein Geschenk für sie hatte. Ihr Herz schlug vor Aufregung bis zum Hals. Vielleicht ein exklusives Parfüm, ein reizendes Negligé oder gar verführerische Dessous, von denen auch er sich etwas versprach? Nein, jetzt ahnte sie es! Sie hatte in der letzten Woche von einer krokodilledernen Handtasche geschwärmt. Ja, die würde es sein!

„Nein, nein, meine Liebe. Nicht was du denkst. Ich brauche dazu kein Geschenkpapier. Ich muss es in die richtigen Worte kleiden.“

Flora sah Heinrich verwirrt an. „In die richtigen Worte kleiden? Du sprichst in Rätseln!“ Ungeduldig rutschte sie auf seinen Knien hin und her.

„Nun gut! Da sage ich es einfach so, wie es mir in den Sinn kommt. Morgen ist Violas erster Geburtstag…“

„Was soll daran überraschend sein? Das weiß ich seit einem Jahr.“

„… und ich habe ein Geburtstagsfest für unser kleines Veilchen organisiert“, beendete Heinrich seinen Satz.

„Was hast du? Ohne mit mir vorher darüber zu sprechen?“, fragte Flora gereizt.

„Du hättest selbst auf diese Idee kommen können. Aber unsere Tochter scheint dich, im Gegensatz zu diesem Major Hagedorn, nicht zu interessieren“, platzte Heinrich heraus. Seine ganze Wut und Enttäuschung lagen in diesem einen Satz. Flora sah ihren Mann belustigt an. „Sei nicht albern!“

„Albern, ha!“ Der sonst so ruhige, in sich ruhende Mann, war vor Zorn puterrot angelaufen. „Ich kann mir denken, was so wichtig ist, dass man den ersten Geburtstag seines Kindes vergisst!“, brüllte er.

„Ich gehe jetzt noch einmal ins Büro und komme in einer Stunde zurück. Falls du dich bis dahin beruhigt hast, können wir wie vernünftige Menschen miteinander reden.“ Flora gab sich ganz ruhig, versuchte Gelassenheit zu zeigen, wenngleich ein Sturm in ihr tobte. Heinrich unterstellte ihr doch nicht wirklich ein Verhältnis mit Hagedorn? Wie kam er nur auf eine solche Idee? Hatte er denn keine Augen im Kopf? „Und wenn du dich nicht beruhigt hast…“, weiter kam Flora nicht.

„Was dann?“ Heinrich lief wie ein eingesperrtes Tier im Zimmer auf und ab. Es fiel ihm schwer seine Wut zu zügeln.

Flora zuckte mit den Schultern und konnte dem Blick ihres Mannes nicht standhalten.

„Ich werde dir sagen, was passiert, wenn du mir nicht erzählen willst, was sich zwischen dir und dem feinen Major abspielt.“ Heinrich fürchtete sich vor seinen eigenen Worten. Doch er musste sie aussprechen. „Dann kannst du deine Koffer packen und dorthin gehen, wo du hergekommen bist!“ Er beendete seinen ruhelosen Gang durchs Zimmer, ließ sich in einen Sessel fallen und stützte den Kopf in die Hände.

„Glaube mir, was mich und den Major verbindet, dass willst du gar nicht wissen.“ Leise waren die Worte über Floras Lippen gekommen. Nur ein Flüstern war es gewesen; aus Angst geboren.

Heinrich schaute nicht auf. Verzweiflung und Ratlosigkeit machten sich in ihm breit. Einen Augenblick später hörte er die Tür ins Schloss fallen: Er hob den Kopf nicht.

Als die Uhr auf dem Kaminsims die vertraute Melodie spielte, war mehr als eine dreiviertel Stunde vergangen. Heinrich erwachte aus seiner Starre. Überzeugt, dass seine Frau ihn betrog, erhob er sich aus seinem Sessel und verließ mit schleppenden Schritten das Zimmer. Er brauchte frische Luft, konnte kaum noch atmen.

Im Park der Villa streifte sein Blick die Gärtnerei mit den angrenzenden Gewächshäusern: Und Heinrich wusste, wohin er zu gehen und was er zu tun hatte.

Siebzehntes Kapitel

Flora lehnte sich gegen die Tür des Wohnzimmers und rang nach Atem. Was sollte sie ihrem Mann später erzählen? Die Wahrheit? Nein, das konnte sie nicht. Dann wäre alles aus und vorbei. Bunte Punkte tanzten vor ihren Augen und sie schloss für einen Moment ihre Lider. Dann drückte sie ihr Ohr an die Tür und lauschte in das Innere des Raumes. Nichts! Sie hatte gehofft, Heinrich würde ihr nachlaufen, um Verzeihung bitten und alles auf sich beruhen lassen. Noch nie hatte sie ihren Mann so erlebt. Schwindel überkam Flora, schnell öffnete sie die Augen und klammerte sich an der Klinke der Tür fest. Als alles wieder zum Stillstand gekommen war, holte sie abermals tief Luft. Sie reckte das Kinn noch ein Stück höher, drückte den Rücken gerade durch und lief erhobenen Hauptes durch die Halle. Ihre Absätze klackten auf dem edlen Holz der Dielen. Sie würde nicht noch einmal ins Büro gehen. Dort hatte sie für heute alles erledigt. Entschlossen lenkte sie ihre Schritte zum Kinderzimmer ihrer Tochter.

Martha war mit Viola, nach deren Mittagsschlaf, in den großen Garten der Villa gegangen. Dieser vierundzwanzigste Mai war ein herrlicher Tag und Martha hoffte, die Sonne würde auch morgen noch von einem blauen wolkenlosen Himmel strahlen. Vielleicht konnte sie Heinrich überzeugen, den Garten, anstelle des Kinderzimmers zu schmücken und das Geburtstagsfest im Freien zu feiern. Viel schöner wäre es für Viola.

Viola klammerte sich an Marthas Hand und lief auf unsicheren Beinchen ein paar Schritte neben ihr her. Immer dann, wenn die kleinen Füße ihr nicht mehr gehorchen wollten, nahm Martha das Kind auf ihren Arm und trug es ein Stück durch den weitläufigen Park. Wenn Viola in ihrem gelben Kleidchen und den schwarzen Lackschuhchen neben ihr herging, durchströmte die junge Kinderfrau ein unbeschreibliches Glücksgefühl. Dieses kleine Wesen, dem sie vor Monaten noch die Flasche gegeben und es mit größter Vorsicht gebadet hatte, umfasste nun schon ihre Hand, stand auf den eigenen Beinen, lächelte sie aus großen blauen Augen glücklich an und setzte ihr ganzes Vertrauen in sie.

Neben einer in der Sonne stehenden Bank stellte Martha den Kinderwagen ab, den sie, mit Violas Puppe darin, vor sich herschob. Sie nahm das Puppenkind heraus und setzte es auf die Bank. Wie nicht anders erwartet, wollte Viola zu ihrer Puppe. Martha hob sie hoch und nahm dann neben ihr Platz. Viola griff nach der Puppe, wollte sie im Arm halten, doch im gleichen Augenblick entglitt sie ihren kleinen Händen und landete im Schmutz.

„Martha! Was machen Sie mit dem Kind hier draußen? Es ist noch viel zu frisch: Kein Wetter um mit einem kleinen Kind auf der Bank zu sitzen! Und heben Sie die teure Puppe auf, sie liegt im Dreck!"

Flora hatte im leeren Kinderzimmer gestanden und Ärger war in ihr aufgestiegen. Wo trieb diese Kinderfrau sich mit ihrer Tochter herum? Sie hatte nicht wissen können, dass Martha und Viola jeden Nachmittag einen Spaziergang in der frischen Luft unternahmen. Noch nie hatte sie sich darum geschert, wie Martha mit der kleinen Komtess den Tag verbrachte. Floras Wut, die eigentlich ihrem Mann galt, entlud sich nun über Martha.

„Es ist herrliches Wetter, Frau Gräfin", wagte Martha zu sagen. „Viola friert gewiss nicht und ich habe ihr Jäckchen mit, falls die Sonne hinter einer Wolke verschwindet."

„Wollen Sie mir etwa erklären, wie meine Tochter zu behandeln ist? Und heben Sie endlich die Puppe auf!", zischte Flora abermals.

„Entschuldigung. Nein, natürlich nicht“, stotterte Martha.

„Ziehen Sie dem Kind sofort die Jacke an und gehen Sie mit ihr ins Haus!“ Flora schrie noch immer. „Wenn so eine Nachlässigkeit noch einmal vorkommt, fliegen Sie raus! Verstanden?“

Martha antwortete nicht. Sie war in den vergangenen zwölf Monaten oftmals Opfer solcher Zornesausbrüche geworden. Immer waren die Begebenheiten an den Haaren herbeigezogen, nicht ein einziges Mal hatte Martha Schuld gehabt. Doch die junge Kinderfrau hatte gelernt zu schweigen. Einmal, ganz am Anfang ihrer Tätigkeit, hatte sie aufbegehrt, war sich keiner Schuld bewusst gewesen. Schnell hatte sie begriffen, dass es besser war, Flora von Langenberg nicht zu widersprechen. Widerspruch ließ alles nur noch schlimmer werden.

„Antworten Sie mir gefälligst!“, blaffte Flora immer noch.

„Ja, Frau Gräfin. Ich habe verstanden. Es wird nicht wieder vorkommen“, wisperte Martha und schaute betreten zu Boden.

„Na, hoffentlich.“ Genauso schnell, wie das Gewitter über Martha hereingebrochen war, legte es sich wieder. Flora drehte sich um und marschierte quer über den Rasen. Sie hatte ihr Kind keines Blickes gewürdigt, geschweige denn gestreichelt oder gar liebevoll in ihre Arme genommen. Mit großen kraftvollen Schritten, in die sie ihren ganzen Ärger und ihre aufkeimende Verzweiflung legte, ging sie auf die Villa zu.

Und Martha schien es, als suche Flora von Langenberg immer dann Fehler, wenn sie mit sich selbst nicht zufrieden war.

Isolde von Langenberg hatte ihr Mittagsschläfchen beendet, welches sie sich angewöhnt hatte, als sie hierher ins Witwenhaus gezogen war. Die Stunden und Tage waren damals so schleichend vergangen, dass sie manches Mal geglaubt hatte, sie würde vor Langeweile verrückt werden. Dann, nach etwas mehr als drei Monaten, hatte sie sich aufgerafft und war nicht länger gewillt gewesen, sich in ihr Schicksal zu fügen. Eine Weile hatte sie darüber nachgegrübelt, was sie mit ihrer reichlich bemessenen Freizeit anfangen sollte. Noch nie war ihr so viel Zeit für sich selbst geblieben und es war ihr schwergefallen ihren Leben einen neuen Sinn zu geben. Oft hatte sie mit sich und ihrem Schicksal gehadert, und schlussendlich war es Hannelore von Trischenbach gewesen, die Isoldes Leben eine andere Richtung gegeben hatte. Jetzt ärgerte Isolde sich Tag um Tag, wenn sie wieder einmal der mittäglichen Müdigkeit nachgegeben und sich aufs Sofa gelegt hatte. Zwei Stunden waren vergangen, seit sie eingenickt war, und diese Stunden fehlten ihr, um die Dinge zu erledigen, die sie sich heute Morgen vorgenommen hatte.

Isolde reckte und streckte die immer noch steifen Glieder. Langsam kam Leben in ihre müden Knochen. Sie erhob sich und ging hinüber in die kleine Küche, die an den Wohnraum grenzte. Dort setzte sie Wasser für einen Kaffee auf, der an jedem Nachmittag ihre Lebensgeister weckte. Bis das Wasser kochte, stellte sie sich ans Fenster und sah hinaus. Ihr Blick schweifte über die Gewächshäuser der Gärtnerei, das Lebenswerk ihres Mannes. Gedankenverloren seufzte sie. Sie sah einige Arbeiter mit Schubkarren und anderem Gerät emsig ihre Arbeit verrichten. Die Sonne hatte sich hinter einer Wolke versteckt, doch als Isolde das Fenster öffnete strömte ihr eine laue Luft entgegen und sie konnte den Frühling riechen. Der Wasserkessel machte sich mit einem langgezogenen Pfeifton bemerkbar und riss sie aus ihren Gedanken. Inzwischen mit geübter Hand, überbrühte sie den Kaffee, was sie bis vor kurzer Zeit nie selbst getan hatte. Kurz überlegte Isolde, ob es schon möglich wäre, sich auf die kleine Bank vorm Haus zu setzen.

„Aber ja!“, sprach sie mit sich selbst. Sie ergriff Kaffeekanne und Tasse und brachte beides hinaus auf die Bank. Dann lief sie noch einmal ins Haus zurück und holte eine leichte Baumwolldecke. Nun war sie für ihre geliebte Kaffeepause gut ausgerüstet, sie könnte die Decke über die Knie legen, wenn ihr doch kalt würde.

Gerade hatte Isolde ihren Platz auf der Bank eingenommen, die Decke hielt sie noch in ihren Händen, als sie ihren Sohn auf die Gewächshäuser zulaufen sah. Sie ließ die Decke auf ihren Schoss gleiten und winkte ihm freudig zu. Mit großen Schritten lief Heinrich weiter, ohne von ihr Notiz zu nehmen. Noch einmal winkte sie. Wieder passierte nichts.

„Heinrich, hallo!“, rief sie ihm nach. Jetzt schaute er zu ihr herüber, hob kurz die Hand und schritt weiter eilig aus. Da kam Leben in Isolde. Sie glaubte Zorn in seiner Geste entdeckt zu haben. Was war geschehen? Er würde doch nicht…?

Behände sprang sie auf. Der Kaffee schwappte über, die Decke, die sie gerade noch in Händen gehalten hatte, fiel zu Boden. Sie musste ihm nach, musste ihn stoppen, er durfte nicht…

„Heinrich! So warte doch!“ vor Aufregung ganz außer Atem hetzte sie hinter ihrem Sohn her.

„Heinrich! Bleib stehen!“

Verwundert drehte Heinrich sich zu seiner Mutter um, lief jedoch weiter, wenn nun auch verhaltener. „Mama, was ist denn? Ich habe keine Zeit! Ich komme nachher zu dir. Jetzt habe ich etwas zu erledigen, dass keinen Aufschub duldet.“

„Junge, bitte! So warte doch!“ Isolde hatte ihn fast eingeholt, nur ein paar Meter trennten sie noch von ihm.

Heinrich blieb verwundert stehen. Drei Schritte noch, dann bekam Isolde ihren Sohn am Ärmel seines Hemdes zu fassen. Nach Luft ringend stand sie vor ihm.

„Mama, was ist passiert? Du bist ja ganz außer dir."

„Wo willst du hin?"

„Zu den beiden Gewächshäusern, welche wir schon seit geraumer Zeit nicht mehr bewirtschaften." Grimmig blickte er seine Mutter an.

Isolde stellte sich unwissend. „Warum denn das? Willst du in diesen schlechten Zeiten die Gärtnerei vergrößern? Du, der du keine Ahnung vom Geschäft hast. Wenn so etwas nötig wird, dann kümmert sich deine Frau ganz sicher darum. Sie hat ein gutes Händchen für die Gärtnerei."

„Mama, was ist los? Du verschweigst mir doch etwas? Du rennst hinter mir her, wie vom Teufel getrieben. Das tust du doch sicher nicht, um mich zu fragen, wohin ich will. Was ist denn los?"

„Was soll schon sein? Ich habe mich gefreut dich zu sehen und gedacht, du willst mich besuchen. Dann reagierst du nicht auf mein Winken, bleibst nicht einmal stehen wenn ich dich rufe, und nun blaffst du mich auch noch unbeherrscht an." Schmollend drehte Isolde sich um und ließ Heinrich stehen, wohl wissend, dass er ihr gleich folgen würde.

Heinrich zögerte noch einen Moment, schaute unentschlossen zu den Gewächshäusern, dann lief er seiner Mutter nach.

Isolde überlegte indessen, was sie ihrem Sohn erzählen sollte, würde er fragen und nicht locker lassen. Ihr musste etwas einfallen, etwas, das plausibel klang. Die Wahrheit durfte sie nicht preisgeben. Sie wollte ihn nicht an diesen unsinnigen Krieg verlieren. Wie würde er reagieren, erführe er, was Flora trieb? Kurz dachte sie darüber nach, ihm doch von Floras Geschäften zu erzählen. Die Geschäfte, die ihre Schwiegertochter mit keiner Silbe erwähnte. Mühsam hatte Isolde herausgefunden, was Flora vor ihrem Mann, ihrer Familie verheimlichte. Isolde verwarf den Gedanken, es hatte keinen Zweck mit ihren Sohn darüber zu reden. Sie kannte ihn. Er war viel zu geradlinig, um Derartiges zu dulden, darüber hinwegzusehen. Auch wenn er sich selbst schaden würde, er würde alles auffliegen lassen. Und was dann? Isolde stiegen bei dem Gedanken Tränen in die alten Augen. Ihr wurde heiß und kalt und ihr Entschluss stand fest: Von ihr würde Heinrich die Wahrheit nicht erfahren.

Und Isolde von Langenberg war sich sicher, dass Ihre Schwiegertochter raffiniert und aalglatt genug war, und es ihr gelingen würde, Heinrich vor sich selbst zu schützen.

Eine Stunde später war Flora pünktlich wieder im Haus erschienen. Sie vermutete Heinrich noch immer in dem Sessel, in dem er gesessen hatte, als sie gegangen war. Sie würde ihn gnädig stimmen, ihm vorschlagen morgen nicht zu arbeiten, einen wundervollen Geburtstag zu feiern und vor allem würde sie ihn bitten, Major Hagedorn einladen zu dürfen. Dann könnte er sich selbst davon überzeugen, dass sie nichts Unlauteres mit diesem Mann verband. Sie würde an seinen Verstand und an ihrer beider Liebe zueinander appellieren. Nur so, war sie sicher, könnte sie Furchtbares abwenden.

Flora öffnete die Wohnzimmertür und trat ein. Vergeblich blickte sie sich nach Heinrich um, dann verließ sie das Zimmer wieder. In der Halle rief sie nach ihrem Mann, doch sie bekam keine Antwort.

„Gustav!“ Der Diener kam sofort aus den Wirtschaftsräumen herbeigeeilt.

„Wo ist mein Mann?“

„Es tut mir leid, Frau Gräfin. Ihr Mann hat vor einer Weile das Haus verlassen. Er hat mir nicht gesagt, wohin er geht.“

Gedankenverloren blickte Flora Gustav an. „Danke, Gustav.“ Im gleichen Moment kam Heinrich von draußen herein.

„Heinrich, da bist du ja! Ich habe dich gesucht.“

Heinrich gab seiner Frau keine Antwort. Er würde ihr

nicht erzählen, wo er gewesen war. Seine Mutter hatte ihn beschwichtigt und versucht ihn wieder auf den Boden der Tatsachen zurückzuholen. Für einen Moment war er beruhigt gewesen, glaubte nicht mehr daran, dass Flora ihn betrog. Seine Mutter hatte ein untrügliches Gespür dafür, wenn sie belogen wurde. Sie hatte ihm glaubhaft versichert, dass Flora sie gewiss nicht angelogen habe, als sie ihre Schwiegertochter zur Rede gestellt hatte. Er war verwundert gewesen, dass seine Mutter Flora überhaupt auf Major Hagedorn angesprochen hatte und sie hatte ihm erklärt, dass sie es ihrem einzigen Sohn schuldig gewesen sei. Dennoch verhielte es sich ganz und gar nicht so, wie er annahm, auch wenn sie nicht zu sagen vermochte, welcher Art die Geschäfte zwischen Flora und dem Major waren. Heinrich ließ seine Mutter in dem Glauben, beruhigt zu sein. Ein wenig war er es auch, aber ihm blieben Zweifel.

„Können wir jetzt über den Geburtstag unserer Tochter sprechen?“, fragte Flora in ruhigem Ton.

„Da gibt es nichts zu besprechen. Die Gäste sind eingeladen, Martha schmückt den Raum und ich habe alles Notwendige besorgt. Ein Geschenk für unsere Tochter wartet in meinem Schreibsekretär auf den morgigen Tag. Falls dir meine Überraschung nicht gefallen sollte, kannst du dem Fest gerne fernbleiben.“ Heinrich war nicht bereit einzulenken.

„Wieviel Gäste kommen denn?“

„Ich habe mich auf einen kleinen Kreis, nur die Familie und ein paar gute Freunde, beschränkt. Mit dir wären wir zwölf.“

„Was ziehe ich da bloß an? Also weißt du, mein Lieber, ein bisschen früher hättest du mich schon in deine Pläne einweihen können.“

„Wenn das deine einzige Sorge ist, dann schau doch einfach in einen von deinen drei übervollen Kleiderschränken! Ich denke, da sollte sich etwas finden. Wenn nicht, dann kommst du eben nackt. Aufsehen erregst du doch ohnehin sehr gern.“

„Heinrich! Also bitte! Ich bin mit der festen Absicht gekommen, mich mit dir zu versöhnen. Und jetzt behandelst du mich so abfällig. Eigentlich finde ich deine Idee mit der Feier ja ganz wunderbar.“

„Das glaube ich dir aufs Wort“, zynisch, wie es sonst nicht seine Art war, zog Heinrich eine Augenbraue hoch.

„Fast glaube ich, du willst mit mir streiten. Gut, das kannst du haben!“, schrie Flora ihren Mann an. „Ein bisschen Schuld trage ich auch an unserem Streit, aber so lasse ich mich nicht von dir behandeln! Wie kannst du nur annehmen, ich würde dich mit Major Hagedorn betrügen? Es ist, es ist…“, nach Atem ringend suchte sie nach den richtigen Worten, „…eine Unverschämtheit von dir, mir so etwas zu unterstellen. Warum sollte ich das tun? Ich dachte, wir lieben uns!“

Heinrich sah betreten zu Boden. Dann ging er einen Schritt auf Flora zu. „Nun gut, wenn du kein Verhältnis mit Hagedorn hast, ich dir Unrecht getan habe, dann entschuldige ich mich hiermit in aller Form. Aber dann sage mir, jetzt und hier, was verbindet dich mit diesem Nazi?“

Flora erschrak. Jetzt war er also da, der Zeitpunkt, an dem sie Farbe bekennen musste. Sie spürte deutlich, dass Heinrich sich nicht mit irgendwelchen Floskeln abspeisen ließe. „Heinrich, bitte! Lass mich dir morgen alles erklären, wenn der Geburtstag unserer Tochter vorüber ist. Wenn du es dann immer noch willst, gehen wir ins Büro und ich zeige dir sämtliche Rechnungen, Verträge und Lieferscheine.“

„Was soll das Flora? Du brauchst es gar nicht zu versuchen, ich lasse mich nicht länger von dir hinhalten! Du willst doch nur Zeit schinden. Jetzt und hier verlange ich eine Erklärung!“

Flora ging auf seine Worte nicht ein. „Ich möchte Major Hagedorn zum Geburtstag unserer Tochter einladen. Dann kannst du dich den ganzen Nachmittag davon überzeugen, dass mich und den Mann nur geschäftliche Interessen verbinden. Mach dir selbst ein Bild! Ich jedenfalls bin nicht gewillt dir Rede und Antwort zu stehen, wegen deines lächerlichen Verdachtes. Auf einmal soll ich dich über die Geschäfte informieren, für die du dich noch nie interessiert hast. Du bist doch sonst heilfroh, dass ich dir alles abnehme, dich nicht belaste und du jeden Tag mit deinen Gäulen verbringen kannst! Ich dagegen mühe mich seit Monaten Tag um Tag von morgens bis abends, um unsere Familie durch diese schlechten Zeiten zu bringen und behaupte, nicht ohne Stolz, dass mir das bisher vortrefflich gelungen ist, und du? Du hast nichts Besseres zu tun, als deine Frau der Untreue zu bezichtigen. Heinrich, es reicht!" Brüsk drehte Flora sich um und ließ ihren Mann stehen.

„Ja, lade ihn ruhig ein, deinen Hagedorn! Dann werden wir ja sehen!", schrie Heinrich. Er schaute seiner Frau nach, als sie gemessenen Schrittes die Treppe hinaufstieg. Sie drehte sich nicht noch einmal um. Kurz darauf hörte er die Schlafzimmertür zuschlagen und der Schlüssel wurde im Schloss gedreht. Heute Nacht würde er in einem der Gästezimmer nächtigen müssen.

Und Heinrich von Langenberg bereute es sofort, sich nicht mit Flora versöhnt zu haben.

Achtzehntes Kapitel

Vogelgezwitscher weckte Rose um vier Uhr morgens. Das Kind blinzelte in das Halbdunkel des Zimmers. Wo war sie? Sie schloss die Augen noch einmal und dachte nach. Dann kuschelte sie sich, in der angenehmen Gewissheit im Hause ihrer geliebten großen Schwester zu sein, noch einmal in die weichen Daunen. Seit fast einem Jahr wohnte Rose nun schon in der Langenberg'schen Villa. Wie Flora es fertiggebracht hatte, ihre Mutter davon zu überzeugen, dass Rose bei ihr bleiben durfte, darüber hatte sie bis heute nichts in Erfahrung gebracht. Und es war ihr auch egal. Das Leben bei den von Langenbergs, zu denen ihre Schwester nun gehörte, war angenehm. Hier gab es für Rose keine Entbehrungen, wie sie diese aus ihrem Elternhaus kannte. Niemand ermahnte sie im Haushalt zu helfen, für ihre kleine Nichte Viola war sogar eine Kinderfrau eingestellt worden. Behaglich seufzte Rose. Dennoch fehlten ihr die anderen Schwestern, ihre Mutter und vor allem der Vater. Vielleicht war Mutter froh gewesen, dass sie eine Tochter weniger zu versorgen hatte, als Vater zum Kriegsdienst einberufen worden war. Iris und Camilla arbeiteten bereits, ihre Mutter musste sich um die beiden nicht sorgen. Bald würde sich auch Erika eine Tätigkeit suchen, die Schule hatte sie inzwischen verlassen. Trotzdem war es für ihre Mutter nicht leicht, da machte Rose sich nichts vor. In der letzten Zeit hatte sie ihre Mutter oft mit verweinten Augen angetroffen, wenn sie nach der Schule zu ihr in das kleine Haus, weit abseits der Promenade, gekommen war. Stets hatte ihre Mutter eine Erklärung dafür gefunden, hatte gesagt, sie hätte Zwiebeln geschnitten, etwas ins Auge bekommen. Doch Rose wusste, dass ihre Mutter nur flunkerte, sie nicht beunruhigen wollte. Rose dachte daran, wie schön es war, wenn ihre Mutter sie bei diesen Besuchen ganz fest an sich drückte, und sie konnte sich nicht erinnern, wann es das letzte Mal so gewesen war, als sie noch zu Hause gewohnt hatte.

Jetzt riss Rose die Augen weit auf und saß mit einem Ruck kerzengerade im Bett. Sie schaute zum Wecker. Kurz vor Fünf! Langsam ließ sie sich wieder in die Kissen zurückfallen. „Noch jede Menge Zeit", sagte sie leise und seufzte erneut. Heute war Sonntag und vor Neun regte sich an einem Sonntag im Haus nie etwas. Wie sollte sie es noch so lange in ihrem Bett aushalten? Schon seit Tagen fieberte sie Violas erstem Geburtstag entgegen. Als Martha ihr erzählt hatte, welch ein schönes Fest Heinrich plante, konnte sie es gar nicht mehr erwarten und die Zeit verging ihr quälend langsam.

Die Feste, die Rose bisher in Floras und Heinrichs Haus hatte erleben dürfen, waren allesamt himmlisch gewesen. Feste zu organisieren, davon verstand ihre Schwester eine Menge. Niemand hatte sie bisher darin übertroffen. Vor Monaten hatten Flora und Heinrich sie mit zu Feierlichkeiten von Heinrichs Freunden und Bekannten genommen. Rose hatte über die großen, schmucken Häuser gestaunt und sich an den prachtvoll gedeckten Tafeln gar nicht satt sehen können. Sie hatte die Garderobe der Gäste bewundert und den einen oder anderen Erkundungsgang durch die Gärten der Gastgeber unternommen. Doch wenn sie dann mit Flora und Heinrich wieder zu Hause angekommen war, hatte sie den beiden voller Stolz verkündet, dass es hier, bei ihnen, am Schönsten sei.

Rose hörte ein Geräusch. Sie horchte. Eine Tür wurde leise geöffnet und im gleichen Augenblick drang Violas helles Stimmchen an ihr Ohr. Jubelnd sprang die Elfjährige aus dem Bett. Viola ist schon munter, dem Himmel sei Dank! Sie schlüpfte in ihre Pantoffeln, schnappte sich ihren Hausmantel, den sie von Flora zu Weihnachten geschenkt bekommen hatte, zog ihn über und rannte hinaus. Ohne ein

Geräusch zu verursachen, lief sie über den langen Korridor und öffnete leise die Tür zu Violas Zimmer.

„Martha?", flüsterte sie.

„Rose? Was machst du denn schon hier? Kannst du nicht mehr schlafen?"

„Ich bin schon eine Ewigkeit wach. Ich freue mich so auf Violas Geburtstagsfeier, dass ich es nicht mehr in meinem Bett aushalte. Ich war so froh, als ich Viola plappern hörte."

„Komm Kind, setz dich aufs Bett. Es ist noch sehr früh. Ein bisschen müssen wir Viola noch ruhig halten. Du weißt doch, deine Schwester Flora braucht ihren Schlaf. Sie arbeitet jeden Tag hart", erklärte Martha und zog mürrisch die Augenbrauen hoch. Rose entging die Geste Marthas nicht. Im Stillen gab sie der Kinderfrau recht. Was konnte so anstrengend daran sein, dieses kleine süße Wesen für eine Stunde hinüber ins Schlafzimmer zu holen, mit ihr zu spielen und sie zu herzen? Heinrich ließ sich das an den Wochentagen, wenn seine Frau bereits den Langenberg'schen Geschäften nachging, nicht nehmen. Jeden Morgen spielte er mit Viola und die beiden lachten oft so laut, dass Rose wütend war, weil sie zur Schule musste. Sie beneidete Viola glühend, wenngleich sie sich nicht beschweren wollte: Hatte sie es bei ihrer Schwester und Heinrich doch gut getroffen.

„Mach schon, Rose! Komm mit unter die Decke. Wir schauen ein Buch an." Martha scheuchte das Kind ins Bett, noch war es, bis die Heizung warm werden würde, recht kühl im Zimmer.

„Darf ich Viola etwas vorlesen?"

„Ja, mach nur. Aber sie versteht vieles noch nicht und hat nicht viel Ausdauer. Sie ist noch zu klein. Du musst nicht traurig sein, wenn sie schon bald nicht mehr zuhört."

„Aber das weiß ich doch, Martha." Rose lachte glücklich. Es kam nicht darauf an, ob Viola ihr zuhörte. Sie wollte Martha zeigen, wie gut sie lesen konnte. Immerhin dauerte es nicht mehr lange, und sie wäre erwachsen. Liebevoll schmiegte sie sich an die Kinderfrau. Martha nahm sie in ihre Arme und drückte einen dicken Kuss auf Roses blondes Haar.

Für Rose war die Welt an diesem Morgen voll Sonnenschein.

Eine Stunde später hielt es Viola, trotz der Bemühungen der jungen Kinderfrau, nicht mehr im Bett aus. Roses Geschichten drangen schon lange nicht mehr zu der kleinen Komtess vor.

„Rose, ich fürchte, es nutzt nichts. Wir müssen aufstehen, bevor Viola zu weinen beginnt und das ganze Haus aufweckt." Martha war mit einem Satz aus dem Bett und Rose sprang hinter ihr heraus.

„Rose, geh in dein Zimmer Rose und kleide dich an! Dann komm hinunter, wir frühstücken zusammen", sagte Martha und sah das Strahlen in Roses Gesicht.

„Ja! Ich bin gleich wieder da."

„Du musst dich nicht beeilen. Es dauert eine Weile, bis ich Viola gebadet und angezogen habe und ich selbst vorzeigefähig bin."

Rose lachte. „Vorzeigefähig. Das bist du doch immer, Martha!"

Martha schaute an sich herunter und Rose tat es ihr gleich. Dann lachten beide und Viola gluckste erfreut.

„Zieh aber noch nicht dein Kleid für die Feier am Nachmittag an. Bis dahin ist es dann vielleicht schon schmutzig. Die Gäste kommen erst nach Violas Mittagsschlaf, es bleibt also noch eine Menge Zeit, um sich chic zu machen."

„Ich mache mich nicht schmutzig, Martha. Darf ich es nicht doch schon anziehen?" Rose konnte es nicht erwarten, das neue Kleid zu tragen. Heinrich hatte sie damit überrascht, als er vom Geschenkekauf aus der Stadt zurückgekommen war. Als sie es aus dem Karton, der mit feinstem Seidenpapier ausgeschlagen war, genommen hatte, hatte sie vor Freude gejauchzt. Jetzt hing es an ihrem Schrank, ein lavendelfarbener Traum aus Seide und Spitze.

Martha lächelte Rose an. Sie öffnete das oberste Schubfach der Kommode, in der sich ihre Wäsche befand. „Sieh mal Rose, ich habe auch noch etwas für dich." Rose trat neugierig zu Martha, die ein weißes Band, bestickt mit kleinen lavendelfarbenen Blüten, in der rechten Hand hielt und mit der Linken weiter in dem Fach der Kommode kramte. Mit großen Augen bestaunte Rose das entzückende Band, hielt erwartungsvoll den Atem an und wartete darauf, was Martha noch zu Tage befördern würde. Als die Kinderfrau jetzt ein kleines weißes Täschchen, ebenfalls aus Seide, hervorzauberte, war es um die Beherrschung des Kindes geschehen. Aufgeregt tanzte sie mit Schleifenband und Tasche durchs Zimmer.

„Das schenke ich dir. Ich habe Tasche und Band zu meinem zehnten Geburtstag bekommen und ich war damals genauso glücklich, wie du jetzt. Das Band war allerdings nur weiß, ich habe es für dich bestickt, als der Herr Graf dir dieses wundervolle Kleid geschenkt hat."

„Oh, Martha!" Rose war außer sich vor Freude. Sie nahm Martha bei der Hand und tanzte mit ihr durchs Zimmer. Laut schreiend meldete sich Viola. Das Kind hatte alles aufmerksam mitverfolgt und schickte sich nun an, vom Bett zu krabbeln. Martha nahm die kleine Komtess auf ihren Arm, ausgelassen drehte sie sich mit den beiden Kindern im Kreis.

„So, nun ist es gut", sagte sie nach einer Weile, in der sie außer Puste gekommen war. Ihre Wangen glühten und ihr Haar war zerzaust. „Rose, geh jetzt und kleide dich an."

Rose gehorchte und rannte eilig zur Tür.

„Halt, stehengeblieben!", rief Martha. „Du brauchst gar nicht so schnell zu laufen. Ich weiß was du vorhast. Wage es nicht, Rose! Das Kleid wird erst am Nachmittag angezogen!“

„Ach Martha!“

„Schluss jetzt! Wenn du nicht hörst, flechte ich das Band am Nachmittag nicht in dein Haar.“

„Du flechtest mein Haar?!“ Rose stieß einen entzückten Schrei aus.

„Nur wenn du vernünftig bist, jetzt endlich gehst und siehst, dass du fertig wirst!“ Martha versuchte den ganzen Ernst in ihre Stimme zu legen, der ihr zur Verfügung stand. Wusste sie doch, dass sie diesem lieben, genügsamen Mädchen nie etwas abschlagen könnte.

Rose riss die Tür auf, geschwind wollte sie in ihr Zimmer laufen, doch als sie Heinrich vor der Tür erblickte, erschrak sie heftig. „Onkel Heinrich! Was machst du denn schon hier?“

„Ich will meinem kleinen Veilchen zum Geburtstag gratulieren. Wie ich sehe, bin ich allerdings nicht der Erste.“ Heinrich blickte in Roses Gesicht und sah die geröteten Wangen des Kindes. „Was hat dich denn derart in Aufregung versetzt?“, fragte er. „Du glühst ja, Rose!“ Dann streifte sein Blick Martha, die wie erstarrt im Zimmer stand. Im Nachthemd, mit aufgelöstem Haar und ebenfalls geröteten Wangen, sein kleines Veilchen auf dem Arm haltend, bot sie ein bezauberndes Bild. Heinrich räusperte sich, als er Verlegenheit in Marthas Blick bemerkte, in die er sie ohne Absicht gebracht hatte. Wie hatte er sie so anstarren können? „Ich komme später wieder“, stotterte er betreten und drehte sich um. Ohne einen weiteren Blick, den er freilich gerne riskiert hätte, fragte er: „In einer halben Stunde, Martha? Ist Ihnen das recht?“

„Ja.“ Martha schluckte schwer.

Rose beeilte sich in ihr Zimmer zu kommen. Vor ihrer Tür drehte sie sich noch einmal nach Heinrich um. Am Rande der Treppe sah sie ihn stehen. In Gedanken versunken streifte sein Blick die Tür des Kinderzimmers. Schnell drückte sie die Türklinke zu ihrem Zimmer herunter und verschwand eilig im Zimmer. Leise ließ sie die Tür ins Schloss gleiten.

Der Blick, den sie in Heinrichs Gesicht bemerkt hatte, ging ihr fortan nicht mehr aus dem Kopf.

Heinrich hatte sich nicht noch einmal ins Kinderzimmer begeben. Er gratulierte seiner Tochter im Frühstückszimmer und hier wurden auch die Geschenke ausgepackt. Zwischen Martha und ihm hatte sich eine Distanz breit gemacht, die ihm nicht behagte. Den Mut, mit ihr zu reden, sich zu entschuldigen, fand er dennoch nicht. Was hätte er sagen, wofür sich entschuldigen sollen? Freilich, es gehörte sich nicht, eine Bedienstete so früh am Morgen zu besuchen, sie dann auch noch ungeniert anzustarren, wenngleich der erste Geburtstag seiner Tochter ihm dafür einen guten Grund gegeben hatte. Es war ihm unmöglich gewesen, seine Augen abzuwenden, als sich ihm dieses bezaubernde Bild bot. Wie sie da stand, im Nachtkleid, mit glühenden Wangen und gelöstem Haar, sein Kind auf dem Arm: Wie hätte ihn dieser Anblick fasziniert, wäre Flora es gewesen.

Viola lachte vergnügt, als sie den Teddybären im Arm hielt und riss Heinrich damit aus seinen Gedanken. Martha nahm gerade die Puppe aus ihrem Karton, vergessen war der Teddy. Viola griff nach dem Puppenkind, lachte vergnügt, hielt es an den Haaren fest und angelte mit ihrer anderen Hand nach dem Bären.

„Herr Graf, ich glaube, dass ist zu viel für das Kind. Sie weiß ja gar nicht, womit sie zuerst spielen soll“, sagte Martha streng.

„Sie haben recht, Martha! Wir packen Bausteine, Kreisel und die anderen Sachen gar nicht erst aus. Ich lasse die Pakete unauffällig verschwinden.“ Heinrich lachte. „Habe ich gleich Weihnachtsgeschenke.“

„Na, bis Weihnachten ist noch viel Zeit. Aber vielleicht

können wir Bausteine und Kreisel hervorholen, wenn ein paar Wochen vergangen sind. Meine Mutter hat uns Kinder immer eine Weile mit unseren Geschenken spielen lassen, und als sie nicht mehr so interessant waren, hat sie die Sachen heimlich weggenommen und an Weihnachten wieder hervorgeholt. Da waren sie dann so interessant wie zuvor." Als Martha an die glücklichen Feste in ihrem Elternhaus zurückdachte, überfiel sie, wie in der letzten Zeit oft, heftiges Heimweh. Die Eltern und Geschwister nur an den Sonntagen besuchen zu können, setzte ihr arg zu.

„Das nenne ich eine gute Idee." Heinrich hatte den Satz noch nicht zu Ende gebracht, als Flora, die gerade eingetreten war, sich einmischte.

„Eine gute Idee? Mein lieber Heinrich, dass ist schlicht und einfach Armut. Du kannst es mir glauben, bei uns zu Hause war es nicht anders. Und solch eine Not wird unsere Tochter nicht erfahren." Flora warf den Kopf in den Nacken. „Viola bekommt die restlichen Geschenke am Nachmittag, wenn die Gäste eingetroffen sind."

„Das ist sehr unvernünftig, meine Liebe. Auch die Omas und unsere Freunde werden das Kind mit Geschenken überhäufen. Martha hat schon recht!", wagte Heinrich einzuwenden.

„Stellt dich nicht so an. Es ist nun mal ihr Geburtstag, da darf es etwas mehr sein." Sie drehte sich zu Martha um.

„Martha, Ihre Meinung ist hier nicht von Interesse und steht Ihnen auch in keiner Weise zu. Sie können jetzt gehen und den Garten schmücken! Das Fest findet im Garten statt, es ist herrliches Wetter. Wir brauchen Sie bis zum Mittag nicht mehr und möchten mit unserer Tochter den Vormittag allein verbringen." Zu Heinrich gewandt, der wie vom Schlag getroffen im Zimmer stand und keine Antwort wusste, sagte sie: „Ich habe für heute alle Termine abgesagt."

Martha waren nun endgültig die Tränen in die Augen geschossen. Womit hatte sie eine solche Behandlung verdient? Jedoch, sie widersprach nicht. Um das ihre Tränen unbemerkt blieben, drehte sie sich schnell zur Tür und murmelte im Hinausgehen: „Sehr wohl Frau Gräfin. Ich wünsche einen angenehmen Vormittag."

„Punkt Zwölf sind Sie fertig Martha, und wieder zur Stelle, dann muss Viola gefüttert und schlafen gelegt werden!" In Floras Stimme schwang ihre ganze Überlegenheit mit. Soweit käme es noch, dass sie sich von der Kinderfrau etwas sagen ließe.

Heinrich blickte angelegentlich zum Fenster hinaus. Er wollte an diesem Tag nicht mit seiner Frau streiten, hatte er doch bereits die letzte Nacht in einem der Gästezimmer verbracht. Froh darüber, einen ganzen Vormittag mit seiner Frau und seinem kleinen Veilchen zu verbringen, hütete er sich, ihr zu widersprechen.

Die Gäste waren bereits vollständig versammelt und warteten auf das kleine Geburtstagskind. Flora schäumte vor Wut. Wie konnte diese Martha, diese einfältige Person, es nur wagen, das Kind schlafen zu lassen, Viola nicht rechtzeitig zu wecken. Nun standen sie da, Flora plauderte mit den Gästen über dies und das, um die Zeit nicht lang werden zu lassen, denn alle waren gespannt auf die kleine Komtess.

„Ich werde diese Person noch heute Abend vor die Tür setzen", zischte Flora als sie einen kurzen Moment bei Isolde stand.

„Aber Flora, so beruhige dich doch. Jeder hat Verständnis dafür, dass ein kleines Kind erst ausschlafen muss, um dann für so eine wunderbare Feier gut gerüstet zu sein." Isolde sah ihre Schwiegertochter strafend an. „Du bist die einzige hier, die Theater macht", setzte die alte Gräfin unwirsch hinzu.

„Pah, Theater! Es war ja klar, dass du der Kinderfrau beistehst und mir in den Rücken fällst." Damit ließ sie

Isolde stehen und ging ihrer Mutter entgegen, die mit Erika, Floras Schwester, über den Rasen gelaufen kam. Rose schoss an Flora vorbei und warf sich in die Arme ihrer Mutter. „Mein kleiner Engel!“, rief Elisabeth und drehte sich mit ihrer Tochter im Kreis.

„Wo ist denn das Geburtstagskind?“, fragte sie dann Flora, der sie ansah, dass ihr etwas gegen den Strich ging. So kannte sie ihre Tochter: Das mürrische Gesicht schien zu ihrem Markenzeichen zu werden. Warum nur? Sie hatte doch alles bekommen, wovon sie glaubte, dass es wichtig im Leben sei.

„Da fragst du am besten Martha, diese anmaßende Person.“

„Was? Martha? Anmaßend?“ Elisabeth konnte ihrer Tochter nicht folgen.

„Jawohl! Und heute Abend fliegt sie raus. Das Maß ist voll. Immerzu entscheidet sie nach ihrem Gutdünken, was für unsere Viola richtig ist. Als ob sie Ahnung hätte.“

„Ich dachte, Martha habe Ahnung von der Erziehung kleiner Kinder. Warum sonst hast du sie eingestellt?“, fragte Elisabeth. „Weshalb machst du überhaupt so einen Aufstand? Es ist doch nichts dabei, wenn das Kind noch nicht ausgeschlafen hat! Das haben kleine Kinder so an sich. Sie bestimmen nun einmal das Leben der Erwachsenen. Du müsstest das doch wissen, als älteste von sechs Schwestern. Ich glaube, du spinnst.“ Aufgebracht schüttelte Elisabeth den Kopf. Was hatte sie nur bei der Erziehung ihrer Tochter falsch gemacht? „Außer dir, stört sich hier niemand daran, dass Viola noch ihr Schläfchen hält. Sieh dich um, alle unterhalten sich angeregt, mit einem Gläschen Sekt sind sie gut versorgt und wie mir scheint, sind alle besserer Laune als du.“

„Champagner!“

„Wie?“ Elisabeth schüttelte abermals resigniert den Kopf, als ihr aufging, was Flora meinte. Eine barsche Erwiderung lag ihr auf den Lippen, doch Flora schaute sie nicht mehr an. Als Elisabeth den Blicken ihrer Tochter folgte, sah sie einen Mann in Uniform den Kiesweg entlangkommen. Ihm galt jetzt Floras ganzes Interesse und Elisabeth stellte entsetzt fest, dass Viola, die gerade an der Hand Marthas die Terrasse betrat, mit einem Mal unwichtig für ihre Tochter wurde.

„Herr Major! Wie wunderbar, dass Sie es noch einrichten konnten!“, rief Flora überlaut und streckte Hagedorn ihre Hand entgegen. Hagedorn wich unmerklich einen Schritt zurück. Was war mit der Gräfin los? So überschwänglich hatte sie ihn noch nie begrüßt. Peinlich berührt räusperte er sich, alle schauten zu ihnen, dank Floras Lautstärke war sein Kommen niemanden entgangen. Unter seinem Arm trug er einen in Geschenkpapier eingeschlagenen Karton. Sie winkte nach dem Mädchen, welches ein Tablet mit Getränken durch den Garten trug.

„Was möchten Sie trinken, Herr Major? Champagner, Wasser, Wein?“

„Hagedorn schaute sich um. „Ich denke, ich schließe mich den anderen an und nehme ein Glas Sekt.“ Banause, dachte Flora.

Heinrich klopfte an sein Glas. „Liebe Gäste“ begann er und Hagedorn wunderte sich, dass die junge Gräfin noch immer neben ihm stand und keine Anstalten machte, sich zu ihren Mann zu begeben.

Heinrich war das erstaunte Gesicht des Majors aufgefallen. Für diesen einen Augenblick schien es ihm, als würde den Mann wirklich nicht mehr als das Geschäft mit Flora verbinden. Dennoch würde er ihn im Auge behalten. Vor allem wollte er heute herausfinden, welcher Art die Geschäfte waren, die Flora mit diesem Hagedorn machte. Er hatte sich fest vorgenommen, nicht eher lockerzulassen, bis er es in Erfahrung gebracht hatte.

Flora nahm Hagedorn das Geschenk für ihre Tochter aus der Hand. „Darf ich es zu den anderen Paketen auf den Geburtstagstisch legen? Wir werden alle Geschenke nachher gemeinsam öffnen."

„Aber gerne und jetzt gehen Sie schnell zu Mann und Kind. Ich bin hier mit meinem Sekt gut aufgehoben, Sie müssen sich nicht um mich kümmern." Hagedorn wurde immer verlegener, als die Gäste ihre Blicke nicht von ihnen abwandten und sich offensichtlich, genau wie er, Gedanken darüber zu machen schienen, weshalb die junge Gräfin sich nicht endlich anschickte zu ihrem Mann und der kleinen Tochter zu gehen, die brav an der Hand der Kinderfrau neben ihrem Vater stand.

Auch dieses junge, hübsche Kindermädchen hatte schon in ihre Richtung geschaut und fühlte sich sichtlich unwohl an der Seite des Mannes, an die sie nicht gehörte. Jetzt nahm der junge Graf seine kleine Tochter auf den Arm und Hagedorn glaubte die Kinderfrau aufatmen zu hören. Sie entfernte sich auch sofort, froh, ihres Amtes enthoben zu sein.

„Es ist mir eine Ehre, euch heute zum ersten Geburtstag meiner Tochter begrüßen zu dürfen." Heinrich hatte seine Sprache wiedergefunden, als Flora sich nun endlich neben ihn gestellt und ihm Viola abgenommen hatte.

„Ich freue mich, dass ihr alle meiner Einladung gefolgt seid und will euch nicht mit einer langen Rede ermüden. Gestattet mir, noch einen ganz besonderen Gast zu begrüßen…", Heinrich schaute Major Hagedorn an, ein spöttisches Lächeln lag auf seinem Gesicht und er hob sein Glas, „…Major Hagedorn, seien Sie ganz herzlich willkommen!" Damit prostete er nicht nur Hagedorn, sondern auch allen anderen zu. Die Gläser wurden erhoben und man trank auf das Wohl der kleinen Komtess, die freilich noch nichts von alledem verstand. Der eine oder andere Freund der Familie mochte sich fragen, warum ein fremder Major zur Geburtstagsfeier des Kindes eingeladen worden war, jedoch wagte keiner diese Frage laut zu stellen.

Hagedorn war nicht wohl in seiner Haut. Er war

verwundert über diese Einladung. Zuerst hatte er viel Arbeit vorgetäuscht, um diesen Fest nicht beiwohnen zu müssen, als die Gräfin dann nicht locker gelassen hatte, war ihm nichts übriggeblieben, als seine Zusage zu geben. Gute Geschäftskontakte verbanden ihn mit den von Langenbergs, die er nicht aufs Spiel setzen wollte. Er war froh, hier in den stillgelegten Gewächshäusern einen unauffälligen Unterschlupf gefunden zu haben. Lange genug hatte er nach solch einer Möglichkeit gesucht.

Viola war in der Mitte ihrer Eltern zum Tisch gegangen, auf dem die Geschenke platziert worden waren. Eins nach dem anderen wurde nun ausgepackt. Freunde und Familienmitglieder hatten sich eng um den Tisch geschart und klatschten jedes Mal vergnügt in die Hände, wenn die kleine Komtess, kreischte, lachte oder auch nur große erstaunte Augen machte. Hagedorn war etwas abseits stehen geblieben und verfolgte das Spektakel mit wenig Interesse. Warum er eingeladen worden war, erschloss sich für ihn immer noch nicht. Sein Blick verharrte schon geraume Zeit auf der schlanken Gestalt der jungen Gräfin und er dachte an die ersten Wochen, als sie sich kennengelernt hatten. Wieder fühlte er sich darin bestätigt, dass er sie von Anfang an richtig eingeschätzt hatte: Attraktiv, gescheit, über die Maßen eitel, herrschsüchtig und kalt wie ein Fisch. Letzteres hatte ihn dazu veranlasst, ihr eindeutige Avancen zu machen, war sie doch genau wie er. Wie seine Chancen bei ihr standen, darüber war er sich noch nicht im Klaren. Manchmal dachte er darüber nach, ob sie in diesen hochwohlgeborenen Kreisen aufgewachsen war. Seine Mundwinkel zogen sich verächtlich nach unten. Hochwohlgeboren! Was diese Leute sich einbildeten. Und da lag für den Major der Hase im Pfeffer: Verwöhnt war die junge Gräfin nicht. Eher hatte es den Anschein, dass sie viele Jahre nicht auf der Sonnenseite des Lebens gestanden hatte. Weshalb sonst sollte eine junge attraktive Frau sich fortwährend derart in Szene setzen und darüber, wie ihm heute schien, sogar ihr Kind manchmal vergessen. Oder irrte er sich? Doch bisher war auf seine Menschenkenntnis noch immer Verlass gewesen, was ihn schon vor so manchem Unheil bewahrt hatte.

„Major Hagedorn!“, wurde er aus seinen Gedanken gerissen. „Kommen Sie zu uns! Jetzt ist ihr Geschenk an der Reihe.“

Flora winkte ihm zu und ihr Mann musterte ihn abschätzend. Abermals schoss ihm die frage durch den Kopf, was hier vor sich ging. Langsam schritt er auf den Geschenketisch zu, eine ältere Dame machte ihm Platz und schob ihn sanft nach vorn. Sein mitgebrachtes Paket wurde von der jungen Gräfin geöffnet und er war gespannt, was zum Vorschein kommen würde. Er hatte es seiner Frau überlassen, ein Geschenk auszuwählen. Von solchen Dingen hatte er keine Ahnung, auch wenn er inzwischen Vater dreier Kinder war, allesamt Jungs.

Ein Raunen ging durch die Menge und als er aufblickte, sah er sich einem Feuerwehrauto gegenüber. Was für eine Blamage! Da musste seine Frau ihn falsch verstanden haben. Geistesgegenwärtig rettete er die Situation. Er nahm Viola auf den Arm, das Kind war zu überrascht, um sich, ob der Geste dieses fremden Mannes, zu beschweren. „Sieh einmal genau hin, junge Dame“, forderte er das Kind mit einem spitzbübischen Lachen auf. „Der Onkel Hagedorn hat genau gewusst, dass du mit Puppen, Plüschtieren und jeder Menge Mädchenkram überhäuft werden würdest“, sprach er weiter auf sie ein. Viola schaute ihn mit großen Augen an. Hagedorn wandte sich jetzt den Gästen zu. „Und da ich nicht Gefahr laufen wollte, dass diese bezaubernde junge Komtess sich in einigen Jahren nicht mehr an mich erinnern wird, habe ich zu diesem, zugegeben außergewöhnlichen Geschenk für eine kleine Dame, gegriffen.“ Ein paar Sekunden herrschte noch Stille. Dann begann Heinrich zu klatschen und alle anderen stimmten unter fröhlichem Lachen ein.

„Mein lieber Major, wenn das Ihre Absicht war…“, sagte Heinrich mit einem süffisanten Lächeln, „…dann kann ich nur sagen, es ist Ihnen gelungen.“ Er hob halb fragend, halb wissend die Augenbrauen und nahm Hagedorn das Kind vom Arm.

Und dem Major dünkte, dass der Mann eine ebenso gute Menschenkenntnis besaß, wie er selbst.

Gegen zwanzig Uhr hatten auch die letzten Gäste das Fest verlassen, dass ohnehin durch Floras Einmischung, nicht das Geringste mit einem Kindergeburtstag zu tun gehabt hatte. Flora war den ganzen Nachmittag durch den Garten stolziert, hatte kluge Konversation betrieben, die Gäste unterhalten, aber auch keinen Zweifel daran gelassen, wie hervorragend es ihrer Familie ging, und dass dies nur ihr, ihrem Weitblick und Scharfsinn zu verdanken war. Heinrich hatte sich nicht daran gestört, er war inzwischen gewohnt, im Schatten seiner Frau zu stehen. Es machte ihm nichts aus. Seit Flora sich um die Geschäfte, den Haushalt, die Bediensteten, den Garten und die Gärtner kümmerte, hatte er wenigstens Zeit für die wichtigen Dinge in seinem Leben: Heute war es ihm besonders wichtig gewesen, diesen Hagedorn unter die Lupe zu nehmen. Heinrich fand nichts, auch nicht den kleinsten Beleg dafür, dass dieser Mann sich für Flora interessierte. Je weiter das Fest voranschritt, desto weniger beobachtete Heinrich ihn. Schnell war er ziemlich sicher, sich in seine Verdächtigungen hineingesteigert zu haben. Sein Interesse daran, welche Geschäfte Flora hinter seinem Rücken mit diesem Menschen betrieb, war jedoch ungebrochen. Eine ganze Stunde hatte er sich mit dem Major unterhalten und Flora war andauernd um sie herumgeschlichen. Eines stand fest: Seine Frau versuchte Geheimnisse vor ihm zu verbergen. Aber dieser Hagedorn? Heinrich schien, als belüge Flora auch ihn.

Später am Abend war Heinrich sicher, dass Hagedorn annehmen musste, er, Heinrich, wisse über das Bescheid, was sich in den Langenberg'schen Gärtnereien abspielte.

Heinrich hatte den Mann, für den er keine Sympathie hegte, dabei gelassen. Erschien er ihm doch aufrichtiger als Flora.

„Heinrich, hörst du nicht?“, fragte Flora. Heinrich schaute erschrocken auf. „Ich war in Gedanken“, brummte er.

„Ich habe gefragt, zu welchem Schluss du nun gekommen bist. Unterstellst du mir immer noch ein Verhältnis mit dem Major?“ Flora schaute ihrem Mann spöttisch lächelnd ins Gesicht.

„Nein, meine Liebe! Verzeih mir meine Anschuldigungen. Ich habe mich geirrt“, antwortete er und schützte vor, zerknirscht zu sein.

„Und das ist alles, was dir dazu einfällt.“ Sie sah ihn triumphierend an und hoffte, er würde das leidige Thema vergessen und nicht mehr danach fragen, um welche Geschäfte es sich handelte.

Heinrich tat ihr den Gefallen. „Komm noch einmal mit hinüber ins Kinderzimmer zu Viola.“

„Was soll ich dort. Das Kind schläft bereits.“

„Komm mit! Du wirst es nicht bereuen!“

Minuten später standen sie an Violas Bett. Martha schien im Nebenraum bereits zu schlafen. Heinrich legte die Hand um die Taille seiner Frau. „Ich habe noch etwas für euch beide, was ich euch erst geben wollte, wenn wir drei allein sind.“

„Heinrich, Viola schläft“, flüsterte Flora und schaute ihren Mann an, als sei er nicht recht bei Trost.

„Das macht nichts. Sie wird es ohnehin erst später zu schätzen wissen.“

Er zog zuerst das kleine Etui mit der Brosche für seine Frau aus der Hosentasche und ließ es vor Flora aufschnappen. Entzückt schrie sie auf, verstummte jedoch sofort. „Wunderschön“, wisperte sie und drückte ihm einen Kuss auf jede Wange.

Heinrich umfasste sie und küsste sie leidenschaftlich auf den Mund. Dann löste er sich von ihr, sah ihre strahlenden glücklichen Augen und meinte, dass Flora beim Anblick des Schmuckstücks für Viola ganz und gar in Verzückung geraten würde. Erneut griff er in die Tasche seiner Hose, holte das zweite Etui heraus und ließ auch das aufschnappen.

Flora schaute mit einer Mischung aus Ehrfurcht, Staunen und Entrüstung auf das Schmuckstück. Vor ihr lag eine kleine silberne Kette auf rotem Samt, mit einem wunderschönen Anhänger. Der Anhänger zeigte ein Veilchen, dessen Blütenblätter aus blauen Lapislazuli gearbeitet waren, in der Mitte gehalten von einem gelb funkelnden Stein. Flora schnappte nach Luft. Etwas so kunstvoll Gefertigtes hatte sie noch nie gesehen. Den materiellen Wert konnte sie nicht einschätzen.

Eine Weile stand sie in den halbdunklen Raum und starrte auf das Schmuckstück, das funkelnd in seinem Etui lag. Dann rang sie nach Atem.

„Ist sie nicht wundervoll? Ich habe sie gemeinsam mit dem Juwelier entworfen“, sagte Heinrich stolz.

„Da wissen wir ja nun beide, was ich dir wert bin!“, schrie Flora ihn zutiefst enttäuscht an. „Eine Brosche von der Stange!“ Sie drehte sich um und verließ hocherhobenen Hauptes das Zimmer, ohne auch nur einen Blick ins Bettchen, auf ihre schlafende Tochter verschwendet zu haben.

Und Heinrich zweifelte in diesem Augenblick erneut daran, dass er jemals wieder so glücklich werden würde, wie er es in ihrer ersten gemeinsamen Zeit gewesen war.

Neunzehntes Kapitel

Hannover 1990

Flora, Gräfin von Langenberg, reagierte nicht auf das Läuten an der Tür. Wer sollte sie schon besuchen? Erschöpft lag sie auf der Récamière in ihrem Schlafzimmer, welche sie angeschafft und an das Fußende des Ehebettes gestellt hatte, als Florian drei Jahre alt gewesen und jede Nacht zu ihnen ins Ehebett gekommen war.

Henriette, die gute alte Seele, hatte heute frei. Flora war nicht hungrig, benötigte nichts dringender als Ruhe. Sie wollte allein sein und nachdenken. Henriette konnte sich also ebenso gut um ihre drei Enkelkinder kümmern. Wie beneidete die Gräfin die Frau, die seit Jahrzehnten für sie kochte, wusch und das Haus in Ordnung hielt.

Zwei Kinder und einen lieben Mann hatte Henriette zu versorgen gehabt, als sie damals in Floras und Heinrichs Dienste getreten war.

Hermine, die dralle Köchin, hatte kurz nach der Flucht aus dem Osten heftiges Heimweh bekommen und war wieder in die alte Heimat zurückgegangen.

Mehr als vierzig Jahre lag das zurück, und aus der jungen Henriette von damals, mit dem brünetten Haar und den graugrünen funkelnden Augen, war eine Großmutter geworden. Nun zählte sie fast siebzig Jahre, das Haar war längst schlohweiß und die Taille nicht mehr schlank, allein am Funkeln ihrer immer noch wachen Augen hatte sich nichts verändert: Und von der Geduld, die sie für Flora aufbrachte, war ebenfalls nichts verlorengegangen.

Flora schloss die Augen, sie war unendlich müde. Sie hörte die sich entfernenden Schritte vor ihrem Haus, das Gartentor klackte leise ins Schloss. Egal, wer auch immer es gewesen sein mochte, es interessierte sie nicht. Tausend

Gedanken schwirrten durch ihren Kopf. Sie war nicht in der Lage sie zu sortieren, Schlüsse zu ziehen, geschweige denn Entscheidungen zu treffen. Sie hatte ihr Leben lang für sich und andere entschieden, jetzt war sie der Verantwortung leid. Manches war falsch gewesen, vieles aber auch gut und sinnvoll. Nur einen einzigen großen Fehler hatte Flora in ihrem Leben begangen. Warum gelang es ihr seit Tagen nicht mehr, ihre wirren Gedanken in die richtigen Bahnen zu lenken? Sie drehte sich im Kreis, kam zu keinem Entschluss.

Seufzend erhob sie sich und ging hinunter in die Küche, welche sie blankgeputzt vorfand. Die Rollos waren nur zur Hälfte heruntergelassen, die Morgensonne tauchte den Raum in ein warmes, freundliches Licht. Flora konnte sich nicht erinnern, wann sie das letzte Mal diesen Raum betreten hatte, um sich selbst zu versorgen. Es musste ewig her sein, viel zu lange, gestand sie sich ein. Suchend schaute sie sich um, dann öffnete sie einen Schrank nach dem anderen. Resigniert setzte sie sich, den offenen Schränken gegenüber, auf einen Stuhl am Küchentisch, der am Fenster stand. Niedergeschlagen schaute sie auf den Inhalt der Küchenschränke. Da! Flora hatte die alte Dose entdeckt, in welcher, seit langer Zeit, das Kaffeepulver aufbewahrt worden war. Als sie aus ihrem Elternhaus ausgezogen war, war diese Dose eines der wenigen Stücke gewesen, die Flora aus ihrem Mädchenzimmer mitgenommen hatte. Kekse waren einst von ihr darin aufbewahrt worden. Im Langenberg'schen Haushalt war das gute Stück irgendwann zur Kaffeedose mutiert. Jetzt erinnerte Flora sich: Es musste um die Zeit von Violas Geburt gewesen sein. Sie hatte in jenen Tagen, ihrer Figur wegen, eisern darauf verzichtet am Abend Kekse zu naschen und die bunte Blechdose Martha gegeben, damit sie die süße Verlockung nicht ständig vor ihren Augen hatte.

Flora stand vom Küchenstuhl auf, zwei Schritte und ihre Hände griffen nach der Blechdose. Was mochte

Henriette heute darin aufbewahren? Flora hatte nicht angenommen, dass es dieses Relikt überhaupt noch gab. Als sie den Deckel anhob, strömte ihr ein intensiver Duft frischen Kaffeepulvers entgegen. Ein Lächeln überzog für einen Augenblick ihr faltiges Gesicht, im nächsten Moment erstarb es wieder und machte einer Traurigkeit Platz, wie sie niemand jemals zuvor bei der alten Gräfin gesehen hatte. Mit zitternden Knien trat Flora zur Kaffeemaschine, suchte im Schrank obendrüber nach den Filtertüten, schaufelte, als sie diese gefunden hatte, gedankenverloren Kaffeepulver hinein und maß Wasser für zwei Tassen ab. Mit einem zischenden Geräusch zeigte die Maschine ihren Dienst an. Minuten später zog das Aroma des Kaffees durch den Raum.

Flora lehnte am Fenster und schaute durch den unteren Teil hinaus, den das Rollo freigab. Lange blieb sie dort in ihre Erinnerungen versunken stehen, den Kaffee, der längst durchgelaufen war, hatte sie vergessen. Sie konnte nicht sagen, wieviel Zeit vergangen war, als ihr Blick die alte Kaffeedose erneut streifte, die noch neben der Maschine stand. Mit einem Mal erhellte sich ihr Gesicht, sie reckte und streckte ihre müden Glieder.

Und Flora, Gräfin von Langenberg, wusste genau, was sie nun zu tun hatte.

Wilhelm Mönchgut saß am Schreibtisch seines Büros, das eigentlich gar kein Büro mehr war. Er genoss schon seit einigen Jahren seinen wohlverdienten Ruhestand. Dieser Schreibtisch war ihm lieb und teuer, und er vermochte sich nicht von dem alten Möbelstück zu trennen, war es doch das Erste gewesen, was er sich mühsam zusammengespart hatte. Wilhelm hätte damals auch einen weniger noblen Tisch wählen können, aber er hatte sich für diesen, aus edlem Kirschbaum gefertigten, entschieden, wohlwissend, dass das teure Stück über Gebühr viel von seinem ersten sauer verdienten Geld auffressen würde.

Der Mann, dem einst seine Arbeit über alles gegangen war, hatte vor einer Woche seinen besten Freund zu Grabe getragen. Jetzt saß er hier an seinem Schreibtisch und wusste nicht, wie er die Lücke in seinem Leben schließen sollte, die der Tod so unversehens gerissen hatte. Wilhelm war nicht verheiratet gewesen, keine Frau hatte sich damit abfinden können, hinter seinem Beruf in zweiter Reihe zu stehen: Die erste Reihe war von jeher für seine Arbeit reserviert gewesen. Einige Frauen hatte es gegeben, mit denen er sich hätte vorstellen können, alt zu werden. Nie war etwas daraus geworden. Es war mühsam, darüber nachzudenken wie alles gekommen wäre, wenn….

Wilhelm schaute auf, als das Telefon auf seinem Schreibtisch klingelte. Gerade wollte er sich erheben und seinen düsteren Gedanken entfliehen. Im Garten wartete eine Menge Arbeit auf ihn, die er nicht liebte, die aber dennoch getan werden musste. Diese Störung, wer immer es auch war, kam ihm gelegen.

„Kanzlei Mönchgut“, meldete er sich. Unversehens waren ihm wieder die alt vertrauten Worte über die Lippen gekommen. Wilhelm räusperte sich und setzte von neuem an: „Mönch…“

„Schon gut Wilhelm! Haben Sie es sich immer noch nicht abgewöhnt?“, hörte er die vertraute Stimme, nach der ihm nicht der Sinn stand. Wilhelm erschien selbst die ungeliebte Gartenarbeit verlockender, als sich mit der Frau unterhalten zu müssen, der diese Stimme gehörte.

„Frau Gräfin! Was verschafft mir die Ehre?“, fragte er dennoch höflich und war froh, dass Flora sein Gesicht dabei nicht sehen konnte.

„Mein Lieber, ich bezweifele, dass mein Anruf für Sie eine Ehre ist. Aber danke, dass Sie so angenehme Worte finden.“ Flora von Langenberg legte eine kurze Pause ein und rang nach Atem. „Wilhelm, ich brauche Ihre Hilfe!“, platzten die Worte aus ihr heraus, die sie niemals hatte aussprechen wollen.

Eine Weile schwiegen die beiden Menschen und in Wilhelms Büro hätte man hören können – ebenso wie in Floras Küche -, wäre eine Stecknadel zu Boden gefallen.

„Wilhelm? Sind Sie noch am Apparat?"

„Ja." Wilhelm war einen Augenblick versucht, den Hörer auf die Gabel zu legen und bei erneutem Klingeln nicht wieder ans Telefon zu gehen.

„Bitte, Wilhelm! Was auch immer in den letzten Jahren zwischen uns stand...." Flora beendete ihren Satz nicht. Zum ersten Mal in ihrem Leben wusste sie nicht weiter. Erneut trat Stille ein. Wilhelm haderte mit sich, wusste nicht, ob er antworten, einlenken sollte. Keine guten Erinnerungen verbanden ihn mit der Gräfin. Solange er zurückdenken konnte, hatte es mit dieser Frau nichts als Ärger und Schwierigkeiten gegeben. Sogar beim Begräbnis Ihres Mannes, seines treuen, alten Freundes und Gönners, hatte sie sich unversöhnlich gezeigt. Sie waren miteinander in den Osten gereist, weil es praktisch gewesen war, und, so hatte er geglaubt, sie sich einander in dieser schweren Stunde des Abschieds beistehen würden. Wieder einmal hatte er sich getäuscht. Wie hatte er auch an den Beistand einer Flora von Langenberg glauben können? Er war ein alter Narr, und so hielt er jetzt seinen Mund und hoffte, sie würde am anderen Ende der Leitung von ihrem Vorhaben ablassen und sich einfach verabschieden.

„Wilhelm, können Sie zu uns..., ich meine... zu mir, in die Villa kommen?" Flora waren die Worte unendlich schwer über die Lippen gekommen, doch sie wusste keinen anderen Rat. Freilich, Hannover war voll von Rechtsverdrehern und sie hätte jede andere Kanzlei mit ihrer Sache bemühen können. Jedoch: Wilhelm kannte sich aus. Mehr als dreißig Jahre, selbst in seinem Ruhestand noch, hatte er die rechtlichen Angelegenheiten der gräflichen Familie geregelt. Zudem war er Heinrichs engster Vertrauter gewesen, oft hatte sie den damals jungen

Burschen dafür verteufelt und ihn bezichtigt, sich aus eigennützigen Gründen an ihren Mann herangemacht zu haben. Nach Heinrichs Trauerfeier in der letzten Woche, hatte er ihr unmissverständlich mitgeteilt, dass er ab sofort nicht mehr zur Verfügung stehe und sie sich nach einem anderen Notar und Anwalt umschauen müsse. Bis dahin hatte Flora gehofft, er würde aus Loyalität zu seinem verstorbenen Freund, dessen Witwe nicht im Stich lassen. Während der langen Autofahrt zur Insel Rügen hatte sie sogar noch Hoffnung geschöpft, er war zuvorkommend und rührend um sie bemüht gewesen. Doch dann, als sie wieder in Hannover eingetroffen waren, er sie vor ihrem Haus abgesetzt hatte, war die Verwandlung deutlich zu spüren gewesen, die sie sich bis heute nicht erklären konnte.

„Gräfin?", fragte Wilhelm, der das Schweigen nicht länger ertrug.

„Ja? Ich bin noch dran! Kommen Sie? Bitte, Wilhelm."

Wilhelm konnte sich nicht erinnern, dass Flora von Langenberg jemals um etwas gebeten hatte.

„Ich weiß nicht. Sie sollten sich besser jemand anderen suchen."

„Nein, Wilhelm. Ich will Sie. Sie kennen unsere Familie seit so vielen Jahren. Sie sind der Richtige für das, was ich vorhabe. Ich bin sicher, kein anderer kann mir helfen." Wieder legte die Gräfin eine Pause ein. Dann sprach sie weiter und wusste, dass er bei den nächsten Worten ihre Bitte nicht mehr ablehnen konnte. „Die Angelegenheit ist sehr familiär und ich vertraue Ihrer Verschwiegenheit. Heinrich hätte Ihnen genauso vertraut und auf Sie gebaut!" Damit hatte Flora die Bombe platzen lassen. Wilhelm glaubte genau zu wissen, was sie meinte. Kleine Schweißperlen bildeten sich auf seiner Stirn. Vor diesem Tag fürchtete er sich seit Jahren, hatte gehofft, dass er nie kommen würde und hatte doch nicht wirklich daran geglaubt.

„Ja, Frau Gräfin. Ich bin in einer Stunde bei Ihnen."

Wilhelm sah keine andere Möglichkeit, er musste zu ihr! Er war es Heinrich schuldig.

Und Wilhelm Mönchgut verfluchte sich dafür, dass er in jener kalten Januarnacht vor mehr als achtundzwanzig Jahren, nach einem rauschenden Fest im Hause seines Freundes übernachtet hatte.

In einer Stunde wäre er da. Flora betrachtete ihr Spiegelbild. Nein! Den Triumph würde sie ihm nicht gönnen. So schnell es in ihrem Alter noch möglich war, lief sie die Treppen hinauf. Vor der Badezimmertür verhielt sie außer Atem den Schritt. Was sollte das noch? Es konnte ihr egal sein, ob er triumphierte oder nicht. Und doch! Sie musste sich herrichten, würde ihm nicht leichenblass, ungeschminkt, übernächtigt und mit verweinten Augen entgegentreten. Letzteres schon gar nicht! Nie sollte er sehen, dass eine Flora von Langenberg weinte, Schwäche zeigte. Er könnte es sich sicher denken, aber das war etwas anderes. Sollte er doch ihrethalben denken, was er wollte! Flora drehte die Brause auf, schrie auf und drückte sich im nächsten Augenblick in die äußerste Ecke der Duschkabine, als ihr das kalte Wasser entgegenspritzte. Sie lächelte. „Eine kalte Dusche hatte ich lange nicht mehr“, murmelte sie und schielte zu der großen Badewanne, die mitten im Raum stand. Nein! Für ein ausgiebiges Bad war jetzt keine Zeit. Das Wasser hatte sich erwärmt und Flora duschte nun ausgiebig. Als sie die Glastüren zurückschob und sich auf den weichen Badeteppich stellte, waren ihre Lebensgeister erwacht. Eilig trocknete sie sich ab, lief nackt hinüber in ihr Schlafzimmer und riss die Türen ihres Kleiderschrankes auf. Sie musste sich beeilen, zu lange hatte sie unter dem warmen Wasserstrahl verharrt, und sie kannte Wilhelm: Sagte er, er käme in einer Stunde, war es gut möglich, dass er bereits nach dreißig Minuten eintraf. So war dieser Mann schon immer gewesen: Die Pünktlichkeit in Person und an

Korrektheit nicht zu übertreffen. In den vielen vergangenen Jahren hatte sie ihm dafür Respekt gezollt, wenn freilich auch nur im Stillen.

Flora nahm das dunkelblaue Kostüm vom Kleiderbügel, dessen weich fallender Stoff ihrer etwas runder gewordenen Figur schmeichelte und wählte eine rot-weiß gemusterte Bluse dazu. Mit geschickten Griffen knetete sie etwas Haarwachs in ihre grauen kurzgeschnittenen Haare, legte ein wenig Lippenstift auf und gönnte sich einen Hauch des Parfüms, welches Heinrich ihr zum letzten Hochzeitstag geschenkt hatte. Versonnen ruhte ihr Blick einige Minuten auf dem extravaganten Flacon. Sie würde ihn aufbewahren, um sich an diesen letzten Hochzeitstag zu erinnern.

Das Läuten an der Tür riss Flora aus ihrer Melancholie. Worüber hatte sie gerade nachgedacht? Wollte sie diesen albernen Flacon wirklich aufheben? Entsetzt schüttelte sie den Kopf. „Du wirst alt und schrullig, Gräfin Flora von Langenberg!"

Entschlossen erhob sie sich und eilte zur Tür: Wilhelm hatte sie das erste Mal warten lassen, selbst das akademische Viertel war schon vorüber, doch sie war froh, dass er überhaupt zu ihr kam.

Trübe Gedanken, Wankelmut und Zweifel hatte Flora nie in ihr Leben gelassen: Und heute würde sich daran ganz sicher nichts ändern!

Wilhelm zog mit fliegenden Händen seinen bequemen Hausanzug aus und nahm den grauen Anzug aus dem Schrank, den er schon seit Jahren trug, wenn er Mandanten besuchte, oder sie in seinem Büro empfing. Das weiße, noch nicht gebügelte Hemd mit dem gestärkten Kragen, ließ er im Bügelkorb liegen. Sein hellblaues Hemd vom Vortag musste ausreichen, sonst würde die Zeit zu knapp werden. Als er den Knoten seiner Krawatte gebunden hatte, schaute er in den Spiegel und war auf den ersten Blick mit dem Mann zufrieden, der ihm daraus entgegenschaute. Minuten später kamen Wilhelm Bedenken. Ein blaues Hemd? Für einen Termin in der gräflichen Villa? Heinrich hätte ihn, ob seiner Pedanterie, schallend ausgelacht, kam es Wilhelm in den Sinn. Trotzdem entledigte er sich der Krawatte und des Hemdes und lief ins Bügelzimmer.

Zehn Minuten später hatte er sich zweimal die Finger am heißen Bügeleisen verbrannt, geflucht und stand nun fertig, und, für sein Empfinden korrekt gekleidet, in seinem Schlafzimmer. Er musste sich beeilen, wollte er noch rechtzeitig bei der Gräfin eintreffen. Auf dem Weg in sein Büro fiel ihm ein, dass er seine Aktenmappe nicht brauchte. Flora hatte nicht die kleinste Andeutung gemacht, in welcher Angelegenheit sie seine Hilfe benötigte: Und von dem Gedanken, der ihm bei ihren Anruf gekommen war, würde er sich nichts anmerken lassen.

Nur wenige Minuten blieben ihm noch, er würde es nicht schaffen, pünktlich bei ihr zu sein. Wilhelm seufzte. Dann lachte er bitter: Und wenn schon! Dann musste Flora von Langenberg sich eben gedulden. Was kümmerte es ihn noch?

In Gedanken versunken stand Wilhelm vor der imposanten Tür der Langenberg'schen Villa und wartete geduldig, dass Henriette ihm öffnete. Wie oft hatte er in den letzten vierzig Jahren hier gestanden und wie froh war er gewesen, wenn Heinrich ihn sofort mit in sein Arbeitszimmer genommen und er Flora nicht zu Gesicht bekommen hatte. Seine Stirn legte sich in Falten, als er daran dachte, welche unschönen Szenen es mit der Hausherrin gegeben hatte, nachdem er nicht gewillt gewesen war, eine Liaison mit ihr zu beginnen.

Wilhelm war froh, als die Tür geöffnet wurde und er seinen trüben Gedanken entfliehen konnte. Lächelnd schaute er auf, um Henriette fröhlich zu begrüßen.

„Frau Gräfin?“, fragte er verwundert.

„Guten Morgen, Wilhelm. Sie sind sehr spät!“ Flora sah sich nicht gemüßigt, ihm zu erklären, dass Henriette heute ihren freien Tag hatte.

Auch Wilhelm verzog keine Miene. „Guten Morgen. Ich bin im Ruhestand, habe es nicht eilig. Wer dennoch an meinem Rat interessiert ist, sollte geduldig sein.“

„Kommen Sie herein! Kann ich Ihnen einen Kaffee anbieten? Ich habe ihn gerade frisch zubereitet.“

Fragend sah Wilhelm die Gräfin an.

„Schauen Sie nicht so. Wie Sie wissen, wurde ich nicht als Gräfin geboren. In meinem früheren Leben, habe ich durchaus gelernt, wie man Kaffee kocht. Sie können ihn getrost trinken, er wird Sie nicht umbringen!“

„Na, wenn das so ist, dann sage ich nicht nein.“ Ein zaghaftes Lächeln hatte sich in Wilhelms Züge geschlichen, doch er war auf der Hut. Eine freundliche Flora war ihm nicht geheuer.

„Setzen wir uns in die Küche, Wilhelm?“

„Ja, gern“, sagte er verwundert und in seinem Kopf arbeiteten die Gedanken auf Hochtouren. Was wollte die Gräfin von ihm? Ihre Freundlichkeit bestärkte ihn in seinem Verdacht, unruhig spielte er mit dem Löffel, der neben seiner Tasse lag.

„Möchten Sie etwas Gebäck, Wilhelm?“ Flora stand mit einer riesigen Schüssel voll Plätzchen vor ihm. „Henriette hat sie gestern gebacken“, erklärte sie. „Ich möchte nur wissen, für wen? Ich kann diese Kalorienbomben unmöglich allein vertilgen. Sie hätte sie ihren Enkeln mitnehmen sollen!“

„Frau Gräfin, bitte! Setzen Sie sich und sagen Sie endlich, was Sie von mir wollen!“ Wilhelm hielt dieses Gerede um den heißen Brei nicht länger aus. Flora stellte die Schüssel mit den Plätzchen auf den Tisch und setzte sich dann ihm gegenüber auf den Stuhl. Ein paar Mal holte sie noch tief Luft und schaute aus dem Küchenfenster ins gleißende Sonnenlicht.

„Sie müssen Viola finden!“ Jetzt war es raus.

Wilhelm atmete tief ein. Jetzt war es also so weit. „Aber Frau Gräfin, wie stellen Sie sich das vor? Ihre Tochter hat vor achtundzwanzig Jahren ihr Elternhaus verlassen. Seither haben Sie nicht ein einziges Mal nach ihr gesucht. Wo soll ich da anfangen?“

Abwesend schaute Flora dem Mann, der fünf Jahre jünger war als sie, ins Gesicht. Sie waren zusammen alt geworden. Es hatte eine Zeit gegeben, da hatte sie diesen Mann glühend begehrt. Es war kein Liebespaar aus ihnen geworden, was nicht an ihr gelegen hatte. Noch immer hatte sie ihm das nicht verziehen. Dennoch gab es für sie nur die Wahl zwischen Pest und Cholera: Entweder sie arrangierte sich mit ihm, oder sie bliebe in den letzten Jahren ihres Lebens einsam.

„Finden Sie Viola! Ich weiß, dass Sie es schaffen“, wiederholte sie ihre Bitte.

„Ich weiß nicht“, wandte Wilhelm ein. „Wenn ihre Tochter Sehnsucht nach Ihnen hätte, wüsste das Mädchen, wo Sie zu finden sind.“

„Das Mädchen“, flüsterte Flora. „Sie wird im nächsten Jahr fünfzig.“ Nachdenklich schaute sie den alten Anwalt an.

„Eben! Wir könnten auch eine Stecknadel im Heuhaufen suchen. Das wäre am Ende noch einfacher!“

„Machen Sie keine Witze, Wilhelm! Sie verstehen Ihr Handwerk, wissen genau, wo Sie ansetzen, mit der Suche beginnen müssen.“

Wilhelm folgte den Blicken der Gräfin, die wieder zum Fenster hinausgingen. So friedlich hatte der Tag begonnen. Er könnte aufstehen, gehen, ihr seine Hilfe verweigern. Gewiss würde es nicht lange dauern und Flora spräche auch das Thema an, vor dem ihm graute. „Gut, ich leite alles Nötige in die Wege, aber ich kann Ihnen nichts versprechen“, sagte er stattdessen und schwor sich, jede weitere Bitte abzuschlagen. Auch das war er seinem alten Freund schuldig. Er hoffte, sie würde nicht fragen, sich zufrieden geben.

„Wilhelm? Wenn Sie wüssten, wo meine Enkeltochter ist, dann würden Sie mir es doch sagen?“

Wilhelm hielt den Atem an. Einige Sekunden brauchte er, um sein Erschrecken zu verbergen, obwohl er mit dieser Frage gerechnet hatte. „Nein!“, sagte er dann fest.

„Wie?“ Entsetzt riss Flora die Augen auf.

„Nein, ich würde es nicht preisgeben!“

Flora war blass geworden. Entgeistert starrte sie Wilhelm an. „Wilhelm…“

Mit einem Blick der keinen Widerspruch duldete, gebot er der Frau, die er seit Jahrzehnten begehrte und die ihn doch so maßlos enttäuscht hatte, zu schweigen.

Zwanzigstes Kapitel

Insel Rügen 1942

Heinrich wusste nicht mehr ein noch aus. Der vergangene Abend machte ihm schwer zu schaffen. Lustlos trank er seinen Tee und schob sich, ohne etwas zu schmecken, ein Gebäckstück nach dem anderen in den Mund.

Konnte es wirklich sein, dass Flora eifersüchtig auf ihre Tochter war? Er schüttelte ungläubig den Kopf, als er daran dachte, wie sie sich am Abend zuvor aufgeführt hatte. Er musste sich eingestehen, dass es nach ihrem gestrigen Verhalten keinen Zweifel mehr gab: Flora konnte niemanden neben sich ertragen, nicht einmal ihr eigenes Kind!

Kurzerhand erhob er sich von seinem Platz. Noch hatte er nicht herausgefunden, was sich hinter seinem Rücken abspielte. An eine Liaison seiner Frau mit diesem Hagedorn, glaubte er jedoch nicht mehr. Dennoch verband die beiden ein Geheimnis, da war er sicher!

Heinrich entschloss sich, kein weiteres Mal mit Flora darüber zu sprechen. Er hatte es satt sie um Auskunft zu bitten, nur um dann von ihr wieder abgekanzelt und hingehalten zu werden. Heinrich sah ein, dass es ein Fehler gewesen war, sich in den letzten Jahren nicht um die Langenberg'schen Geschäfte gekümmert zu haben. Heute würde er das ändern! Er musste wissen, was sich in seiner Gärtnerei abspielte.

Bevor ihm seine Entschlossenheit wieder verließ, machte er sich sofort auf den Weg.

Flora lag, entgegen ihrer Gewohnheiten, an diesem Morgen kurz vor neun Uhr noch immer in ihrem Bett. Sie hatte das erste Mal seit sie Gräfin war, keine Lust ihr Zimmer zu verlassen. Kurz überlegte sie, ob sie das

Mädchen rufen und sich das Frühstück ans Bett bringen lassen sollte. Unschlüssig wanderte ihr Blick zum Fenster. Die Gardinen standen einen Spalt offen, so dass das Sonnenlicht hereinblinzeln konnte. Lange hatte Flora keinen Vormittag mehr im Bett verbracht und diese herrliche Stimmung eingefangen. Die Luft roch noch ganz frisch, die Sonne kroch langsam durch die Vorhänge ins Zimmer und sie konnte einfach vor sich hin dösen. Wohlig seufzte sie, drehte sich auf ihre Schlafseite und schloss die Augen. Die Geräusche des Hauses hörte sie nur noch von weitem und ihre Gedanken suchten sich eigene Wege. Was hatte Heinrich sich nur dabei gedacht? Flora öffnete widerwillig die Augen und schaute zu der Brosche, die sie gestern Abend achtlos auf ihr Nachtkästchen geworfen hatte. War sie ihm nicht mehr wert? Die junge Gräfin dachte an die entzückende Kette, die ihr Mann für Viola mit Liebe entworfen und vom Juwelier hatte anfertigen lassen. Für sie hatte Heinrich sich noch nie so ins Zeug gelegt. Sie konnte sich freilich nicht beklagen, ihr Schmuckkästchen drohte zu bersten, doch waren die teuersten Stücke von ihr selbst angeschafft worden. Mit einem Ruck erhob sie sich aus ihren Kissen und schnaubte verärgert. Dann schrie sie nach dem Mädchen. Sie würde heute ihr Bett nicht verlassen. Sollte Heinrich sie ruhig vermissen, vielleicht sah er dann, wie sie sich täglich um sein Erbe mühte. Sie lachte schäbig, ihr Gesicht spiegelte die ganze Verachtung, die sie für ihren Mann empfand.

Als es an der Tür klopfte stand Floras Plan für den Tag fest. Sie würde heute das tun, wovon sie geträumt hatte, als sie vor nicht einmal drei Jahren, hierher zu Heinrich gekommen war: Im Bett bleiben solange es ihr angenehm war, Kaffee trinken so viel sie wollte und rauchen, wann immer sie Lust darauf verspürte, selbst wenn Heinrich ihr Rauchen nicht mochte. Wie hatte sie sich doch für ihn verbogen? Reichtum und ein angenehmes, ruhiges Leben waren ihre Ziele gewesen, als sie seine Frau geworden war.

Und wie verliefen ihre Tage stattdessen? Natürlich war sie selbst daran schuld, gestand sie sich ein. Heinrich hatte ihr oft gesagt, sie solle sich mehr Ruhe gönnen. Aber was hätte sie dann erwartet? Gern hätte ihr Gatte es gesehen, wenn sie jeden Morgen nach dem Aufwachen noch einmal das Bett mit ihm geteilt hätte und Isolde war freiwillig nicht dazu bereit gewesen, das Zepter abzugeben. Ihr war gar nichts anderes übriggeblieben, als hart zu arbeiten, stellte sie selbstzufrieden fest.

„Herein!“, rief Flora ungehalten, als es zum wiederholten Male klopfte.

„Guten Morgen, Frau Gräfin! Sie haben gerufen?“ Ängstlich stand das neue Mädchen in der Tür.

„Kommen Sie herein und schließen Sie endlich die Tür!“, zischte Flora. „Bringen Sie mir eine Kanne Kaffee, ein weich gekochtes Ei, zwei Brötchen, Butter und Honig“, wies sie das Mädchen an. „Und vergessen Sie das Salz für das Ei nicht!“

„Sehr wohl, Frau Gräfin!“ Das Mädchen knickste artig und schickte sich an, das Zimmer zu verlassen.

„Halt, warten Sie! Hat mein Mann schon gefrühstückt?“ Neugierig, ob Heinrich sie vermissen würde, wartete sie darauf, dass das Mädchen ihr eine Antwort gab. Diese überlegte einen Augenblick.

„Gefrühstückt hat der Herr Graf noch nicht, aber er hat vor einer guten Stunde bereits das Haus verlassen.“

„Was? Wie? Ohne Frühstück? Wohin ist er gegangen?“ Flora war fassungslos. Das war nicht Heinrichs Art. Vor zehn Uhr begab er sich nirgendwo hin, nicht einmal zu seinen Pferden.

„Tut mir leid, Frau Gräfin, das weiß ich nicht“, unschlüssig stand das Mädchen an der Tür, wusste nicht, ob sie damit entlassen war.

„Vergessen Sie das Frühstück!“ Flora war mit einem Satz aus dem Bett. „Helfen Sie mir beim Ankleiden!“

„Soll ich Ihnen zuerst ein Bad einlassen?“

„Dafür ist keine Zeit!" Flora überfiel eine nie gekannte Angst. Was, wenn Heinrich ihr noch immer nicht glaubte und sich nun anschickte, mehr über die Geschäfte mit Hagedorn herauszufinden? Wenngleich sie ihm so viel Courage nicht zutraute, war Flora alarmiert.

Hannelore von Trischenbach ging zielstrebig auf das kleine Haus am Ende des Grundstücks der Langenbergs zu. Sie war früh aufgestanden, um nicht zu spät zu kommen. Hannelore hatte in der vergangenen Nacht kaum ein Auge zugetan. Als sie gestern bei der Geburtstagsfeier der kleinen Komtess gewesen war, hatte sie diesen Major Hagedorn mit Argusaugen beobachtet und ihr war aufgefallen, dass Isolde sich keineswegs an seiner Anwesenheit gestört hatte. Nicht einmal unruhig oder gar aufgeregt war sie gewesen.

Hannelore musste sofort mit Isolde sprechen. Was ging hier vor? Wieso war Isolde so ruhig geblieben? Merkte sie denn nicht, dass Hagedorn eine Gefahr für sie alle darstellte? So blauäugig konnte die alte Gräfin doch nicht sein!

Hannelore schien es, als ginge dieser Major hier ein und aus. Nie hatte Isolde auch nur ein Wort darüber verloren. Selbst seinen Namen hatte sie kein einziges Mal erwähnt.

Ungeduldig, wie es nicht ihre Art war, läutete Hannelore jetzt an Isoldes Tür. Es dauerte keine fünf Sekunden und Isolde öffnete ihr. Hannelore fuhr erschrocken auf. Isolde stand mit der Tasche in der Hand vor ihr, bereit zum Ausgehen.

„Guten Morgen, Isolde!" Verdutzt blickte sie die ältere Dame an, die ihr eine Freundin geworden war. „Wohin willst du denn schon so früh?"

„Zu dir!" Isolde lächelte, doch Hannelore sah ihr blasses Gesicht und glaubte, dass Isolde ebenso besorgt war, wie sie selbst.

„Zu mir?“

„Ja, komm herein! Wir müssen dringend etwas besprechen.“ Isolde zog die junge Frau eilig in den Korridor und schloss schnell die Tür.

„Aus diesem Grund komme auch ich zu dir. Ich habe die halbe Nacht kein Auge zugetan“, erklärte Hannelore.

„Ich habe geschlafen, wie ein Stein“, sagte Isolde. Hannelore schaute sie ungläubig an. „Du siehst aber nicht so aus, als wäre dieser Schlaf erholsam gewesen.“

„Danke, netter hättest du es nicht umschreiben können“, antwortete Isolde trocken.

„Verzeihung…“

Isolde winkte ab. „Setz dich. Ich mache uns einen Tee. Da lässt es sich besser reden, ich habe dir viel zu erzählen.“

„Hm.“ Hannelore nahm auf dem gemütlichen Sofa Platz, ihr schwante nichts Gutes.

Obschon sie aufgeregt war und kaum einen klaren Gedanken fassen konnte, lehnte sie sich gemütlich in die Kissen und blickte gedankenvoll zum Fenster hinaus. Ihr Blick flog über das Langenberg'sche Anwesen, mit der Gärtnerei und den Gewächshäusern. Die Villa war von hier kaum zu sehen, wer sich jedoch wie sie auskannte, konnte am Ende des großen Parks, die obere Etage mit ihren Balkonen ausmachen, was freilich jetzt im Frühling, wenn die Bäume wieder Laub trugen, immer schwieriger wurde. Hannelore seufzte. Ihre Mutter und Isolde hätten es nur zu gern gesehen, wäre sie Heinrichs Frau geworden. Unmerklich schüttelte sie den Kopf. Es war nie ihr Wunsch gewesen. Sie hatte in Heinrich einen guten Freund gefunden, was ihr mehr wert war, als eine arrangierte, lieblose Ehe. In der Küche hörte sie Isolde hantieren. „Kann ich dir helfen?“, rief sie ihr zu.

„Nein, nicht nötig. Ich bin gleich fertig!“

Wenige Minuten später stellte Isolde das Tablett mit Teekanne und Tassen auf den kleinen Couchtisch. Als der Tee eingeschenkt war, saßen sich die beiden, nicht nur im

Alter so unterschiedlichen Frauen, gegenüber, die doch ein gemeinsames Ziel vereinte. Die Stille wurde nur vom Klappern der Löffel durchbrochen, mit denen sie in ihren Tassen rührten.

Isolde schaute als Erste von ihrem Tee auf. Sie räusperte sich, es fiel ihr nicht leicht Hannelore zu berichten, was sie ihr bisher verschwiegen hatte. Sie wusste, dass ihr Schweigen unehrlich war. Oft schon hatte sie es brechen wollen, doch sie hatte es bis heute nicht fertiggebracht.

„Ich nehme an, du bist aus demselben Grund zu mir gekommen, aus dem auch ich zu dir wollte“, setzte Isolde nun an.

„Ja, das denke ich auch. Reden wir nicht lange Drumherum.

Es geht mir um diesen Major“, erklärte Hannelore. „Wie kommen Heinrich und Flora zu ihm, wie stehen sie zu ihm? Mir schien, als fühle er sich hier wie zu Hause. Ist er oft hier? Was macht er hier? Und warum hast du nie etwas erzählt?“ Hannelore konnte ihre Fragen nicht mehr zurückhalten. Zuviel stand auf dem Spiel.

Isolde schaute Hannelore nachdenklich an. „Ich könnte dir jetzt eine lange, rührselige Geschichte von einer alten Frau und Mutter erzählen. Aber lassen wir das! Ich werde es kurz machen.“ Noch einmal räusperte sie sich. „Flora macht mit den Nazis Geschäfte.“ Jetzt war es raus und Hannelore schaute Isolde entsetzt an.

„Ich fand es schon vor einiger Zeit heraus, als ich mich immer wieder fragte, wie es meiner Schwiegertochter in diesen Zeiten gelingt, dass die Langenberg’schen Unternehmen so gut dastehen. Ich zollte ihr zuerst Respekt, sie arbeitet ja auch unermüdlich. Sie weiß sich gut zu verkaufen und so hat sie den guten Ruf der Familie ausgenutzt und uns gleich mit verkauft.“ Isolde lachte bitter, dann seufzte sie erneut abgrundtief.

„Um Gottes Willen, Isolde! Nun sag endlich, was sie

für Geschäfte macht! Und Heinrich? Weiß er davon? Ich kann es gar nicht glauben!"

„Genau bin ich noch nicht dahintergekommen. Es spielen sich merkwürdige Dinge in unseren Gewächshäusern ab. Ich bin schon oft an ihnen entlanggeschlichen, doch die Glasfronten sind verhangen. Eine Zeitlang war es mir ehrlich gesagt, auch egal."

„Egal? Isolde! Weißt du, was du da sagst?"

„Ja, verurteile mich nur. Du hast jedes Recht dazu!" Isolde sackte in ihrem Sessel zusammen.

„Niemand will dich verurteilen, ich schon gar nicht. Wir sind Freundinnen, aber ich wundere mich doch sehr!"

„Mein Heinrich…." Isolde schossen Tränen in die Augen.

„Was ist mit ihm? Weiß er wirklich was vor sich geht und duldet es, oder macht er sogar mit?"

„Nein, er weiß nichts. Ich bin mir sicher. Er hat Flora in Verdacht, mit Hagedorn ein Verhältnis zu haben."

„Ich habe, als ich die beiden gestern sah, auch darüber nachgedacht."

„Nein Hannelore, da ist nichts. Das habe ich Heinrich auch gesagt. Hoffentlich glaubt er mir und geht der Sache nicht auf den Grund!"

„Isolde? Wieso das? Er muss diesem Treiben ein Ende setzen, was immer es auch ist. Es ist unerträglich, dass dieser Nazi in eurem Hause verkehrt."

„Wenn er das wirklich macht, mein gutgläubiger Träumer, dann…", Hannelore schaute Isolde gespannt an. „Was dann?"

„Hast du dich nie gefragt, warum Heinrich, ein Mann in den besten Jahren, gebildet und von Adel noch nicht zum Kriegsdienst einberufen wurde?"

Hannelore riss erschrocken die Augen auf. „Du meinst…?"

„Jawohl, das meine ich. Floras Geschäfte, welcher Art auch immer, scheinen meinen Sohn davor zu bewahren."

Für kurze Zeit legte sich ein einvernehmliches Schweigen über den gedeckten Teetisch. Hannelore dachte daran, dass auch sie nicht glücklich wäre, würde Heinrich in den Krieg ziehen müssen. Dennoch verstand sie Isolde nicht: Ihr war durchaus klar, dass sich Isoldes liebendes Mutterherz an die Vorstellung klammerte, den einzigen, ihr noch gebliebenen Sohn zu schützen, zu Hause zu behalten. Aber doch nicht um diesen Preis! Sie konnte doch nicht dulden, dass das Haus Langenberg sich mit solchen Leuten verbündete! Nein, das wollte Hannelore nicht glauben.

„Ich weiß, worüber du nachdenkst", sagte Isolde in Hannelores Gedanken hinein. Die junge Frau schaute sie mitfühlend an. „Isolde, ich verstehe dich…." Isolde gebot ihr zu schweigen. „Meine liebe Hannelore, du kannst mich nicht verstehen und ich kann es dir nicht verübeln. Erst, wenn du einmal Mutter sein wirst, kannst du meine Gefühle nachvollziehen. Ich schlage deshalb vor, dass ich mich ab sofort zurückhalte, wie schwer es mir auch immer fallen wird. Keine Treffen mehr im Witwenhaus, wir werden den Kontakt abbrechen! Ich will keinen von euch in Gefahr bringen, seid ihr mir doch lieb und teuer geworden."

„Aber, Isolde! Nein! Es muss anders gehen. Du bist doch von unserer guten Sache überzeugt!" Hannelore konnte nicht fassen, was gerade mit ihnen geschah.

Isolde dachte daran, wie sie vor gut einem Jahr, kurz nach ihrem Umzug in dieses bescheidene Domizil, in Hannelore eine Freundin und Vertraute gefunden hatte, und wie froh sie gewesen war, dass die junge Frau ihrem Leben eine neue Wendung, eine lohnende Perspektive gegeben hatte.

„Nein, Hannelore! Das kann ich nicht verantworten. Richte allen von mir einen Gruß aus und sage ihnen, insbesondere deinem Freund Herbert, dass es mir leid tut, aber die Treffen können nicht mehr hier stattfinden. Ich überlasse es dir, wie du es begründest, ich will dich nicht zur Lügnerin machen, wäre dir aber dankbar, würdest du nichts von dem verraten, was ich dir erzählt habe.“ Isolde stand auf und lief im Zimmer auf und ab. Sie dachte an das, worum Hannelores Freund sie gebeten hatte, als die beiden einmal bei ihr zu Besuch gewesen waren. Herbert Landowsky hatte nicht damit hinter den Berg gehalten, dass er einer kleinen Gruppe junger Menschen angehörte, die den Machenschaften Adolf Hitlers Einhalt gebieten wollten. Der Mann müsse gestoppt werden, ehe ganz Deutschland unterginge, hatte er erklärt. Genug von den Deutschen waren unfreiwillig durch diesen Despoten zu Mördern geworden, genug hatten durch ihn unendliches Leid erlitten. Isolde hatte damals geschluckt, ob dieses Geständnisses, das den jungen Mann unweigerlich in ein Konzentrationslager hätte bringen können und sie hatte sich gefragt, warum er gerade ihr sein Geheimnis anvertraute, hatten sie sich damals doch noch keine zwei Stunden gekannt. Später hatte sie von Hannelore erfahren, dass sie es gewesen war, die ihn dazu ermutigt hatte, auch sie gehöre zu jener Gruppe. Die jungen Widerstandskämpfer, wie Isolde die kleine Gruppe der mutigen Menschen bezeichnete, hatten dringend einen Ort benötigt, an dem sie sich treffen konnten. Isolde war es nicht nur aus Langeweile gelegen gekommen. Auch sie hielt diesen Widerstand für eine gute, längst fällige Sache, der obendrein ihrem Leben eine neue Richtung gab: Und ein bisschen war sie auch stolz gewesen. Sie hatte nicht in ihren kühnsten Träumen daran gedacht, jemals in ihrem Leben zu einem Widerstandskämpfer zu werden.

Lächelnd blickte Hannelore in Isoldes gütiges Gesicht. „Nie würde ich dich verraten!“

Plötzlich stoppte Isolde ihren unruhigen Gang durchs Zimmer und sah wie gebannt zum Fenster hinaus. Hannelore folgte ihren Blicken.

Heinrich rannte, wie von Furien getrieben, der Villa entgegen.

„Mein Gott, woher kommt er denn schon?“ Isolde ahnte Schlimmes. Nicht sehr oft war ihr Sohn so früh auf den Beinen und wenn es doch einmal geschah, dann musste Gewichtiges passiert sein.

„Heinrich, bleib stehen!“, hörten die beiden Frauen Floras Stimme. Sie hetzte hinter ihrem Mann her, ihr offenes Haar flatterte im Wind und sie war nur mit einem Hausanzug bekleidet, dessen Jacke sie nicht einmal zugeknöpft hatte und die sie jetzt, bei ihrem schnellen Lauf vor der Brust zusammenhielt. Sie trug Hausschuhe und bot einen so aufgelösten Anblick, dass Isolde und Hannelore keine Worte fanden und sich angstvoll ansahen.

Flora lief zu den Gewächshäusern, wo sie ihren Mann vermutete. Die Gärtnereien lagen zu dieser frühen Stunde noch verlassen in der ersten Morgensonne, doch aus dem hinteren, weit abgelegenen Gewächshaus drangen aufgeregte Stimmen schon von weitem an ihr Ohr. „Oh nein, lieber Gott. Mach dass es nicht wahr ist!“, rief Flora laut den Gott an, den sie schon Jahre nicht mehr um Hilfe gebeten hatte. Tausend Gedanken stoben durch ihren Kopf. Verzweifelt lachte sie über sich selbst. Gott! Als würde der noch helfen können? Wo war er denn bis jetzt gewesen? Warum ließ er den Krieg zu, der sie in diese missliche Lage gebracht hatte? Sie machte sich auf das Schlimmste gefasst. Jetzt hörte sie Heinrichs tiefe Stimme, verstand seine Worte jedoch nicht. So schnell ihre Beine sie trugen rannte sie weiter, den Streitenden entgegen. Am Eingang des Gewächshauses zitterten ihre Knie so stark, dass sie sich einen Augenblick in die offene Tür lehnte, nach Atem rang und dann das ganze Ausmaß der Tragödie sah.

Heinrich riss sämtliche weiße Vorhänge, die zum Schutz vor neugierigen Blicken an den Glasfronten angebracht waren, herunter. Wie ein Irrer rannte er durch den riesigen Raum und tobte. Die Arbeiter, Ingenieure und Techniker standen wie versteinert an ihren Plätzen. Nur ein großer, schlanker Mann rannte schimpfend hinter ihm her und versuchte ihn zu beruhigen. Mit einem Mal blieb Heinrich stehen. Der junge Mann wäre um ein Haar in ihn hineingelaufen. Nun standen sie sich wie zwei Kampfhähne gegenüber und der junge Mann, von dem Flora wusste, dass er einer der leitenden Ingenieure war, schrie Heinrich ungehalten an. „Was bilden Sie sich ein? Wissen Sie, welchen Schaden Sie hier anrichten? Sie werden alles, was Sie heruntergeworfen haben, ersetzen! Wer sind Sie überhaupt?"

Heinrich, eben noch rasend vor Wut, schaute dem Mann jetzt ruhig ins Gesicht, sah die blonden Haare und die beinahe schon stechenden blauen Augen. „Sie gestatten", sagte er in überheblichem Ton, seine rechte Augenbraue schoss nach oben und seine Mundwinkel verzogen sich ironisch. „Heinrich von Langenberg." Einen Augenblick trat Stille ein. Erst da bemerkte Flora was Heinrich bei seinem wilden Lauf umgeworfen hatte. Hagedorn würde toben, schoss es ihr durch den Kopf: Und Heinrich wäre nicht mehr zu retten.

Heinrich stützte jetzt die Hände in die Hüften und baute sich vor dem Ingenieur auf, der einen ganzen Kopf größer war als er. „Sie packen die Reste ihrer heil gebliebenen Sachen zusammen und in einer Stunde sehe ich hier nichts mehr von Ihnen." In ruhigem Ton hatte er seine Anweisungen gegeben und erwartete augenscheinlich, dass sie erfüllt würden.

„Wie kommen wir denn dazu? Wir haben einen gültigen Vertrag, der uns die Produktion hier gestattet. Außerdem fahren Sie ja auch nicht schlecht dabei. Immerhin bezahlen wir jeden Monat ein erkleckliches Sümmchen Miete für dieses Glashaus." Mit seiner Rechten holte er zu einer Bewegung aus, die den ganzen Raum umfasste, seine Mundwinkel verzogen sich dabei abfällig nach unten und seine Augenbrauen schnellten in die Höhe.

Heinrich entglitten die Gesichtszüge. Ein Augenblick

verging, bis er sich gefasst hatte. „Das interessiert mich nicht!“, zischte er. „Wer auch immer mit Ihnen einen Vertrag geschlossen hat, war nicht dazu befugt. Oder können Sie mit meiner Unterschrift und dem Siegel der von Langenbergs unter Ihrem Vertrag aufwarten?“

Der Ingenieur zuckte mit den Achseln. „Ich nicht, aber Major Hagedorn ganz sicher“, sagte er ruhig.

„Das werden wir ja sehen!“ Heinrich war zornesrot angelaufen und als er jetzt Flora aufgelöst am anderen Ende des Gewächshauses stehen sah, wusste er, dass der Mann recht behalten würde. Er zweifelte keine Minute mehr daran und überlegte, was Flora ihm in letzter Zeit zur Unterschrift vorgelegt hatte. Wie so oft hatte er einfach unterzeichnet, sich auf seine Frau verlassen, ihr voll und ganz vertraut. Flora hatte keine Befugnis gehabt einen solchen Vertrag, ohne sein Wissen auszuhandeln. Das behielt er jedoch für sich, es ging diesem blonden Jüngling nichts an.

Auf dem Absatz machte er kehrt. Im Davongehen drehte er sich noch einmal um. „In einer Stunde sind Sie hier verschwunden. Alles andere kläre ich mit dem Major!“

Als Heinrich das Gewächshaus verließ und Flora hinter ihm her lief, schüttelte der junge Ingenieur den Kopf. „Vielleicht sollte der Mann das erst einmal mit seiner Gattin klären!“, bemerkte er verächtlich. Dann klatschte er in die Hände: „Aufräumen, meine Herren! Wir machen weiter! Wir haben keine Zeit zu verlieren. Die Produktion muss weitergehen, wir haben alle Hände voll zu tun, um die gesteckten Vorgaben zu erreichen. Alles andere ist nicht unsere Sache. Soll der Major das mit dem Herrn, oder besser mit der Dame, regeln.“ Er lachte zynisch zu seinen Worten.

Flora hatte die spöttischen Worte des Ingenieurs noch gehört. Es war ihr egal, was der Mann von ihr dachte. Sie wusste genau, dass sie das Unheil nicht mehr abwenden konnte: Und eine nie gekannte Angst überkam Flora.

Einundzwanzigstes Kapitel

Isolde und Hannelore standen wie versteinert hinter dem Fenster des gemütlichen Wohnzimmers und schauten gebannt hinaus. Angstvoll blickten die beiden Frauen sich an. Isolde vergrub das Gesicht in ihren Händen. „Jetzt ist es soweit", flüsterte sie und schwankte leicht. Hannelore hielt sie fest und führte sie wieder zu dem kleinen Sessel, in dem sie vor ein paar Minuten noch gesessen hatte. „Setz dich! Sei ganz ruhig, es wird nichts so heiß gegessen wie es gekocht wird. Warte erst einmal ab", versuchte Hannelore die Freundin zu beruhigen, wenngleich sie nicht an ihre eigenen Worte glaubte.

„Was ist mein Sohn doch für ein Esel!?" Isolde schaute Hannelore fragend an.

„Er ist, wie er ist. Heinrich wird sich nicht mehr ändern, er lässt sich nicht verbiegen, und dafür bewundere ich ihn. Freilich, ein bisschen mehr könnte er sich schon um eure Geschäfte kümmern. Aber was soll's!" Hannelore zuckte mit den Schultern.

„Du hättest seine Frau werden sollen, dann wäre uns vieles erspart geblieben. Ich habe es von Anfang an gewusst: Diese Flora bringt Unheil über unsere Familie!"

„Isolde, beruhige dich. Mit mir wäre Heinrich auch nicht besser dran", sagte die junge Frau und lächelte.

„Was?" Isolde sah fragend zu ihr auf.

„Ja, glaube es nur. Du siehst ja, was für Leute ich dir ins Haus gebracht habe. Widerstandskämpfer! Auch nicht gerade das, wovon eine anständige Familie in diesen Zeiten träumt."

„Aber doch weit moralischer, als diese Nazibrut!" Isolde wollte sich aus ihrem Sessel erheben, doch Hannelore drückte sie in die Polster. „Bleib sitzen und beruhige dich! Wir können im Moment nichts an der

Situation ändern, müssen abwarten."

„Ich gehe jetzt zu den Gewächshäusern hinüber und werde klären, was dort vor sich geht. Ich muss wissen, was sich hinter den verhangenen Fenstern abspielt."

„Du bleibst hier! Willst du dich auch noch in Gefahr bringen?"

„Papperlapapp, Gefahr! Ich kann das nicht länger dulden. Viel zu lange habe ich weggeschaut!" Isolde schüttelte Hannelores Hand ab, die immer noch auf ihrer Schulter lag und erhob sich. Kerzengerade stand sie im Raum.

„Willst du uns alle in Gefahr bringen?" Hannelore versuchte Isolde aufzuhalten und hoffte, es würde ihr gelingen.

„Was? Euch in Gefahr bringen? Wieso?" Isolde sah Hannelore verständnislos an und war mit zwei energischen Schritten bei der Tür.

„Jawohl! Was glaubst du, wie dieser Major reagieren wird? Er wird sich nicht nur an Heinrich rächen, indem er seine Einberufung vorantreibt. Nein, er wird auch dich im Auge behalten. Bis wir dann auffliegen, dauert es nicht mehr lange." Hannelore hoffte, dass dies nicht geschehen würde. Wenn die Gruppe sich ab sofort nicht mehr hier traf, dann käme ihnen dieser Hagedorn hoffentlich nicht auf die Schliche. Der Mann würde hinter der alten Gräfin keine Widerstandskämpferin vermuten. Dennoch: Besser wäre es kein Risiko einzugehen.

„Vielleicht hast du recht", seufzte Isolde. Niedergeschlagen und zerrissen machte sie kehrt und ließ sich wieder in ihren Sessel fallen. „Aber was soll nun werden?"

„Wir trinken unseren Tee, er wird uns etwas beruhigen. Dann begleite ich dich zur Villa, du schaust nach deinem Sohn und ich trete den Nachhauseweg an." Hannelore wusste keinen anderen Rat und war sicher, dass nichts wieder so würde, wie es vor diesem Streit im Gewächshaus gewesen war. Kurz dachte sie darüber nach, Isolde zu begleiten und mit Heinrich zu reden. Sie waren doch Freunde. Doch Hannelore verwarf den Gedanken sofort wieder. Morgen, oder an einem der nächsten Tage wäre dafür immer noch Zeit. Heute war Heinrich sicher nicht an ihrer Anwesenheit gelegen.

Und Hannelore ahnte nicht, dass sich ihr keine Gelegenheit mehr bieten würde, dem Freund zuzuhören, ihm beizustehen.

Hinter Flora krachte die Tür ins Schloss. Sie hatte Heinrich nicht eingeholt, viel zu schnell war er gelaufen. Jetzt stand sie in der Halle der Villa und keuchte außer Atem. „Bleib endlich stehen Heinrich und rede mit mir!“, rief sie ihrem Mann nach, der bereits die Treppe hinauf lief.

Heinrich blieb stehen und drehte sich um. „Was ist? Ich wüsste wirklich nicht, was wir beide noch miteinander zu besprechen hätten. Du hast längst alles über meinen Kopf hinweg entschieden und gerade habe ich mich zum Idioten gemacht!“ Mit diesen Worten drehte er sich wieder um und lief weiter.

„Dafür kann ich nichts. Das habe ich dir nicht geheißen. Wärest du zu deinen Gäulen gefahren, wie an jedem Morgen, und hättest mir weiterhin alles überlassen, so, wie in den vergangenen zwei Jahren, dann wäre das alles nicht passiert!“ Flora schnappte nach Luft. Vom schnellen Gang und vor Aufregung, war sie noch nicht wieder zu Atem gekommen. „Bis heute war alles gut! Wie kann man nur so starrsinnig sein? Ich habe das alles für uns, für dich, für Viola, für deine Mutter und ein Leben ohne Hunger und Not getan. Was ist denn schon dabei!?“, schrie sie ihm hinterher.

„Was dabei ist? Das fragst du mich nicht im Ernst, Flora! Du hast die Nazis bei uns, bei den von Langenbergs, einquartiert! Ist dir eigentlich klar, was du getan hast?“

Fassungslos blieb Heinrich bei Floras Worten wieder stehen.

„Das sagte ich bereits. Ich habe mich um unser aller Wohl gesorgt. Schlecht ist es dir doch bisher nicht gegangen, oder? Frag dich doch einmal, warum alle deine Freunde schon im Krieg sind und du nicht!“, schrie Flora. Ihre Stimme überschlug sich und hallte durch das ganze Haus. Heinrich wich alle Farbe aus dem Gesicht. „Du willst mir nicht wirklich glauben machen, du hättest das getan, um mich vor dem Kriegsdienst zu bewahren?“

„Ich will dir gar nichts weismachen. Es ist so, wie ich gesagt habe. Träum weiter oder begreife endlich, dass die Welt sich in den vergangenen zwei Jahren verändert hat. Das Leben spielt sich nicht mehr nur in deinen Pferdeställen ab. Aber davon hast du ja nichts mitbekommen. Was blieb mir übrig? Einer von uns beiden musste doch etwas tun! Und ich habe das Richtige getan, da bin ich sicher!“

Heinrich stand völlig erstarrt auf der Treppe. „Das ist nicht dein Ernst“, sagte er tonlos.

„Doch!“ Wütend lief Flora die Stufen zu ihrem Mann hinauf. Als sie an ihm vorbeigehen wollte, hielt er sie am Arm fest. „Halt! Sage mir jetzt sofort, was auf meinem Grund und Boden für diese Verbrecher produziert wird. Es kann ja nur Kriegsgerät sein.“

„Ha, Kriegsgerät! Wie das klingt. Darauf kannst auch nur du kommen.“ Verächtlich schaute Flora ihren Mann an. „Es werden Teile für Funkgeräte in Flugzeugen produziert und für die Raketen in Peenemünde werden Peilsender hergestellt. Kriegsgerät! Ach, mein dummer, gutgläubiger Träumer! Glaubst du nicht, dass unsere Soldaten Funkgeräte brauchen? Sollen sie sich ohne Vorwarnung erschießen, ausbomben lassen? Sollen sie in den Schützengräben warten, bis sie sehen, von welcher Seite der Feind naht?“ Flora funkelte ihren Mann an, schüttelte den Kopf und befreite sich aus seinem Griff. „Und jetzt lass mich gehen. Pack schon mal deine Sachen zusammen. Lange wird es nicht dauern, bis du fort musst. Genau davor wollte ich dich und Viola bewahren!"

„Lass das Kind aus dem Spiel!"

„Wie könnte ich das? Sie verliert ja schlussendlich ihren Vater, wenn du dich an der Front auch so anstellst, wie hier zu Hause! Hast du darüber etwa auch noch nicht nachgedacht? Was für einen naiven Trottel habe ich da bloß geheiratet?"

Heinrich hatte Flora nachlaufen, sie zum Stehenbleiben zwingen wollen. Jetzt hielt er inne. Wie versteinert blieb er stehen. Seine Viola, ohne ihn?! Was würde aus dem Kind werden? Darüber hatte er sich noch nie Gedanken gemacht. Heinrich konnte sich nicht mehr rühren, er schien wie gelähmt.

Flora drehte sich noch einmal zu ihm um.

Als sie ihren Mann stehen sah, verloren, geistesabwesend und am Boden zerstört, wurde ihr einmal mehr klar, dass er der Falsche für sie war. Resolut schob sie den Gedanken von sich: Sie durfte sich nicht beklagen, von Anfang an war es ihr sonnenklar gewesen. Erhobenen Hauptes schritt sie die letzten Stufen der Treppe hinauf und betrat den langen Flur, der zu ihrem Schlafzimmer führte.

Gustav und Martha, die gerade die Treppe hinuntergehen wollten, blieben erschrocken im Flur stehen. Sie wagten nicht sich zu rühren. Martha hielt Viola auf dem Arm und war froh, dass die kleine Komtess keinen Laut von sich gegeben hatte. Jetzt blickte sie in das erschrockene Gesicht des Kindes und streichelte sanft ihre Wange. „Es ist gut, Viola. Du brauchst keine Angst zu haben", flüsterte sie ihr zu. Gustav räusperte sich, als er Flora kommen sah. Erschrocken setzte Martha Viola am Boden ab, nahm ihre Hand und wollte eilig mit ihr ins Kinderzimmer zurück, als Flora kreischte: „Was stehen Sie hier herum und gaffen? Haben Sie nichts zu tun? Es gibt nichts mehr zu hören!"

„Flora, es reicht!", ertönte hinter ihr die Stimme

Heinrichs. Gustav und Martha beeilten sich zu verschwinden. Martha zog Viola hinter sich her und Gustav rettete sich in die Wäschekammer, die nicht zu seinem Arbeitsbereich gehörte.

„Ja, es reicht. Da stimme ich dir zu“, sagte Flora ganz ruhig zu Heinrich. „Wir werden sehen, was nun passiert. Mir soll es ab sofort egal sein!“ Sie öffnete die Tür zu ihrem Schlafzimmer, ging hinein, schloss sie leise und lehnte sich dagegen. Ihre eben zur Schau getragene Ruhe verließ sie:

Und ängstlich fragte sich Flora, ob ihre letzten Tage als Gräfin angebrochen waren.

Isolde hatte sich beruhigt, verließ mit Hannelore das Haus und beide Frauen begaben sich auf den Weg zur Villa. Am Hintereingang angekommen verabschiedete Hannelore sich hastig. „Sei nicht so streng mit Heinrich“, sagte sie zu ihr. Isolde lächelte matt. „Ich fürchte, ich kann ohnehin nichts mehr ändern. Ich hätte viel früher bei meinem Sohn Strenge walten lassen müssen.“

Hannelore nahm Isolde in den Arm. „Du hast gewiss alles richtig gemacht. Mach dir nicht solche Vorwürfe. Das nützt jetzt auch nichts mehr. Und denke daran: Es geht immer weiter!“ Hannelore versuchte der alten Gräfin Mut zuzusprechen.

„Kommst du in den nächsten Tagen wieder vorbei? Jetzt, wo wir uns nicht mehr regelmäßig bei mir treffen?“

„Selbstverständlich, ich schaue im Laufe der Woche wieder bei dir rein“, versicherte Hannelore, der es schwerfiel Isolde allein zu lassen. Ein kurzer Blick zurück, doch hinter Isolde hatte sich die Tür der Villa bereits geschlossen. Gedankenvoll schritt Hannelore über den Kiesweg auf das kleine Tor zu. Sie war ziemlich sicher, was passieren würde und wusste, dass nur ein Wunder helfen konnte. Bedrückt wandte sie sich nach rechts und lief die Promenade entlang. Sie konnte noch nicht nach Hause gehen, zu viel ging ihr durch den Kopf. Wenig später stand sie vor der Bäckerei der Landowskys. Als Hannelore bewusst wurde, dass ihre Füße sie, ganz ohne ihr Zutun, hierher getragen hatten, huschte, trotz der tragischen Ereignisse des Morgens, ein glückliches Lächeln über ihr junges Gesicht.

Isolde stand verloren in der großen Halle, welche sie durch den Hintereingang betreten hatte. Im Haus war alles still. Kein Streit? Sie wunderte sich. War Heinrich gar nicht ins Haus gegangen? Isolde lauschte nach oben. Nichts! „Gustav!“, rief sie nach dem Diener. Im oberen Stockwerk hörte sie, wie eine Tür geöffnet wurde und rechnete damit, Gustav am Absatz der Treppe zu sehen.

„Ich komme, Isolde“, begrüßte Flora ihre Schwiegermutter. Das hatte Isolde gerade noch gefehlt. Sie war nicht gewillt, sich jetzt mit Flora zu unterhalten.

„Du hast alles mitbekommen?“ Flora kam die Treppe herunter und Isolde glaubte Angst in ihren Worten zu hören.

„Ja, es war nicht zu überhören“, antwortete sie der jungen Frau, die jetzt tadellos angekleidet auf sie zukam.

„Setzen wir uns und trinken einen Tee?“

„Für mich keinen Tee, ich habe heute Morgen schon mit Hannelore von Trischenbach Tee getrunken.“ Isolde folgte Flora durch die Halle in den Salon.

„Hat sie alles mitbekommen?“, fragte Flora.

„Es ließ sich, wie schon gesagt, nicht vermeiden, man konnte euch bis zur Promenade hören“, antwortete Isolde vorwurfsvoll.

„Dann wird sie wohl hoffentlich nicht so bald wieder herkommen und auch ihren Freund nicht wieder mitbringen.“ Flora schaute ihrer Schwiegermutter ins Gesicht, hielt ihrem Blick stand und ließ keinen Zweifel daran, dass sie Hannelore nicht mochte. Isolde zitterte mit einem Mal am ganzen Körper. Hatte Flora etwas herausgefunden? Die alte Gräfin war nicht in der Lage den prüfenden Blick Floras standzuhalten und schaute an ihr vorbei. Hatte sie ihre Schwiegertochter unterschätzt? Doch Flora sagte kein Wort mehr, machte keine Andeutung und Isolde beruhigte sich wieder. Eine Weile saßen sich die beiden Frauen schweigend gegenüber.

„Was soll nun werden?" Isolde brach das Schweigen und stellte die Frage, die ihr unter den Nägeln brannte.

„Ich weiß es nicht. Zum ersten Mal in meinem Leben weiß ich nicht weiter." Flora stand auf und lief im Zimmer auf und ab. So ruhelos und besorgt kannte Isolde ihre Schwiegertochter nicht. Sie wunderte sich, so hatte sie Flora noch nie erlebt.

„Du wolltest Heinrich davor bewahren, in diesen verrückten Krieg ziehen zu müssen", stellte Isolde fest. „Dafür habe ich dir Respekt gezollt und bis heute einfach weggesehen. Aber Flora, Kind, das war der falsche Weg!" Flora horchte auf: Das erste Mal hatte Isolde sie als ihr Kind bezeichnet. Wie lange schon hatte sie sich das gewünscht! Wie sehr hatte sie am Anfang um Isoldes Gunst gebuhlt! Nie war sie von ihrer Schwiegermutter anerkannt worden. Und heute? Ausgerechnet heute erfüllte sich Floras sehnlichster Wunsch. Das erste Mal hatte sie das Gefühl, richtig zu den von Langenbergs zu gehören, eine von ihnen zu sein.

„Aber es gab keinen anderen Weg", sagte sie leise und mit Tränen in den Augen.

„Ich hätte meinem Sohn schon vor Monaten die Augen öffnen, ihm davon erzählen müssen. Vielleicht hätte er auf mich gehört. Aber ich hatte Angst. Ich wusste nicht, wie er reagiert, das Risiko war mir einfach zu hoch. So habe ich geschwiegen. Und nun haben wir den Schlamassel!" Isolde blickte zu Flora auf, die immer noch durch das Zimmer wanderte.

„Mach dir keine Vorwürfe. Er hätte auch auf dich

nicht gehört, da bin ich mir sicher."

„Und nun?"

Flora hob die Schultern. „Es steht nicht mehr in unserer Macht. Ich kann nichts mehr tun. Wir müssen abwarten.

Heinrich stand am Fenster, als seine Mutter mit Hannelore auf die Villa zukam. Ihm würde heiß und kalt, wenn er daran dachte, was er seiner Mutter gleich würde berichten müssen. Er hörte sie nach Gustav rufen und bevor er seine Tür öffnen konnte, stellte er verwundert fest, dass Flora bereits zu ihr auf dem Weg war. Was sollte das? Wollte sie seine Mutter einwickeln? Ihre Schuld vor der alten Dame vertuschen? Leise folgte er Flora nach unten. Als er beide Frauen einvernehmlich im Salon reden hörte, wurde er neugierig. Das hatte es noch nie gegeben! Entgegen seiner Gewohnheit lauschte er an der Tür. Was er zu hören bekam, verschlug ihm die Sprache: Selbst seine alte Mutter hatte bemerkt, dass Flora ihn schützen wollte. Heinrich schüttelte bestürzt den Kopf. Er war wirklich ein Träumer, weltfremd war er geworden.

Die Einberufung Heinrichs hatte nicht lange auf sich warten lassen. Major Hagedorn war am Abend zu Heinrich in die Villa gekommen. Er hielt ihm den unterschriebenen Vertrag unter die Nase, doch Heinrich beharrte auf seinem Standpunkt. Er erklärte Hagedorn, dass seine Frau nicht berechtigt gewesen war, einen solchen Vertrag aufzusetzen. Der Major wies ihn nachdrücklich darauf hin, dass er, Heinrich, den Vertrag unterschrieben habe. Heinrich war nicht in der Lage, darauf etwas zu erwidern. So ging die Produktion auf dem Langenberg'schen Grundstück weiter, und gestern hatte der Postbote den Marschbefehl für Heinrich gebracht. Morgen schon wäre es soweit. Isolde weinte und haderte mit sich, aber sie machte Heinrich keine Vorwürfe. Sie war stolz auf ihren Sohn, er hatte Rückgrat bewiesen. Es gefiel ihr, dass er sich diesen Leuten nicht gebeugt, nicht gesagt hatte, es hätte sich nur um einen Irrtum gehandelt. Vielleicht hätte er dann seine Haut noch retten können, aber wer wusste das schon?

„Mama, bist du hier?“ Heinrich kam ins Witwenhaus, um sich von seiner Mutter zu verabschieden.

„Ja, mein Junge.“ Isolde trat mit verweinten Augen aus der kleinen Küche.

„Mama, weine doch nicht“, sagte Heinrich leise. „Ich bin bald wieder bei euch. Lange wird es nicht mehr dauern.“

„Ach, mein Junge“, schluchzte Isolde auf, die nicht daran glaubte, dass dieser Wahnsinn bald ein Ende nehmen würde.

„Du musst tapfer sein, Mama. Für mich! Ich habe auch noch eine Bitte an dich!“ Heinrich zögerte.

„Ja? Nun sag schon!“

„Kümmere dich um Viola. Bitte, versprich es mir! Flora beachtet unsere Tochter kaum. Martha liebt Viola freilich, so als wäre es ihr eigenes Kind, aber Viola braucht doch die Familie.“

„Du kannst ganz beruhigt sein. Ich werde mich meiner Enkeltochter gern annehmen, Heinrich.“

„Dann bin ich erleichtert und der Abschied fällt mir nicht ganz so schwer.“ Heinrich schloss seine Mutter in die Arme und hielt sie fest umschlungen. Als sie sich voneinander lösten, schimmerten auch in den Augen des Grafen Tränen.

„Hier, Mama!“ Heinrich drückte seiner Mutter ein großes Kuvert in die Hand.

„Was ist das?“

„Es ist eine Vollmacht für dich. Damit hast du die Befugnis alles zu entscheiden, was mit unserem Besitz zusammenhängt. Flora ist einverstanden, was wäre ihr auch anderes übriggeblieben. Sie führt die Geschäfte weiter, benötigt aber zu allem deine Unterschrift. In den letzten beiden Jahren, war es genauso zwischen Flora und mir gewesen, nur, dass ich nicht geschaut habe, was sie mir zur Unterschrift vorlegte. Sei also auf der Hut. Ich kann nicht ausschließen, dass sie es mit dir ebenso versucht!“ Damit ging er schnell zur Tür und verließ das Haus. Isolde stand am Fenster und schaute ihrem Sohn nach. Heinrich war schon lange aus Isoldes Sichtfeld verschwunden, als die alte Gräfin sich endlich vom Fenster losriss.

„Bitte, lieber Gott, bring ihn mir wieder gesund nach Hause!“, flehte sie mit fester Stimme. Keine Träne stahl sich mehr in ihre Augen.

Zweiundzwanzigstes Kapitel

Insel Rügen 1944

Die Langenberg'sche Villa lag an diesem kalten Februartag verschlafen hinter der Promenade des kleinen Ostseebades der Insel Rügen. In der großen Halle herrschte Eiseskälte, seit Wochen war hier nicht mehr geheizt worden. Selbst das Personal, welches nur noch aus dem Diener Gustav, der Kinderfrau Martha und der Köchin Hermine bestand, war noch nicht auf den Beinen. Es wurde gespart, wenngleich der Kohlenkeller dank Major Hagedorn wieder gut gefüllt war: Doch wer wusste schon, wie lange dieser unsägliche Krieg noch andauern würde. Der Strom fiel zeitweise aus, wogegen alle machtlos waren. Aus diesem Grund krochen die Bewohner seit Anfang der dunklen Jahreszeit erst aus ihren Betten, wenn es langsam hell wurde. Am Abend saß man beim Licht einer Kerze und glaubte, bei ihrem anheimelnden Schein fest daran, dass sie nur aus Gründen der Gemütlichkeit angezündet worden war. Zu Weihnachten war es den Langenbergs nicht schwergefallen dies anzunehmen, doch als die Wochen ins Land gingen, wurden sie sich immer häufiger der ausweglosen Situation in ihrem Land bewusst. Gustav beheizte nur noch die Öfen im kleinen Salon, im Kinderzimmer und der Bibliothek. Der große Speisesaal wurde nicht mehr benutzt. Für Flora, Isolde, Rose und Viola reichte der kleine Salon vollkommen aus. Hier saßen sie bei Kerzenschein und Tee zusammensaßen, sobald es draußen dunkel wurde. Hermine, die Köchin, sorgte außerdem jeden Morgen für ein Feuer im Ofen der Küche, welches sie den ganzen Tag auf kleiner Flamme hielt, gerade genug, um sich daran zu wärmen, das Essen zu kochen und heißes Wasser bereitzuhalten.

Isoldes Witwenhaus lag verlassen, die alte Dame war aus wirtschaftlichen Gründen wieder in die Villa gezogen. Major Hagedorn ließ sich nicht mehr so oft sehen, die Produktion war nach Thüringen verlegt worden. Selten stattete der Major der jungen Gräfin einen Besuch ab, doch wenn er an der Tür der Villa klopfte, hatte er immer etwas Ausgefallenes dabei, mal eine Tafel Schokolade für Viola, mal ein Pfund Bohnenkaffee und manchmal sogar eine exzellente Flasche Rotwein oder eine Dose besten Kaviars. Jedes Mal schlug Floras Herz beim Anblick des stattlichen Mannes, in seiner schneidigen Uniform, ein Stück höher. Lange hatte kein Mann sie mehr begehrt.

Heinrichs Einberufung lag nun schon mehr als achtzehn Monate zurück. Seither hatte Flora nur einen einzigen Brief von ihm erhalten: Damals, vor zehn Monaten, war er an der Ostfront gewesen und danach hatte sie nichts mehr von ihm gehört. Sie hoffte, er wäre unversehrt.

In den Gärtnereien fanden sich kaum noch Blumen und Ziergewächse. Wer brauchte in dieser Zeit Blumen? Vielmehr hatte Flora sich auf die Anzucht von Gemüse in den Gewächshäusern verlegt, wenn auch widerwillig. Sie füllten wenigstens ihren und die Bäuche der Familie. Geld war kaum damit zu verdienen. Zum Tauschen eignete sich das Gemüse allerdings hervorragend. Schnell hatte Flora erkannt, dass selbst mit dem Hunger der Menschen ein Geschäft zu machen war.

Gegen Acht kam Leben in die verschneite Villa. Martha lachte mit Viola, die selten länger als bis Sieben schlief. Flora hörte, wie Gustav über den Flur schlurfte. Er war in den letzten zwei Jahren über den Sorgen, die dieser Krieg mit sich brachte, alt geworden. Aus der Küche hörte sie Geräusche. Hermine befüllte den Wasserkessel: Flora hörte das Wasser durch die Rohre rauschen. Mit einem Satz sprang sie aus dem Bett. Schnell ging sie in das angrenzende Badezimmer und verrichtete ihre Morgentoilette. Als Flora in ihr Kleid schlüpfte, seufzte sie leise. Was waren das für Zeiten? Wollte dieser Krieg denn niemals enden? Vom Endsieg war schon lange keine Rede mehr. Es musste doch endlich wieder besser werden, aufwärts gehen! Die junge Gräfin nahm die rote warme Jacke aus dem Schrank, eines der letzten Geschenke Heinrichs. Sie mochte die weiche Kaschmirwolle, die Erinnerungen an bessere Tage in ihr weckte und sie in dieser unwirtlichen Jahreszeit wärmte. Wäre doch wenigstens der Winter erst vorbei! Wieder seufzte Flora, dieses Mal lauter als zuvor. Sie hörte, wie ihre Schwiegermutter im Zimmer nebenan die Gardine zurückschob und das Fenster öffnete. „Die Frau hat Nerven, als sei es nicht schon kalt genug in den Räumen", murmelte Flora und schüttelte missbilligend den Kopf.

Isolde stand barfuß am Fenster, sie war noch nicht angekleidet und fröstelte in der kalten Morgenluft, die zum geöffneten Fenster hereindrang. Ihre Füße waren in dieser Nacht unter der Bettdecke nicht warm geworden. Was machte es schon? Niedergeschlagen, wie an jedem Morgen der letzten Monate, begrüßte sie den neuen Tag und haderte mit Gott, der dieses Leid zuließ. Sollte er sie doch zu sich holen! Sie hatte keine Angst vor dem Tod: Doch sie hoffte inständig, ihr Heinrich kehre wohlbehalten aus diesem Krieg zurück: Das war das Einzige, wofür es sich noch zu leben und zu beten lohnte. Bei den Gedanken an ihren Sohn straffte Isolde die Schultern. Sie musste nach vorn schauen, durfte sich nicht unterkriegen lassen. Sie hatte Heinrich ein Versprechen gegeben und das würde sie halten. Isolde hatte sich mit Flora arrangiert, sie verstanden sich seit Heinrichs Kriegsdienst nun besser und waren enger zusammengerückt, was nicht nur diesen trostlosen Zeiten geschuldet war. Die alte Gräfin konnte nicht umhin sich einzugestehen, dass Flora alles tat, um den Besitz der Langenbergs zu sichern. Entbehrungen mussten sie freilich hinnehmen, doch es ging ihnen nicht schlecht. Flora bewahrte Haltung, egal wie schwierig die Lage wurde. Dafür bewunderte Isolde ihre Schwiegertochter. Zudem war die junge Frau stets bemüht, gute Geschäfte abzuschließen. Oft staunte die alte Dame wie es Flora gelang, dieses glanzlos gewordene Leben erträglich zu gestalten. Flora duldete keinen Schlendrian beim Personal und bestand schon am Morgen darauf, dass der Frühstückstisch hübsch gedeckt und ansprechend dekoriert wurde. Am Abend, wenn der Strom ausfiel, machte sie aus der Not eine Tugend und ließ die großen Kandelaber anzünden. Die Köchin fürchtete Floras Wutanfälle, wenn der Tisch nicht mit dem feinen Meißner Porzellan, den Kristallgläsern und dem silbernen Besteck eingedeckt war.

Isolde stand immer noch mit nackten Füßen am Fenster und dachte daran, dass es vielen Menschen schlimmer als ihnen erging. Floras Geschwister litten Hunger und Elisabeth hatte vor einem halben Jahr die Nachricht vom Tod ihres Mannes bekommen. Für die kleine Frau bestand keine Hoffnung mehr auf ein glückliches Wiedersehen, von dem Isolde nach wie vor träumte, auch wenn die Monate ins Land gingen und sie kein Lebenszeichen von Heinrich bekam. Als sie nun den Blick hob und die Auffahrt zur Villa hinunterschaute, hielt sie den Atem an. Mit dem Ärmel ihres Nachthemdes wischte sie die beschlagene Fensterscheibe ab und spähte angestrengt hinaus. Ihr Herz klopfte laut und als sie den angehaltenen Atem ausstieß, beschlug die Scheibe sofort wieder. Isolde riss das Fenster auf. Der eiskalte Wind blies ihr entgegen, sie merkte es nicht. Die abgerissene Gestalt, die sie vor dem Tor des Grundstücks wahrgenommen hatte, kam jetzt auf die Villa zu. Sie rieb sich die Augen. Ein paar Schritte noch, dann erkannte sie den Mann, der sich auf zwei Krücken gestützt, mühsam den verschneiten Weg entlangkämpfte.

Flora war zum Frühstück angekleidet und verließ ihr Schlafzimmer. Wie jeden Morgen verhielt sie an der Tür ihrer Schwiegermutter den Schritt und lauschte. Seit Isolde vor einiger Zeit einen Herzanfall erlitten hatte, klopfte Flora morgens an ihre Tür, um sich davon zu überzeugen, dass es der alten Dame gut ging. Meist wartete Isolde schon und trat heraus, wenn sie die Schwiegertochter hörte. Beide gingen dann gemeinsam die Treppe hinunter zum Frühstück.

Auch heute klopfte Flora und wartete einen Moment. Sie bekam keine Antwort, nichts tat sich in Isoldes Schlafzimmer, sie klopfte erneut. Die junge Frau wunderte sich, hatte sie ihre Schwiegermutter doch schon gehört, als diese das Fenster so unwirsch aufgerissen hatte. Flora hielt ihr Ohr an die Tür. Warum antwortete sie nicht? Noch einen Augenblick lauschte sie angstvoll, dann drückte sie entschlossen die Klinke herunter: Der erstickte Schrei Isoldes ließ Flora erstarren. Die alte Gräfin brach am offenen Fenster zusammen.

Einen Moment stand Flora reglos in der Tür. Dann kam Leben in die junge Frau. Mit drei Schritten war sie bei Isolde und kniete sich neben sie.

„Gustav! Martha! Hermine! Rose!“ Flora schrie wie besessen und zitterte am ganzen Körper. Mit ihrem Taschentuch wedelte sie ihrer Schwiegermutter Luft zu und rief wieder und wieder beschwörend ihren Namen.

„Was ist passiert?“ Martha stand außer Atem im Zimmer, als Isolde gerade die Augen wieder aufschlug.

„Sie kommt zu sich! Gott sei Dank!“, rief Flora erleichtert. „Martha kommen Sie, helfen Sie mir, wir müssen die Gräfin aufs Bett legen! Und schließen Sie das Fenster, sonst werden wir uns alle noch den Tod holen!“ Flora hatte sich gefasst. Martha tat, wie ihr geheißen, ohne einen Blick zum Fenster hinaus zu verschwenden.

Gustav und Hermine traten keuchend ins Zimmer, Rose sauste an ihnen vorbei. Aus dem Kinderzimmer hörten sie Viola weinen. Das Kind hatte sich erschrocken, als seine Mutter das Haus zusammengeschrien hatte und Martha einfach davongelaufen war.

„Rose, geh zu Viola und beruhige sie!“, forderte Flora ihre Schwester auf. Rose machte auf dem Absatz kehrt und rannte ins Kinderzimmer.

„Gustav, bringen Sie schnell ein Glas Wasser und die Herztropfen“, wies Flora den Diener an.

Gemeinsam halfen die drei Frauen der alten Gräfin auf die Beine und legten sie auf ihr Bett. Flora setzte sich neben ihre Schwiegermutter auf die Bettkante, hielt ihre Hand und sprach beruhigend auf sie ein. Die alte Dame lag völlig verstört und nach Atem ringend in ihrem Bett. Als Gustav mit dem Wasserglas und den Herztropfen zu ihr trat, setzte sich Isolde unter größter Mühe auf. Sie nahm ihm wortlos das Glas aus der Hand und führte es an ihre Lippen. Flora öffnete die Flasche mit den Herztropfen, doch als sie ein paar Tropfen der Arznei auf einen Löffel träufeln wollte, wehrte Isolde ab. Sie gab Gustav das zur Hälfte geleerte Wasserglas zurück und ließ sich erschöpft in die weichen Kissen fallen.

„Du musst deine Tropfen nehmen!“, sagte Flora mit Nachdruck. Isolde schüttelte den Kopf. Flora zählte die Tropfen, die sie jetzt, unbeirrt der Abwehr Isoldes, auf den Löffel gab. „…drei, vier, fünf….“

„Heinrich! Heinrich! Heinrich!“ Rose kam, mit Viola auf dem Arm, ins Zimmer gerannt und schrie aufgeregt immer wieder Heinrichs Namen. „Heinrich! Er kommt! Er ist wieder da! Unten… an der Tür!“ Das Mädchen konnte sich nicht beruhigen. Flora entglitt der Löffel mit den Tropfen, die einen nassen Fleck auf Isoldes Bettdecke hinterließen. Niemand achtete darauf. Alle standen wie versteinert. Sie wagten kaum zu atmen, schauten sich nur an. Dann sprang Flora von der Bettkante auf und rannte hinaus. Gustav trat ans Fenster und schaute nach unten. Martha nahm Viola auf ihren Arm und sie drückte Rose fest an sich. Keiner sprach ein Wort.

„Der junge Herr Graf", sagte Gustav nach einigen Sekunden tonlos und starrte noch immer zum Fenster hinaus. Er konnte den Blick nicht abwenden und sah das Bild, das sich vor wenigen Minuten Isolde geboten haben musste. Die Sekunden vergingen: Dann erhellte ein Lächeln sein Gesicht, auf dem sich eben noch Sorgenfalten abgezeichnet hatten. „Er ist zurück! Er lebt!"

Isolde schluchzte auf: Und als die Tränen über ihre Wangen liefen, kam wieder Leben in die alte Dame.

„Heinrich"! Flora hatte die Tür aufgerissen und stand ihrem Mann gegenüber. Fassungslos betrachtete sie ihn. Heinrich stand vor ihr, auf zwei Krücken gestützt. Er trug einen schmutzigen, abgerissenen Wintermantel, von dem Flora glaubte, Läuse würden sich in dessen Wolle finden. Ihr Blick glitt an Heinrich hinab und wieder hinauf. „Heinrich!", sagte sie noch einmal entgeistert, dann wandte sie ihre Augen ab und gab ihm den Weg in die Halle frei.

Heinrich humpelte mühsam an Flora vorbei. Er konnte nicht sagen, wie er sich das Wiedersehen mit seiner Frau vorgestellt hatte: So jedenfalls nicht. Er glaubte Ekel in ihrem Gesicht gesehen zu haben, als sie nach eingehender Musterung seiner Krücken und des verdreckten Mantels ihr Gesicht abgewandt und ihn endlich den Weg in die Villa freigegeben hatte. Wie ein Fremder schaute er sich in der großen Halle um. Alles war noch beim Alten. Die Teppiche und Brücken waren noch vorhanden, auch die antike Anrichte, der aus demselben Holz gefertigte Garderobenschrank, der kleine Tisch und die an ihm stehenden zwei Sessel. Alles wie immer, so als wäre der Krieg an diesem Haus vorübergezogen. „Gott sei Dank", flüsterte er. Die Kälte im Raum bemerkte er nicht, er hatte in den letzten Jahren so oft in Dreck und Matsch und auf gefrorenem Boden gelegen, dass das Zähneklappern zu seinem Begleiter geworden war. Hatte er nicht vor Kälte gezittert, dann aus Angst um das nackte Leben. Wann ihm das letzte Mal so richtig warm gewesen war, daran konnte er sich nicht mehr erinnern: Selbst im Lazarett nicht, aus dem er geradewegs kam: Nicht einmal in jenem Augenblick, als er bemerkt hatte, dass er weder im Himmel noch in der Hölle gelandet war. Auch der Gedanke, dass er lebte, hatte ihn nicht zu wärmen vermocht.

Flora musterte ihren Mann wie er in der Halle stand und sich umsah, als sähe er alles zum ersten Mal. Ein Schauder lief ihr über den Rücken. Vor dieser traurigen Gewissheit, diesem Anblick, hatte sie sich so sehr gefürchtet.

Heinrich zog sich die Pelzmütze vom Kopf und setzte den Sack am Boden ab, indem sich seine wenigen Habseligkeiten befanden. Dann löste er den breiten Gürtel, der den schweren Mantel zusammenhielt und streifte ihn von den Schultern, er glitt zu Boden.

Erst jetzt sah Flora wie abgemagert er war. Die Hose wurde von einem grauen Strick zusammengehalten, durch das Hemd konnte sie seine Rippen erahnen. Als ihr Blick hinauf zu seinem kahlen Schädel glitt, holte sie tief Luft und drehte sich weg.

„Komm in die Küche! Du hast bestimmt Hunger. Gustav kann dir dann ein Bad einlassen, aber zuerst solltest du etwas essen“, plapperte Flora verlegen drauflos und ging, ihm voran, in die Küche.

Heinrich wünschte sich, sie würde stehenbleiben, sich umdrehen und sich in seine Arme werfen. Das war es, wovon seine Kameraden in kalten, klaren Nächten am Feuer erzählt hatten. Sie waren nach Hause gekommen, auf Urlaub nur, und ihre Frauen hatten sich aufschluchzend in ihre Arme geschmiegt. Wenn Heinrich ehrlich zu sich selbst war, hatte er nicht damit gerechnet. Aber träumen und wünschen, das durfte man in diesen düsteren Zeiten noch!

Heinrich nahm die Krücken, die er an die Anrichte

gelehnt hatte und wollte Flora folgen. In diesem Moment hüpfte ein kleines Mädchen an der Hand Marthas die Stufen hinab. Viola – sein Veilchen! Groß war seine Tochter geworden. Als Viola ihn stehen sah, hielt sie einen winzigen Augenblick inne. Aus großen blauen, neugierigen Augen schaute sie ihn an: Und das erste Mal, seit er vor achtzehn Monaten seine Familie verlassen musste, durchströmte Heinrich Wärme. Sein Herz setzte ein paar Schläge aus. Was würde passieren, wie würde das Kind reagieren? Verhalten lächelte Heinrich seinem kleinen Veilchen entgegen: Und da war das Eis gebrochen.

Viola, bald drei, befreite sich aus Marthas Griff und lief, sich am Geländer der Treppe festhaltend auf sicheren Beinen, ihrem Vater entgegen. Sie sagte kein Wort, leise und vorsichtig, um ihn nicht umzuwerfen, umklammerte sie sein rechtes Bein. Eine Weile stand Heinrich reglos und ließ es geschehen. Dann schaute Viola zu ihm auf.

„Lieber Papi, bist wieder da?“, flüsterte das Kind.

Und dem Mann, der so unendlich viel Leid in den letzten Monaten erlebt hatte, liefen Tränen über die Wangen.

Martha war Viola hinterhergelaufen, in Angst, das Kind könne die Treppe hinunterfallen. Jetzt stand sie dem weinenden Mann gegenüber und brachte kein Wort der Begrüßung heraus: Indes, beim Blick in ihr strahlendes Gesicht, bedurfte es keiner Worte.

Rose, die wie angewurzelt am oberen Treppenabsatz stehengeblieben war, schritt langsam, beinahe zögerlich, die Treppe hinab. Heinrichs ausgemergelte Züge und die Krücken jagten ihr Angst ein. War das Heinrich, der Heinrich, der sie einst mit seinem Lachen angesteckt hatte? Rose überfiel panische Angst. Würde alles wieder werden, wie es gewesen war? Der Mann, der jetzt so nachdenklich zu ihr aufschaute, würde er jemals wieder der Alte?

„Rose? Kleine Rose – du bist ja ein richtiges Fräulein geworden“, hörte sie ihn in diesem Moment sagen. Ein

Lächeln stahl sich in Roses Gesicht und verbannte die eben noch empfundene Angst daraus. Rose übersprang die letzten drei Stufen der Treppe und segelte in seine Arme. Die Krücken polterten auf den Dielenboden. Martha erschrak und sprang Heinrich zu Hilfe, jedoch Rose und Viola, diese beiden ungestümen Kinder, hielten Heinrich fest umschlungen: Niemals wäre ihm in ihren Armen etwas geschehen, nie hätten sie ihn zu Boden gerissen.

Gustav, der mit Hermine, der Köchin die Heinrich noch nicht kannte, in der Mitte der Halle stehengeblieben war, lächelte froh. „Gott sei Dank, welch ein glücklicher Tag“, murmelte er immer wieder. Als er nun auf den jungen Grafen zuging, um ihn willkommen zu heißen, trafen sich seine Blicke mit denen Floras, die an der Tür zur Küche stand, und Gustavs eben noch glückliches Gesicht verfinsterte sich.

„Willkommen zu Hause“, begrüßte er seinen jungen Herrn und versicherte ihm: „Wir sind alle froh, Sie wieder bei uns zu haben!“ Sein Blick wanderte noch einmal zur Küchentür, doch die junge Gräfin war bereits gegangen.

„Zuerst gehe ich ins Witwenhaus zu meiner Mutter.“ Heinrich mühte sich, seine Krücken vom Boden aufzuheben. Hermine sprang zu und bückte sich.

„Das brauchst du nicht, mein Junge“, vernahmen sie die Stimme Isoldes, die es nicht länger in ihrem Bett ausgehalten hatte. Vorsichtig war sie aufgestanden, immer darauf bedacht, keinen neuen Schwächeanfall zu erleiden. Ein paar Tropfen ihres Herzmittels hatte sie in das halbvolle Glas Wasser gegeben und es in einem Zuge ausgetrunken. Für Hausschuhe und Morgenmantel war keine Zeit mehr geblieben. Sie musste ihn sehen, ihren Heinrich. Sie musste sehen, hören und fühlen, dass ihre Sinne sie nicht getrogen hatten.

Barfuß und unschicklich gekleidet, stand die alte Gräfin von Langenberg am Treppengeländer des oberen Stockwerkes, umklammerte es mit beiden Händen so fest, dass ihre Fingerknöchel weiß hervortraten und war an diesem kalten Wintermorgen des Jahres Neunzehnhundertvierundvierzig eine der glücklichen Mütter, von denen es nicht mehr viele in diesen Zeiten gab.

Dreiundzwanzigstes Kapitel

Insel Rügen 1990

Martha Dannert stellte die Gartenmöbel auf die Terrasse. Die Sonne schien angenehm warm vom Himmel und sie war der Meinung, dass eine Tasse Kaffee und der frischgebackene Kuchen ihnen im Freien viel besser schmecken würden. Viola und Maurice hatten sich zum Nachmittagskaffee angekündigt, um ihr zu berichten, was sie in den letzten Tagen herausgefunden hatten. Die Beiden waren nach Berlin gefahren, dorthin, wo sie Rose zu finden hofften.

Martha legte gerade die letzte Auflage auf den Sitz eines Gartenstuhls, als es an der vorderen Tür klingelte.

„Ich bin hier hinten!", rief sie und lief um die Hausecke. Als sie Viola und Maurice sah, wurde ihr schwer ums Herz. Sie boten einen niedergeschlagenen Anblick, wenngleich sie ihr entgegenlächelten.

„Endlich seid ihr da! Kommt, ich habe schon den Kaffeetisch gedeckt! Die Sonne meint es heute gut mit uns", rief die alte Frau, nahm Viola in den Arm und streichelte ihr trauriges Gesicht. Ein Blick zu Maurice: Er schüttelte leicht den Kopf und auch auf seinem Gesicht zeigten sich Kummerfalten.

Viola ließ sich von Martha unterhaken und lief mit ihr um das Haus. Maurice folgte den beiden Frauen. Trotz der schlechten Neuigkeiten, die sie aus Berlin mitbrachten, schmunzelte er. Er hatte das erste Mal, seit er Viola kannte, ein Geheimnis vor ihr: Ein schönes Geheimnis und wenn sein Plan aufginge, eine wunderbare Überraschung! Wenn nicht, würde Viola nie davon erfahren.

„Setzt euch! Ich hole den Kaffee!", forderte Martha die beiden auf und verschwand im Haus.

„Ich glaube, sie fürchtet sich vor unserem Bericht", bemerkte Viola.

„Sie wird uns unseren Kummer gewiss schon angesehen haben." Maurice nahm am gedeckten Tisch Platz und schaute sich in Marthas kleinen Garten um. Hier dominierten, anders als bei ihnen zu Hause, die Gemüsebeete und Maurice fragte sich im Stillen, was Martha mit den ganzen Möhren, Bohnen, Kohlrabi und Kartoffeln anstellte. „Viel zu viel für eine Person", murmelte er.

„Wie?" Viola schaute ihren Mann fragend an.

„Ich wundere mich, wozu Martha dieses ganze Gemüse anbaut. Das braucht sie doch gar nicht alles. Und die Obstbäume…", sein Blick streifte die Krone des Apfelbaumes, flog weiter zum Birnbaum hinüber und verharrte dann bei Kirsche, Sauerkirsche und Pflaume. „…eine Wahnsinnsarbeit! Für wen bloß?"

„Tja, Martha kann es eben nicht lassen. Sie ist es von Kindheit an so gewohnt und erst glücklich, wenn das Gemüse eingefroren, das Obst eingekocht und die Kartoffeln, mit Keimstopp bestäubt, im Keller lagern." Viola sah ihren Mann versonnen an, doch kein Lächeln legte sich auf ihre Züge. Sie war zu niedergeschlagen, die vergangenen Tage hatten ihr zugesetzt. Maurice streichelte sanft ihren Arm. „Sei nicht traurig. Wir finden unsere Tochter schon noch. Ich bin mir sicher."

„Ach, Maurice. Ich wünsche mir es so. Aber ich habe keine Hoffnung mehr."

„Was? Keine Hoffnung? Wo gibt's denn sowas?" Martha stellte die Thermoskanne mit dem Kaffee auf den Gartentisch und setzte sich zu Maurice und Viola. Sie hatte sich beim Brühen des Kaffees Zeit gelassen. Beim Blick in die Gesichter von Maurice und Viola war ihr nicht entgangen, dass die Suche nach Rose erfolglos gewesen war.

„Nun, Martha. Du ahnst es schon. Wir haben Rose nicht gefunden, sind keinen Schritt weitergekommen. Ich weiß nicht, was nun werden soll." In Violas Augen schimmerten Tränen.

„Erzählt mir der Reihe nach, was ihr alles unternommen habt!" Martha nahm die Thermoskanne vom Tisch und schenkte Kaffee ein. „Und greift zu, der Kuchen ist noch warm. Ich habe ihn vor einer Stunde erst aus dem Backofen genommen. So schmeckt er am besten!"

„Maurice, erzähl du!" Viola gab Milch und Zucker in ihren Kaffee und lehnte sich dann erschöpft, mit der Tasse in der Hand, im Gartenstuhl zurück. Maurice nahm ein Stück Kuchen und legte ihn gar nicht erst auf den Teller. Herzhaft biss er hinein. „Hm, wunderbar!" Er verdrehte genießerisch die Augen. Bei allem Kummer, den sie hatten, Maurice war hungrig. Mit vollem Mund begann er jetzt zu erzählen und fing dafür einen strafenden Blick seiner Frau.

„Also…", begann er. „…wir haben uns zuerst ein Hotel gesucht. Schon beim dritten Anlauf hatten wir Glück. Wir hatten ja nichts gebucht…" Martha verdrehte die Augen und Maurice wurde unwirsch von Viola unterbrochen. „Maurice bitte! Das interessiert niemanden!"

„Nicht?" Maurice sah seine Frau verständnislos an. Er war es gewohnt, seine Berichte stets lückenlos abzugeben. „Lasst mich doch erst mal den Kuchen essen." Viola schnappte hörbar nach Luft.

„Schon gut, schon gut." Maurice hob beschwichtigend die Hände. „Also, nachdem wir eine Bleibe gefunden hatten, sind wir zu der Adresse gefahren, die du uns…", er blickte zu Martha, „…mitgegeben hast. In einer überschaubaren Siedlung am Rande Berlins standen wir vor einem kleinen Haus. Auf unser Klingeln öffnete uns eine Dame, schätzungsweise im Alter von Viola oder ein bisschen jünger. Uns war sofort klar, dass es nicht Rose sein konnte, selbst wenn Viola sie nicht wiedererkannt hätte, war diese Frau viel zu jung. Sie erklärte uns, dass sie und ihr Mann das Haus vor ein paar Monaten von einer jungen Frau gekauft hatten. Eine Rose Hoffmann kenne sie nicht, nannte uns jedoch den Namen der jungen Dame, welche ihnen das Haus verkauft hat."

„Und? Wer ist die junge Frau?", fragte Martha gespannt.

„Sie heißt Vonderhoff, viel mehr wissen wir nicht", erklärte er und sah in Marthas nachdenkliches Gesicht. „Was ist Martha?" Die alte Frau antwortete nicht. Viola schaute traurig in ihre Kaffeetasse und Maurice nutzte diesen Augenblick, schob sich den Rest seines Kuchens in den Mund und leckte die Finger ab. Viola blickte auf und schüttelte den Kopf.

„Du bekommst auch alles mit!?" Lächelnd griff Maurice nach dem zweiten Stück.

„Erzähl weiter!", forderte Martha ihn auf.

„Die neue Hausbesitzerin holte den Kaufvertrag hervor und gab uns die Adresse dieser Frau Vonderhoff. Sie erzählte uns, dass ihr aus einem Gespräch mit der jungen Frau bekannt war, dass diese in einem Krankenhaus in Berlin arbeitet und gab uns auch die Anschrift der Klinik." Maurice räusperte sich, er spülte den Kuchen mit einem Schluck Kaffee hinunter.

„Und weiter?" Martha rutschte ungeduldig auf ihrem Stuhl hin und her. Viola fiel Marthas Ungeduld nicht auf.

„Wir fuhren zuerst zu der Adresse, wo sie wohnen sollte. Den Namen Vonderhoff konnten wir an keinem Klingelschild entdecken. Es handelte sich um ein Hochhaus, sehr unpersönlich, in einem furchtbaren Neubaugebiet. Das kannst du dir gar nicht vorstellen, Martha! Ein Block an dem anderen. Einer größer und höher als der andere, aber alle im gleichen Stil erbaut. Brrrr." Maurice schüttelte sich und Martha lachte. „Doch, kann ich. Das war der Baustil unseres Landes. Überall gleich und darauf ausgerichtet, möglichst vielen Menschen eine Wohnung zu bieten, die ihren Bedürfnissen entsprach..."

„Da war es aber nicht weit her, mit euren Bedürfnissen", unterbrach Maurice sie.

„…na, wenigstens gab es bezahlbaren Wohnraum für die Familien!“, gab Martha gekränkt zurück. Betreten schaute Maurice zu Boden. Er hatte Martha nicht beleidigen wollen.

„Entschuldige Martha! Ich habe es nicht böse gemeint. Aber es war wirklich furchtbar. Ein Betonklotz an dem anderen.“

„Ja, das wissen wir nun“, mischte Viola sich ungehalten ein. „Erzähl weiter!“

Maurice schnappte hörbar nach Luft, auch seine Nerven waren zum Zerreißen gespannt und viel Geduld war für diesen Bericht nicht übriggeblieben. „Wir fanden also kein Klingelschild mit den Namen Vonderhoff“, erzählte er weiter. „Zu unserem Glück kam gerade ein junger Mann zur Tür heraus und wir fragten nach Frau Vonderhoff. Er kannte die junge Frau zwar auch nicht, ließ uns aber ins Haus und riet uns, einfach an ein paar Türen zu klingeln und nach der Frau zu fragen. Gleich im Parterre trafen wir auf eine ältere Frau, die sie kannte. Sie erzählte uns, dass Frau Vonderhoff vor einiger Zeit ausgezogen sei und erklärte, dass sie allerdings nicht wisse, wohin.“

Martha seufzte und betrachtete Viola, die immer mehr in sich zusammensank.

„Wir fuhren dann zu der Klinik, welche uns die neue Hauseigentümerin mitgeteilt hatte. Doch auch dort hatten wir kein Glück. Frau Doktor Vonderhoff habe vor einiger Zeit gekündigt, erklärte man uns, doch keiner konnte uns sagen, wohin sie gegangen war. Da waren wir mit unseren Nachforschungen am Ende.“ Maurice lehnte sich im Stuhl zurück und dachte über seine eigenen Ausführungen nach. Auch Martha saß nachdenklich am Tisch. Maurice konnte darüber nachgrübeln solange er wollte, und er hatte es in den letzten Tagen oft getan, es ergab einfach alles keinen Sinn, keine Spur führte zu seiner Tochter. Mochte diese Rose unbekannt verzogen sein und diese Frau Doktor Vonderhoff das Haus verkauft haben, es brachte sie nicht weiter. Er war auf dem Einwohnermeldeamt gewesen und hatte versucht zu ergründen, wohin Rose Hoffmann sich abgemeldet hatte. Sie konnte doch nicht vom Erdboden verschwunden sein! Dort hatte ihn die nette Sachbearbeiterin gefragt, nachdem sie keine Eintragung gefunden hatte, ob Hoffmann der Mädchenname von Rose gewesen sei. Maurice hatte das bejaht, aber nicht sagen können, ob Rose jemals verheiratet gewesen war. Die nette Dame hatte daraufhin ihre Kollegin vom Standesamt angerufen, doch auch das war vorerst erfolglos geblieben. Er solle seine Anfrage an das Standesamt schriftlich stellen, die Bearbeitungszeit könne einige Wochen in Anspruch nehmen, war ihm daraufhin gesagt worden. Man hatte ihm geraten, in seinem Bekanntenkreis nachzuforschen. Vielleicht wisse jemand mehr über Rose Hoffmann. Die weitere Suche nach der ehemaligen Hauseigentümerin, Frau Vonderhoff, erschien Viola und Maurice nicht erfolgversprechend.

Maurice blickte Martha fragend an. Irgendetwas ging in ihr vor, das er nicht deuten konnte. Er sah in Marthas Gesicht und bemerkte die Anstrengung auf ihren Zügen.

„Martha!?“, sprach Viola die alte Frau in diesem Moment an. Martha schrak aus ihren Gedanken auf. „Ja, Kind.“

„Wir müssen morgen erst einmal nach Hause fliegen. Ich habe mein Geschäft viel zu lange vernachlässigt, und keine Vertretung benannt. Wir wussten ja nicht, dass wir über eine Woche hier bleiben würden. Eigentlich wollten wir in spätestens drei Tagen zurück sein.“

Martha riss entsetzt die Augen auf.

„Schau nicht so! Wir bleiben in Verbindung und kommen so schnell wie möglich wieder. Versprochen!“, sagte Viola, erhob sich aus ihrem Stuhl, ging um den Tisch herum und umarmte Martha.

„Ich dachte schon, ihr würdet aufgeben“, sagte Martha noch immer fassungslos.

„Aber nein, wir geben nicht wieder auf, auch wenn wir nicht wissen, wie wir weitermachen sollen. Die Hoffnung verlässt uns immer mehr.“

„Bis zu unserem Wiedersehen höre ich mich ein bisschen um. Vielleicht finde ich doch noch etwas heraus, an das wir anknüpfen können.“ Martha blickte nachdenklich ins Weite: Und Viola täuschte sich nicht, als sie annahm, dass ihre einstige Kinderfrau ihnen etwas verheimlichte.

Noch am Nachmittag desselben Tages rief Maurice am Flughafen an und versuchte einen Flug nach Marseille zu buchen. Der einzige Flieger, indem zwei Plätze frei waren, startete bereits am späten Abend von Berlin Tegel und sie mussten sich beeilen, um die fast dreistündige Autofahrt zu bewältigen, den kleinen geliehenen Peugeot am Flughafen abzugeben und rechtzeitig einzuchecken. So fiel der Abschied von Martha kurz, jedoch nicht weniger liebevoll aus. Ein paar Tränen stahlen sich in Violas und Marthas Augen, welche beide Frauen tapfer wegblinzelten und sich gegenseitig versicherten, dass es schon bald ein Wiedersehen gäbe. Dann hatten sie sich auf den Weg nach Berlin gemacht.

Jetzt standen sie hier am Flugsteig, waren außer Atem und froh, es noch geschafft zu haben. Die Fahrt hatte sich endlos hingezogen. Der Freitagnachmittagsverkehr in Berlin stand dem von Marseille in nichts nach. Kurz hatte Maurice gedacht, sie würden nicht mehr rechtzeitig am Flughafen eintreffen und in Gedanken war er bereits einige Hotels durchgegangen, in denen sie hätten Unterkunft suchen müssen.

Froh und traurig zugleich, stiegen sie nun in die zum Abflug bereitstehende Maschine. Die letzten zwei Plätze, die Maurice ergattert hatte, erwiesen sich als ein Fensterplatz und ein Platz am Gang. Zwischen sie setzte sich ein älterer Herr, dem es nicht in den Sinn kam die Eheleute zu fragen, ob sie die Plätze tauschen wollten, damit sie nebeneinander sitzen konnten.

Maurice sah seine Frau fragend an. Viola schüttelte leicht den Kopf. Sie wusste, dass Maurice den Herrn darum bitten würde, wenn sie es wollte. Gern hätte Viola während des Fluges die Hand ihres Mannes gehalten, sich später an ihn gekuschelt und sicher wäre sie dabei eingeschlafen. Nun musste es auch so gehen, eine Tragödie war es nicht.

Maurice verstaute das Handgepäck im Gepäckfach über ihnen. Er hatte Viola den Fensterplatz überlassen. Sie saß bereits und schaute hinaus. Als der Flieger sich in Gang setzte, über die Startbahn rollte und die Passagiere aufgefordert wurden sich anzuschnallen, nahm Maurice die Zeitung, welche er am Eingang von der Stewardess bekommen hatte, schlug sie auf und lehnte sich in seinem Sitz zurück. Die Nachrichten auf der ersten Seite überflog er noch, dann wanderten seine Gedanken zu der Überraschung, die er vor zwei Tagen hier in dieser Stadt, für Viola in die Wege geleitet hatte. Hoffentlich würde alles glücken.

Er hatte das gemeinsame Hotelzimmer unter dem Vorwand verlassen, einen alten Freund aus Studienzeiten zu treffen, mit dem er noch immer in Kontakt stand. Viola kannte diesen Freund nur dem Namen nach, wusste, dass ab und zu ein Brief von ihm in Marseille eintraf. Was sie jedoch nicht wusste, war, dass er sich gar nicht in Berlin aufhielt. Sie hatte Kopfschmerzen und wollte sich ein Weilchen ausruhen.

„Komm nicht so spät zurück!“, sagte sie zu Maurice, als er das Hotelzimmer verließ.

„Es wird nicht spät, wir sind nur auf ein Bier verabredet“, antwortete er und schloss schnell die Tür hinter sich. Er war kein guter Lügner und zog es vor, sofort zu verschwinden, bevor seine Frau ihm auf die Schlicke kam.

Das Gebäude der Treuhandgesellschaft lag nicht weit vom Hotel entfernt. Eilig machte er sich auf den Weg. Als er _später vor dem großen imposanten Gebäude stand, hoffte er, es würde nicht lange dauern und mehr noch wünschte er sich, dass es keines langwierigen Verwaltungsaktes bedürfe, um die alte Villa auf der Insel Rügen zu erwerben. Deutschland war ein Land der Bürokraten. Maurice war auf alles gefasst. Er fragte im Foyer nach der Abteilung, die für sein Ansinnen zuständig war und wurde in den dritten Stock geschickt. Mit dem Fahrstuhl oben angekommen, sah er mehrere Personen in einer Wartezone sitzen. Er setzte sich zu ihnen und zählte leise: Elf, alles Herren, waren vor ihm an der Reihe. Das konnte dauern!

Widererwarten ging es dann doch schnell. In drei verschiedene Büros traten die Mitwartenden der Reihe nach ein und Maurice fand kein System, nachdem es hier ging. Zudem wusste er nicht, was die anderen für Anliegen hatten. Gespannt wartete er ab. Nach einer dreiviertel Stunde befand er sich mit einem älteren Herrn allein im Wartebereich. Er fasste Mut.

„Entschuldigen Sie", sprach er den Herrn im guten, graumelierten Zweireiher an. „Wissen Sie, in welches der Zimmer ich gehen muss, wenn ich ein Haus erwerben will?" Der Herr lächelte ihn an. „Wenn Sie etwas kaufen wollen, müssen Sie in Zimmer 301. Ich will einen Rücküberführungsantrag stellen und bin im Zimmer 303 der Nächste", gab er bereitwillig Auskunft.

„Aha. Danke vielmals. Ich war nämlich noch nie hier", sagte Maurice.

„Naja, ich habe auch noch nie einen solchen Antrag gestellt. Es geschieht halt alles zum ersten Mal im Leben." Schmunzelnd musterte er Maurice von oben bis unten.

„Ach, sagen Sie, ist es egal, wo man etwas kaufen will? Ich meine in welchem Land, äh, in welchem Bundesland."

„Sie sind nicht aus Deutschland", stellte der Herr im

feinen Anzug fest. „Ich tippe, Sie kommen aus Frankreich."

„Ja, da liegen Sie richtig." Maurice lachte.

„Sie sprechen sehr gut deutsch. Arbeiten Sie hier…", fragte der Herr, hielt inne und entschuldigte sich dann „…oh, pardon. Ich bin viel zu neugierig. Verzeihen Sie Monsieur."

„Nein, nein. Sie müssen sich nicht entschuldigen. Ich habe vor mehr als fünfundzwanzig Jahren eine deutsche Frau geheiratet, um genau zu sein ist es schon vor siebenundzwanzig Jahren gewesen. Wir kehrten Deutschland den Rücken und zogen in meine Heimat nach Marseille, aber sie hat darauf bestanden, dass ich ebenso gut Deutsch spreche, wie sie Französisch." Maurice schmunzelte versonnen. „Wir Männer hören immer auf unsere Frauen!" Er zuckte mit den Schultern und grinste jungenhaft. Sein Gegenüber lachte nun auch. „Naja, ich bin nicht verheiratet, war es nie, aber Sie haben sicher recht."

„Ist es nun egal, wo man etwas kaufen will? Ich meine, in welches Büro man dann geht?", hakte Maurice noch einmal nach.

„Ach so, ja, das ist egal. Sie bekommen hier Auskunft über die ganze ehemalige DDR. Aber zuerst müssen Sie jede Menge Anträge ausfüllen!"

Maurice seufzte. „Ich habe es schon geahnt."

„Jaja. Bei uns Deutschen geht nichts ohne die Bürokratie."

„Glauben Sie nur ja nicht, dass es in meiner Heimat viel besser wäre."

„Darf man fragen, wo Sie eine Immobilie kaufen möchten."

„Ich habe eine Villa auf der Insel Rügen entdeckt. Naja, nicht entdeckt. Es ist das Elternhaus meiner Frau und ich glaube, sie würde Luftsprünge machen, wenn ich es kaufen könnte. Es steht zum Verkauf, das weiß ich. In den letzten Jahren hat das alte Gemäuer Kinder und Jugendliche beherbergt, die ihre Ferien an der See verlebten, das habe ich schon in Erfahrung gebracht. Es ist sehr heruntergekommen und ich denke, es müsste erschwinglich sein." Maurice lächelte bei dem Gedanken an Viola. Sie würde Augen machen. Der Herr im graumelierten Anzug erwiderte nichts. Er schien nachdenklich. Maurice bemerkte seinen abwesenden Blick.

„Und wissen Sie, was das Beste an der Sache ist?", sprach er weiter auf den Mann ein.

„Nein, keine Ahnung." Der Herr schaute durch Maurice hindurch.

„Viola, meine Frau, sie hat keine Ahnung dass ich hier bin und auch nicht, was ich vorhabe. Ich will Sie überraschen. Sie wird im Mai nächsten Jahres fünfzig. Das wäre doch ein wundervolles Geschenk. Sie konnte sich zwar nicht mehr an ihr Geburtshaus erinnern, aber jetzt waren wir dort und ich habe ihr angesehen, dass es ihr viel bedeutet. Ich hoffe, es wird mir gelingen. Es wird doch nicht so lange dauern? Ein knappes Jahr ist noch Zeit. Was denken Sie?" Maurice war zu Höchstform aufgelaufen. Eigentlich war es gar nicht seine Art, einem Fremden so viele private Dinge zu erzählen, aber heute war er so aufgeregt wie nie.

„Oh, das ist ein sehr großzügiges Geburtstagsgeschenk", stellte sein Gegenüber fest.

„Nein", antwortete Maurice voller Überzeugung. „Sie wissen ja nicht, was meine Frau für mich aufgegeben hat." Maurice hatte seine Gedanken an das große Opfer, das Viola für ihre Liebe gebracht hatte, noch nicht zu Ende gedacht, da öffnete sich die Tür zu Zimmer 301. Das Ehepaar, welches aus dem Büro kam, ließ die Tür gleich für ihn offen. Schnell erhob er sich. Er nickte dem Herrn im feinen Anzug noch einmal zu. „Auf Wiedersehen und vielen Dank für die Auskünfte!"

„Auf Wiedersehen. Ich wünsche Ihnen viel Glück", antwortete der Herr nachdenklich.

„Danke, auch Ihnen viel Glück." Maurice wunderte

sich, was den Herrn bewogen hatte, von einem Augenblick zum anderen, so schweigsam zu werden. Doch als er das Zimmer 301 betrat, hatte er den alten Herrn bereits vergessen und trug nun sein Anliegen vor. Wenig später verließ er das Büro mit einem Stapel Formulare. Seine Zuversicht war größer als zuvor. Man hatte ihm erklärt, dass die Bearbeitung eine lange Zeit in Anspruch nehmen würde, doch seine Chancen stünden derzeit gut. Trotzdem müsse noch geprüft werden, ob Rückübertragungsansprüche von den Eigentümern vorliegen. Er solle die Formulare schnellstmöglich ausgefüllt wieder zurückgeben und sich dann ein wenig gedulden. Maurice erwähnte noch, dass es sich um das Elternhaus seiner Frau handele. Daraufhin erklärte ihm die Frau hinter dem Schreibtisch, dass es aussichtsreicher und zudem preiswerter sei, würde seine Frau Antrag auf Rückgabe stellen. Er schüttelte nur den Kopf. Viola würde das niemals tun. Als er am Fahrstuhl stand und wartete, kam die Frau aus Zimmer 301 hinter ihm hergelaufen und rief laut seinen Namen. Sie gab ihm noch ein paar Formulare, die er vergessen hatte. Er winkte dem Herrn im feinen Anzug noch einmal zu, der gerade in Zimmer 303 verschwinden wollte. Der Herr hob die Hand und Maurice schien es, als sei er noch nachdenklicher als zuvor. Schnell betrat Maurice den bereits wartenden Fahrstuhl. Ein Blick auf seine Uhr hatte ihm gezeigt, dass er sich beeilen musste. Unterwegs hatte er schnell ein Glas Bier hinuntergeschüttet, damit seine Lüge bei Viola nicht aufflog.

Die Stewardess berührte Maurice jetzt leicht an der Schulter. Sie hatte ihn schon mehrfach nach seinen Wünschen gefragt, ohne eine Antwort zu erhalten.

„Was möchten Sie trinken?“, fragte sie erneut, und Maurice kehrte aus seinen Gedanken zurück.

Viola sah ihren Mann liebevoll an und lächelte. Maurice zwinkerte ihr zu und schmunzelte. Es war fantastisch, solch ein süßes Geheimnis zu haben.

Martha stand vor Landowskys Bäckerei und schaute angestrengt durchs Schaufenster. Landowsky war der einzige Bäcker weit und breit, der vor Jahren die Verstaatlichung überlebt hatte und mit dem sozialistischen System zurechtgekommen war. Nun hatte er auch die Wendewirren überstanden und war dabei, sein Geschäft auf den neuesten Stand der Technik zu bringen. An der Qualität seiner Brötchen hatte sich gottlob nichts geändert, sie schmeckten noch genauso gut wie in den letzten fünfzig Jahren, doch reichte er sie heute in einem Plastikbeutel mit großem bunten Werbeaufdruck über den Ladentisch. Das Geschäft wurde bereits in der dritten Generation von einem Landowsky geführt, und Martha erinnerte sich daran, dass der alte Landowsky damals mit Hannelore von Trischenbach ein Techtelmechtel gehabt hatte: Dass kein Paar aus ihnen geworden war, hatte Martha mitbekommen, als sie Neunzehnhundertfünfundfünfzig in die Heimat zurückgekehrt war. Eine nette, schwarzhaarige junge Frau, hatte ihr damals Kuchen für das Wiedersehen mit der Familie verkauft. Wenig später hatte eine Erzählung ihrer Mutter sie in der jungen Frau, die frisch gebackene Frau Landowsky erkennen lassen.

Martha lugte noch immer durchs Fenster. Sie wusste, dass der alte Landowsky seinem Sohn in den Morgenstunden aushalf, wenn im Laden und in der Backstube viel zu tun war. Manchmal half auch Landowskys Frau ihrem Sohn und Martha hoffte, dies würde heute nicht der Fall sein. Sie musste mit dem Alten sprechen. Vielleicht wusste er, wohin Hannelore von Trischenbach damals gegangen war. Es war nur eine winzige Hoffnung, doch Martha klammerte sich daran. Wenn sich dieser Hoffnungsschimmer zerschlug, dann wüsste auch sie nicht mehr weiter.

Jetzt! Der alte Landowsky kam aus der Backstube und

trat mit einem Korb frischer Brötchen an die Verkaufstheke. Sofort setzte Martha sich in Bewegung und öffnete die Ladentür.

„Guten Morgen, Frau Dannert! Heute so früh schon auf den Beinen?“

„Guten Morgen, Herr Landowsky! Ja, das einzig Gute am Altwerden ist, dass man nicht mehr so viel Schlaf braucht.“

„Da haben Sie recht. Mein Sohn ist immer froh, wenn er sich nach dem Backen noch einmal aufs Ohr hauen kann und ich den Laden bis Mittag übernehme. Tja, bei mir war es ja genauso, als ich in seinem Alter war. Ich war froh, wenn mein Vater morgens ein paar Stunden im Laden ausgeholfen hat, und was habe ich gelacht, wenn er dann jeden Tag seinen Mittagsschlaf hielt. Heute lacht mein Junge über mich“, erzählte der alte Bäcker und schmunzelte.

„Jaja, die Jungen! Sie kommen auch noch in unser Alter. Dann verstehen sie uns besser.“ Martha zuckte mit den Schultern. „Es ist der Lauf des Lebens.“

„Was darf es denn sein, Frau Dannert?“

„Drei Brötchen und eine Hälfte von dem Mischbrot, dem Dreipfünder. Nicht so dunkel gebacken.“ Martha zeigte mit der Hand auf ein helles Brot, das ihren Vorstellungen entsprach. Der Alte lächelte. „Es hat sich an Ihrer Vorliebe fürs helle Brot nichts geändert!“

„Tja, manches ändert sich nie.“

„Wollen wir froh darüber sein, Frau Dannert. Das, was mein Sohn jetzt um die Ohren hat, seit wir nun wieder Kapitalisten sind…“, er lachte zu seinen Worten, „…davon möchte ich gar nichts mehr wissen. Es ist schon gut, dass ich die Bäckerei in junge Hände gegeben habe. So ein bisschen mitmischen, damit ich noch nicht zum alten Eisen gehöre und einroste, das ist prima, reicht mir aber auch voll und ganz aus.“

„Sagen Sie, Herr Landowsky…“, fasste Martha Mut,

„…Sie kannten doch Hannelore von Trischenbach?"

„Die Hannelore, ja, ach das ist lange her!" Der Alte seufzte und schaute Martha erwartungsvoll an.

„Ja, lange. Wissen Sie, wohin es Hannelore verschlagen hat? Ich bin ja auch weggegangen und habe, als ich wiederkam, nie mehr etwas von ihr gehört."

„Warum fragen Sie?"

Martha überlegte angestrengt, was sie dem Mann antworten sollte. Die Wahrheit würde sie ihm nicht erzählen. Warum auch? Die Familiengeschichte der Langenbergs interessierte ihn gewiss nicht. „Ich bin neulich Flora von Langenberg begegnet. Sie wissen sicher, dass sie ihren Mann Heinrich hier begraben hat!"

„Ja, meine Frau erzählte davon."

„Naja, da habe ich an Hannelore gedacht. Wie das so ist! In solchen Augenblicken schweifen die Gedanken zu den alten Zeiten und man fragt sich, wo der eine oder andere geblieben sein mag."

„Jaja, das kenne ich. Die Hannelore, sie hat damals mit ihrer Mutter die Insel verlassen. Die Adligen waren hier in der Ostzone nicht mehr gern gesehen. Sie sind nach Westberlin gegangen, und sie lebt noch immer dort." Der alte Landowsky war nachdenklich geworden. Versonnen schaute er an Martha vorbei zum Schaufenster hinaus. Dann seufzte er. „Naja, Frau Dannert! Ich hegte ja einst die Hoffnung, die Hannelore würde mir das Ja-Wort geben." Wieder seufzte er und Martha nickte nur. Dann zuckte er geistesabwesend mit den Schultern. Die Erinnerungen hatten ihn gefangengenommen.

„Sind Sie sicher, dass Sie immer noch in Berlin ist?"

„Nun, hundertprozentig weiß ich es nicht, aber ich denke schon. Als im vorigen Jahr die Mauer fiel, war sie hier im Laden. Ich habe nicht schlecht gestaunt, als ich sie sah. Wir haben uns lange unterhalten und meine Frau hat Kaffee gekocht, sich zu uns gesetzt und wir ließen die alten Zeiten aufleben."

„Ihre Frau?", fragte Martha verwundert.

„Ich habe meiner Frau schon damals, vor unserer Hochzeit, von Hannelore erzählt. Sie weiß, dass ich ganz verschossen in die Hannelore war." Der Alte lachte zu seinen Worten, Martha schüttelte den Kopf und verzog spöttisch das Gesicht. „So sind wir Frauen, Herr Landowsky! Wir haben ein großes Herz, verstehen immer alles und kochen sogar Kaffee für die einstige Rivalin."

„Hannelore war nie eine Rivalin für meine Frau. Sie wollte mich ja nicht", antwortete er leise und sein Lächeln erstarb. Dann drehte er sich um, und schlurfte nach hinten, in Richtung Backstube. „Warten Sie einen Augenblick, Frau Dannert", rief er im Gehen. Martha schaute ihm irritiert nach. Als er wiederkam, hielt er eine kleine Karte in der Hand. „Hier, ihre Visitenkarte. Hannelore gab sie mir und lud mich ein, sie einmal zu besuchen, jetzt, wo ich doch nun reisen kann." Er reichte Martha die Karte. „Darf ich mir Adresse und Telefonnummer abschreiben? Ich bin oft bei meinem Sohn in Berlin und würde Hannelore gern einmal anrufen, vielleicht auch besuchen."

„Behalten Sie die Karte einfach! Ich brauche sie nicht. Komme ja sowieso nicht aus der Bäckerei, will auch gar nicht verreisen. Ich habe kein Fernweh und meine Holde sagt, soweit ginge die Freundschaft nun auch wieder nicht, dass sie mich diese Hannelore besuchen ließe." Martha lachte. Der alte Landowsky schaute an ihr vorbei, hörte ihr Lachen nicht und war wieder in Gedanken versunken.

Martha nahm die Plastiktüte mit Brötchen und Brot von der Ladentheke und zählte das Geld in die Geldschale. Das Geklimper der Geldstücke holte den Alten in die Gegenwart zurück. Martha lächelte ihn an. „Da danke ich Ihnen…", sie hob die Tüte in die Höhe, drehte sich zum Gehen zur Tür „… auch für den netten Plausch." Landowsky schmunzelte spitzbübisch. „Lassen Sie es sich schmecken. Ich habe Ihnen noch eine Mohnschnecke zu den Brötchen gelegt, die mögen Sie doch so gern."

„Oh, vielen Dank“, sagte Martha ein wenig verlegen. Womit hatte sie das verdient? Landowskys waren für ihre Freundlichkeit, aber keinesfalls für Großzügigkeit bekannt.

„Und grüßen Sie die Hannelore, falls Sie sie besuchen!“, rief der alte Landowsky ihr hinterher.

Später am Tag saß Martha gedankenvoll in ihrem Schaukelstuhl. Sie hatte sich eine Tasse Kaffee aufgebrüht, ihr Tee, den sie sonst nachmittags trank, passte nicht zu einer Mohnschnecke. Martha hing ihren Gedanken nach und überlegte, unter welchem Vorwand sie ihren Sohn, die Schwiegertochter und die Enkel besuchen könnte. Herzhaft biss sie in die Mohnschnecke und hob die Kaffeetasse zum Mund. „Hm, wunderbar“, nuschelte sie mit vollem Mund. Dabei legte sie sich ihre Geschichte zurecht, die sie ihrem Sohn auftischen wollte, damit er sich nicht wunderte. Sie besuchte ihre Familie in Berlin selten, höchstens einmal im Jahr und auch nur dann, wenn Sohn oder Schwiegertochter sie an Weihnachten, Ostern oder Pfingsten ins Auto luden, mitnahmen und einfach nicht auf ihr Gezeter hörten. Mit dem Zug und aus eigenem Antrieb war sie noch nie bei ihren Kindern gewesen.

Leise quietschte der Schaukelstuhl beim hin und her wippen. Abrupt hielt Martha im Schaukeln inne. Blitzartig war ihr ein Gedanke gekommen, sie stand auf, hastete zum Telefon und wählte die Berliner Nummer. Es klingelte zweimal, dreimal, viermal und Martha war versucht, den Hörer wieder aufzulegen.

„Dannert“, meldete sich in diesem Moment ihr Sohn.

„Hallo, mein Junge“, rief Martha in den Hörer.

„Mama! Ist etwas passiert?“

„Muss etwas passiert sein, wenn ich euch einmal anrufe? Wenn was passiert ist, dann ruft euch das Krankenhaus oder der Bestatter an“, antwortete Martha trocken.

„Mama, also weißt du…“

„Es ist nichts passiert. Beruhige dich!“ Martha räusperte sich und holte ein paar Mal tief Luft.

„Mama, du hast doch was! Was ist los? So rede schon!“, rief ihr Sohn aufgeregt.

„Nein, mein Junge. Es ist nichts weiter. Mir geht es gut. Ich bin nur ein wenig einsam. Ich wollte euch gern besuchen.“

„Mama, bist du sicher, dass es dir gut geht oder verheimlichst du mir etwas?“

„Was soll ich denn verheimlichen? Darf ich meine Familie nur besuchen, wenn ich todsterbenskrank bin?“

„Mama bitte! Du bist jederzeit bei uns willkommen. Ich wundere mich nur, weil du dich sonst immer weigerst uns zu besuchen, nie Zeit hast.“

„Ich habe mir überlegt, dass ihr gar nicht so Unrecht habt. Ich könnte mal einen Tapetenwechsel und ein bisschen Gesellschaft vertragen. Und nützlich könnte ich mich auch bei euch machen. Du weißt schon, Schulaufgaben, Bügelwäsche….“ Martha hörte das helle Lachen ihrer Schwiegertochter, die offensichtlich mitgehört hatte.

„Wann sollen wir dich denn holen? Wir wollten in drei Wochen ohnehin am Wochenende zu Besuch kommen, da nehmen wir dich mit!“

„Nein, nein“, antwortete Martha hastig. „Ich komme mit dem Zug. In drei Wochen fängt die Erntezeit an, da muss das erste Obst und Gemüse geerntet und verarbeitet werden, da hab ich keine Zeit zum Verreisen. Ich dachte eher an die kommenden Tage.“

„Mama? Ist wirklich alles in Ordnung?“, fragte ihr Sohn skeptisch.

„Ja doch!“, rief Martha ungehalten. „Wann denn nun? Heute ist Mittwoch, wäre euch Freitag recht?“

„Natürlich Mama, wann immer du willst. Freitag ist sehr gut. Da können wir am Wochenende etwas unternehmen, über den Alex bummeln, im KaDeWe stöbern und an der Spree zum Essen einkehren."

„Gut. Dann machen wir es so", sagte Martha und wollte sich schon verabschieden.

„Halt, warte Mama! Ruf uns morgen noch einmal an und gib Bescheid, wann du am Bahnhof ankommst. Ich hole dich ab!"

„Bist ein guter Junge. Mach's gut, bis morgen!" Schnell legte sie den Hörer auf.

Unruhig lief Martha in ihrem Wohnzimmer auf und ab. Sie fand keine Ruhe. Würde sie Viola und Maurice helfen können?

Und wieder dachte die alte Frau an ihre Jahre im Langenberg'schen Haushalt. Nie würde sie den Tag vergessen, als Heinrich damals mit einem steifen Bein von der Front nach Hause zurückgekehrt war.

Vierundzwanzigstes Kapitel

Insel Rügen 1944

Flora stand in der Küche. Hermine, die hinter ihr den Raum betrat, sah, wie die junge Gräfin das Fenster aufriss, ihren Oberkörper weit hinausbeugte und nach Luft rang.

„Frau Gräfin! Geht es Ihnen nicht gut? Kann ich helfen?“, rief die Köchin erschrocken.

„Nein, Hermine. Es ist nichts! Es war wohl alles etwas zu viel heute Morgen“, log Flora. Freilich, der Schreck über Heinrichs Ankunft saß ihr noch in den Knochen, auch Isoldes Schwächeanfall hatte ihr zugesetzt, doch ihre morgendliche Übelkeit hatte mit alldem nichts zu tun.

Erschöpft stand Flora am Fenster und versuchte sich zu beruhigen. Dann kam ihr der rettende Gedanke. Im Stillen rechnete sie die Wochen nach. „Ja, das könnte klappen“, wisperte sie. Hermine, die am Herd stand, Kaffee kochte und drei Eier für Heinrich in die Pfanne schlug, drehte sich zu Flora um und musterte sie kritisch von Kopf bis Fuß. Die junge Gräfin hatte doch bisher nichts aus der Fassung gebracht. Was war in den letzten Tagen mit ihr los?

Floras Gedanken drehten sich im Kreis. Ihr Mann war als Krüppel zurückgekommen, ihre schlimmsten Befürchtungen waren Gewissheit geworden. Ein Frösteln durchlief sie, wenn sie daran dachte, mit Heinrich das Bett teilen zu müssen. „Nein, niemals“, schrie sie angeekelt auf. Hermine bedachte die junge Gräfin mit einem fragenden Blick. „Frau Gräfin, kommen Sie, setzen Sie sich! Ich bringe Ihnen ein Glas Wasser. Sie sind ja völlig durcheinander. Oder möchten Sie sich hinlegen? Ich bringe Sie gern hinauf in Ihre Räume.“

Abwesend schaute Flora die Köchin an. Dann blickte sie auf, drückte den Rücken gerade durch, hob den Kopf ein Stück höher und räusperte sich. „Ich bin vor einer Stunde erst aufgestanden, mir geht es gut! Was soll ich schon wieder in meinem Bett? Bringen Sie endlich das Frühstück in den Salon, wir haben alle noch nichts im Magen!“ Mit einer hastigen Bewegung knallte sie das Fenster zu, verließ die Küche und stieß beim Hinausgehen mit Heinrich zusammen.

„Komm mit in den Salon! Oder willst du in der Küche beim Personal frühstücken?“, fuhr sie ihren gerade nach Hause zurückgekehrten Ehemann unwirsch an. Ohne ein weiteres Wort folgte er ihr. Achtzehn Monate war er im Krieg gewesen, doch hier hatte sich nicht viel verändert. Seine Frau jedenfalls, war die Alte geblieben.

Nach dem Frühstück hatte Heinrich ein heißes Bad genommen, Gustav hatte ihm saubere Sachen aus dem Schrank gelegt, doch Heinrich hatte sie nicht angerührt. Völlig erschöpft war er in sein Bett gekrochen, das ihm himmlisch vorkam. Kaum, dass er sich hineingelegt hatte, der vertraute Geruch von Lavendel und Wäschestärke ihm in die Nase gestiegen war, waren ihm auch schon die Augen zugefallen. Er hörte das Klappern von Töpfen und Pfannen, welches aus der Küche drang, schon bald nicht mehr. Alle schlichen auf leisen Sohlen durchs Haus, um ihn nicht aufzuwecken. Viola wurde von Martha im kleinen Salon beschäftigt, da sich das Kinderzimmer gegenüber Heinrichs Zimmer befand. Gustav war auf der Hut und passte den Postboten ab, noch bevor er auf den Klingelknopf drücken konnte. Er war regelrecht durch die große Halle gerannt, als er den Schatten hinter der verglasten Eingangstür ausgemacht hatte. Jetzt fluchte er leise.

„Gustav, worüber sind Sie denn derart erbost?“ Isolde war lautlos die Treppe heruntergekommen und hatte Gustavs Schimpftirade gehört. Erschrocken fuhr der alte

Diener herum. „Verzeihung, Frau Gräfin. Seit einem Jahr laufe ich jeden Tag zur Tür und halte nach dem Postboten Ausschau. Und heute, wo wir nun nicht mehr auf Post von Ihrem Sohn warten müssen, hätte ich den Briefträger beinahe verpasst. Um ein Haar hätte der Mann das ganze Haus zusammengeklingelt und den jungen Grafen aufgeweckt." In der rechten Hand hielt er ein Kuvert, mit der Linken rieb er seine Hüfte, die er sich beim schnellen Lauf durch die Halle verrenkt hatte. Isolde betrachtete Gustav, den ihr Mann vor einer Ewigkeit eingestellt hatte und der dem Langenberg'schen Haus länger angehörte, als sie selbst. Leicht schüttelte sie den Kopf: Alt war er geworden, die Geschehnisse der letzten Jahre hatten ihm zugesetzt.

„Geben Sie mir den Brief, Gustav. Ich bin ohnehin auf dem Weg zu meiner Schwiegertochter. Sie ist doch sicher in der Bibliothek?"

„Ja, wie immer", bestätigte Gustav knapp und dachte daran, was er vor fünf Wochen beobachtet hatte, als die junge Gräfin Major Hagedorn in der Bibliothek empfangen hatte. Die Tür war einen Spalt offen geblieben und Gustav hatte sich nach den Wünschen der Gräfin erkundigen wollen. Das, was er erblickt hatte, war weit über sein Verständnis hinausgegangen und nicht zum ersten Mal war Verachtung für Flora von Langenberg in ihm aufgestiegen.

„Gustav!?"

„Frau Gräfin?", Gustav schaute aus seinen Gedanken gerissen auf und hoffte, dass Isolde von Langenberg ihm nicht ansehen würde, dass er ein Geheimnis vor ihr verbarg.

„Was ist mit Ihnen los, Gustav? Sie wirken seit Wochen so abwesend, geradezu verstört. Heute ganz besonders!"

„Das kommt Ihnen sicher nur so vor, Frau Gräfin. Es ist nichts. Nur meine Hüfte…." Zur Bestätigung seiner Worte rieb er sich erneut die schmerzende Stelle.

„Bringen Sie mir Tee in die Bibliothek", wies Isolde

ihn an. Sie lief an ihm vorbei, nicht ohne noch einmal den Kopf zu schütteln.

Ein Klopfen an der Tür der Bibliothek, dann stand Isolde auch schon im Raum. Flora schaute von den zahlreichen Papieren auf, die sich auf dem Schreibtisch stapelten. „Geht es dir wieder besser, liebste Schwiegermama. Hast du dich ein wenig ausgeruht?“, fragte sie besorgt.

„Danke. Ich habe nach dem Frühstück noch einmal ein Nickerchen gehalten. Bis heute wusste ich nicht, dass eine große Freude auch ein Schock sein kann“, erklärte Isolde.

„Komm, setz dich zu mir!“ Einladend wies Flora auf das alte Biedermeiersofa in der anderen Ecke des Raumes, erhob sich und ging auf die Sitzecke zu.

„Ich möchte dich nicht von deiner Arbeit abhalten, mein Kind. Ich habe dir einen Brief mitgebracht. Gustav hat den Postboten abgefangen.“ Isolde lachte hell und Flora sah ihre Schwiegermutter fragend an.

„Ich glaube, Gustav wird langsam wunderlich. Er ist zur Tür gerannt, weil er Angst hatte, der Bote könnte mit seinem Klingeln Heinrich wecken, dabei hat er sich die Hüfte verrenkt“, erklärte Isolde. Flora stimmte nur verhalten in ihr Lachen ein.

„In den letzten Wochen scheint er mir besonders zerstreut. Ich muss oft alles mehrmals sagen, weil er mir überhaupt nicht zuhört.“ Isolde seufzte. Flora wurde immer stiller, gedankenverloren schaute sie auf den Brief, den Isolde noch immer in der Hand hielt. Sie nahm ihn ihrer Schwiegermutter wortlos aus der Hand und drehte ihn hin und her. Keinen Absender konnte sie darauf ausmachen, die Anschrift war mit Schreibmaschine geschrieben. Am Poststempel erkannte sie jedoch, dass er in Thüringen abgestempelt worden war. So, als würde sie diesem Brief keine Beachtung schenken, trat sie schnell wieder an ihren Schreibtisch und legte ihn auf den Stapel der noch geschlossenen Briefe vom Vortag. Für eine Sekunde hielt sie den Atem an und schaute Isolde ins Gesicht. Ihre Schwiegermutter hatte nichts bemerkt. „Ich denke, jetzt, wo Heinrich wieder da ist, wird es mit Gustav sicher besser werden. Er hat sich große Sorgen um ihn gemacht. Das wird es auch sein, was ihm so zugesetzt hat."

„Meinst du wirklich?", fragte Isolde nachdenklich.

„Ja. Er ist Heinrich sehr verbunden."

„Ich hoffe sehr, dass du recht behältst, mein Kind", sagte Isolde und sah Flora prüfend an. Sie konnte nicht beim Namen nennen, was sie an Floras Verhalten störte, doch etwas war heute in ihrem Wesen, das Isolde nachdenklich werden ließ.

An der Tür klopfte es und Gustav trat mit dem Teewagen ein. Die Frauen unterbrachen ihr Gespräch bis Gustav den Tee serviert hatte. Als der Diener sich entfernt hatte, nahm Flora das Gespräch wieder auf.

„Wir werden sehen. Es kann auch sein, dass er einfach nur vergesslicher wird. Das ereilt uns alle irgendwann", antwortete Flora leichthin.

Die Frauen plauderten noch einige Zeit beim Tee und Isolde war froh, sich mit Flora arrangiert zu haben: Doch manchmal seufzte die alte Gräfin leise. Wo waren die Zeiten der exklusiven Teegesellschaften geblieben? Nie hätte sie geglaubt, sich einmal mit der Gesellschaft ihrer Schwiegertochter bescheiden zu müssen.

Flora atmete auf, als sich Isolde endlich erhob. Es gab noch eine Menge zu erledigen, und diese Teestunde kostete Flora nicht nur Zeit die sie nicht hatte, sondern auch Nerven. Keinesfalls hatte sie Isolde vor den Kopf stoßen wollen und so war es gekommen, dass die Frauen jeden Mittag für mehr als eine Stunde zusammensaßen. Seit Isolde sie „Kind" nannte, war Flora umgänglicher geworden. Im Stillen dankte sie ihrer Schwiegermutter, dass sie sie nun akzeptierte, laut hätte sie das nie geäußert.

„Ich werde mich jetzt wieder in meine Räume zurückziehen, mich noch etwas ausruhen und danach einen langen Spaziergang unternehmen. Die Sonne lugt schon hinter den Wolken hervor, es verspricht ein herrlicher, wenn auch kalter Nachmittag zu werden." Isolde lächelte Flora noch einmal zu.

„Ich wünsche dir viel Spaß. Zieh dich warm an! Unten am Meer ist der Wind noch kälter und pfeift einem nur so um die Ohren", empfahl Flora.

„Das werde ich tun. Bis heute Abend, mein Kind."

„Ja, bis dann", antwortete Flora, die mit ihren Gedanken bereits wieder bei der Post war, die auf sie wartete.

Sofort, als ihre Schwiegermutter die Tür hinter sich geschlossen hatte, hastete Flora zum Schreibtisch, nahm den Brief ohne Absender und riss ihn ungestüm auf. Die Briefmarke, nach der Gustav geschielt und darauf gehofft hatte, er könne sie vom Umschlag lösen, wenn dieser sich im Papierkorb befand, fiel Floras Ungeduld zum Opfer. Sie entnahm dem zerfetzten Kuvert einen Bogen Papier, der nicht einmal zur Hälfte beschrieben war. Ihr Herz klopfte einen unruhigen Takt und kleine Schweißperlen zeigten sich auf ihrer Oberlippe. Aufgewühlt ließ Flora sich auf den Stuhl an ihrem Schreibtisch sinken. Mit zittrigen Händen faltete sie das Briefpapier auseinander und überflog die wenigen Zeilen.

Flora hatte nichts anderes erwartet, dennoch saß sie niedergeschlagen am Tisch und schaute ins Leere, wenngleich sie wusste, dass es keinen anderen Ausweg gab, als den, welchen ihr der Major in seinem Brief empfahl. Noch am Morgen war auch sie auf die gleiche Idee gekommen.

Wieder wurde ihr übel, doch sie wusste nicht, ob es an dem Sturm lag, der in ihr tobte oder an der Tatsache, dass ihr nichts anderes übrigbleiben würde, als schnellstmöglich mit Heinrich das Bett zu teilen. Sie hatte keine Wahl und konnte froh sein, dass ihr Mann heimgekehrt war. Nicht auszudenken, was sonst geworden wäre!

Flora seufzte laut auf und erschrak vor ihrer eigenen Stimme. Sie versuchte die Gedanken an Heinrichs Verletzungen abzuschütteln und dachte an die starken Arme Hagedorns. Für eine Weile wurde ihr wohler. Als die Kaminuhr die dritte Stunde des Nachmittags einläutete, hatte sie sich so weit gefasst, um sich der restlichen Post zu widmen. Einen Brief nach dem anderen riss sie auf und sichtete Rechnungen und Bestellungen. Die Reklamebriefchen, die sich darunter befanden, landeten ohne weitere Beachtung im Papierkorb. Major Hagedorns Zeilen blieben an diesem Tag die einzige private Post, und Flora fragte sich, ob jemals wieder Einladungen zu Winterbällen, Sommerfesten und anderen Geselligkeiten eintreffen würden.

Als die junge Gräfin von ihrer Arbeit aufschaute war eine weitere Stunde vergangen. Würde Heinrich immer noch schlafen? Sie erhob sich und verließ das Zimmer. Für heute hatte sie genug getan, alle anderen Arbeiten konnten warten. Zwei Stunden blieben noch bis zum Abendessen. In der Küche hatte sie angeordnet, ein Festmahl zu bereiten, um die Rückkehr des Grafen gebührend zu feiern. Hermine, erst seit kurzem im Langenberg'schen Haushalt, war bei diesem Auftrag in helle Aufregung geraten. Erst als Gustav und Martha ihre Hilfe beim Zusammenstellen der Lieblingsspeisen des Grafen zugesichert hatten, war sie einigermaßen beruhigt in Vorratskammer und Küche ans Werk gegangen.

Isolde würde nach ihrem langen Spaziergang in frostiger Luft sicher erneut ruhen. „Worauf wartest du noch, Flora von Langenberg?", fragte sie ihr Spiegelbild, an dem sie auf ihrem Gang ins obere Stockwerk vorbeihuschte. „Jetzt oder nie", versuchte sie sich selbst Mut zuzusprechen. Vor dem gemeinsamen Schlafzimmer blieb sie stehen und lauschte. Nichts! Kein Laut war zu hören. Gerade, als die junge Gräfin der Mut verließ und sie wieder umkehren wollte, sah sie Gustav am Ende des Ganges. Der Fluchtweg war versperrt, es gab kein Zurück. Was sollte der Diener denken, wenn sie auf dem Absatz kehrt machte und nicht zu ihrem Mann ins Zimmer ging. Seit den beglückenden Stunden in der Bibliothek glaubte Flora, dass Gustav etwas von ihrer Liaison mit Hagedorn ahnte.

Beherzt öffnete sie die Tür. Heinrich schlief noch immer fest. Eine Weile stand Flora im Zimmer und wusste nicht weiter. Sie wollte um keinen Preis zu ihrem Mann unter die Decke kriechen, wusste der Himmel, was sie dort erwartete. Schon der Anblick seines steifen Beines, die großen Narben und die bloßen Erzählungen beim Frühstück, wie es zu diesen Verletzungen gekommen war, ließen sie schaudern.

Jetzt drehte Heinrich sich mit einem Grunzen auf die andere Seite. Flora hielt die Luft an. Er würde hoffentlich nicht aufwachen, bevor sie zu einem Entschluss gekommen war. Die Decke rutschte von Heinrichs Schultern und sie sah den nackten, ausgemergelten Oberkörper ihres Mannes. „Stell dich nicht so an, Flora!“, flüsterte sie. „So schlimm wird es schon nicht! Bist selbst schuld! Wie konntest du nur?“, flüsterte sie die Worte, die auch ihre Mutter ihr vorgehalten hätte. Ihre Mutter? Wie konnte sie jetzt an ihre Mutter denken? Sie hatte kaum noch Kontakt zu ihr. Flora schwirrten tausend Gedanken durch den Kopf, sie dachte an die verrücktesten Sachen. Sie kicherte albern, um Beherrschung ringend.

Mit einem Ruck löste sie sich aus ihrer Starre und trat zu ihrem schlafenden Mann ans Bett. Mit klammen Fingern zog sie Jacke, Kleid, Strümpfe und zuletzt ihre Unterwäsche aus. Als sie nackt vor Heinrichs Bett stand, lüpfte sie die Bettdecke und schaute mit großen Augen auf die roten, blutunterlaufenen, schlecht genähten und an einigen Stellen immer noch nässenden Narben ihres Mannes. Erschrocken und nicht minder angewidert ließ sie das dicke Federbett sofort wieder sinken. Einen Augenblick kämpfte sie erneut mit Übelkeit.

Dann stieg Flora entschlossen zu Heinrich ins Bett.

Im großen Speisezimmer loderte ein helles Feuer im Kamin. Gustav legte unermüdlich Holz nach. Eine angenehme Temperatur machte sich langsam im Raum breit. Seit Wochen war hier nicht geheizt worden, doch heute zur Feier des Tages hatte Isolde Gustav beauftragt für wohlige Wärme zu sorgen. Mit glänzenden, freudigen Augen kam Gustav der Anweisung der alten Gräfin nach und schürte unaufhaltsam die Glut. Bald würden sich die Herrschaften zum Abendessen hier versammeln. Die Tafel war noch nicht gedeckt, einzig dem Staub der vergangenen Monate war zu Leibe gerückt worden.

„Hermine!“ Gustav wurde langsam unruhig.

„Was schreien Sie so, Gustav?“ Hermine kam mit einem Geschirrtuch, das sie über die weiße Schürze gebunden hatte, in den großen Salon gerannt. Das Haar klebte an ihrer Stirn. Die Wangen gerötet und außer Atem, warf sie dem Diener einen mürrischen Blick zu.

„Wann gedenken Sie die Tafel zu decken?“, fragte Gustav unter den enervierenden Blicken Hermines ungehalten.

„Ich kann mich nicht in Stücke reißen. Sobald in der Küche alle Speisen für dieses Sieben-Gang-Menü nur noch auf das Auftragen warten, werde ich die Tafel decken. Sie können auch gern helfen, Gustav, wenn es Ihnen zu lange dauert!“, zischte Hermine den Diener an, der heute bereits den ganzen Tag nörgelte, nichts konnte sie ihm recht machen. „Ich wäre schon fertig, müsste ich nicht hier herumstehen und große Erklärungen abgeben“, zischte sie, drehte sich um und ließ Gustav stehen.

Wortlos öffnete Gustav die Anrichte, nahm die

blütenweißen, gestärkten Tischtücher heraus und hoffte, dass sie keine Brüche vom langen Liegen aufweisen würden. Zum Bügeln blieb ihm keine Zeit mehr. Mit größter Sorgfalt strich er über den Damast und versuchte zu retten, was nicht zu retten war. Ratlos betrachtete er sein Werk und schüttelte den Kopf.

„Was ist, Gustav? Sind Sie nicht zufrieden?“ Lautlos war Martha, mit Viola an der Hand, eingetreten.

„Schauen Sie sich das an, Martha. Die Tischtücher hätte man bügeln müssen. Hermine konnte das nicht schaffen, sie hat alle Hände voll mit dem großen Menü zu tun. Mein Gott, wie sieht das aus!“, jammerte der alte Mann.

„So schlimm, wie Sie es darstellen, ist es nicht. Kommen Sie, ich helfe Ihnen eindecken! Wenn die Kristallgläser funkeln, dieses unbarmherzige Licht ausgeschaltet ist, wird die Tafel im Schein der Kandelaber funkeln und niemand bemerkt die paar Falten im Tischtuch.“ Martha lächelte ihm aufmunternd zu. Gustav seufzte und ihm war anzusehen, dass er nicht an die Worte der Kinderfrau glaubte.

„In noch nicht einmal einer halben Stunde wird sich die alte Gräfin zum Abendessen einfinden. Sie ist stets die Pünktlichkeit in Person, meist sogar noch ein paar Minuten vor der Zeit“, lamentierte er weiter.

„Gustav, jetzt ist es gut! Wir alle konnten heute Morgen noch nicht wissen, dass es solch ein glücklicher Tag werden wird. Die alte Gräfin sieht uns heute gewiss manches nach!“ Martha verdrehte die Augen, öffnete den Vitrinenschrank und wollte das silberne Besteck herausnehmen. Im gleichen Augenblick betrat Hermine den Raum. „Wenn Sie das Silber suchen Martha, das ist hier.“ Hermine, jetzt mit einer weißen gestärkten Schürze und weißen Handschuhen ausstaffiert, hielt das Tafelsilber in die Höhe. „Ich habe es schon heute Morgen geputzt!“ Mit einem Blick auf Gustav, der keinen Zweifel daran ließ, wie sauer Hermine auf ihn war, machte sie sich mit Martha daran den Tisch zu decken.

„Gustav! Spielst du mit mir?“, fragte Viola, die bis jetzt artig abwartend und aufmerksam lauschend im Raum gestanden und alles beobachtet hatte.

„Es tut mir leid, Komtesschen“, antwortete Gustav. „Ich habe keine Zeit.“ Hocherhobenen Hauptes wollte er den Raum verlassen.

„Gustav! Bleiben Sie bei dem Kind und beschäftigen Sie es, sonst werden wir nie rechtzeitig fertig!“ Hermine setzte einen Stapel des Porzellans heftiger als nötig auf der Tafel ab, dass es nur so klirrte: Und Gustav wagte keinen Widerspruch.

Punkt sechs, Martha schob gerade die letzte gestärkte Damastserviette in den goldenen Ring, als sie hörte, dass die alte Gräfin die Treppe herunterkam. Ein Schmunzeln legte sich auf Marthas Züge. Immer zur rechten Zeit und keinen Augenblick zu früh, ging es ihr durch den Kopf. Beinahe wie in alten Zeiten. Prüfend ließ Martha ihren Blick über die festliche Tafel gleiten. Dann nickte sie. Alles in Ordnung!

Sie nahm Gustav das Bilderbuch aus der Hand, aus dem er Viola vorgelesen hatte. Gustav ging mit schnellen Schritten zur Tür und verschwand lautlos bei Hermine, die in der Küche bereits den ersten Gang vorbereitete. Viola protestierte, Gustav war mit der Geschichte nicht bis zum Ende gekommen.

„Ich lese dir den Rest des Märchens heute Abend vor, aber nur, wenn du jetzt artig bist und dich gut benimmst“, schränkte die Kinderfrau streng ein. Sie strich Viola dabei liebevoll über die blonden Locken.

„Guten Abend, Frau Gräfin“, grüßte Martha, schob ihr einen Stuhl zurecht und wartete, bis die Gräfin Platz genommen hatte. Dann setzte sie Viola auf dem Platz neben ihrer Großmutter und blieb hinter dem Kind stehen.

Sobald Flora und Heinrich kämen, würde sie das Kind der Obhut seiner Eltern überlassen und sich zurückziehen.

„Martha, setzen Sie sich!“, forderte Isolde sie auf. Verständnislos schaute Martha die Gräfin an.

„Sie essen heute Abend mit uns“, erklärte Isolde. „Und Sie kümmern sich darum, dass Viola sich ordentlich benimmt und nicht das gute Leinen bekleckert!“, schränkte die alte Gräfin ein und schaute dabei ungeduldig auf ihre Uhr. „Viertel sieben! Wo bleiben die beiden denn?“ Isolde hasste es, wenn sie warten musste. „Gustav!“, rief sie aufgebracht nach dem Diener, so, wie sie einst nach Flora gerufen hatte.

Gustav erschien auf leisen Sohlen. „Frau Gräfin?“

„Wo sind mein Sohn und meine Schwiegertochter?“

„Ich nehme an, in ihren Räumen…“, weiter kam Gustav nicht.

„Was heißt, Sie nehmen an?“, fiel ihm Isolde ins Wort.

„Ich habe die junge Frau Gräfin vor zwei Stunden gesehen, als sie in das gemeinsame Schlafzimmer ging und seitdem bin ich ihr nicht wieder begegnet.“

Isolde überlegte. Hatte es Flora so eilig, zu Heinrich ins Bett zu kommen? Solche Sehnsucht? Sie glaubte, am Morgen in Floras Blick Abscheu gesehen zu haben, als Heinrich erzählte, dass sein Bein, von einer Granate fast zerfetzt und notdürftig wieder zusammengeflickt worden war und nun steif bliebe.

„Gut dann müssen wir eben warten, bis die Herrschaften das Bett verlassen“, knurrte Isolde mürrisch.

Martha senkte den Blick und weder Gustav noch Isolde bemerkten, dass die junge Frau mit den Tränen kämpfte.

Eine Viertelstunde später trommelte Isolde mit den Fingerspitzen wenig damenhaft auf den Tisch. Gerade, als sie sich erheben und die Tafel verlassen wollte, trat Heinrich ohne Krücken, gestützt von Flora ins Zimmer. Seine Augen leuchteten auf, als er die fein gedeckte Tafel erblickte, mehr noch freute er sich, dass auch seine Tochter an diesem frohen Abend bei ihnen am Tisch saß. „Endlich ist der Alptraum vorbei, endlich wieder zu Hause!"

„Noch lange nicht, mein Junge. Du vergisst offenbar, dass der Krieg noch immer wütet, ein Ende nicht in Sicht ist", wies Isolde ihren Sohn zurecht, die sich ob der langen Warterei diese bissige Bemerkung nicht verkneifen konnte. „Immer noch naiv, mein Träumer", zischte sie leise und Martha, die jedes ihrer rüden Worte verstanden hatte, fragte sich, worauf Isoldes Bemerkung abzielte. Meinte sie den Krieg, der Heinrich nicht den nötigen Weitblick verschafft hatte? Kurz streifte Marthas Blick Flora. Mit einer zur Schau gestellten Gelassenheit, die Martha unecht erschien, saß die junge Gräfin neben Heinrich und ihre Hand ruhte in der Seinen. Sie lächelte dem jungen Grafen aufmunternd zu, doch egal wie sehr sich Flora bemühte, in ihren Augen sah Martha Angst: Und sie glaubte den Grund für Floras Angst zu kennen.

Mit wenig Appetit sprach Heinrich den Speisen zu, die Hermine vor ihn hinstellte. Er lobte die schmackhaften Speisen, rührte sie aber kaum an.

„Heinrich, was ist? Schmeckt es dir nicht?" Flora sah ihren Mann fragend an.

„Doch, ausgezeichnet. Ich bin es nur nicht mehr gewohnt, so gut und so viel zu essen."

„Hermine wird beleidigt sein. Sie hat sich so große Mühe gegeben. Den ganzen Tag hat sie in der Küche gestanden. Nun koste doch wenigstens vom Fasan!" Ungehalten blickte Flora ihren Mann an.

„So lass ihn doch, Flora! Sein Magen muss sich erst wieder an die guten Sachen gewöhnen. Nicht wahr, mein Junge?" Isolde hatte ihre Schwiegertochter still beobachtet und festgestellt, dass sie sehr aufgewühlt war. Sonst so beherrscht, schien ihre Ungeduld heute keine Grenzen zu kennen.

Heinrich räusperte sich und nahm die Serviette von seinem Schoß, sobald das Dessert von Hermine und Gustav abgeräumt worden war. Mühsam erhob er sich. Er hatte die meiste Zeit des Abends geschwiegen. Mit seinen Gedanken immer noch bei dem missglückten Liebesakt, war es ihm schwergefallen seiner Mutter und ihren Erzählungen zu folgen. Er verspürte wenig Lust, ihre Fragen zu beantworten. Wollte er doch vergessen, was er in den letzten eineinhalb Jahren hatte erleben müssen.

„Ihr entschuldigt mich! Ich bin müde und mein Schädel droht zu zerspringen."

„Aber ja, mein Junge. Schlaf gut. Morgen sieht die Welt schon ganz anders aus", sagte Isolde. Gustav, der gerade den Kaffee hereinbrachte, hörte Isoldes Worte und überlegte, ob die Gräfin wirklich nichts von den Eskapaden ihrer Schwiegertochter ahnte. Er stellte die Kaffeekanne vor Martha ab und nickte ihr zu. Dann lief er behände um den Tisch herum, um seinen jungen Herrn zu stützen und auf sein Zimmer zu begleiten.

„Lassen Sie nur, Gustav! Ich bringe meinen Mann nach oben", wurde er von Flora an seiner Mission gehindert.

„Bleib sitzen! Trink deinen Kaffee! Lass dir nicht auch noch den Abend von deinem angetrauten Krüppel verderben." Heinrich drückte Flora, die im Begriff war aufzustehen, zurück auf ihren Stuhl. Geschockt über seine barschen Worte blickte sie fassungslos zu ihm auf.

Martha war aufgestanden und hatte die Kaffeekanne vom Tisch genommen, um einzugießen. Als sie Heinrichs bittere Worte vernahm, hielt sie in der Bewegung inne und stand wie erstarrt.

Und jeder der Anwesenden malte sich sein eigenes Bild von dem, was sich am Nachmittag im Schlafzimmer des jungen Paares zugetragen haben mochte.

Fünfundzwanzigstes Kapitel

Insel Rügen 1944/45

Fünf Monate waren seit Heinrichs Rückkehr verstrichen. Als er jetzt die Augen aufschlug und auf den Abreißkalender an der gegenüberliegenden Wand blickte, dachte er darüber nach, ob es gut gewesen war, diesen verfluchten Krieg entkommen zu sein. Was war sein Leben noch wert? Freilich, seine Tochter Viola brauchte ihn: Jetzt mehr, als je zuvor.

Im Zimmer nebenan hörte er Flora das Fenster öffnen. Nach dem missglückten Versuch am Tage seiner Heimkehr, mit seiner Frau zu schlafen, hatte er auf getrennte Schlafzimmer bestanden. Flora war bleich geworden, hatte ihn angefleht es sich noch einmal zu überlegen, doch er war bei seinem Entschluss geblieben.

Nie würde er den Blick seiner schönen Frau vergessen, als sie sich über ihn gebeugt, ihn geküsst und sich schließlich auf ihn gesetzt hatte. Froh und glücklich war er gewesen, bis er ihr angewidertes Gesicht gesehen hatte. Für alles, was dann geschehen war, fand er noch heute keine Worte.

Leise klopfte es an seiner Tür. Ebenso behutsam wurde dann, wie an jedem Morgen, die Klinke heruntergedrückt und Gustav steckte den Kopf ins Zimmer.

„Kommen Sie nur herein, Gustav! Ich bin schon eine Weile wach“, begrüßte Heinrich den alten Diener.

„Guten Morgen, Herr Graf!“ Gustav setzte sein fröhlichstes Gesicht auf und durchschritt den Raum. Er zog die schweren Vorhänge zurück und öffnete das Fenster. Eine gewitterschwere Luft schlug ihm entgegen. Die feuchte Wärme machte Heinrich zu schaffen. Sein verletztes Bein schmerzte, obgleich die Wunden gut verheilt waren.

Mit einem Ruck setzte er sich auf und schwang, so gut es ihm möglich war, die Beine aus dem Bett. Jeden Tag der letzten Monate hatte er mit Kräftigungsübungen begonnen. Die Koordination seiner Bewegungen hatte sich schnell verbessert und bis auf das Nachziehen seines steifen Beines, war von der Behinderung kaum noch etwas zu spüren. Selbst aufs Pferd kletterte er wieder, was seine Mutter nicht gern sah. Auf dem Rücken seines geliebten Hengstes war sein Selbstvertrauen zurückgekehrt. Jeden Tag genoss er seinen Ausritt, wenngleich dieser auch viel kürzer ausfiel, als die Jahre zuvor.

Heinrich ging in das gemeinsame Badezimmer, dass an das Schlafzimmer seiner Frau, als auch an seinen Raum angrenzte. An der Tür verhielt er seinen Schritt und lauschte nach innen. Alles ruhig, konstatierte er und öffnete die Tür. Die Unordnung im Badezimmer ließ erkennen, dass Flora vor ihm ihre Morgentoilette verrichtet hatte. Hörbar atmete er auf. „Gut so!" Er wollte am frühen Morgen seiner Frau nicht im Bad begegnen, kostete es ihm doch schon übermenschliche Kräfte, ihren Anblick beim Frühstück zu ertragen. Vor seiner Mutter und den Angestellten zu tun, als wäre alles in bester Ordnung, ging ihm an die Nieren. Zudem glaubte Heinrich, dass ohnehin alle Bescheid wussten. Sah er in das Gesicht seiner Mutter, wenn diese sich unbeobachtet fühlte, entdeckte er in ihren Zügen eine Mischung aus stiller Anklage, Gram und Duldung. Gustav zeigte oft unverhohlen, was er von Flora hielt. Es gab Tage, an denen er ihre Anweisungen einfach ignorierte und vorgab, nichts gehört zu haben. Martha huschte wie ein verschrecktes Kaninchen durchs Haus, um Flora so oft wie möglich aus dem Weg zu gehen. Flora verhielt sich, genau wie bei ihrer ersten Schwangerschaft, unerträglich. Damals hatte Heinrich die Wutausbrüche und Boshaftigkeiten seiner Frau hingenommen, trug sie doch sein Kind unter dem Herzen. Doch heute…

Nachdenklich betrat er wieder, frisch rasiert und wie neu geboren, sein Schlafzimmer. Heinrich genoss es ausgiebig zu baden, im Moschusduft des Badewassers zu schwelgen, sich in aller Ruhe und Ausführlichkeit zu rasieren und danach sein Haar, welches endlich wieder zu einer respektablen Frisur geworden war, zu pomadisieren. Lange hatte er diese Annehmlichkeiten vermisst. Gustav stand am Kleiderschrank und legte Heinrichs Kleidungsstücke für das Frühstück heraus.

„Ich werde heute vor dem Frühstück ausreiten, Gustav!"

„Möchten Sie nicht erst etwas zu sich nehmen?" Gustav sah seinen jungen Herrn, wie so oft in letzter Zeit, verständnisinnig an. „Ich bringe Ihnen gern das Frühstück herauf", bot er an.

„Das ist nicht nötig, Gustav. Ich frühstücke in einer Stunde. Tragen Sie Hermine auf, Rühreier mit Speck zu bereiten." Heinrich schüttelte den Kopf bei dem Gedanken, dass Rühreier und Speck ein opulentes Frühstück in diesen Zeiten darstellten. Gustav sah ihn fragend an.

„Ist es nicht traurig, Gustav? Rühreier mit Speck, eine Rarität!", klärte er den Diener über seine Gedanken auf.

Gustav seufzte. „Es wird bald vorbei sein, Herr Graf."

„Hoffen wir es!" Heinrich verließ das Zimmer. Gustav hastete hinter ihm her.

„Ich komme mit, Herr Graf! Ich helfe Ihnen aufs Pferd!"

„Gustav! Was soll das? Sie wissen, dass ich allein aufs Pferd komme!" Heinrich musterte Gustav mit einem strengen Blick, doch der alte Diener sah die Güte in seinen Augen.

„Sehr wohl, Herr Graf!" Er ließ Heinrich am Absatz der Treppe stehen, wenngleich er ihm nur zu gern hinuntergeholfen hätte. Eilig ging er zu Hermine in die Küche.

Als Heinrich eine Stunde später den kleinen Salon betrat, saß Flora noch am Frühstückstisch.

„Guten Morgen, mein Lieber", begrüßte sie ihn.

„Morgen", gab Heinrich brummig zurück. „Was machst du noch hier? Ich hatte gehofft, du würdest schon deinen Geschäften nachgehen!"

„Heute nicht. Ich muss mit dir reden."

„Bitte Flora, lass es gut sein! Worüber wollen wir noch reden. Es gibt nichts mehr, worüber es zu sprechen lohnen würde."

„Das Kind wird in spätestens zwei Wochen zur Welt kommen. Wir müssen uns auf eine klare Aussage einigen."

„Was gibt es da zu einigen? Das Kind kommt zu früh! Und jetzt Schluss! Ich will in Ruhe meinen Kaffee trinken." Für Heinrich war damit alles gesagt, doch Flora ließ nicht locker.

„Was meinst du, Heinrich? Ob die anderen ahnen, was los ist?"

„Was soll das Flora? Es kann dir egal sein, ob sie es ahnen. Und ja, wenn sie nicht blind sind, werden sie es schon seit langem wissen: Spätestens dann, wenn das Kind zur Welt kommt, werden sie eins und eins zusammenzählen können und ihren Verdacht bestätigt sehen."

„Ach, Heinrich". Flora seufzte und Heinrich wurde wachsam. Seine Frau hatte sich noch nie dafür interessiert, was seine Mutter oder gar das Personal von ihr dachten. Was wollte sie von ihm?

„Ich bereue zutiefst, dass ich mich auf diese Lügerei eingelassen habe. Zum Teufel hätte ich dich jagen sollen, doch nun ist es zu spät. Und jetzt geh mir aus den Augen! Geh und genieße deinen Triumph! Du bist eine Gräfin von Langenberg geblieben, dieses Kind wird ein Langenberg sein und ich bin der Trottel, der zum Gespött der Familie und der gesamten Dienerschaft wird. Was willst du eigentlich noch?"

„Der gesamten Dienerschaft!", Flora lachte. „Viele sind es nicht mehr!"

Heinrich schüttelte resigniert den Kopf. Das war Flora, seine Flora, die er einmal so sehr geliebt und verehrt hatte. Aufgewühlt nahm er am Tisch Platz und goss sich Kaffee ein. Es schien ihm, als sähe Flora ihn liebevoll und flehend an. Er hatte nach langen Diskussionen und vielen schlaflosen Nächten schließlich eingewilligt, dieses Kind als das Seine auszugeben, Flora weiter unter seinem Dach zu dulden und nun bereute er seine Entscheidung. Er hatte nicht geahnt, wie schwer es werden würde, hatte gehofft, die Zeit heile alle Wunden, hatte geglaubt, er könne vergessen. So viele schreckliche Bilder, die in seinem Kopf umherschwirrten, hatte er zu vergessen versucht und mit der Zeit war es ihm gelungen, dass sie nicht mehr jede Nacht durch seine Träume geisterten. Warum nur konnte er seiner Frau diesen Fehltritt nicht verzeihen?

„Wie auch?", murmelte er niedergeschlagen. Vielleicht würde er vergessen können, wenn ihm ihre Schwangerschaft nicht mehr täglich vor Augen stand. Er hatte sich in unzähligen Nächten, in denen der Schlaf einfach nicht kommen wollte, vorgenommen, dass er seinen Unmut niemals an diesem armen kleinen Wesen auslassen würde, welches noch nicht auf der Welt war und dennoch schon das erste Mal verloren hatte. Doch in solchen Augenblicken wie diesen, war er nicht mehr sicher, ob seine Großherzigkeit ausreichen würde.

„Ach, Heinrich", seufzte Flora in seine Gedanken hinein.

Und Heinrich wollte glauben, aus Floras Seufzen Reue und Demut zu hören.

Gottlob war das neue kleine Menschenkind, welches eben das ganze Haus zusammenschrie, Flora wie aus dem

Gesicht geschnitten und Heinrich blieb es erspart, in die Fratze des Majors zu blicken, von dem er annahm, dass er der Vater dieses prächtigen Jungen war. Flora hatte es nie eingestanden, doch auch niemals abgestritten. In eisiges Schweigen hatte sie sich jedesmal gehüllt und irgendwann war Heinrich es leid gewesen, der Sache auf den Grund zu gehen. Was hätte es geändert? Von ihm war der Bastard nicht, soviel stand ohnehin fest. Wenn Heinrich jetzt in das von blondem Haar eingerahmte Gesichtchen, mit seinen feinen Zügen, dem Stupsnäschen und den feisten Bäckchen sah, wurde ihm, trotz der misslichen Umstände, warm ums Herz. Auf seinem Gesicht wechselten Großmut mit Strenge, Gunst mit Abneigung und Behagen mit Kummer.

Flora beobachtete ihren Mann, wie er an der Wiege stand in der auch schon Viola gelegen hatte, und sie sah an seinem Mienenspiel den Kampf, den er mit sich ausfocht. Ganz still lag sie in ihrem Bett. Heinrich stand gedankenverloren und starrte auf den Jungen, von dem er sich so sehr gewünscht hätte, dass er sein Sohn wäre. Zu Floras Erstaunen gewann das Entzücken in Heinrichs Zügen mehr und mehr die Oberhand. Flora traute sich kein Wort zu sagen. Manchmal hielt sie gespannt den Atem an und wartete auf ein Wort von ihm. Nichts geschah. Heinrich stand weiterhin gedankenverloren und starrte auf das Kind, das jetzt seinen Namen trug.

„Heinrich!?“ wisperte Flora. Heinrich schaute nicht auf.

„Florian! Wollen wir ihn Florian nennen?“ Floras Herz raste. Heinrich rührte sich nicht. Die Stille im Raum wurde erdrückend und je länger sie andauerte, umso verzweifelter hoffte Flora, ihr Mann würde sein Schweigen endlich brechen. Flora schloss erschöpft die Augen. Sie wusste nicht, wie lange die Dunkelheit hinter ihren Lidern angedauert hatte, als ein fröhliches Glucksen an ihre Ohren drang. Mit Mühe, dennoch neugierig, öffnete sie die Augen. Heinrich stand tief über die Wiege des Jungen gebeugt und piekte ihm sanft mit dem Zeigefinger in sein kleines Bäuchlein, was das Kind fidel quieken ließ. In das Gesicht Heinrichs hatte sich ein Strahlen gestohlen, welches Flora vertraut war. Vor einigen Jahren hatte sie es schon einmal entdeckt: An dem Tag, als seine Tochter ihn, in eben dieser Wiege, aus großen blauen Augen angeschaut hatte. An jenem Tag vor vier Jahren hatte Flora das erste Mal seit ihrer Hochzeit, Zuneigung für Heinrich empfunden: Heute, in diesem wundervollen Augenblick, keimte in ihr Liebe für den Mann auf, den sie auserkoren hatte, um ihrem armseligen Leben den Rücken zu kehren.

In diesem Augenblick war Flora fest davon überzeugt, dass alles ein gutes Ende nehmen würde.

Weihnachten war der Junge in der kalten Kirche, die nicht mit einem festlichen Schmuck aufwarten konnte, auf den Namen Florian Heinrich Hannes getauft worden.

Die Lage in Deutschland spitzte sich immer mehr zu, niemand glaubte mehr daran, dass der Krieg noch zu gewinnen war, ungeachtet dessen hofften alle, es möge nun endlich vorbei sein. Die Sirenen heulten fast im Stundentakt auf, und manchmal verbrachte Heinrichs Familie die ganze Nacht im feuchten Keller. Sie hatten sich, so gut es ging, häuslich eingerichtet, verharrten im trüben Licht einer Kerze, immer in der Hoffnung, dass Tageslicht wiederzusehen.

Allen waren Unruhe und Angst gemein. Die ersten Monate im Leben des kleinen Florian wurden von den schrecklichen Nachrichten im Radio, von den Berichten über die toten Söhne, Ehemänner und Brüder, von den Durchhalteparolen, vom harten Wintereinbruch im November und dem allgemeinen Leid bestimmt. Diesen widrigen Umständen zum Trotz waren Heinrich und Flora wieder enger zusammengerückt. Sie teilten wieder ein gemeinsames Ehebett und alle, die wussten oder zumindest ahnten, dass Florian nicht Heinrichs leiblicher Sohn war, bewunderten den Grafen für seine Liebe, die er einem untergeschobenen Kind entgegenbrachte: Niemand, weder Martha, Gustav, Hermine noch Isolde, machte sich jedoch die Mühe, Heinrichs Liebe zu seiner untreuen Frau, die offensichtlich neu in ihm erwacht war, zu verstehen.

An diesem frostigen und klaren Dezembermorgen verschanzte sich Flora schon gegen sechs in der Bibliothek hinter ihrem Schreibtisch. Sie hatte keinen Hunger, lehnte das Frühstück ab und ließ sich lediglich eine Tasse Kaffee von Hermine bringen. Flora plagten andere Sorgen, über Hunger nachzudenken, dafür nahm sie sich keine Zeit. Ihr stand die Angst um ihre Familie ins Gesicht geschrieben und sie wusste nicht, was werden sollte, würde sie nicht bald einen Ausweg finden. Sie zermarterte sich das Hirn und suchte nach einer Lösung, falls ihr wohldurchdachter Plan, den sie sich schon vor einiger Zeit zurechtgelegt hatte, doch noch scheitern würde.

Nach zwei Stunden emsiger Arbeit klappte sie die Bücher zu. Sie hatte auch so gewusst, dass es nicht schlecht um die Geschäfte stand, jedoch hatte sie nun Zahlen parat, welche sie brauchen würde, um ihr Vorhaben in die Tat umzusetzen. Vor ihrer Tür hörte sie Schritte und fuhr sich fahrig durch ihr immer noch schönes, glänzendes Haar. Noch einen Augenblick wollte Flora allein sein, ihre Gedanken ordnen und nach einem Ausweg suchen, von dem sie gehofft hatte, ihn längst gefunden zu haben. Sie schloss die Augen und träumte sich zurück in die Zeit, als sie unbeschwert, arm aber voller Ehrgeiz in diesen Haushalt gekommen war. Gerade einmal sechs Jahre waren seitdem vergangen und doch schien es ihr, als sei sie in dieser Zeit um Jahrzehnte gealtert. Auch das große Vermögen, das sie eben noch auf seine genaue Zahl ausgerechnet hatte, war heute nicht in der Lage, Flora zu einer glücklichen Frau zu machen. Sie gestattete sich einen Augenblick der Schwäche, dann reckte sie den Kopf in die Höhe, öffnete die Augen, hob den Blick und straffte die Schultern. Sie konnte es drehen und wenden so oft sie wollte, sie wusste nicht, ob die Lösung die ihr vorschwebte, die Richtige war. Gab es überhaupt eine richtige Lösung? Oder nur eine, die weniger falsch war?

Isolde war auf dem Weg zu ihrer Schwiegertochter. Interessiert betrachtete sie den Brief, den sie gerade dem Postboten aus den Händen genommen hatte. Die feine, geschwungene Handschrift war ihr sofort bekannt vorgekommen, doch seit dem Tod ihres Mannes, waren die Briefe von ihrem Schwager, dem diese fast fraulich anmutende Schrift gehörte, erst spärlicher geworden und am Ende ganz ausgeblieben.

Sie klopfte an der Tür zur Bibliothek und trat gleich darauf ein.

„Ich bringe dir einen Brief von meinem Schwager. Entschuldige, ich habe nicht auf den Absender gesehen, aber diese Handschrift würde ich selbst bei Nacht erkennen“, rief sie Flora zu.

Flora horchte auf. Post aus Hannover!? Sie wartete seit Wochen darauf. Kam die Rettung doch noch? Jetzt musste sie Farbe bekennen, erzählen wovor sie sich fürchtete und was sie dagegen unternommen hatte. Lieber wäre es ihr gewesen, diesen Brief selbst in Empfang genommen zu haben. Dies hätte ihr Zeit gegeben, sich auf das Gespräch vorzubereiten, welches ihr nun so unvermittelt bevorstand. Flora versuchte ihre Worte gut durchdacht zu wählen.

„Du musst dich nicht entschuldigen. Ich habe deinem Schwager Max, vor geraumer Zeit einen Brief geschrieben. Ich wollte erst mit euch allen darüber sprechen, wenn ich Antwort von ihm erhalte. Es hat sehr lange gedauert und ich hoffe, dass meine Bitte, die ich an ihn gerichtet habe, nicht auf taube Ohren gestoßen ist. Dann weiß ich nämlich nicht mehr weiter.“ Flora kam um den Schreibtisch herum und setzte sich zu Isolde, die bereits im Sessel der kleinen Sitzecke Platz genommen hatte, in der sie oft saßen und ihren Tee gemeinsam tranken.

Isolde schaute Flora fragend an, ihr Herz klopfte ein wenig schneller.

„Isolde, du weißt, wie es um uns steht. Wenn wir den Krieg verlieren, wovon ich, und nicht nur ich, mittlerweile ausgehe, sind wir hier, bei den Bolschewisten nicht mehr gern gesehen. So wie es sich jetzt anlässt, werden sie uns enteignen, sich unser Land und unsere Villa unter den Nagel reißen und uns bleibt nichts, als unser guter Name, der dann auch nichts mehr wert ist. Wenn sie uns den Titel überhaupt lassen!"

„Ja, ich weiß", antwortete Isolde. „Hannelore hat mich auch schon gewarnt. Du weißt, sie kommt manchmal noch zum Tee."

„Hm. Kommen die anderen auch noch?"

Isolde hielt den Atem an. Was wusste ihre Schwiegertochter? „Wen meinst du, mein Kind?", fragte sie und täuschte Ahnungslosigkeit vor.

„Das weißt du schon", antwortete Flora nur. Beide Frauen schwiegen eine Weile.

„Nein, seit Heinrich einberufen wurde und sich diese Nazis in unseren Gewächshäusern eingenistet hatten, kommen die anderen nicht mehr."

„Hm. Gut so, dass sie alle wieder weg sind! Wir können weder die einen noch die anderen gebrauchen!" Flora schaute zum Fenster hinaus.

„Das ich so etwas mal aus deinem Munde hören würde, hätte ich mir nicht träumen lassen. Aber was hat das alles mit meinem Schwager zu tun?" Isolde nickte mit den Kopf in Richtung des Briefes, den Flora in Händen hielt.

Flora riss das Kuvert auf und überflog die Zeilen, die die ganze Seite füllten und auch die Rückseite noch zu einem guten Teil bedeckten. Dann erhellte sich ihr Gesicht. Isolde rutschte neugierig im Sessel hin und her.

„Ich habe Heinrichs Onkel gebeten, dass wir, wenn alle Stricke reißen, zu ihm nach Hannover kommen können. Du kennst die Größe seines Anwesens, seine Villa, seine Ländereien. Isolde, er hat weder Frau noch Kinder! Keine Erben, lebt allein“, führte Flora glückstrahlend aus.

„Das weiß ich alles! Aber was, um Himmels Willen, soll aus alledem hier werden?“ Isolde machte eine ausladende Handbewegung, die alles umfasste, an dem sie hing. „Du hättest vorher fragen können“, sagte sie vorwurfsvoll, wenngleich sie wusste, dass Flora einmal mehr das Richtige für die Familie entschieden hatte. „Ich will keine Almosen von meinem Schwager.“ Damit war das Verhältnis, welches sie mit ihrem Schwager verband, erklärt.

„Genau deshalb habe ich nicht gefragt! Isolde, es wird uns am Ende keine andere Wahl bleiben. Möchtest du, dass wir hier, verarmt und ohne Stand weiterleben, als wären wir Dienstboten?“

„Ich glaube kaum, dass es soweit kommen wird. Du übertreibst, genau wie Hannelore!“ Stur lehnte sie sich zurück.

„Isolde, bitte überlege doch einmal! Wenn deine Freundinnen Hannelore und Hilde es genauso sehen, dann muss doch etwas dran sein. Und Major Hagedorn sieht die ganze Sache auch verloren. Das hat er mir kürzlich anvertraut.“

„Ach!“ Isoldes Kopf schnellte in die Höhe. „Du pflegst immer noch Kontakt zu diesem Major? Und der erzählt dir solche vertraulichen Dinge?“, stellte sie in einem Ton fest, der Flora nicht gefiel und aus dem deutlich zu hören war, dass ihre Schwiegermutter mehr wusste, als sie wissen sollte.

„Ja“, antwortete sie kleinlaut und mit gesenktem Kopf.

„Was sagt mein Sohn denn dazu?“, entfuhr es Isolde.

„Ach, Isolde! Lass es gut sein. Wir wissen beide worüber wir reden und es geht nur Heinrich und mich etwas an“, antwortete Flora schärfer, als sie es beabsichtigt hatte. „Es ist, wie es ist. Wir haben größere Probleme“, setzte sie leise und versöhnlicher hinzu und nahm Isoldes Hand.

Isolde schaute ihrer Schwiegertochter forschend in die Augen und Flora konnte ihrem Blick nicht standhalten.

„Ach, mein Kind“, sagte die alte Gräfin niedergeschlagen, berührte sanft Floras Schulter und beide Frauen blinzelten die Tränen jenes schwachen Momentes weg.

Heinrich sträubte sich gegen die Flucht nach Hannover. Er war nicht gewillt, alles aufzugeben. Martha weinte und Hermine ahnte, dass sie keine Stelle als Köchin im ausgebombten Land finden würde und es besser wäre, die von Langenbergs nach Hannover zu begleiten. Gustav hatte sich ebenfalls entschieden mit nach Hannover zu gehen. Um nichts in der Welt wollte er seinen jungen Herrn allein ziehen lassen und Heinrich war froh, dass Gustav treu zu ihm stand, wenn alles um sie herum zerbrach. Martha war nach langen Überlegungen zu dem Entschluss gekommen, die Insel zu verlassen und mit nach Hannover zu gehen. Ihre Eltern hatten ihr zugeredet, doch Martha wusste, wie sehr sie darunter litten, ihre Tochter gehen zu lassen. Martha versicherte ihnen, sobald sie Fuß in Hannover gefasst habe, sie nachzuholen, was die beiden jedoch kategorisch ablehnten. In ihrem Alter würden sie die Heimat nicht mehr verlassen, dass sei nur etwas für die Jungen, hatten sie ihr erklärt.

Heinrich hatte sich schlussendlich gebeugt. Er gab Flora recht, hier konnten sie unmöglich bleiben. An seinen Onkel in Hannover hatte er kaum Erinnerungen, und das, was er aus dem hintersten Winkel seines Gedächtnisses hervorkramte, verhalf ihm nicht zu überschwänglichen Erwartungen. Ihm graute vor dem alten Nörgler, wie sein Vater, den Onkel immer genannt hatte. Heinrich tröstete sich damit, sie alle in Hannover in Sicherheit zu wissen. Was blieb ihm auch anderes übrig? Er konnte nicht hierbleiben und seine Familie der Gefahr aussetzen, die schon an der Oder lauerte. Einzig um sein Anwesen, sein Erbe trauerte er. Alles andere wurde seit Wochen von Isolde und Flora, Nacht für Nacht in Kisten verpackt und aus dem Haus geschafft. Heinrich schmunzelte bei dem Gedanken, wie seine Frau alles generalstabsmäßig geplant hatte. Der Familienschmuck war in die Koffer gepackt worden, die sie auf ihrer Flucht mitnehmen wollten. Onkel Max hatte angekündigt, ihnen in der nächsten Woche einen Besuch abzustatten. Als Heinrich nicht verstand, warum der alte Mann eine solche, nicht ungefährliche Reise auf sich nehmen wollte, erklärte Flora ihm, dass er in einem geliehenen Transporter Geld und Wertgegenstände mitnehmen würde. Das ließ Heinrich hoffen und er empfand Respekt vor dem Mut des alten Mannes. War die Gefahr, welche er auf sich nahm, doch nicht zu unterschätzen.

Im ganzen Haus herrschte in diesen Tagen, sobald die Dunkelheit einbrach, eine emsige Geschäftigkeit. Am Tag ruhten die Bewohner sich für das Treiben in der Nacht aus, nicht selten wurden die Fensterläden erst gegen Mittag von Gustav geöffnet.

In der verschneiten, unwirtlichen Nacht des zehnten Februar Neunzehnhundertfünfundvierzig beluden Flora und Heinrich ihren Mercedes mit Koffern und Taschen voller Kleidung. Der Schmuck derer von Langenberg, welcher zum Teil über hundert Jahre alt war und von Erbe zu Erbe weitergegeben wurde, lag gut versteckt zwischen den Kleidungsstücken. Flora rechnete nicht damit, angehalten und kontrolliert zu werden, trotzdem war Vorsicht geboten. In Rocksäume und Mantelfutter waren Geldscheine so geschickt von Isolde eingenäht worden, dass niemand im Falle einer Kontrolle Verdacht schöpfen würde.

Gegen vier Uhr, der Morgen graute noch nicht, bestiegen Flora und Heinrich das Auto. Heinrich nahm neben seiner Frau auf dem Beifahrersitz Platz. Isolde und Martha kletterten mit Florian und Viola auf die hintere Sitzbank. Martha hielt Florian, kaum fünf Monate alt, im Arm. In eine weiche Decke gekuschelt, so dass nur das kleine Gesichtchen herausschaute, schlief das Kind selig. Viola, schlaftrunken und frierend, nahm widerwillig auf dem Schoß ihrer Großmutter Platz.

Bekümmert schaute Isolde zum hinteren Fenster des Wagens hinaus. Noch einen letzten lieben Blick gönnte sie dem Ort, der seit Jahrzehnten ihre Heimat gewesen war. Geräuschvoll schnaubte sie in ihr Taschentuch, welches sie mühsam aus ihrer Manteltasche hervorgeholt hatte. Martha wandte den Kopf nicht, hielt sich gerade und kein Schluchzen verließ ihre Kehle. Hinter dem großen Tor standen Gustav und Hermine und winkten zum Abschied. Ihre Koffer standen in ihren Zimmern bereit, schon am Nachmittag würden sie ihrer Herrschaft folgen. Mit Onkel Max war ausgemacht worden, dass er sich heute, wenn der Tag anbrach, noch ein letztes Mal auf den Weg machte, um die Reste des Langenberg'schen Vermögens abzuholen, und bei dieser Gelegenheit würde er den alten Diener und die dralle Köchin mitnehmen.

Wehmütig hingen die vier Personen im Automobil ihren Gedanken nach. Als Flora die Straße entlangfuhr, in welcher Martha zu Hause war, schluchzte die junge Kinderfrau leise auf. Hinter den Läden ihres Elternhauses brannte Licht, doch weder Mutter noch Vater waren vors Haus getreten, um ein letztes Mal ihrer Tochter zu winken. Martha weinte in den nächsten Stunden heiße Tränen und Heinrich konnte nachfühlen, wie ihr zu Mute war. Als Marthas Weinen endlich verstummte, lagen noch gute drei Stunden Fahrt vor ihnen. Eine fahle Wintersonne hatte sich durch die Wolken geschoben, die die Herzen der unfreiwilligen Reisegesellschaft jedoch nicht erwärmen konnte. Viola war auf Isoldes Schoß eingeschlafen und Florian gab im Traum leise Schmatzgeräusche von sich. Heinrich bewunderte seine Frau für ihre Ruhe und Gelassenheit, wenn freilich er wusste, dass diese nur äußerlich waren. Rasant, aber dennoch sicher, lenkte sie den Wagen der Stadt zu, die ihre neue Heimat werden sollte.

Zweimal hatten sie Halt gemacht, den Wagen aufgetankt, bei dieser Gelegenheit Florian gefüttert, frisch gewindelt und ihre Notdurft verrichtet. Viola hatte nichts zu sich nehmen wollen und als Isolde ihr eine Scheibe Brot mit Wurst aufgezwungen hatte, war diese kurze Zeit später in Isoldes Schoß gelandet.

Jetzt, gerade Mittag, erreichten sie den kleinen Vorort Hannovers, an dem sich Isoldes Schwager vor vielen Jahren niedergelassen und in dieser Zeit seinen Grundbesitz erweitert hatte. Heute nannte er eine Pferdezucht, weit ausgedehnte Ländereien, große Waldstücke und mehrere Häuser sein Eigen. Wie von Zauberhand, so hatte es Isolde ausgedrückt, war sein Eigentum von Bomben weitgehend verschont geblieben. Freilich waren auch ihm, für die Stärkung des Vaterlandes, die Pferde konfisziert und Wald gerodet worden, doch er war, alles in allem, mit einem blauen Auge davongekommen.

Im Wagen herrschte Unruhe. Florian quengelte, seit dem letzten Stopp war er nicht wieder eingeschlafen. Viola fragte im Abstand von fünf Minuten, wann sie endlich bei Onkel Max ankommen würden und Isolde quälten unerträgliche Kopfschmerzen.

„Viola, es ist gut!“, schrie Flora, deren Nerven zum Zerreißen gespannt waren. Mit sicherer Hand hatte sie allein in den vergangenen Stunden den Wagen über unebene Landstraßen gelenkt, immer in Angst, einer Streife von Soldaten in die Hände zu fallen. „Hör auf mit deinem Gejammer! Wir sind alle erschöpft, also reiß dich zusammen“, fuhr sie ihre Tochter unwirsch an, was lediglich den Effekt hatte, dass die Vierjährige herzzerreißend zu weinen begann. Heinrich schickte seiner Frau einen strafenden Blick, welcher die angespannte Stimmung nicht verbesserte. Martha sprach leise auf Viola ein und Isolde zog zum wiederholten Male ihre Kölnisch-Wasserflasche aus der Tasche und benetzte ihr Taschentuch, um den Geruch von Violas Erbrochenem auf ihrem Rock zu übertünchen.

Und dann sahen sie das große, einstmals sonnengelb gestrichene Haus.

„Heinrich! Schau! Sind wir richtig? Ist es die Nummer drei?“

Isolde antwortete Flora an Heinrichs Stelle: „Ja, wir sind richtig. Ich erkenne es, trotz der vielen Jahre, die ich nicht mehr hier war. Damals erschien es mir kleiner.“

Martha hatte sich zur Seite gebeugt und schaute zum vorderen Fenster hinaus. Ihre Augen weiteten sich. War ihr die Langenberg’sche Villa schon imposant erschienen, so sprengte das, was sie jetzt vor sich sah, ihr Vorstellungsvermögen. Mit offenem Mund starrte sie hinaus.

„Mama, ich kann mich nicht im geringsten an dieses Haus erinnern“, sagte Heinrich beklommen.

„Du warst auch niemals hier. Als dein Vater und ich zum letzten Mal Onkel Max besucht haben, warst du noch ein Baby und wir haben dich bei der Kinderfrau gelassen. Onkel Max kennst du nur von den Besuchen, die er uns von Zeit zu Zeit abstattete: Oder besser, die er deinem Vater widmete“, klärte Isolde ihren Sohn auf und Heinrich konnte die Bitterkeit hören, die sich in ihre Stimme geschlichen hatte.

Violas Weinen war verstummt, neugierig schaute auch sie zum Fenster hinaus. Und als könne Florian alles verstehen, war auch der Säugling mit einem Mal still geworden.

Heinrich musterte jetzt seine Frau, die, seit der Wagen zum Stehen gekommen war, keinen Mucks mehr von sich gab. Flora schaute beinahe andächtig auf das prächtige Gebäude und Heinrich bemerkte, dass seine Frau nur ruckweise atmete. Zwischen zwei Atemzügen hielt sie die Luft immer wieder an. Ihre Augen leuchteten fast fiebrig, über ihre Wangen hatte sich eine entzückende Röte gelegt. Heinrich ergriff die Hand seiner Frau. „Liebes, was ist mit dir?", fragte er ängstlich. War ihr die lange, anstrengende Autofahrt nicht bekommen?

„Nichts! Schau nur!", flüsterte sie, ohne den Blick abzuwenden. Ihre Gedanken kreisten um das herrschaftliche Leben, das hier auf sie wartete.

Isolde lächelte still. Da war sie wieder, ihre Schwiegertochter! Doch heute sah Isolde ihr nach, was sie ihr in guten Tagen nie verziehen hätte. Ein wenig hatte Isolde sich in Flora geirrt und sie musste zugeben, dass nicht immer alles so war, wie es schien.

Sechsundzwanzigstes Kapitel

Berlin 1990

Als Martha ihre kleine Reisetasche in das Gepäcknetz des Abteils hievte, gestand sie sich ein, dass es besser gewesen wäre, hätte sie sich von ihrem Sohn abholen lassen. „Egal“, entschied sie leise murmelnd. Sie konnte nicht warten, bis der Junge in drei Wochen zu ihr kam. Ihre Mission duldete keinen Aufschub. Viola und Maurice waren verzweifelt und auch sie wollte wissen, was aus der Tochter der beiden geworden war.

Der Zug setzte sich mit einem Ruck in Bewegung, Martha nahm schnell Platz. Das Abteil war noch leer, sie der einzige Fahrgast. Sie schaute zum Fenster hinaus, als der Zug das Bahnhofsgelände verließ. Eine vierstündige Fahrt lag vor ihr und sie wusste nicht, wie sie es aushalten sollte, so viele Stunden untätig auf demselben Platz zu verharren.

Zwei Stunden später vermochte sie dann auch nicht mehr stillzusitzen. Sie erhob sich und bat das mitreisende junge Mädchen, welches in Anklam zugestiegen war, einen Augenblick auf ihre Reisetasche aufzupassen.

„Möchten Sie auch einen Kaffee?“, fragte Martha, deren Kehle ausgetrocknet war. „Ich mach mich mal auf den Weg in den Speisewagen“, erklärte sie und reckte ihre eingeschlafenen Glieder.

„Ich lade Sie ein!“, setzte sie schnell noch hinzu, als das junge Mädchen ablehnend den Kopf schüttelte.

„Danke, das ist sehr nett. Aber ich steige in ein paar Minuten in Pasewalk aus.“

„Oh, dann muss ich mich beeilen, damit ich bis dahin wieder bei meiner Tasche bin.“ Martha schob die Abteiltür auf.

„Der Speisewagen ist gleich der Übernächste, da entlang!“ Das Mädchen zeigte hinter sich, entgegen der Fahrtrichtung und Martha machte sich eilig auf den Weg. Kurz bevor der Zug in Pasewalk hielt, trat sie wieder ins Abteil, mit einem Becher Kaffee in der Hand. „Was es heutzutage alles gibt“, sagte sie staunend. „Früher hätte ich eine Thermoskanne mit Kaffee und einen Beutel Proviant für die lange Fahrt eingepackt.“

„Ich wünsche eine gute Weiterfahrt!“ Das junge Mädchen verabschiedete sich mit einen amüsiertem Lächeln.

Als der Zug auf dem Berliner Hauptbahnhof einfuhr, Martha ihren Kaffee längst getrunken und seit einer geraumen Weile die vorbeirauschenden Vororte Berlins betrachtet hatte, war sie froh, ihren Sohn auf dem Bahnsteig zu sehen. Von weitem winkte sie ihm zu und ein freudiges Lächeln überzog ihr Gesicht.

„Hallo Mama, da bist du ja! Lass dich anschauen, gut siehst du aus!“, rief ihr Sohn und drehte sie lachend im Kreis. Dann liefen sie zu seinem Wagen und Martha atmete auf, als sie die geräumige Wohnung in der vierten Etage eines Mehrfamilienhauses betraten.

Am Abend saßen sie alle gemeinsam beim Essen und hatten sich so viel zu erzählen, dass sie manches Mal lachten, wenn sie alle durcheinander redeten.

Das Wochenende war wie im Flug vergangen. Marthas Kinder hatten ihr Berlin gezeigt und sie zum Essen ausgeführt. Martha hatte ein paar Kleinigkeiten im KaDeWe für ihre Enkelkinder gekauft und auch sich selbst ein paar Wünsche erfüllt. Trotz des Protestes ihrer Schwiegertochter hatte sie am Samstagvormittag Wäsche gebügelt und am Abend, als sie vom Ausflug aus der Stadt zurückgekommen waren, hatte sie, unter großem Gezeter ihres Sohnes, Fenster geputzt.

Jetzt, an einem sonnigen Montagmorgen, hatten bereits alle das Haus verlassen. Martha nahm sich keine Zeit für ein ausgiebiges Frühstück. Sie stellte ihre Tasse zu den anderen neben die Spüle und konnte gar nicht schnell genug die Wohnung verlassen.

Ihre Knie zitterten vor Aufregung, als sie die S-Bahn erreichte. Die Visitenkarte mit Hannelores Adresse trug sie in ihrer Handtasche bei sich, obwohl sie sich Straße und Hausnummer gemerkt hatte. Als sie die S-Bahn bestieg, klopfte ihr Herz einen unruhigen Takt. Wie würde Hannelore auf ihr Kommen reagieren?

Fünf Stationen zählte Martha, an der Sechsten stieg sie aus. Suchend schaute sie sich um, dann fragte sie kurzerhand eine ältere Dame nach dem Weg.

„Es ist nicht weit, diese Straße hier gehen Sie hinunter und nach zirka hundert Metern biegen Sie links in eine kleine Seitenstraße ein. Wenn ich mich nicht täusche, müsste es das vierte oder fünfte Haus auf der rechten Seite sein. Meine Tochter wohnt nämlich nur eine Straße weiter, wissen Sie“, erzählte die ältere Dame bereitwillig.

„Vielen Dank!“ Martha lächelte und trat den Weg an, der ihr unendlich schwer fiel. Kaum fünf Minuten später stand sie vor einem kleinen Haus, das verlassen wirkte. Sie öffnete das Gartentor und marschierte auf den Eingang zu. Bevor der Mut sie verlassen konnte, drückte sie auf die Klingel. Nichts regte sich im Haus. Sie schaute neugierig durch das kleine Fenster, neben der Eingangstür. Im benachbarten Vorgarten war ein älterer Mann auf sie aufmerksam geworden, der gerade dabei war, die Hecke zu stutzen.

„Zu wem wollen Sie denn?“, rief er ihr nach einer Weile zu, in der er sie aufmerksam beobachtet hatte.

„Ich möchte eine alte Freundin besuchen. Hannelore von Trischenbach. Sie soll hier wohnen“, antwortete Martha und trat zu ihm an den Zaun.

„Oh, wissen Sie es denn gar nicht?“

„Was? Wir haben uns lange nicht gesehen. Ein bisschen aus den Augen verloren“, erklärte Martha und ihr Herz klopfte aufgeregt. Eine leichte Röte überzog bei der Lüge, die ihr so leicht über die Lippen gekommen war, ihr Gesicht.

„Die Frau von Trischenbach ist im Januar, als es glatt war, hinten im Hof gestürzt. Sie wollte Holz für den Kamin holen und dabei ist sie ausgerutscht und auf den Kopf gefallen. Ich habe sie erst am Abend gefunden und gleich den Notarzt gerufen. Seit ihrer Entlassung aus der Klinik lebt sie nun in einem Heim für betreutes Wohnen. Die Ärzte konnten nicht viel für sie tun. Knochenbrüche hatte sie Gottlob keine, sie war nur ein bisschen unterkühlt“, erzählte er. „Sie hat eine schwere Gehirnerschütterung erlitten. Seitdem erinnert sie sich kaum noch an irgendetwas. Es gibt Tage, da kennt sie nicht einmal ihren eigenen Namen. Alles weg! Nur selten tauchen Fetzen der Erinnerung auf. Sie erkennt oftmals meine Frau und mich nicht, obwohl wir sie jede Woche besuchen. Sie hat ja sonst keinen Menschen! Die Ärzte meinen, die Demenz habe sie schon vor ihrem Unfall gehabt, nur noch nicht so ausgeprägt.“ Kurz überlegte er, dann sprach er weiter. „Das kann schon sein, auch uns war in der Zeit vor ihrem Unfall manchmal aufgefallen, wie vergesslich sie war.“ Er zuckte resigniert die Schultern. „Wäre ich doch bloß eher hinausgegangen. Vielleicht wäre dann alles anders gekommen.“ Mit der rechten Hand rieb er sich über das Kinn und Martha verstand, dass er sich stille Vorwürfe machte, auch wenn es völlig unnötig war.

„Wo ist denn dieses Heim?“, fragte Martha, die ihre letzte Hoffnung gerade schwinden sah. Dennoch würde sie Hannelore von Trischenbach einen Besuch abstatten.

„Sie können zu Fuß hingehen. Diese Straße wieder zurück und dann halten Sie sich immer rechts. In fünfzehn Minuten sehen Sie das Gebäude dann schon“, erklärte er. „Richten Sie Grüße aus, auch wenn sie nicht weiß, von wem die Grüße kommen. Vielleicht ändert sich an ihrem Zustand ja doch noch einmal etwas. Man darf die Hoffnung nicht aufgeben.“

„Das mache ich gern. Vielen Dank für Ihre Auskunft“, sagte Martha und wandte sich zum Gehen.

„Auf Wiedersehen. Tut mir leid, dass ich keine besseren Nachrichten hatte.“

„Auf Wiedersehen“, sagte Martha und zuckte die Schultern.

Es dauerte zwanzig Minuten, dann war sie vor dem Haus angekommen, in dem Hannelore von Trischenbach jetzt lebte. Eine Weile verharrte sie vor dem großen, gepflegten Gebäude. Sie schaute sich zögernd um. Noch ein paar Sekunden überlegte sie. Dann lenkte sie zielgerichtet ihre Schritte auf den Eingangsbereich zu. Als sie eintrat, erblickte sie eine gut gekleidete Dame hinter einem Empfangsbereich. Wie ein Heim mutete dieses Gebäude wirklich nicht an. „Nicht schlecht, wenn man genügend Geld hat…“, murmelte Martha.

„Ich möchte zu Frau von Trischenbach. Wo finde ich sie?“, bat Martha um Hilfe.

„Zu Frau von Trischenbach? Moment!“ Die Dame überflog einen Plan, der vor ihr auf dem Tisch lag. „Ach ja, sie ist noch nicht lange bei uns. Fahren Sie mit dem Fahrstuhl in den zweiten Stock, dort ist es die Wohnung Nummer neun. Wenn Sie aus dem Lift steigen, gehen Sie nach links bis zum Ende des Flurs. Es ist die vorletzte Wohnung.“

„Danke sehr.“ Martha stieg in den wartenden Fahrstuhl und fuhr in die zweite Etage.

Als sie vor Hannelores Wohnungstür angekommen war, holte sie noch einmal tief Luft. Zaghaft und ein wenig unschlüssig betätigte sie dann die Klingel. Sofort vernahm sie Schritte hinter der Tür, welche kurz darauf geöffnet wurde.

„Ja, bitte?“ Hannelore stand ihr in einem dunkelblauen

eleganten Kostüm gegenüber und blickte sie fragend an. „Sie wünschen?“, fragte sie, als Martha nichts erwiderte.

„Guten Tag, Frau von Trischenbach. Ich bin Martha Dannert“, stellte sie sich vor. „Erinnern Sie sich an mich?“

„Nein.“ Hannelore räusperte sich. „Was verschafft mir denn die Ehre?“

„Darf ich reinkommen? Es ist ein bisschen kompliziert.“ Martha blickte an Hannelore vorbei in die Wohnung.

„Gut. Kommen Sie herein!“ Hannelore trat einen Schritt zur Seite, Martha ging an ihr vorbei und betrat eine geräumige Diele.

Sie schaute sich interessiert um. Die Wände waren weiß gestrichen, zwei bekannte Drucke des Malers Claude Monet zierten die rechte Wand. Geradeaus stand eine Tür offen, die in den Wohnraum führte. An der linken Wand fiel Marthas Blick auf zwei weitere Türen und eine Garderobe, die nicht sehr groß, aber zweckmäßig mit Kleiderhaken, Spiegel, Schirmständer und Hutablage ausgestattet war.

Hannelore beobachtete die Frau mit Argusaugen, die sich ihr als Martha vorgestellt hatte.

„Treten Sie ein“, forderte Hannelore sie auf und ging voran, in den gemütlich eingerichteten Wohnraum. „Bitte nehmen Sie Platz!“ Martha setzte sich in einen der beiden Sessel, welche an einem kleinen Tisch am Fenster standen.

„Frau von Trischenbach…“, hob Martha zu einer Erklärung an.

„Nur Trischenbach, sparen Sie sich das ‚von‘. Es ist lange her, dass es einmal Gewicht hatte. Ich lege keinen Wert mehr darauf.“

„Frau Trischenbach“, fuhr Martha fort. „Wir beide sind auf der Insel Rügen aufgewachsen, daher kennen wir uns, ähm, kenne ich Sie….“ Martha stockte, wusste nicht weiter.

„Oh, entschuldigen Sie, aber ich kann mich nicht erinnern.“ Dann klärte Hannelore Martha über ihren Unfall und ihren derzeitigen Zustand auf.

„Entschuldigen Sie, es ist wohl besser, wenn ich wieder gehe."

„Nein, bleiben Sie, bitte! Möchten Sie etwas trinken?" Hannelore schaute Martha flehend an.

„Danke, ein Glas Wasser wäre schön."

„Vielleicht kommen meine Erinnerungen zurück, wenn wir uns unterhalten. Bis jetzt hatte ich keine Gelegenheit mit jemandem zu sprechen, der mich aus meinen Kinder- und Jugendtagen kennt", erklärte Hannelore, ging in die angrenzende kleine Küche und kam mit dem Wasser für Martha zurück.

„Nun ja. Ich bin gekommen, weil ich Sie fragen wollte, ob Sie mir sagen können, was aus Rose Hoffmann geworden ist."

„Rose Hoffmann?" Hannelore überlegte eine Weile. „Es tut mir leid. Wer soll diese Rose denn sein?"

„Sie ist die Schwägerin Heinrich von Langenbergs und die Schwester seiner Frau Flora", erklärte Martha ohne darauf zu hoffen, dass diese Unterhaltung sie einen Schritt weiterbringen würde.

„Flora?"

„Ja, Flora von Langenberg, geborene Hoffmann."

„Ich habe nicht die geringste Ahnung, wer das sein soll", sagte Hannelore und hielt sich beide Hände an ihre Schläfen.

„Oh, bitte entschuldigen Sie! Ich möchte Ihnen keine Kopfschmerzen bereiten." Martha erhob sich.

„Nein, nein. Bitte bleiben Sie noch eine Weile, bat Hannelore erneut. „Ich bin so froh, etwas Unterhaltung zu haben. Hier ist es sehr einsam", erklärte sie.

Nach einer Stunde saß Hannelore erschöpft, dennoch glücklich in ihrem Sessel. Martha hatte ihr lustige und auch traurige Geschichten aus Jugendtagen erzählt. Ab und zu hatte es in Hannelores Augen wissend aufgeblitzt. Doch genauso schnell, wie die Erinnerung gekommen war, war sie auch wieder verschwunden und Hannelore hatte verwirrt ins Leere geblickt.

„Es tut mir so leid. Ich hätte Ihnen gern geholfen. Vielleicht kann ich Sie anrufen, wenn ich mich doch wieder an etwas erinnere. Lassen Sie mir einfach Ihre Telefonnummer hier."

Martha schrieb ihre Nummer auf einen Block, den ihr Hannelore reichte. Es standen schon einige Nummern und Namen auf der ersten Seite und Martha musste das Papier umschlagen, um Platz für ihre Notiz zu finden.

„Auf Wiedersehen, Frau Trischenbach", verabschiedete sie sich dann schnell.

„Leben Sie wohl, Frau Dannert. Ich melde mich gewiss, sollte mir noch etwas einfallen." Resigniert reichte sie Martha die Hand. „Es war so wunderbar, mit Ihnen zu plaudern. Besuchen Sie mich doch mal wieder!" Martha sah Tränen der Verzweiflung in Hannelores Augen schimmern.

„Ach, beinahe hätte ich es vergessen…", sagte sie, als sie bereits an der Tür angekommen war. „…ich soll Sie von Ihrem Nachbarn und seiner Frau grüßen. Ich habe allerdings keine Ahnung, wie die beiden heißen. Ich habe vergessen danach zu fragen."

Hannelores Lachen klang verzweifelt. „Meine liebe Frau Dannert, dass macht gar nichts, ich weiß auch nicht wie die Leute heißen. Ich vergesse es andauernd."

Martha lächelte traurig, ging zu Hannelore zurück, die in ihrem Sessel sitzengeblieben war, beugte sich zu ihr hinab und nahm sie in den Arm.

Als sie wenig später die Wohnung verließ, schaute sie sich noch einmal nach Hannelore um. Die immer noch attraktive Frau war in Gedanken versunken. Als sie merkte, dass Martha den Blick auf sie gerichtet hielt, schaute sie auf. „Grüßen Sie Heinrich", sagte Hannelore leise. Für einen Moment zog ein Hoffnungsschimmer in Martha auf. Sie verharrte noch einen Augenblick in der offenen Tür.

Hannelore von Trischenbach winkte ihr zum Abschied

zu. „Wie war doch gleich Ihr Name?“, fragte sie, lehnte sich ohne eine Antwort abzuwarten im Sessel zurück und schloss die Augen.

Und Martha wusste, dass ihre letzte Hoffnung mit Hannelores schwindendem Gedächtnis dahingegangen war.

Wilhelm standen kleine Schweißperlen auf der Stirn, er band die Krawatte ab und öffnete die oberen Knöpfe seines Hemdes. Hier in Berlin eine solche Entdeckung zu machen, damit hatte er nicht gerechnet. Langsam stieg er die Stufen in die Tiefgarage hinab und schüttelte immer wieder fassungslos, dennoch freudig, den Kopf. Schnell war Wilhelm klargeworden, um wen es sich bei dem jungen Mann im Warteraum der Treuhandgesellschaft gehandelt hatte. Das Schicksal hatte ihm unverhofft diesen Maurice Lefort in die Hände gespielt. Die Suche nach Floras Tochter war Wilhelm weitaus schwieriger erschienen, mit solch einem Zufall hatte er nicht gerechnet. Fassungslos seufzte er. Er konnte sein Glück kaum fassen, blieben ihm nun aufwendige und langwierige Nachforschungen erspart: Dennoch, es widerstrebte ihm, der alten Gräfin sofort davon zu erzählen. Immerhin war sie schuld an dieser ganzen vertrackten Situation, welche einst seinem besten Freund fast um den Verstand gebracht hatte. Nur zu gern würde er sie schmoren lassen. Er konnte seine Entdeckung ebenso gut noch eine Weile für sich behalten. Wen störte es schon? Bei diesem Gedanken schmunzelte Wilhelm, er gefiel ihm. Der alte Anwalt ahnte, dass Flora litt, und er verfluchte sich dafür, dass dies immer noch sein Herz berührte. Sollte sie ruhig auch einmal leiden!

Den Antrag auf Rücküberführung der Langenberg’schen Villa hatte er in seinem Aktenkoffer verstaut. Er entschied sich, ihn morgen auszufüllen und der Gräfin zur Unterzeichnung vorzulegen. Er durfte nicht zögern, so verlockend es ihm auch erschien. Es musste jetzt alles schnell über die Bühne gehen, Maurice Lefort durfte die Villa auf keinen Fall kaufen. Wozu sollte der Mann Geld für etwas ausgeben, das seiner Frau ohnehin irgendwann gehören würde. Aber würde die Gräfin die Villa überhaupt ihrer Tochter vererben? Wilhelm war sich keineswegs sicher. Er traute ihr zu, dass sie das Anwesen einem Tierheim vermachen würde, selbst wenn sie Tiere nicht mochte. „Wer weiß schon, was sie vorhat?“, sagte er laut und ein vorübereilender Mann schaute ihn verwundert an. Wilhelm bemerkte es nicht. Was würde Heinrich sagen, wüsste er, dass Flora sich besonnen hatte? Langsam öffnete Wilhelm die Autotür und setzte sich in seinen Wagen. „Froh und glücklich wäre er!“, murmelte Wilhelm und schüttelte dabei den Kopf. Der Freund hatte unter dem Familienzerwürfnis sehr gelitten, sich nach seinem kleinen Veilchen derart gesehnt, dass es ihm das Herz gebrochen hatte. Und doch: Heinrich hätte Flora alles verziehen, da war Wilhelm sich sicher.

Er ließ den Motor an und schaltete ihn Minuten später wieder aus, er konnte nicht losfahren ohne sich darüber gewiss zu sein, was nun werden sollte.

Gedankenverloren saß er hinter dem Steuer und betrachtete angelegentlich die Frontscheibe seines Wagens. Tote Insekten verwehrten ihm zu einem guten Teil den klaren Blick und er dachte kurz daran, dass er die Scheibe putzen musste, bevor er die Rückfahrt antrat.

Als er den Motor wieder anließ, war mehr als eine Stunde vergangen. Sein Magen knurrte laut, doch in seinem Kopf herrschte nun Ordnung. Er reckte die eingeschlafenen Glieder, streckte sich und drehte den Autoschlüssel im Zündschloss.

Zuversichtlich das Richtige zu tun, fuhr er am frühen Abend Hannover entgegen.

Und Wilhelm schwor sich in jenem Augenblick, in dem er Berlin hinter sich ließ, dass er alles tun würde, um Mutter und Tochter miteinander zu versöhnen. Das Geheimnis, welches er dafür preisgeben musste, lastete seit jener kalten Januarnacht wie ein Stein auf seiner Seele: Und wenngleich er seinem alten Freund geschworen hatte, es bis nach dem Tode Floras zu bewahren, so war er jetzt der festen Überzeugung, dass Heinrich ihn seines Schwures enthoben hätte.

Siebenundzwanzigstes Kapitel

Marseille 1990

Flora von Langenberg saß in der Ein-Uhr-Maschine und wartete ungeduldig, dass sich der Flieger endlich in Bewegung setzte.

Seit Wilhelm ihr vor zwei Tagen mitgeteilt hatte, wo ihre Tochter jetzt lebte, fieberte sie diesem Augenblick entgegen, und nun dauerte es schon geschlagene fünfundvierzig Minuten, dass sie hier im Flugzeug saß und nichts geschah. Sie hatte keine Ahnung, weshalb sich der Abflug derart verzögerte. Nachdem Wilhelm den ehelichen Namen Violas und ihren Aufenthaltsort kannte, hatte es ihm nicht mehr viel Mühe gekostet, ihre genaue Adresse herauszufinden. Aus Angst rüde abgewiesen zu werden, hatte Flora sich nicht bei Viola angemeldet. Sie wollte sich mit ihrer Tochter aussprechen und um jeden Preis aussöhnen. Es mussten so viele Dinge geklärt werden, so viele Missverständnisse standen zwischen ihnen.

Endlich begrüßte der Pilot die Fluggäste. Die Stewardess forderte sie auf, sich anzuschnallen, und dann holperte die Maschine über das Rollfeld.

Floras Herz rutschte ihr in die Magengrube. Sie war nicht oft in ihrem Leben geflogen. Meist war keine Zeit gewesen, mit Heinrich in den Urlaub zu fliegen. Dann war, in dieser unheilvollen Nacht vor mehr als zwanzig Jahren, in der Viola ihr Elternhaus verlassen hatte, ihre Ehe endgültig zerbrochen, an Urlaub kein Gedanke mehr.

Flora seufzte. Die junge Stewardess schaute sie fragend an. Flora drehte unter ihren Blicken den Kopf zur Seite und schloss die Augen. Eine Weile schlief sie unruhig, Bilder aus der Vergangenheit schlichen sich in ihre Träume.

Als das junge Mädchen neben ihr, leicht ihren Arm

berührte, schreckte sie auf.

„Entschuldigung! Sie haben schlecht geträumt und gestöhnt. Ich dachte, es sei besser, Sie aufzuwecken."

Flora nickte nur, ohne ein Wort zu erwidern. Noch einmal schloss sie ihre Augen und dachte an die Auseinandersetzung, die sie mit Wilhelm vor ihrem Abflug gehabt hatte.

Er war am späten Abend, nach seiner Rückkehr aus Berlin, noch bei ihr erschienen. Ungehalten hatte sie ihn empfangen.

„Wilhelm? Was wollen Sie zu so später Stunde hier? Ich wollte gerade zu Bett gehen!"

„Oh, Entschuldigung! Hätte ich gewusst, dass es Ihnen heute nicht mehr so wichtig ist, Informationen über ihre Tochter zu erhalten, wäre ich erst nächste Woche gekommen." Wilhelm war vor Wut hochrot angelaufen und ärgerte sich wieder einmal über sich selbst. Hätte er sie doch zappeln lassen!

Flora bereute ihre harschen Worte sofort und lenkte ein.

„Haben Sie etwa Neuigkeiten, Wilhelm? Nach so kurzer Zeit schon? Damit habe ich nicht gerechnet", sagte sie kleinlaut und hoffte, dadurch ihre derben Worte abzumildern. Wilhelm öffnete langsam seine Aktentasche und zog die Papiere heraus, die er morgen hatte ausfüllen wollen. Sollte sie es doch selbst tun! Sie wusste ebenso gut, wenn nicht besser als er, über ihr Eigentum Bescheid.

„Die Papiere zur Rücküberführung ihres Besitzes!", sagte er knapp und hielt ihr die Blätter entgegen. „Sie sollten sie so schnell wie möglich ausfüllen!"

„Das ist alles?" Flora nahm ihm den Stapel Papier aus der Hand. „Können Sie das nicht für mich erledigen? Sie sollten doch mit so etwas vertraut sein!"

„Ich bin genauso wenig damit vertraut, wie Sie. Füllen Sie die Papiere aus, dann erledige ich alles weitere." Wilhelm drehte sich zum Gehen zur Tür. Flora hatte ihn nicht in ihre Räume gebeten, er stand immer noch mit Mantel und Hut in der Diele.

„Warten Sie, Wilhelm! Entschuldigen Sie!“ Flora trat die Flucht nach vorn an. Sie konnte sich nicht mit Wilhelm streiten. Allein würde es ihr nie gelingen ihre Tochter zu finden. Wilhelm drehte sich langsam zu ihr um. Als er ihr blasses Gesicht und die zitternden Papiere in ihren Händen sah, seufzte er und vergaß seinen Unmut. „Können wir uns setzen? Es wäre besser, Sie säßen, wenn ich Ihnen erzähle, was ich heute so unverhofft herausgefunden habe.“

Flora bat ihn in den Salon, stellte eine Karaffe mit Weinbrand und zwei Gläser auf den Tisch und setzte sich zu ihm. Wilhelm schenkte sich ein, nahm ohne ein Wort einen großen Schluck, dann erzählte er ihr, was sich an diesem langen Tag zugetragen hatte.

„Es wird nicht schwierig sein, mit diesen Informationen die genaue Adresse Ihrer Tochter zu ermitteln. Geben Sie mir noch zwei, drei Tage“, sagte er, als er ihr alles berichtet hatte.

„Oh mein Gott, Wilhelm. Jetzt ist es also soweit. Ich bin überglücklich, habe aber so große Angst, wie noch nie in meinem Leben“, flüsterte Flora.

„Das sollten Sie auch!“ Wilhelm erhob sich. Die Standuhr in der Diele schlug Mitternacht und die Tür fiel hinter ihm leise ins Schloss.

Grußlos war er gegangen, doch sie hatte nicht aufgeschaut und hatte viel später erst bemerkt, dass sie wieder allein war.

Erschrocken schreckte Flora aus ihrem Tagtraum auf, als die Stewardess den kleinen Imbiss servierte. Flora lehnte das Essen ab. Eine Unruhe hatte sie ergriffen, die es kaum zuließ, dass sie sich bewegte, geschweige denn, etwas zu sich nahm. In manchen Momenten konnte sie kaum atmen und sie sehnte das Ende des Fluges herbei.

Mit einer halben Stunde Verspätung landete die Maschine in Marseille. Geradewegs lief Flora wenig später mit ihrem kleinen Reisekoffer auf den Ausgang zu. Sie hatte Glück, erwischte schnell ein Taxi und gab dem Fahrer die Adresse ihres Hotels. Am frühen Abend, nachdem sie gegessen und sich frisch gemacht hatte, rief sie erneut ein Taxi, und eine halbe Stunde später stand sie vor dem Haus ihrer Tochter.

Flora bewegte sich nicht. Der Fahrer drehte sich zu ihr um und nannte den Fahrpreis. Keine Reaktion! Der Mann blickte seinen, offensichtlich in tiefe Gedanken versunkenen Fahrgast an und schwieg. Er fragte sich, was der augenscheinlich vornehmen, gut situierten Dame durch den Kopf ging und musterte sie interessiert. Die Schatten, die sich beim Anblick des Hauses, in einer der besten Wohngegenden Marseilles, über das Antlitz der älteren Dame gelegt hatten, verwunderten ihn. Eine Weile beobachtete er ihr Minenspiel, dann räusperte er sich vernehmlich. Flora schreckte aus ihren Gedanken auf. Sie schüttelte den Kopf über sich selbst. Wie hatte sie alles um sich herum vergessen können? Der Mann wartete darauf, dass sie endlich zahlte und ausstieg. Sie kramte in ihrer Handtasche und suchte nach ihrem Portemonnaie. In ihrer Tasche herrschte ein heilloses Durcheinander, die einzige Unordnung, die Flora sich je in ihrem Leben gestattet hatte. Endlich hatte sie ihr Portemonnaie gefunden. Rasch bezahlte sie und rundete dabei den geforderten Betrag mehr als großzügig auf. Zögernd nahm der Mann den großen Geldschein entgegen und schaute Flora fragend an. „Pardon?“, fragte er, nicht wissend, ob er die Dame richtig verstanden hatte.

„Merci, merci!“, winkte Flora ab. Sie stieg aus und ging langsam auf das Haus ihrer Tochter zu, dann blieb sie kraftlos stehen. Flora hörte das Taxi davonfahren. Sie hielt ihre Handtasche umklammert und wagte sich keinen Schritt weiter.

Sie schaute an der Fassade hinauf. Ein imposantes Gebäude bot sich ihrem Blick, schon etwas in die Jahre gekommen, dennoch sehr gut erhalten. Das Haus wies einen hellen Anstrich auf, die Fensterläden waren in einem dunklen Grün gestrichen. Neugierig reckte Flora den Kopf. Das Grundstück war kaum einzusehen, der Vorgarten jedoch gepflegt. Unter einer Überdachung an der linken Seite des Hauses erblickte sie einen Mercedes.

Flora stand in der Sonne, die langsam hinter einer mächtigen Zeder verschwand. Aus der Ferne hörte sie eine Turmuhr schlagen. Sie zählte die Schläge nicht, schaute auch nicht auf ihre Armbanduhr. Die Uhrzeit war nicht wichtig. Sie blieb noch einen Augenblick stehen, wartete darauf, dass ihre Beine ihr wieder gehorchten. Ein paar Mal schöpfte sie tief Atem, dann lief sie langsam auf den Eingang zu und die Stufen zur Tür hinauf.

Floras Hand verharrte in halber Höhe vor dem Klingelknopf. Mutlos ließ sie die Hand wieder sinken. Sie schaute die Straße nach rechts hinauf und nach links wieder hinunter. Es gab kein Zurück. Sie gestand sich ein, dass sie feige war. Dann schnellte ihre Hand in die Höhe und ohne auch nur noch eine Sekunde zu zögern, drückte sie energisch auf die Klingel. Eine Melodie erklang im Inneren des Hauses. Fast zeitgleich hörte Flora Schritte, die sich der Tür näherten. Eine Stimme, die sie nur zu gut kannte und die sich kaum verändert hatte, rief einer „Monique" ein paar Worte in der fremden Sprache zu, dann wurde die Tür ungestüm aufgerissen.

Mutter und Tochter standen sich gegenüber. Sie konnte keinen Blick von der Frau lassen, die sie aus der Zeit in Erinnerung hatte, als diese ein junges Mädchen gewesen war.

„Du?" Viola stand wie erstarrt. Tausend Gedanken überschlugen sich in ihrem Kopf. Was wollte ihre Mutter hier? Wie hatte sie sie überhaupt gefunden? Sollte sie ihre Mutter hereinbitten? Nein, das wollte sie nicht, alles in ihr sträubte sich dagegen. Sollte sie die Tür einfach wieder schließen, in den Garten gehen und so tun, als wäre es ein böser Traum gewesen?

„Viola“, sagte Flora mit zittriger Stimme und Tränen in den Augen. „Mein Kind!“

Als Viola die letzten Worte hörte, löste sie sich aus ihrer Starre. „Dein Kind bin ich schon lange nicht mehr!“, schrie sie ihre Mutter an. „Was willst du hier? Wie hast du mich überhaupt gefunden?“ Viola war außer sich, sie zitterte am ganzen Körper.

Maurice hörte die schrille, aufgeregte Stimme seiner Frau, die durch die geöffnete Terrassentür zu ihm drang. Verwundert lief er ins Haus. Sie erwarteten Martha, und Viola war freudig zur Tür gelaufen, als es geklingelt hatte.

Nun fragte Maurice sich, was geschehen war. Als er sah, wer vor der Tür stand, verfinsterte sich sein Gesicht. Was wollte diese Frau hier? Er hatte sie nur ein einziges Mal gesehen und mit ihr gesprochen, und das genügte ihm für sein ganzes Leben.

Maurice trat hinter seine Frau. „Was wollen Sie hier?“, fragte er schneidend.

„Ich muss mit euch sprechen“, erwiderte Flora leise.

„Ach, auf einmal? Jetzt wo Papa tot ist, erinnerst du dich, dass du eine Tochter hast?“, entgegnete Viola.

„Bitte, Viola, lass uns miteinander reden…“, weiter kam Flora nicht.

„Wozu soll das gut sein? Ich habe keine Mutter mehr, hatte nie eine. Nicht einmal, als ich dich am nötigsten gebraucht habe, warst du für mich da!“

Maurice sah in das flehende Gesicht Floras und er glaubte echte Verzweiflung darin zu lesen. Aber nein, eine Flora von Langenberg war nicht verzweifelt! Ungeduldig trat er von einem Bein auf das andere und wartete darauf, dass Viola die Tür schloss. In diesem Moment klingelte das Telefon in der Diele und Monique rief gleichdarauf nach Viola.

„Jetzt nicht, Monique!"

„Es ist Madame Dannert! Sie hört sich verzweifelt an!", antwortete Monique, der es schwer fiel, sich mit Martha zu verständigen.

„Oh, ich komme!" Froh, der Situation vorerst entfliehen zu können, ließ Viola die Tür ins Schloss fallen und rannte zum Telefon. Flora blieb vor der geschlossenen Tür zurück und setzte sich auf die oberste Treppenstufe. Keine Minute länger konnte sie sich auf ihren Beinen halten.

Und Maurice Lefort, der diese Frau hasste wie der Teufel das Weihwasser, stand hinter der geschlossenen Tür und zweifelte, ob es richtig war, ihr keine Chance zu geben.

Viola riss Monique den Hörer aus der Hand. „Martha, wo bist du? Wir warten auf dich!", schrie sie beinahe hysterisch. Ihre Nerven vibrierten und nun schien auch noch etwas mit Marthas Ankunft schiefgegangen zu sein.

„Ich stehe am Flughafen, kann mich nicht verständigen und mein Koffer ist weg!", rief Martha aufgeregt.

„Bleib wo du bist!", forderte Viola sie auf. „Ich schicke Maurice zu dir. Das hätte ich gleich tun sollen!" Viola ärgerte sich, auf Martha gehört zu haben, als diese ihr gesagt hatte, sie würde sich ein Taxi nehmen. Nun hatten sie den Salat. Die arme Martha! Sie war noch nie in ihrem Leben geflogen, kannte sich auf einem Flughafen nicht aus und sprach zu allen Überfluss nicht ein einziges Wort Französisch. Wie hatte sie nur auf Martha hören können?

„Setz dich in ein Café und warte auf Maurice. Hast du ein paar Franc für einen Kaffee?"

„Ja, aber ich kann keinen bestellen."

„Doch, Kaffee ist Kaffee, der Kellner wird dich verstehen. Und nun beruhige dich. Maurice ist in einer halben Stunde bei dir."

„Aber in welches Café soll ich denn gehen?"

„Egal, Maurice findet dich schon!“

„Gut, dann bis gleich“, sagte Martha leise und legte den Hörer auf. Die Aufregung hatte sie an den Rand der Verzweiflung getrieben und sie war froh, dass sie etwas Geld umgetauscht hatte, sonst hätte sie nicht einmal telefonieren können. Langsam ging sie auf das erstbeste Café zu, das sich ihrem Blick bot. Fix und fertig nahm sie Platz. Eine junge Kellnerin fragte sie etwas, dass sie nicht verstand. „Kaffee“, antwortete sie einfach. Die Kellnerin nickte, lächelte und eilte davon. Als der dampfende, köstlich duftende Kaffee vor Martha auf dem Tisch stand, kamen ihre Lebensgeister zurück. Sie trank in kleinen Schlucken und stöhnte wohlig auf. Martha beobachtete die Menschen, die an ihr vorbeieilten. Das geschäftige Treiben faszinierte sie. Gebannt schaute sie den Vorübereilenden nach. Sie verstand die Durchsagen nicht, die fast im Minutentakt zu hören waren, dennoch genoss sie für eine kurze Zeit diese quirlige Betriebsamkeit. Nach einer Weile kehrten ihre Sorgen zurück. Wertsachen befanden sich nicht in ihrem Koffer, alles war ersetzbar und doch war es ärgerlich. Sie hatte schon längst bei Viola und Maurice sein wollen, und nun das! Aber irgendwo musste der Koffer doch abgeblieben sein?! Sie seufzte und hob die Hand, so wie sie es bei den anderen Gästen des Cafés beobachtet hatte. Sofort kam die Kellnerin zu ihr und Martha wiederholte das eine Wort, dass offensichtlich in allen Sprachen verstanden wurde: Kaffee.

Als Martha auf ihre Uhr blickte war mehr als eine halbe Stunde vergangen. Sie überlegte, ob sie zahlen und nach Maurice Ausschau halten sollte. „Aber nein“, sagte sie leise. Sie würde auf Viola hören und sich nicht von der Stelle rühren.

Maurice stand neben Viola und hörte gespannt ihrem Gespräch mit Martha zu. „Was ist geschehen?“, fragte er, als sie den Hörer auflegte.

„Marthas Koffer ist verschollen, sie weiß nicht was sie tun soll, kann sich nicht verständigen und ist total verzweifelt. Bitte fahr zu ihr und kümmere dich um sie!“ Viola schickte ihrem Mann einen flehenden Blick.

„Das würde ich gerne, aber was machen wir mit deiner Mutter vor unserer Tür? Kommst du allein mit ihr zurecht?“

„Steht sie immer noch draußen?“

„Sie sitzt auf der Treppe und rührt sich nicht von der Stelle!“

„Dann rufe ich die Polizei“, sagte Viola und war dabei den Hörer wieder abzuheben.

„Viola!“ Maurice schüttelte den Kopf. „So geht es nicht.“

„Was? Bist du jetzt auf ihrer Seite?“

„Aber nein. Wie könnte ich auf der Seite der Frau sein, die unser Kind weggegeben hat?!“

„Also!“ Viola griff erneut zum Hörer.

„Lass!“ Maurice hielt die Hand seiner Frau fest, führte sie an seine Lippen und küsste sie zart.

„Maurice! Du hast Nerven, lass das!“ Viola verzog genervt das Gesicht, doch dann legte sich ein Lächeln auf ihre Züge. „Martha sitzt ohne Koffer am Flughafen, meine Mutter steht vor der Tür und dir fällt nichts Besseres ein, als mir die Hand zu küssen.“ Sie schüttelte in gespielten Missfallen den Kopf. Monique, die noch in der Diele stand und alles mit angehört hatte, lachte hell auf.

„Das ist nicht zum Lachen, Monique“, sagte Viola und verdrehte die Augen.

„Los, fahr zu Martha! Die Arme klang ganz verängstigt. Ich werde mit meiner Mutter allein fertig!“

„Du rufst nicht die Polizei?“, vergewisserte Maurice sich.

„Nein! Du hast ja Recht, es ist keine Lösung. Aber verdient hätte sie es.“

„Ja, schon. Aber egal, was geschehen ist, sie ist deine Mutter.“ Maurice nahm den Autoschlüssel aus der Schale auf dem kleinen Schränkchen vor ihm. „Ich bin so schnell es geht zurück. Vielleicht bittest du deine Mutter wenigstens auf die Terrasse? Stelle ihr die eine Frage, die uns seit Jahren quält und wenn sie dir keine Antwort gibt, dann bitte sie zu gehen und nie wieder zu kommen.“

„Das werde ich ohnehin tun, auch wenn ich eine Antwort von ihr bekomme. Ich bin ihr nichts schuldig, will sie nie wieder sehen, auch wenn sie meine Mutter ist.“

Als Maurice die Tür öffnete, saß Flora immer noch auf der Treppe, sie hatte sich keinen Zentimeter fortbewegt. Maurice verhielt den Schritt, dann lief er an ihr vorbei zu seinem Wagen. Die Tür hatte er sorgfältig wieder ins Schloss gezogen. Nur Viola allein sollte entscheiden, wann sie bereit war, mit ihrer Mutter zu sprechen.

Flora beobachtete den Mann aus den Augenwinkeln, der ihr Schwiegersohn war. Dass Viola mit ihm gegangen war, das hatte sie geahnt, dass die beiden geheiratet hatten und bis heute ein Paar geblieben waren, davon hatte sie nichts gewusst und wenn sie ehrlich war, hatte sie es nicht für möglich gehalten. Die Verhältnisse, aus denen ihre Tochter und dieser Maurice stammten, hatten unterschiedlicher nicht sein können. War es doch gutgegangen? Sie schüttelte den Kopf. Wer hätte das gedacht?! In Gedanken versunken, den Kopf auf die Knie gestützt, schreckte Flora auf, als die Tür hinter ihr geöffnet wurde.

„Komm rein!“, forderte Viola ihre Mutter leise auf. Sie hatte sich ein wenig beruhigt. Viola war es gleichgültig, was ihre Mutter von ihr wollte, glaubte sie doch, vor langer Zeit schon mit dieser Frau abgeschlossen zu haben.

Flora erhob sich mühsam von ihrem Platz. „Danke!“, wisperte sie, dann folgte sie ihrer Tochter in die Diele des Hauses und fand keine Zeit sich umzusehen. Viola dirigierte sie durch einen großen Wohnraum in den sonnendurchfluteten Wintergarten. Die Türen standen offen und Flora schaute, über eine Terrasse hinweg, in den großen Garten.

„Also, was willst du hier?“ Viola bot Flora keinen Platz an. Monique kam eilig zu ihnen und fragte nach ihren Wünschen. „Danke Monique. Wir brauchen nichts. Die Gräfin wird nicht lange bleiben“, erwiderte Viola kalt und das Mädchen zog sich leise zurück.

„Nun sag schon, was du auf dem Herzen hast. Ich habe nicht viel Zeit, wir erwarten Besuch.“

Flora brauchte einen Augenblick um sich zu fassen. Sie hatte sich ihre Worte immer wieder zurechtgelegt und nun fiel ihr kein einziges davon ein. Sie räusperte sich und musterte verstohlen ihre Tochter, die ihr, hochrot vor Aufregung, gegenüberstand. Ein abfälliger Zug hatte sich um ihren Mund gelegt, der ihrer Schönheit und attraktiven Ausstrahlung jedoch keinen Abbruch tat.

„Ich bin gekommen, um mit dir zu reden. Es gibt so viele Missverständnisse zwischen uns, die wir klären sollten.“ Flora hob die Hand und gebot ihrer Tochter zu schweigen, als Viola sie unterbrechen wollte. Zu Floras Erstaunen ließ Viola sie weitersprechen. „Du fragst dich sicher, warum ich heute, nach so langer Zeit, das Bedürfnis habe, mich mit dir auszusöhnen.“ Flora sah zu Boden und senkte die Lider. Dann hob sie wieder den Blick und schaute ihrer Tochter in die Augen. „Ich will ehrlich zu dir sein. Seit Heinrichs Tod hatte ich viel Zeit nachzudenken. Ich fühle mich einsam und verlassen…“, jetzt kam sie nicht dazu ihren Satz zu beenden.

„Ach! Du fühlst dich einsam und verlassen? Na sowas! Soll ich darüber glücklich sein, dass du dich nun doch wieder an mich erinnerst? Oder soll ich Mitleid mit dir haben? Fehlanzeige, werte Mama! Nichts, rein gar nichts empfinde ich: Weder Glück, noch Mitleid!“ Viola hatte ihrer Mutter die Worte ins Gesicht geschrien. Erschöpft hielt sie jetzt inne.

„Ich kann dich gut verstehen, besser als du denkst. Ich müsste nicht einsam sein, könnte mich diversen Damenkränzchen anschließen, Theatervorstellungen besuchen, reisen, Menschen kennenlernen. Aber das alles will ich nicht. Ich vermisse meine Tochter! Als ich nach dem Tod deines Vaters endlich innehielt, wurde mir schmerzlich bewusst, was ich all die Jahre getan, nein besser, was ich unterlassen habe.“ Wieder schnellte Floras knochige Hand durch die Luft, als Viola zu Widerworten ansetzen wollte. „Ich kann dich nicht zwingen mir zu vergeben, aber ich bitte dich, gib uns eine Chance.“

„Eine Chance! Ha, dir? Verlangst du nicht ein bisschen viel? Beantworte mir nur noch eine Frage, dann geh und komm nie wieder!“ Viola zitterte vor Aufregung, ihr Körper bebte, das Atmen fiel ihr schwer und sie wusste nicht, ob sie noch lange auf ihren Beinen stehen konnte. Doch sie musste ihrer Mutter die eine Frage stellen, die einzige, deren Antwort sie noch interessierte. „Wo ist Lilly? Was hast du mit ihr gemacht, wohin hast du sie gegeben?“

Flora sah ihre Tochter traurig an. Sie glaubte also wirklich, dass sie Lilly weggegeben hatte. Wie sollte sie ihr erklären, dass nicht sie es gewesen war, sondern Heinrich. Viola würde ihr niemals glauben.

„Na! Nun mach schon. Ich denke, du willst ehrlich zu mir sein. Sagtest du das nicht eben noch?“

„Viola, ich habe deine Tochter nicht weggegeben. Ich weiß nicht wo sie ist. Dein Vater hat sie damals bei Nacht und Nebel aus dem Haus geschafft und mir nie verraten, wohin er sie gegeben hat. Bitte, bitte, Kind! Glaube mir!“

„Du lügst!“, schrie Viola. Tränen rannen über ihre Wangen. Ihre Knie zitterten und sie umklammerte die Lehne des Sessels, der vor ihr stand.

„Ich war es nicht“, erwiderte Flora matt. Auch sie weinte. Für einen Moment trat Stille ein, dann schaute Viola auf.

„Geh! Ich will dich nie wiedersehen, für mich bist du

heute endgültig gestorben.“ Hocherhobenen Hauptes ging Viola an ihrer Mutter vorbei, ließ sie einfach stehen.

„Monique! Die Gräfin möchte gehen. Begleiten Sie sie hinaus“, rief sie dem Mädchen zu, die in der Diele stand und entsetzt die lauten Worte und wutverzerrten Gesichter von Mutter und Tochter wahrgenommen hatte, ohne zu verstehen.

„Viola, bitte! So glaube mir doch!“, versuchte es Flora noch einmal und lief ihrer Tochter hinterher.

„So etwas hätte Papa nie getan“, antwortete Viola niedergeschlagen, alle Kraft hatte sie verlassen.

„Doch, er hat! Ich lasse dir meine Telefonnummer da, ruf mich an, bitte, ich flehe dich an. Wir können gemeinsam nach Lilly suchen. Ich habe noch immer Freunde und Beziehungen in ganz Hannover und darüber hinaus. Wir finden sie! Ich habe immer gedacht, er hätte sie irgendwann zu dir gebracht. Ich nahm an, ihr wäret nach einer Zeit wieder miteinander in Verbindung getreten.“ Flora legte ihre Visitenkarte in eine kleine Schale, die auf einer Anrichte in der Diele stand. Viola schaute nicht auf. Mit gesenktem Kopf stand sie hinter ihrer Mutter und wartete, dass sie endlich ging. Monique hatte bereits die Haustür geöffnet.

„Auf Wiedersehen, Viola“, sagte Flora leise.

Viola schloss wortlos die Tür und lehnte sich erschöpft dagegen. Ihre Hand berührte die Kette, die sie seit Jahren nicht mehr abgelegt hatte. Dieses kleine Veilchen, welches ihren schlanken Hals zierte, war das einzige Schmuckstück gewesen, auf das sie beim Verlassen ihres Elternhauses nicht hatte verzichten können. Auf alles andere hatte sie keinen Wert gelegt.

„Nein, Papa!“, schrie sie auf und riss die Kette, die sie jetzt drohte zu ersticken, von ihrem Hals und warf sie achtlos zu Boden.

Als wenig später Martha und Maurice eintrafen, war

Viola am Ende ihrer Kraft. Sie lag auf dem Sofa im Wintergarten. Monique hatte alle Türen schließen und das Sonnenlicht aussperren müssen.

Viola erzählte den beiden stockend, was sie von ihrer Mutter erfahren hatte.

„Ich kann mir nicht vorstellen, dass Heinrich das getan hat“, sagte Martha. „Aber Kind, überlege dir noch einmal, ob du sie nicht doch anrufen willst. Ich bin keinen Schritt mit meinen Nachforschungen vorangekommen. Wir sind in einer Sackgasse und ich weiß mir keinen Rat mehr. Ich glaube, ihr solltet klug sein, und ihre Hilfe annehmen. Ob sie es ehrlich meint, werden wir ja sehen. Was habt ihr zu verlieren?“

„Ach Martha, da können wir ebenso gut einen Pakt mit dem Teufel schließen. Sie will doch nur, dass ich ihr verzeihe. Sie ist einsam, das hat sie selbst gesagt, und da erinnert sie sich an die verlorengegangene Tochter. Weiter nichts! Sie meint es nie und nimmer ehrlich!“

„Das kann gut sein. Aber nehmen wir an, sie lügt, und war es doch, die unsere Lilly weggegeben hat, dann weiß sie auch, wo unser Mädchen ist.“ Maurice sah seine Frau zärtlich an, dann flogen seine Blicke gen Himmel und im Stillen flehte er: Bitte, lieber Gott, lass sie die richtige Entscheidung treffen!

Epilog

Hannover 1990

Henriette eilte zur Tür, so schnell sie ihre Beine trugen. Die Gräfin lag seit nunmehr zwei Tagen auf der Récamière in ihrem Schlafzimmer, verweigerte jegliches Essen, schlief kaum und starrte wie gebannt zum Telefon. Als Henriette keinen Rat mehr wusste, hatte sie Wilhelm angerufen. Ihr war nichts anderes eingefallen, auch wenn sie wusste, dass es der Gräfin nicht gefallen würde. Was sollte sie sonst tun? So konnte es nicht weitergehen! Sie hatte Stunden damit zugebracht der Gräfin gut zuzureden, sie zum Essen und Schlafen zu bewegen. Die Gräfin hatte sie nicht einmal angeschrien, nicht abgekanzelt, oder sie wenigstens aus dem Zimmer geworfen. Henriette war Floras Verhalten unheimlich.

Erleichtert, dass der Anwalt gekommen war, wo er doch vor Tagen im Streit das Haus verlassen hatte, öffnete sie rasch die Tür und ließ ihn ein.

„Guten Morgen, Henriette“, begrüßte er sie, und sie sah in sein fragendes Gesicht.

„Guten Morgen! Ich bin so froh, dass Sie gekommen sind, Herr Mönchgut. Ich weiß nicht mehr weiter. Vielleicht hätte ich einen Arzt rufen sollen.“

„Beruhigen Sie sich erst einmal und erzählen Sie mir der Reihe nach, was passiert ist.“ Wilhelm hatte Henriettes Anruf nur entnehmen können, dass sie sich große Sorgen um Flora machte. Alles andere hatte in dem verzweifelten Kauderwelsch ihrer Worte keinen Sinn ergeben.

„Sie kam am späten Abend aus Frankreich zurück, hat ihren kleinen Koffer achtlos in der Diele fallen lassen, ist hinauf in ihr Schlafzimmer gegangen und seitdem spricht sie kein Wort, nimmt nichts zu sich und schläft auch kaum.

Ich habe sie angefleht zu erzählen, was sie bedrückt, habe ihr gesagt, dass ich ihr helfen werde so gut ich kann, habe damit gedroht den Notarzt zu holen. Nicht einmal als ich sagte, ich würde ihre Tochter verständigen, hat sie reagiert." Henriette schüttelte immer wieder den Kopf. „Stellen Sie sich das nur vor, Herr Mönchgut. Sie hat mir nicht einmal damit gedroht, mich zu feuern, was sie sonst bei keiner Gelegenheit versäumt."

„Beruhigen Sie sich, Henriette!", sagte Wilhelm noch einmal, als Henriette die Tränen kamen. „Ich gehe hinauf und rede mit ihr. Danach sehen wir weiter." Wilhelm stieg langsam die Treppe ins Obergeschoss hinauf. Er hatte geahnt, dass Flora nicht viel bei Viola erreichen würde, dass sie jedoch so den Boden unter den Füßen verlor, das hatte er nicht für möglich gehalten.

Auf sein Klopfen an ihrer Tür regte sich nichts. Er klopfte noch einmal und noch ein drittes Mal. Dann drückte er die Klinke herunter und trat unaufgefordert ein. Flora lag, wie von Henriette beschrieben, auf der Récamière und schaute ins Leere. Sie hob den Kopf nicht, als er eintrat.

„Guten Morgen, Frau Gräfin!" Flora zeigte keine Reaktion, sah ihn nicht an.

„Henriette hat mich gebeten zu kommen. Sie macht sich große Sorgen. Was ist passiert?" Wilhelm durchschritt den Raum und setzte sich zu ihr, auf den kleinen Platz, der am Ende ihrer Füße noch frei war. Flora hob den Kopf und blickte ihn irritiert an.

„Nun, was ist mit Ihnen?"

Flora schwieg und schaute gebannt zum Telefon. Wilhelm erschrak, etwas Wirres lag in ihrem Blick. Sie schloss die Augen. Dann endlich begann sie zu sprechen. Leise erzählte sie, was sich in Marseille zugetragen hatte.

„Ich habe so etwas befürchtet. Haben Sie denn wirklich geglaubt, Ihre Tochter würde Ihnen um den Hals fallen und alles wäre vergessen und vergeben? Was haben

Sie erwartet? Geben Sie ihr Zeit! Sie wird sich sicher besinnen. Egal, wie es ist, Sie sind ihre Mutter."

„Sie wird ihre Meinung nicht ändern, Wilhelm", sagte die Gräfin tonlos und blickte wieder starr an ihm vorbei.

„Wenn ihre Tochter wirklich nichts mehr mit Ihnen zu tun haben will, dann ändern Sie es auch nicht damit, dass Sie hier liegen und sich zu Tode hungern. Dann müssen Sie damit leben oder doch noch einmal alles in die Waagschale werfen und versuchen, das Ruder herumzureißen. Wo ist denn Ihr Kampfgeist geblieben?"

„Kampfgeist?" Müde sah sie ihn an. „Ich bin es leid zu kämpfen. Ich kann nicht mehr!"

„Papperlapapp. Stehen Sie auf! Erinnern Sie sich, was Sie in den ganzen Jahren so oft zu mir gesagt haben?" Fragend blickte Flora ihn an.

„Eine Gräfin von Langenberg gibt niemals auf! Merken Sie sich das endlich, Wilhelm", äffte er sie nach. Wenn er gedacht hatte, sie würde lächeln oder ihm wenigstens einen wütenden Blick gönnen, so sah er sich jetzt getäuscht.

„Wilhelm, es liegt nicht mehr in meinen Händen", erklärte sie und schloss wieder die Augen. Wilhelm ließ den Kopf sinken. Was sollte er tun? Er musste ihr irgendwie helfen, ihr wieder Zuversicht geben, schon um seines alten Freundes willen. Eine Weile trat Stille ein. Wilhelm hing seinen Gedanken nach.

„Wilhelm?", hörte er die Gräfin flüstern und schaute sie an.

„Ja."

„Sie sind der Einzige, der mir noch geblieben ist. Bitte helfen Sie mir doch!" Flora setzte sich auf, schwang die nackten Füße auf den Boden und rückte an Wilhelm heran. Sie umklammerte seinen Arm so fest, dass es ihm wehtat.

„Alles was du willst", entfuhr es ihm leise und er räusperte sich. „Wie kann ich Ihnen helfen, Frau Gräfin?"

Im gleichen Moment läutete das Telefon und beide schauten wie gebannt zum Apparat.

Flora hob die Hand, dann ließ sie sie kraftlos in ihren Schoss fallen. Es klingelte wieder und wieder und Wilhelm fasste sich ein Herz. Er hob den Hörer ab und meldete sich. Dann trat erneut Stille ein. „Ich werde es Ihrer Mutter ausrichten“, sagte er nach einer Weile, in der Flora sich kaum zu atmen getraut hatte, und legte den Hörer auf.

„Was ist? Was hat sie gesagt?“, fragte sie ängstlich.

Wilhelm schluckte schwer.

„Nun sagen Sie schon, Wilhelm! Verzeiht Sie mir? Will Sie noch einmal mit mir sprechen?“

„Ja, aber…“, er suchte nach den richtigen Worten.

„Wilhelm, bitte.“ Es war nur ein Flüstern.

„Ich soll Ihnen ausrichten, dass Ihre Tochter erst dann bereit ist, wieder mit Ihnen zu sprechen, wenn Sie ihr sagen, wohin Sie Lilly gebracht haben.“

Entsetzt sah Flora ihn an. Sie schluchzte auf und die Tränen, die seit Tagen ihre Augen nicht hatten verlassen wollen, rannen nun über ihre Wangen.

„Aus. Es ist alles aus. Mein Leben hat keinen Sinn mehr, Wilhelm.“, wisperte sie und ihr Körper wurde von einer Welle des Schmerzes geschüttelt.

„Ich weiß, wohin Heinrich ihre Enkeltochter gebracht hat!“ Er konnte ihre Verzweiflung nicht mehr ertragen, nicht mehr zusehen, wie sie sich quälte.

Flora hob den Kopf und sah ihn mit tränenverschleiertem Blick an. Ihr Schluchzen wurde leiser. „Wilhelm, wohin?“, flüsterte sie.

Wilhelm sagte nur ein Wort. Floras Aufschrei hallte durchs ganze Haus, dann sackte sie in seinen Armen zusammen und verlor das Bewusstsein.

Und Wilhelm hielt die Frau, der seit Jahrzehnten seine Liebe galt, die doch niemals sein durfte, fest in seinen Armen.

Lesen Sie weiter aus der Trilogie „Blütenträume“

Band II „Leilani – Die Blume des Himmels“

Lesen Sie auch:

Band I der Trilogie „Und immer war es Liebe“

„Agnes Geheimnis“

Nina ist Mutter von drei Kindern, Ehefrau und Hausfrau.
Sie liebt ihr Leben, hat es sich immer so erträumt.
Bis zu dem Tag, als nach 32 Jahren ein verhängnisvoller Brief ihre heile Welt wie ein Kartenhaus in sich zusammenfallen lässt.
Sie wagt einen Neuanfang, verlässt Mann und Heim.
Zu allem Überfluss erfährt sie von einem lange gehüteten Geheimnis ihrer geliebten Oma Agnes, das ihr gerade neu begonnenes Leben abermals auf den Kopf stellt.
Schafft Nina es, allen widrigen Umständen zum Trotz, wieder glücklich zu werden?

Erschienen: 25. Juni 2014

Lesen Sie auch:

Band II der Trilogie „Und immer war es Liebe"

„Das Geheimnis der Uhr"

Alexa, Agnes' Urenkelin, trifft in ihrem Urlaub in Frankreich nicht nur auf den gutaussehenden Achille, der ihr Herz höher schlagen lässt.
Sie entdeckt auch eine kostbare alte Taschenuhr, die ihre Familie, zusammen mit dem Mann, dem sie einst gehörte, in der normannischen erde begraben glaubt.
Eine Zeitreise durch die vergangenen 70 Jahre beginnt, an dessen Ende die Familien durch ein lange gehütetes Geheimnis aufeinander treffen.
Schmerzvolle Erinnerungen verbinden diese unterschiedlichen Menschen zweier Nationen, die nichts voneinander ahnten.
Neugierig und tapfer nehmen sie ihr Schicksal an.
Werden sie es schaffen, gemeinsam den Weg zu gehen, den eine frühere Generation ihnen vorbestimmt hat?

Erschienen: 01. November 2014

Lesen Sie auch:

Band III der Trilogie „Und immer war es Liebe"

„Das Geheimnis des Briefes"

Das Finale der großen Familiensaga um Liebe, Leid und Leidenschaft

Argentinien 1945: Arthur Weimann flieht in ein neues Leben, ein fremdes Land, fern seiner Heimat.
Er bekommt eine zweite Chance, heiratet eine Tochter aus reichem Hause und wird dennoch nicht restlos glücklich.
Die Vergangenheit überschattet die Ehe mit seiner blutjungen Frau und er schreibt sich in einem Brief an seine große Liebe alles von der Seele.
Erst 70 Jahre später treffen seine Zeilen ein, die Empfängerin ist, genau wie er, längst verstorben.
Nun ist es an seinen Nachfahren, das Geheimnis aufzudecken, das er ihnen hinterlassen hat.
Werden seine Kinder und Kindeskinder ihn verstehen oder werden sie ihn verurteilen?
Können sie ihm vergeben?

Eine fesselnde, dramatische Liebesgeschichte – geheimnisvoll und spannend erzählt!

Erschienen: 17. Juni 2015

15121289R00204

Printed in Poland
by Amazon Fulfillment
Poland Sp. z o.o., Wrocław